殺人は展示する

マーティ・ウィンゲイト

わたしはイングランドのバースにある初版本協会のキュレーター。アガサ・クリスティなどのミステリの初版本の図書館をもつ協会の知名度向上の試みの第一弾として、文芸サロンをついに始めるところ。また、それと並行して、協会創設者の生涯をテーマにした展覧会も企画中だ。初めての仕事に奮闘するわたしだったが、やっと依頼できた展覧会マネージャーが死体で発見される。原因はセイヤーズの『殺人は広告する』の最高に貴重な一冊に……？　本を愛する人々に贈る、〈初版本図書館の事件簿〉シリーズ第２弾！

登場人物

ヘイリー・バーク……………………初版本協会のキュレーター
グリニス・ウルガー…………………初版本協会の事務局長
ジョージアナ・ファウリング………初版本協会の設立者。故人
アデル・バベッジ……………………
ジェーン・アーバスノット…………
モーリーン・フロスト………………　初版本協会の理事
シルヴィア・ムーン…………………
オードリー・ムーン…………………
ウーナ・アサートン…………………フリーの展覧会マネージャー
クララ・パウエル……………………ウーナの専属アシスタント
ジーノ・ベリーフィールド…………〈〝見せ物になろう！〟展示サービス社〉の経営者
ステュアート・ブルドッグ・モイル……稀覯本《きこうぼん》コレクター

ナオミ・フェイバー……展示会場〈シャーロット〉の予約担当マネージャー
トミー・キング＝バーンズ……ドルイド展の主催者
アーサー・フィッシュ……
マーガレット・レインズ……文芸サロンの講師
ダンカン・レニー……弁護士
ヴァル・モファット……バース・カレッジの講師
ベス……
ベッキー……ヴァルの双子の娘
ダイナ……ヘイリーの娘
レノーア……ヘイリーの母
ポーリーン・ラン……パブ〈ミネルヴァ〉の経営者
ドム・キルパトリック……ヘイリーの元同僚
ロナルド・ホップグッド……部長刑事
ケニー・パイ……刑事

殺人は展示する

初版本図書館の事件簿

マーティ・ウィンゲイト

藤井美佐子訳

創元推理文庫

MURDER IS A MUST

by

Marty Wingate

This book is published in Japan by TOKYO SOGENSHA Co., Ltd.
Japanese translation rights arranged with JANE ROTROSEN AGENCY
through Japan UNI Agency, Inc., Tokyo

殺人は展示する

レイトンに愛を込めて

1

タクシーは帰宅する車で混み合う月曜日の夕方のマンヴァース・ストリートを避け、駅から西へと進んだ。渋滞には結局、グリーン・パーク沿いの道で巻き込まれてしまったけれど。クイーン・スクエアをまわって、飾り気のないジョージアン様式のテラスハウスが円形に連なるザ・サーカスの周囲を走った。テラスハウスの窓から洩れる明かりが、一月の暗闇にかすかに抗《あらが》うように光をきらめかせている。徒歩より速くも安あがりでもないものの、列車を降りてからミドルバンク館まで歩く気力は残っていなかった。でも歩いたほうがよかったかもしれない。午後リヴァプールからバースへ戻る道程《みちのり》のあいだじゅう、神経が張りつめて興奮が募るばかりだったから。初版本協会にとって初開催となる文芸サロンのことを考えると、お腹のあたりがそわそわして居てもたってもいられない。あとたったの二十四時間で、キュレーターとしてわたしが初めて企画した公式のイベントが始まる。

ここのところ、神経が張りつめているのがふつうになっていた。玄関にはいると、協会事務局長のミセス・ウルガーがいつもの堅苦しさはどこへやら、自分の執務室から声を張りあげてきた。「ミズ・バーク、今日の午後、ワインが六ケース配達されました。ミニキッチンに運び入れてもらいましたが、あんなにたくさん必要なのですか？」

「ええと、こういうことにしてはどうでしょう」わたしはコート掛けの脇に荷物をおろして、コートをかけた。「明日の晩のサロンで飲みきれなかったら、みなさんが帰ったあと、ふたりで飲みほしてしまうことにしては」

眼鏡の奥でミセス・ウルガーの目が大きく見開かれた。「まあ、わたくしにはとてもそんな――」彼女はその先は言わず、ことばを呑み込んだ。

「でなければ、来週のサロンまでとっておきましょう」わたしは言った。「ワインがなくなるまでずっと置いておけばいいんですよ。大量注文で十五ポンド節約できましたし」

「それと、フィッシュ教授のほうはどうなっています？　明日はまちがいなく、充分に余裕をもって到着していただけるのですよね？　それからミスター・モファットは教授を迎えにいくのを承知していますよね？」

実のところ、アーサー・フィッシュは教授ではなかった――ロンドンにある大学の指導教員《チューター》だ。でも文芸サロン初回の講師なのだから、そこは強調しないほうがいい。肩書や地位はミセス・ウルガーにとって重要なことだ。

「ミスター・フィッシュは正午には列車で到着しますので、ヴァルが迎えにいきます」この点はすでに彼女と確認ずみだったけれど、再確認は自分のためになった。彼女にも同じくらいためになっているといいのだけど。「軽めの昼食を手配しています」正確には、午前中に高級スーパーの〈ウェイトローズ〉で買い出しをするのだが。「ミスター・フィッシュには、講演までのあいだ、お茶を飲みながら静かに落ち着いて過ごしていただけます」

彼女はわたしの見るところ、またも失敗の素《もと》を探しているらしく、カットワーク刺繡《ししゅう》入りの襟を撫でつけていた。例によって、彼女の出《い》で立《た》ちは、下襟《ラペル》は幅広で、スカート部分は細身というワンピース姿。今日の一着はネイビーブルーで、同色のベルトがついている。正直に言うと、ミセス・ウルガーの一九三〇年代ファッションがちょっぴりうらやましかった。だって細身のスカートはわたしには似合わないから。

「それにしても」彼女は言った。「演題については心から納得できているわけではありません――〝殺人方法五十選〟だなんて。ずいぶんと煽情的《せんじょうてき》ですもの」

わたしもおっしゃるとおりと言ってしまいたかったけれど、講師が一般向けに執筆した著書の題名でもあるのだからしかたがない。それになんと言ってもミドルバンク館には、ミステリ黄金時代の女性作家の作品を中心とする見事な初版本コレクションを収めた初版本図書館があるのだから。

コレクションはレディ・ジョージアナ・ファウリングが生涯にわたって情熱を傾けたものだった。持ち前の心意気と慈善の精神を発揮して、地元バースの人々と世界各地の協会員からの敬愛を集めていた彼女は、四年ほどまえに九十四歳という高齢で亡くなった。悲しいかな世の常のように、亡くなってから数年のあいだに初版本協会は衰退し、世間の関心はどこかよそへ移ってしまった。そこにやってきたのがわたしというわけ。

「でも、この演題はしかるべき効果を上げましたよね?」わたしは彼女にあらためて言った。「初回分のこの演題しか発表しなかったのに、二週間でサロンのすべての回が完売になったんですから」

ミセス・ウルガーはため息をついた。これは彼女がほかに文句をつけることが思いつかないというしるし――今のところは、だけれど。「今日の午後、あなた宛に手渡しで届きました」彼女はそう言うと、コート掛けの小抽斗《こひきだし》の上に置かれた茶封筒を顎で差した。

封筒には野暮ったい書体の文字が印刷されていた――宛先は《ミドルバンク館初版本協会キュレーター　ミズ・ヘイリー・バークさま》――差出人は《バース市ジェームズ・ストリート・ウェスト　〈〝見せ物になろう!〟展示サービス社〉》。

「ありがとうございます」わたしはお礼を言った。「そちらは朝になってからの対応で大丈夫でしょう」

「それでは」ミセス・ウルガーが言った。「これで休ませていただきます。明日は大事な一日になりますからね」

「ええ、そうですね――最高の一日になりますよ」

それ以上は何も言わず、彼女は裏手の階段を下り、地下一階《ロウアー・グラウンド・フロア》にある庭つきの自分のフラットへと向かった。わたしにも彼女の慎み深い態度は理解できた――ある程度までは。長年にわたって協会創設者たるレディの親友にして個人秘書だったグリニス・ウルガーは、レディの遺言により、協会の終身事務局長に就任したのだった。ミセス・ウルガーはこの職務をしっかりと務めており、レディ・ファウリングの存命中に起きなかったことは没後も何ひとつ起こさせないのがその責務だと解釈していた。献身的な態度ではあるけれど、彼女の現状維持への愛は協会をゆっくりと衰退へと追い込んでいた。

新しいアイディアを出させてもらっても、彼女から返ってくるのは深いため息と吊り上げられた片眉だけ——わたしがキュレーターになってまだ半年も経っておらず、生前のレディに会ったこともなければ、ごく最近まで探偵小説を読んだこともなかったという事実をわたしにあらためて思い出させる、彼女なりのやり方。だからあなたに何がわかるの？　とでも言いたいのだろう。

わたしは自分の職務がわかっているし、真剣に取り組んでいる。まずやるべきは初版本協会のかつての輝かしい地位を取り戻すことだ。たとえどんなにいやがったってグリニス・ウルガーには足並みをそろえてもらうしかない。

とはいえ、今のわたしに必要なのは横になれるベッドで、幸いにもそれはすぐ近くにあった。ミドルバンク館は館内だけでひととおりの日常が送れる設備がそろっている。ミセス・ウルガーのフラットは地下一階にあり、彼女とわたしそれぞれの執務室とミニキッチン一ヵ所はここ一階に、初版本図書館である図書室は階段をのぼって二階に、わたしのフラットはその上の三階にある。いかにもジョージアン様式のテラスハウスらしく、横方向ではなく縦方向に伸びた造りになっていて、屋根裏部屋と地下室もあった。

わたしは旅行かばんを手に取ったものの、バンターが現われたのでまた床に置いた。

バンターはわたしの執務室からのんびりと出てきた。きれいに毛づくろいされたさび柄の毛並みに、ぴんと立てた尻尾。ただし先端だけはクエスチョンマークのようにくるりと丸くなっている。レディ・ファウリングは夫に先立たれてからはずっと、雄のさび猫を飼っていた。代代バンターと名づけられており、この子は七代目のバンターを襲名している。彼女が亡くなる少しまえ、仔猫の頃に館に迎えられたのだという。

バンターはペルシャ絨毯《じゅうたん》の玄関マットに爪を立てて身体を伸ばし、また爪を引っ込めてから、図書室へとつながる階段の下でしばし歩みを止め、咎《とが》めるように尻尾をぴくぴくっと震わせた。わたしにはそのわけがわかった——帰宅が遅かったからだ。ふだんより丸一日遅い。週末は、リヴァプールの母のところで過ごしたあと、いつも日曜日の夜には戻っていた。

しばらく間をおいてから——バンターは自分が日付を勘違いしていたと思ったのかもしれない——近づいてきて、背中を丸めてわたしの脚に身体をこすりつけた。わたしはバッグのなかを探すふりをしてから、ゆっくりと西洋マタタビ入りのネズミのおもちゃを取り出して鼻先にぶら下げてやった。いつもの贈呈の儀式を終えると、わたしは言った。「ところで取り決めはわかってるよね。新しいネズミを一匹もらったら、きちゃないネズミを一匹返してちょうだい」

バンターと一緒に階上《うえ》へ向かった。二階の踊り場までくると、図書室のドアを開けてはいり、照明をつけてまっすぐ暖炉へ行った。猫もすぐ後ろをついてきた。

わたしは石炭用のバケツに片手を突っ込み、なかを探った。ここ数ヵ月のあいだ、バンターに毎週新しいネズミを与えてきた。新旧一匹ずつ交換のルールは最近になって決めたものだったから、それまでに隠されたおもちゃはまだどこぞに捨ておかれているはずだ。

わたしがバケツのなかで探しあてたネズミのおもちゃは、みすぼらしい姿に変わり果てていた。なかにはいっている西洋マタタビは嚙《か》みつくされてとうににおいがなくなっており、乾いた唾液で石炭のようにカチコチになっている。「うわあ」わたしは思わずうめき、親指と人差し指でおそるおそるつまんで、ネズミに問いかけた。「何か言い残したいことはある？」

そんなわたしをよそに、バンターは、口いっぱいに新しい獲物を咥《くわ》え、わたしが古いネズミを運び出すのをただじっと見ていた。図書室の出入口で振り返ると、バンターが最新のお宝をバケツに隠すのが見えた。

わたしは階段の親柱に手をかけ、階上《うえ》の自分のフラットへ向かおうとしたのだけれど、振り返ってレディ・ファウリングに目を向けた。図書室の踊り場の壁にかかっている、彼女の全身を描いた肖像画に。

「明日の晩、あなたがここにいてくれたらいいのに」肖像画に話しかけているのを誰にも聞かれていないと確信して、わたしは言った。文芸サロンの時間になったら、講演を聴かせてもらうかもね——彼女の謎めいた微笑みはそう返事をしてくれたようだった。

やっと自分のフラットに帰ると、旅行かばんを投げ出して靴を脱ぎ捨て、髪をポニーテールに留めていたゴムをほどきながら、携帯電話を片手にキッチンへ行った。《ヴァル》と表示された赤いハートのアイコンをタップして、電気ケトルのスイッチを入れたものの、気が変わってワイングラスに手を伸ばした。

「お帰り」電話の向こうで彼が言う。「家に戻った？　列車の旅はどうだった？」

「まああかな。込んでたけど。向かいの席の男性は〈テネンツ〉ラガーの缶ビールを何本も空《あ》けてたから、きっとグラスゴーから乗ってきていたんでしょうね。呂律《ろれつ》も怪しく、一本どうかって――たぶんそうすすめてくれたんだと思う。それで、あなたのほうはどうだった？　授業四コマに生徒指導の時間もあったんでしょう？」

「今日は、小説には主人公が必要なのか、それとも脇役だけをたくさん登場させても成り立つのかって、生徒から質問されたよ」

「ふうん、一週間の滑り出しとしてはまずまずね。ミスター・フィッシュのほうは万事うまくいってる？」アーサー・フィッシュを初回講師に頼んだのはヴァルだった。ヴァルは、ロンドンのチズィック文芸フェスで彼の講演を聴いたことがあったのだ。サロン会場での自著販売と引き換えに、フィッシュは気前よく講師料を辞退してくれており、万事うまくいっていた。

「参加者が二十人しかいないというのはあらためて伝えてくれた？」

「彼はここ二年、新しい本を出していないから」ヴァルが言った。「彼にとってもちょうどいいんじゃないかな。それで、明日のコーヒーは〈パンプ・ルーム〉でどうだろう？」

「言うことなしね。わたしは〈ゲインズバラ・ホテル〉の近くの例の会場を見にいくから、近くにいるわ」

「それじゃ〈パンプ・ルーム〉で決まりだ」彼が言った。「おやすみ。いい夢を」

今のところわたしたちにあるのは夢だけだったから、それを胸に抱いてベッドにはいった。枕に頭をつけるとすぐに眠りに落ちた。

翌日、ミセス・ウルガーが朝いちばんでわたしの執務室にやってきた。「始めましょうか、ミズ・バーク?」彼女の視線は、わたしのデスクの隅にそそがれていた。そこには《展覧会》と記された、真新しい深紅のファイルフォルダーが置かれていた。「それについて話し合うのでしょうか?」

「いいえ、それは明日の理事会の議題です」わたしはノートと書類、お茶のはいったマグカップを持ち、事務局長のあとについて玄関ホールを抜け、毎朝恒例のミーティングを開く彼女の執務室にはいった。

どうしてこっちの部屋なのかって? どうしてわたしのではなくミセス・ウルガーの執務室でミーティングを開くのかって? たしかに、彼女の執務室は、オーク材の書架とデスクが設《しつら》えられ、床に花柄のアクスミンスター絨毯が敷かれた居心地のいい空間で、表通りを見わたせた。とはいえ、わたしの執務室のほうが広く、来客用の袖つき安楽椅子《ウィングバックチェア》のほか、暖炉のまえに椅子が二脚とティーテーブルがあり、木目の渦と縞模様が引き立つように磨きあげられたマホガニー材のヴィクトリア朝様式のデスクがあった。それに加えて、庭を眺めることもできる。わたしの執務室はキュレーターのオフィスなのだ。それでも、わたしは異議を唱えなかった。ミセス・ウルガーと仕事を始めた頃に学んだことのひとつが、戦うべきところを慎重に選ぶということだった。

　ミーティングは、夜に開催が差し迫った文芸サロンに議題を絞って手短にすませることにした。

「式次第をきちんとまとめてみました」わたしはそう言うと、デスクの向こうのミセス・ウルガーに一枚の紙を押しやり、開始時刻の七時三十分の横に書かれた《キュレーター、ヘイリー・バークより開会のご挨拶》のところを指先で軽く叩いた。その文言がいたく気に入っていたのだ。「ワインを給仕する係として若い女性がふたり来てくれます。ポーリーンが経営しているパブ〈ミネルヴァ〉から、彼女の下で働いているふたりを派遣してもらえることになりまして。講師の紹介はわたしが務めます。それ以外はあまりすることはないですね。講師の本の会場販売はご本人が担当します」

「作家それとも探偵のどちらの切り口から、殺人方法についてお話しなさるのでしょうね？」ミセス・ウルガーは考え込むようにつぶやいた。「『不自然な死』でのセイヤーズの選択になるのか――」

　わたしは顔に出ないように気をつけつつ、頭のなかでカンニングペーパーをチェックした――ドロシー・L・セイヤーズ、探偵はピーター・ウィムジイ卿。『不自然な死』、未読。

「――あるいは『ロウソクのために一シリングを』に見られるグラント警部の知的な方法なのか――」

　グラント警部はええっと――そうだ！　ジョセフィン・テイ。彼女の作品はまだ一冊も読んでいない。

「――でなければ、方法だけを吟味するのでしょうか。キングサリ（毒性のあるマメ科の植物）の種についてはなんとおっしゃいますかしら？」

ちょっと待って、それには聞き覚えがある――映画で観たんだと思う。

ミセス・ウルガーがミステリ黄金時代の具体的な作家を挙げたのは、けっしてわたしにぼろを出させようとしてのことではない。それはたしかだと思った。少なくともその程度までは仕事上の関係を築けていたから。実のある意見のひとつも出して一緒に議論できればよかったのに、結局その場では何も思い浮かばず、仕事の話を進めることになった。

「午後にミスター・フィッシュへの対応がすみしだい、図書室の書架にある本の評価を始めますね」わたしは彼女に告げた。「それから保管されている稀覯本《きこうぼん》のリストを調べます。まずは方向性を決めたいと思っていまして……」今朝はこの議題は扱わないと自分で約束しておきながらそれを破り、その先のことばを呑み込みきれなかった。「……展覧会についてですが」

パソコン画面の光がミセス・ウルガーの眼鏡に反射していて、彼女の目はこちらから見えなかった。それでも、不機嫌な目つきをしている気がした。

わたしは椅子からさっと立ち上がると、失礼しますと言ってそそくさとミーティングをあとにした。

コートとバッグを手に取りながら、夜のサロンの開会の挨拶を繰り返し練習した。でも、ミドルバンク館の正面玄関から冷え冷えとした一月の朝の屋外へ出ていく頃には、心はすっかり新しい企画へと――翌日の午後開かれる協会理事会の議題へと――移っていた。展覧会だ。

今夜のアーサー・フィッシュの講演を皮切りに六週間連続で催される文芸サロンがクリスマスまえにすべて満席になったので、別の企画に集中できる時間がたっぷりとれたのだった。どんな企画にするべきかは、はっきり頭のなかに描けていた――協会の創設者とその業績に焦点を絞った展覧会の開催。わたしはそれを「レディ・ジョージアナ・ファウリング――ことばでたどる生涯」と名づけた。

展示物にはこと欠かなかった。図書室の蔵書はもとより、さらに貴重な本も銀行に預けてある。銀行にある分はまだ完全に調べきれていなかった。ドロシー・L・セイヤーズの本がオンライン・オークションで六千ポンドの値がつくのを見たことがあったけれど、当協会所蔵の一冊にそれだけの価値があるのだろうか？　預けてある本がすべて著者サイン入りかどうかは不明だったものの、ミドルバンク館にある蔵書の多くは著者からの気の利いたコメントが書かれていた。たとえば、《ジョージアナへ、アルバートがあなたのご支援に感謝するですって。わたしも同じ気持ちよ！》――これはマージェリー・アリンガムが自身の創造した素人探偵アルバート・キャンピオンに触れつつ送ったメッセージ。もちろん、アリンガムの作品もわたしがこれから読む本のリストにはいっている。

蔵書の魅力をさらに高める材料として、レディが遺《のこ》したノートもあった。学生が勉強に使うような、マーブル模様の表紙がついたごくありふれたタイプのノートで、段ボール箱三つにぎっしりと。七十歳だった准男爵サー・ジョン・ファウリングと二十歳で結婚して以来、彼女が生涯を通して書きつづけたものだ。サー・ジョンが結婚十年後にこの世を去ると、レディ・ファウリングがかねてから寄せていたミステリ黄金時代への漠然とした関心は、いつしか生涯にわたる情熱へと変わっていった。彼女のノートには作品のアイディアやお気に入りの作家や登場人物への所感、結婚にまつわる思い出だけではなく、買い物リストや料理のレシピなど日常の物事がびっしりと書きとめられていた。

それに加えて、レディ・ファウリング自身の小説も展示できる。彼女は、地位が確立された作家たちからさまざまな探偵を借用してきて二次創作作品を執筆していたが、その才能がひときわ明るく輝きを放ったのは自身が創造した探偵フランソワ・フランボーを主人公にした作品だった。フランボーはドーセット出身の裕福な地主で、犯罪解決に打ち込む姿を遊び人のふりをして隠しているという設定だ。

ただ用意がないのは展覧会の会場だった。ミドルバンク館自体は、ガラスケースを設置したり再現コーナーを設営したりと、大小の展示をともなう催しには不向きな造りなのだ。まずもって場所がない。棟《むね》続きのテラスハウスの一棟であるミドルバンク館の一階は、玄関ホールとふたつの執務室、ミニキッチンで構成され、二階のほとんどは図書室が占めており、書架に蔵書、巨大なテーブル、椅子が置かれている。わたしのフラットは三階にあり、地下一階にあるミセス・ウルガーのフラットと同じく、もちろん訪問者の立ち入り禁止区域。やっぱり、ちゃんとした専用の会場を確保しなくてはならない。

それから展覧会マネージャーも。

展覧会の企画を進める決意を告げると、ミセス・ウルガーはわたしの頭がどうかしてしまったかのように振る舞った。初版本協会の理事たちはそれぞれいつもの側についた。ミセス・ジェーン・アーバスノットとミズ・モーリーン・フロストは事務局長側を支持した——ミズ・フロストは少しずつこちら側に寄ってきている気もしたけれど。わたしを支持したのは、ミセス・シルヴィア・ムーンとミセス・オードリー・ムーンとわたしのよき友人アデル・バベッジ。ムーン〝姉妹〟はどちらも八十代で、ほぼなんでも前向きに受け入れてくれる。一方のアデルはほかの理事よりもはるかに若く、最年少だった。レディ・ファウリングは晩年、アデルとは母と娘のような愛情に満ちた関係を育《はぐく》んでいた——ふたりの年齢差を考えると、祖母と孫娘のような関係と言ったほうがもっと正確かもしれない。そんな関係はアデルが子供の頃に経験できなかったものだという。ただし、こと展覧会に関しては、アデルでさえわたしがあまりに多くを急ぎすぎていると思っていた。

理事たちは全員、展覧会に関する会合への出席には同意していたので、初回の文芸サロンの翌日にあたる水曜日の午後に会合の予定を立てた。ミドルバンク館での会合となると、理事たちにとって議題はさして重要ではなかった。彼女たちのお目当ては、お茶とケーキやタルト、テーブルに置かれたシェリーのデカンタとともに過ごす愉しいひとときなのだから。聞くところによると、そんなひとときは、レディ・ファウリングの存命中、ミドルバンク館の図書室や〈ロイヤル・クレセント・ホテル〉で愉しいおしゃべりに花を咲かせ、幾度となく過ごした午後を思い出させるのだそうだ。

明日の午後の理事会はわたしが展覧会について提案する二回目の機会になる。協会の活動は順調だったから、世の注目をつなぎとめておけるよう、文芸サロンから時をおかずに心躍る催しをおこなう必要があった。正直に言うと――認めたくはないのだけれど――わたしはこの時点でも、協会に自分が存在する価値を証明しなくてはいけないと感じていたのかもしれない。わたしがキュレーターの職を得たのは、協会がこのポストを務められる誰か、というか誰でもいいから資格のある人間をどうしても必要としていたときのことだった。だから、自分は一時しのぎの人選にすぎなかったのだ、という思いがぬぐい去れていなかったのだ。

すぐに準備に取りかからなくてはいけない。小規模の展覧会でさえ開催にこぎつけるまでには一年はかかる。ましてやわたしが目指している展覧会の規模を思うと、ひと息ついてはいられなかった。搬入と設営をするのに充分な時間の確保、傷みやすい本の取り扱い、本を傷めない照明の選定、適切なチャンネルでの宣伝活動、実際の展示方法――《本はこちら》と表示するだけでは不充分だ――のアイディア出し……こういう仕事は氷山の一角にすぎない。

もちろんヴァルも企画に参加している。市内にある成人対象のカリキュラムもある継続教育機関、バース・カレッジで講師を務める彼は、市内にあるこの学校からの支援をもたらしてくれた。ヴァルとわたしはいいチームだ――仕事のうえでもプライベートでも。後者のほうの関係はお互いが願うほどスピーディにことは進んでいなかったけれど。それでも彼からのサポートはわたしにとってかけがえのないものだ。

それに、会場を確保するまでは展覧会の開催を公表するわけにはいかない。ジュリアン・ロードを歩きながらまたそのことを思い出し、ベネット・ストリート沿いにあるアセンブリー・ルームズの脇で立ち止まった。建物の入口は表通りに面してはおらず、側面にはいった位置にあり、ツアー客や学校関連の団体が入館まで一ヵ所に集まって待てるよう広い前庭に面していた。アセンブリー・ルームズはかつてバースの社交界の中心を担《にな》った集会所で、現在では人気と歴史のある貸し会場にもなっており、管理状態もすばらしかった。たとえば〈グレート・オクタゴン〉などのスペースは結婚式や披露宴、ときおり開かれる二日間の展示会に貸されている。バースではどこも状況は同じだ。わたしたちが必要としているのは二週間にわたって開催できる会場だった。それには〈シャーロット〉を押さえなくてはならない。

〈シャーロット〉は道路をはさんでアセンブリー・ルームズの真向かいのテラスハウスが建ち並ぶ区画の角地にあった。この貸し会場はふた棟《むね》のテラスハウスをつないで造られたものだ。一階は、棟と棟のあいだの壁を取りはらった広く快適なイベント会場になっており、オフィスなどは二階に設《もう》けられている。角にあたるほうの棟には改装工事がまだすんでいない部分もあった。

展示エリアはバースでこよなく愛されるジョージアン様式に改装されている。ジェイン・オースティン・センターで働いていた頃、ここで「ジェインときょうだい——素顔のオースティン家」と題した展覧会を一週間にわたって開催したことがあったので、〈シャーロット〉のことはよく知っていた。長期の展覧会にはこれ以上はないという理想的な会場。残念なことに、理想的なのはほかの多くの団体にとってもご同様で、向こう三年のあいだ、予約がびっしり埋まっている。使えないと思うと、なおさら理想的に見えてしまう。

そこで〈シャーロット〉のかわりになる場所を探そうと、ロウアー・バラ・ウォールズ沿いの携帯電話ショップの階上《うえ》にある会場を見学にいく約束をしていた。〈シャーロット〉に背を向け、セント・アンドリューズ・テラスを急ぎ足で歩き、ジョージ・ストリートを走って渡って、ミルソム・ストリートを大股で歩いてユニオン・ストリートへはいった——下り坂のほうがいつも時間がかからない。手作りコスメの〈ラッシュ〉を通りすぎたところで携帯電話が鳴った。娘からだった。

「ダイナ、元気？」

「ねえママ、急いで授業に向かっているところなんだけど、昨日のおばあちゃんの整形外科の診察はどうだったのかなあと思って」

「希望が持てる状況よ。先生によると、治療が終わる頃には絶対にもっと楽に歩けるようになるって。手術することになったわ」わたしの母は三年近くまえ、自動車事故に遭い、今は自宅のフラットでは歩行器、それ以外の場所では車椅子を使っている。十一月に転倒してしまい、骨折はしなかったものの、かかりつけの医師が整形外科医を紹介してくれて、その整形外科医が希望を与えてくれたのだった。「でもね、命にかかわる状況というわけではないから、順番はリストの下のほうになっているけどね。あなたのほうはどうなの？　アルバイトのせいで授業に身がはいらない、なんてことにはなってないよね？」

もう少しで二十三歳になるダイナは、シェフィールドの大学で人々の日常生活史を学んでいる。卒業後の仕事について話し合ったことはなかった——だって、十九世紀文学で学位を取ったわたしが、なんのお手本になれるというのだろう？　とはいえ、わたしの場合は結局うまくいった。齢《よわい》四十五にしてではあるけれど。

「ただのパブの仕事だよ、ママ、隔週の週末だけのことだし——勉強のほうは大丈夫」わたしの耳には十億分の一秒くらいのためらいが聞こえた——母親だけが察知できるほんの一瞬の間。「パパがね、どこかのハイヤー会社で電話応対の仕事を紹介できるって言うの。そうすれば二倍稼げるだろうって」

「あの人が？」わたしは明るく尋ねた。心のなかで元夫をののしりながら。

「どうやら、パパには伝手《つて》があるらしくて」

「あのね、パブのアルバイトを辞めるのは、パパからの紹介が確実になってからじゃないとだめよ、いい？」

「そうだね」娘はほっとしたように言った。「パブのアルバイトは続ける。パパって、先走っちゃうところがあるよね」

わたしのキュレーターとしての仕事とダイナのごくささやかなパブのアルバイトで、わが家の収支はどうにかとんとんというところだ。そこへもってきて母の脚の治療もある。今になって気づいたのだけれど、母の手術代は賄《まかな》えるとしても、治療に付帯する費用も何かとかかってくる。だからロジャーのいいかげんな空約束で娘を路頭に迷わせるわけにはいかない。

「ねえダイナ、もう切らなくちゃ。約束があって、その場所に着いたところなの」

「約束って、ヴァルと？」とダイナが尋ねる声にはちょっぴりひやかすような響きがあった。

「いいえ、仕事よ。ただ――」

「切るね、ママ。授業だから」


会場候補の評価はさっさとすませた――狭い階段をのぼって入口をはいると、どこからどう見てもわびしい、狭い展示室がふたつ、目に飛び込んできた。展示室には「フェルト・マーカーの歴史展」という前回の展示物の残骸が残されている。保管スペースもキッチンもトイレもなし――これでは候補にすらならない。

ロウアー・バラ・ウォールズをあとにすると、一度ならず大きなため息をついた。翌日の午後には、会場だけではなく、理事会に何か具体的な提案をしなければならない。それに展覧会マネージャーはどうしよう？

「あなたがやったら？」わたしから企画のことを聞いた母にそう言われたことがあった。

「わたしが？」胸に手をあてると、どくどくという鼓動を感じた。「展覧会全体を取り仕切る――設計から何から何までを？　いいえ、お母さん、わたしには無理よ。適任者を見つけなくちゃ。資格も経験もある誰かを」

この手の展覧会の開催は、特別な才能を持つプロが手がけるべき仕事だ。わたしはもちろんキュレーターとしてすべての段階に立ち会うことになるし、将来的には自分で展覧会マネージャーの役割も担える日がくるかもしれないけれど、それは今ではない。「レディ・ファウリング――ことばでたどる生涯」は初心者の手に負えるような展覧会ではないのだ。人々の心に真に感銘を与える展覧会にするには、空間に目配りが利き、題材をよく理解し、人々をレディ・ファウリングの世界へと引き込む視覚的体験を構築できる人物が必要なのだ。

展覧会マネージャーはそもそも数が少ない。それは断言できる。翌日、そのひとりと市内で会う約束をしていた。ジーノ・ベリーフィールド。〈〝見せ物になろう!〟展示サービス社〉という会社を経営している人物だ。ちなみにびっくりマークは会社名にもとからはいっているもので、わたしが足したものじゃない。わたしはごくりと唾を呑み込み、どうか彼がフェルト・マーカーの展覧会を手がけた人物ではありませんようにと祈った。

道を曲がってバース・ストリートにはいると、気分がよくなった。閑散として静かな通りに沿って建ち並ぶ列柱の陰に、ダッフルコートのポケットに両手を入れて立つヴァルの姿が見えたから。駆け寄って彼の腰に両手をまわすわたしを、彼はコートで包んでくれた。

「こんなふうに会うのはやめなくちゃね」わたしが言った。

微笑む彼の目尻に皺《しわ》が寄った。「そうだね、全面的に賛成」

キスをしてから、もう一度唇を重ねた。彼の唇の温かさが爪先まで広がる。わたしは片手を出して彼の栗色の髪を指で梳《す》いた。

「少しはいい報《しら》せがあるといいんだけど」わたしは言った。「あなたのほうは何かない? どんなことでもいいの――あなたの教え子のひとりが出版契約をオファーされたとか、〈ウェイトローズ〉が調理ずみ食品の新商品を扱っているとか？」

「実はね」彼は言った。「いい報せがある。来週末、ぼくらふたりで過ごせる場所を予約したんだ」

これはなかなか重みのある報せだった。ヴァルとわたしは去年の十月に出会って、お互いに惹かれ合っていたのはまちがいなかったけれど、タイミングがいい出会いとは言えなかった。現実のあれこれに阻まれ、まえに進めずにいたのだった。まずはわたしの娘が事前の連絡もなくバースにやってきて、一週間滞在したこと。驚いたどころの話ではなかった。その夜はヴァルを夕食に招いていたのだけれど、彼が来て五分後にわたしたちは夕食を後まわしにすることにした。ところが、その二分後にダイナが館の正面玄関のまえで待っていたのだ。

三人でラザニア――もちろん〈ウェイトローズ〉の一品――を取り分けて食べると、ヴァルは母娘の時間を邪魔したくないと言ってすぐに帰ってしまった。ダイナはヴァルをやさしい人だと思ったようで、「ママにぞっこんって感じ」と言った。

その週が終わると、今度はヴァルの二十四歳になる双子の娘がやってきてしばらく滞在した。わたしがまだふたりと会えていないのは、母が転倒したので一週間リヴァプールに行っていたから。そのあとはクリスマスともろもろの行事が続いて、そうこうするうちダイナがまたバースに来て数日間滞在して――ヴァルとの関係の進展を邪魔する出来事が果てしなく続くようだった。結局わたしたちはあきらめてもしかたがない状況に至った。

とはいえ、完全にあきらめたわけではない。成熟した大人らしく振る舞い、ふたりきりで過ごせるよう、大人にふさわしい週末の小旅行を計画することにしたのだ。わたしたちくらいの歳になると、この手の事柄は重い意味を帯びてくる。だからロマンティックな小旅行を思い描きつつ、一線は越えない関係を保った。欲求不満だったけれど。

そこでお互いのエネルギーを向ける先を変えて、別の種類の共同作業に打ち込んだ――最初は文芸サロンに、今度は展覧会に。それで問題なくやれている。大丈夫。だって、その週末旅行まで二週間もないのだから。

「どこに行くの？」旅行の計画にかかわっていないわたしは、胸を躍らせながら訊いた。

「ウーラクーム――北デヴォンの」

わたしははっと息を呑んでから言った。「ウーラクーム？」

「ホテルの三階の海に面した部屋を予約した」

海辺――一月だろうと何月だろうと――はわたしがいちばん行きたい場所だったし、彼もそれを知っていた。もう一度、彼にキスをした。「わたしのために？」わたしは尋ねた。「デラックス・ルームとか？」

彼の緑の目がきらりと輝いた。「そうだよ」彼の答を聞いて、わたしはつい笑いを洩らしてしまった。「いつでも眺めたいときに海を眺められれば、週末のあいだ少しでも長く部屋にいられると思ってね」

しばらくお互いの瞳の奥をのぞき込んでいると、耐えられなくなってきた。

「コーヒーにしましょう」

天井が高く、白いテーブルクロスがテーブルにかけられた〈パンプ・ルーム〉での朝のコーヒーは、夜に開催が迫った文芸サロンのことを考えて昂《たかぶ》っていた神経を鎮めつつ、会場探しが不発に終わった落胆を受け入れるのにぴったりだった。注文したものが届くと、ふたりで勢いよく食べはじめた。ヴァルはベーコンロールにブラウンソースをつけ、わたしはざらめがけのバースバンにシナモンバターをたっぷり塗った。指先をぺろりと舐めたわたしは、カプチーノをかき混ぜて泡をなじませながら、携帯電話ショップの階上《うえ》の会場の様子を説明した。

「そんなわけだから」わたしは言った。「あの会場は候補から除外していいと思う」

「カレッジの事務局は、ウッド記念堂をオフィスに転用してしまったことを今になって悔やんでいるよ」

ヴァルも会場探しをしてくれていたけれど、ふたりそろって成果はなかった。でも、こういう厄介事はひとまず棚上げにしよう。今は愉しいことを考えていたい。

「つぎはどの作家を読んだらいい？」

フィクションを専門とする小説創作の講師であるヴァルは、ミステリ黄金時代の作家とその創造物たる探偵について学びたいというわたしに手ほどきをしてくれている。

「そうだねえ、クリスティはひととおり自分のものにできただろうから、今度はセイヤーズに移ってみたら」

「ああ、ドロシー・L・セイヤーズ――探偵はピーター・ウィムジイ卿よね。仕入れてあるぺーパーバックの一冊にウィムジイ卿が片眼鏡をかけているものがあったはず」

「彼のトレードマークだね」

「なぜなのかしら？　視力が悪いのか、それとも上流階級の人間らしく見せたいからなの？」

「あるいは別の理由がある可能性もあったりして？」

「ふうむ」わたしは釈然とせず、バースバンの残り半分を手に取った。「それも解決すべき謎というわけね」

コーヒーを飲み終える頃になって、それぞれの携帯電話にショートメッセージが届いたことを知らせる着信音が鳴った。ヴァルは携帯電話を取ろうとコートのポケットに手を入れた。わたしの携帯電話の画面にメッセージが表示された。

「えっ何？」わたしはもたつきながらパスワードを入力し、ちらりと表示されたメッセージが嘘でありますようにと願いながら、もう一度読もうと急いだ。

ヴァルが先にメッセージを読んだ――わたしに届いたものと同じだった。「まいったな」と彼は言った。

アーサー・フィッシュからのメッセージだった。

《パディントン駅が閉鎖。ぼくは車を運転できない。今夜は間に合いそうにない》

2

「閉鎖ですって?」わたしは思わず叫んだ。店に居合わせた人たちの注目を浴びてしまい、声を落としつつ怒りを込めてささやいた。「鉄道駅を丸ごと閉鎖するなんてことはできないはず。そうでしょう? ちょっと待って、まさか――」

隣のテーブルにいた男性が身を乗り出して教えてくれた。「電気系統らしい」

「なんとおっしゃいました?」ヴァルが訊き返した。

「パディントンからは列車が一本も出てない。なんでも、高速の試験車両が架線を損傷させてしまったんだそうで」男性は携帯電話を持ちあげてみせた。「旧国鉄《ナショナルレール》の運行情報アプリを入れているのでね」

ヴァルとわたしはそれぞれの携帯電話でそのニュースを検索した。わたしには事態が受け入れがたかった。列車が走っていなければ、講師が来ることはできない。わたしたちの文芸サロン初回は中止になるの? 動揺しつつも、頭がまた働きはじめた。

「これからどうしたらいい?」わたしは言った。「思い出せないんだけど、来週の講師は誰だったかしら? 順番を入れ替えられる?」

「ポオについて講演してもらうことになってるアメリカ人だ」

協会の国際会員のひとりで——イギリスに滞在するのは来週だけの予定だ。「無理ね、都合がつかないわ」

ふたたび沈黙が訪れた。わたしはあふれそうになる涙を必死にこらえ、片手をテーブルの上にぴしゃりと置いた。「いいえ、中止になんかしない。本来の趣旨に沿って始めるの——聴衆と協会の使命にふさわしい、質の高い講演や朗読を提供して。理事のモーリーン・フロストに『ねずみとり』のすべての役をひとりで演じてもらうわけにはいかないわよね？」

「彼女なら喜んで引き受けてくれると思う」とヴァルが言った。緑色の目が翡翠《ひすい》のように硬い表情になった。「だめだ、彼女は別の機会にしよう。今夜はアーサー・フィッシュの講演を聴く。ぼくが迎えにいってくる」

「なんですって？」

「どうだろう——行くのに二時間、戻ってくるのに二時間ってとこかな？　フィッシュはリッチモンドに住んでる——ロンドン中心部じゃないのはせめてもの救いだね。いいかい、今十一時だろ。車で自宅に行って彼を拾って戻ってきても、サロンの開始まで時間はたっぷりある。午後の授業は別の講師にかわってもらえるように頼んであるし、せっかくだから役に立たせてもらうよ」

「ヴァル、いけないわ。あなたにそんなに迷惑をかけるわけにはいかないわ」わたしは顔をしかめた。「わたしも一緒に行くべきよ。そうしたいのだけど、でも……」腕時計にちらりと目をやって言った。「いつ出発できる？」

パディントン駅が閉鎖され、ふだんは鉄道を利用している何十万という人々が車に頼ったため、ロンドンに至るグレート・ウェスト・ロードが渋滞しただけではなく、そのほかのありとあらゆる道路が混雑した。おかげでヴァルはリッチモンドに着くまでに三時間かかり、ミスター・フィッシュを乗せてとんぼ返りで帰路についたが、渋滞した道路を引き返すはめになってしまった。

午後の前半はなんにも集中できず、前向きな態度を保とうと、ひとりごとを言いながら意味もなく図書室に行ったり来たりした。バンターは二階の踊り場にあるチッペンデール様式の椅子に陣取り、われ関せずといった様子で眺めていた。ミセス・ウルガーはわたしに話しかけられているのかと思って、二回、執務室から出てきた。

正直に言うと、意外にも彼女はこの事の成り行きを落ち着いて受け止めていた。「ミズ・バーク、ミスター・モファットとミスター・フィッシュが間に合うように祈りながら待つしか、わたくしたちにできることはないのでは?」と彼女は言った。「わたくしはいったんフラットに引きあげて休んできますね。どちらになるにしても、何かわかりましたらお知らせください」

「ミセス・ウルガー、ふたりはきっと間に合いますから」

ヴァルは四時に、レディングのなかでもバース寄りにあるサービスステーションから、コーヒーを飲みに立ち寄ったときに電話をくれた。

「彼は段ボール箱ふたつ分の著書を持ってきてる」ヴァルは静かな声で言った。「列車でどうやって運ぶつもりだったんだろうね」
もっと言えば、フィッシュは全部売れると思ったの？

わたしは図書室へ行き、書架の埃《ほこり》を払った。そんな必要はないとわかっているのに。それから、レディ・ファウリングが蒐集《しゅうしゅう》したさまざまなエディションの本をほれぼれと眺めて気をまぎらわせた。何冊か手に取って最初のページを読んでみるのもいい——そうすれば、ヴァルとフィッシュのふたりとリッチモンドからバースへの長い道程《みちのり》のことを考えなくてすむから。

石炭用のバケツの中身をあらためるのに精を出すバンターをよそに、わたしは書架用の脚立を移動させると、二段のぼって書架の上から二番目の棚に手を伸ばした。そこにドロシー・L・セイヤーズのコレクションの一部があるのが見えたからだ。背表紙に指を走らせながら考えた——そうだった、つぎに読むのはピーター・ウィムジイ卿ものにしていたんだった。せっかくなら、市内のあちこちのチャリティショップから自分で買い集めたかび臭い中古のペーパーバックの山からの一冊じゃなく、協会の図書室にある一冊を読んでもいいんじゃない？ ずらりと並んでいる本の題名をさっとチェックした。『毒を食らわば』は表紙ちがいの版が三種類。その先には『ナイン・テイラーズ』のもともとの英語版のほか、ドイツ語版の *Die Neun*《ディ・ノイン》 *Schneider*《シュナイダー》もあった。その隣には『殺人は広告する』。背表紙を引っぱらないよう気をつけながら、そっとすべらせるようにして棚から出した。セイヤーズの本の多くと同じく、この本にも黄色のカバーがかかっていた。カバーの上部には題名と同じくらいの大きさで《4/6 薄紙廉価版》と印字されている。

「四ポンド六ペンスなら、悪い値段じゃないわね」わたしはつぶやいた。「戦時中の版ね、きっと」

刊行年月を確かめようと表紙を開いたところ、折りたたまれた紙が本の裏表紙のほうからすべり落ち、床に舞い降りた。

出入口にさっと目をやり、ミセス・ウルガーが見ておらず、物品を傷つけたと非難されることもないと確認すると、『殺人は広告する』からすべり落ちた紙を拾いあげ、椅子に腰かけて、たたまれていた紙を開いた。

親愛なるＤＬＳ

こんなにも心づくしの贈り物をいただき、ことばでは伝えきれないほど感謝しています。ディテクション・クラブの一九三三年の会員作家すべてのサインがはいった本を今やわたくしが所有しているなんて。一九三三年は、あなたの痛快なピーター卿作品『殺人は広告する』が発表された年にあたるわけですし。ご承知のとおり、わたくしはすべてのクラブ会員を心から尊敬していますし、あなたをはじめとする作家諸氏、とくに女性作家の方々からいただいた本で、わたくしの蔵書は増えつづけています。強さ、たゆまぬ努力、才能を持つ女性作家の方々に対しては感服の念に堪えません。あなたはおやさしいことにわたくしのフランソワ・フランボーを褒めてくださって――彼はわが愛する亡夫の面影を借りてわたくしが独自に創りあげた人物だとお察しくださってのことですね。わたくしはフランソワを知る読者が少なくてもかまいません。なぜなら彼は今でもわたくしにとって愛しい人なのですから。

ティッシュペーパーって必要なときにないんだから。レディ・ファウリングのサー・ジョンとの結婚生活に思いを馳《は》せると、決まって心が震えてしまう――彼女はこんなにもやさしく彼のことを書き記していたなんて。袖の裏で目をぬぐって読みすすめた。

お心に留めておいていただきたいのですが、まちがいなく貴重なものだと思いますので、ご本は汚さないよう大切に保管いたします。それをくださるなんて、なんて素敵なお心づかいでしょう。この本をほかの人たちと分かち合えるときがくるのを心待ちにしております。

かしこ

ジョージアナ

追伸――つい先日の新聞で、以前勤めていらしたS・H・ベンスン社で撮影されたあなたのお写真を拝見しました。『殺人は広告する』で〝殺人現場〟になった、同社の階段近くに設置された記念プレートの除幕式をなさっているお写真です。あなたの小説とその着想源になった実在の場所とを結びつけるとは、なんて愉快な発想なのでしょう。おかげで、あなたからの贈り物がよりいっそう特別なものになりました！

DLS――ドロシー・L・セイヤーズ。私的な手紙であることに心が騒いだ。ディテクション・クラブ？　名称にはかすかに聞き覚えがあった。よく調べてみなくてはいけないけれど、クラブに所属する作家の全員がひとりの会員が書いた本にサインをするのはめずらしいことだったのはまちがいない。

その本はどこにあるの？　そんなサインがはいった、ドロシー・L・セイヤーズの稀少な『殺人は広告する』初版本はどこに？　まず図書室を捜索しなくてはいけない。一冊残らず開いて探してみなくては。それで発見できなければ、銀行の貸金庫に保管されている段ボール箱を持ち出して、ひと箱ずつ調べてみよう。

この手紙からはレディ・ファウリングの大物ぶりがうかがえるというものだろう。彼女はただのファンではなく――ミステリ黄金時代を代表する作家のひとり、ドロシー・L・セイヤーズから対等な立場にあると目《もく》されていたのだ。

すっかり舞いあがっていた気持ちに疑問が湧きあがってきた。レディ・ファウリングがドロシー・L・セイヤーズに書いた手紙は、なぜ送られずにここミドルバンク館の本にはさまれていたのだろう？　レディはありもしない友情を心のなかで勝手に創りあげていたのだろうか？

「ミズ・バーク？」

ミセス・ウルガーが急に現われたので、わたしは椅子から飛び上がった。

「六時を過ぎましたよ」と言う彼女の声はちょっぴり非難がましい響きを帯びていた。

「えっ？　もうそんな時間なんて……気づかなかった……着替えなくては――間もなくお客さまが到着しはじめますものね。それにしても、ヴァルとアーサー・フィッシュはどこにいるんでしょう？」片手に持った手紙ともう片方の手にある本に視線を落とすと、さっきまで自分が夢中になっていたことを思い出した。「ミセス・ウルガー――わたしが見つけたものを見てください！」

彼女はこちらに近寄り、手紙とレディの繊細《せんさい》な筆跡を目に留めると、顔をほころばせた。

「あらまあ、それはどこにありましたの？」

「隠されていました。この本の裏表紙のほうにはさまっていて――手紙に書かれている本ではないんですけど。レディ・ファウリングが著者のセイヤーズに宛てて書いた手紙です。でも出さなかったみたいで」

「何をおっしゃっているのやら」ミセス・ウルガーは手紙をちらりと見てからわたしに返した。

「これは下書きですよ。レディはいつもきちんと手紙の文章をしたためてから、内容にふさわしい便箋に清書したうえで投函していらしたのです」

こんな情報を教えてくれるなんて、事務局長をその場でハグしてもいいと思ったけれど、自分の立場はわきまえている。手紙と本をまとめて持つと言った。「それはすばらしいですね――わたしからもっと詳しくお話しできるまで愉しみに待っていてください。今は急がなくちゃいけないので。ちょっと待って、わたしの電話はどこでしたっけ？　ああ、あそこに。ヴァルにショートメッセージを送りましたら、すぐに階下《した》に行きますので」正面玄関のブザーが鳴った。「きっと、ワイン係をしてくれる人たちですね。ミセス・ウルガー、できれば――」

「なかにお通ししておきましょう」

「それと椅子のほうは？」

「ええ、チッペンデールを何脚か運んでおきます。それから暖炉に火を熾《おこ》しておきますね。さあ行ってください」

予定外のゲストがあった場合は別として、全員が坐れる場所を用意しなくてはいけない。必要があれば、わたしは脚立に腰かけたっていい。「坊や、こっちへいらっしゃい、夕食よ」とバンターに話しかけるミセス・ウルガーを残して、階段を駆け上がり、フラットへ行った。ドアの鍵を開けたところで、アーサー・フィッシュからショートメッセージが届いた。

《M4号線を降りたところ。余裕だ》

余裕だって、あの人は頭がおかしくなったの？

夜のためにワンピースに着替えた――ウエストにひだ飾りをあしらったゼラニウムピンクの一着に。この服のいちばんいいところは着回しが利くこと。来週はジャケットを羽織って、再来週は花柄のスカーフを合わせて着ることにしている。ずいぶん昔に、手持ちの服を最大限着回すことを覚えた。ポニーテールのゴムをはずし、ほどいた髪を梳《と》かして、ねじりながらアップスタイルにしてバレッタで留めると、靴を持って階下《した》へ下り、図書室に寄ってワイン係のふたりに挨拶してから、息を切らして正面玄関に行った。ほんの何秒も経たないうちにブザーが鳴った。

ドアを開けると、ミセス・オードリー・ムーンとミセス・シルヴィア・ムーンが晴れやかな笑顔を向けてくれた。ふたりとも何枚も重ね着したウールの衣類にくるまれている。ふたりの後ろには背筋をぴんと伸ばしたジェーン・アーバスノットとページボーイ（肩までの長さで、毛先を内巻きにした髪型）にカットした青みがかったグレーの髪のモーリーン・フロストがいた。さらにその後ろにはアデルのふさふさの赤毛の巻き毛が見える。協会の理事たちだ。講師に会ってもらおうと早めに招いていたため、来てくれたのだ。肝心の講師はどこにいるの？

「まあ、ヘイリー！」オードリー・ムーンが大きな声で言った。「さすがあなたね」

わたしは頰を赤く染めつつ、ふたりのミセス・ムーンの頰に挨拶のキスをし、そのつぎのふたりとは握手をし、アデルからはハグを受けた。

「ええっと」ミセス・アーバスノットが言った。「われらが高名な講師の方はどちらに？」

「間もなく到着します」わたしは答えた。「ミセス・ウルガー、みなさんを――」

事務局長が理事たちを階上《うえ》へ案内したが、アデルはひとり後ろへ退《さ》がった。

「いよいよ」アデルが言った。「あなたの初めての出番ね。大丈夫？」

「ええ大丈夫。調子は最高、絶好調よ」

「どうかした？」

「実はパディントン駅からの列車が運休になっちゃって、ヴァルが車でアーサー・フィッシュを迎えにいったの。二十分くらいまえに高速道路のM4号線を降りたところだって」

「あら、運休なんて――気がつかなかった」

「きっと間に合うはず」わたしは言った。「でももしも時間に遅れてしまったら？　理事たちや事務局長は、文芸サロンの開催なんて高望みしすぎたんだって言うに決まってる。そしたらもうつぎは賛成してくれなくなって――」

「いい」アデルは大急ぎでコートを脱ぐと、わたしに持たせて、赤のレギンスの上に着ている紫のチュニックを直した。「あなたはここでふたりを待ってて。わたしは階上《うえ》に上がって、みんなにワインのグラスが確実に行きわたるようにしてから、オードリーとシルヴィアにクルーズ旅行がどうだったかって訊く。そうしたら、三十分は持つから。それで万事うまく収まるはず」

その案に賛成すると言うつもりで、声にならないむせびを洩らした。

つぎに現われたのは早めにやってきた参加者ふたりで、そのあとはぽつりぽつりと参加者が来館しはじめた。ひとりかふたりは顔見知りもいたものの、ほとんどはわたしの知らない人だった。ともかくも、わたしは温かく出迎え、図書室へ向かうよう案内した。「グラスワインを受け取ってくださいね」と参加者たちの背中に呼びかけた。

来館者のたびにうるさくブザーが鳴らないよう、正面玄関のドアを少し開けておいたのだけれど、あまりの外気の冷たさに、わたしはなかで待つことにした。行ったり来たりしながら、ノースリーブの剝《む》き出しの腕をさすり、ストレスで息を切らした。ついに全員の到着が確認できてしまうとドアを閉め、階段に顔を向けて立ちつくした。待っている人たちになんて言えばいいのだろうと頭を悩ませながら。背後でブザーが鳴り、心臓が咽喉《のど》もとまで飛び上がりそうになった。

ふたりが着いた——目を充血させたヴァルと講師が。われらが講師は頭髪の薄くなりかけた細身の男性で、細いメタルフレームの丸い眼鏡をかけ、バラ色の頰をしていた。ふたりとも本のはいった段ボール箱をひとつずつ抱えている。

ふたりにキスをしてもいいくらいだと思った。とくに片方の人には。

「いやはや、とんだ目に遭ってしまって」アーサー・フィッシュは手短に紹介し合ったあとで言った。「たいへん申し訳ない、ヘイリー——ヴァルが車で迎えにきてくれてほんとうに助かったよ。おかげでほらこのとおり、準備万端——どっちへ行けばいいか教えて」

アデルが踊り場からこちらを見下ろした。

「ミスター・フィッシュですよね?」彼女が言った。「ようこそバースに」

「アデル・バベッジ、協会の理事です」わたしがあいだにはいった。「こちらは今夜の講師を務めてくださるアーサー・フィッシュ。アデルが会場へ案内しますね」アーサーが階段へ向かった。「ちょっと待って」わたしは本のはいった段ボール箱をヴァルから取って、アーサーの持つ段ボール箱の上に置いた。「さあ、これでどうぞ」

アデルが急いで階段を半ばまで下りてきて箱をひとつ引き受け、われらが講師を連れていった。

わたしはヴァルに向き直り、その顔を両手で包んでキスをした。「ありがとう、ほんとうにありがとう」

彼はわたしを引き寄せ、ささやいた。「なんなりとお申しつけください」

ほっとしたら、くすくす笑いが込みあげてきた。「あら、そのことばの響き、気に入っちゃった」

ミセス・ウルガーが階段の上にぬっと現われた。「まあ、実に危ないところだったと申さないわけにはまいりませんね。ミズ・バーク、図書室でお客さまのお相手をされてはいかがです？　ミスター・モファットに着替えの時間を作ってさしあげましょう」

「このままで問題ないと思いますよ」わたしは言った。

「いいんだ」ヴァルが答えた。「ジャケットとネクタイくらいは持ってきているから」

「わかった、それじゃわたしは階上《うえ》へ行くわね――でもあなたが来るまで始めないから」

「いや、待たないでくれ。ここへ来るまでずっと彼の話は聞いてきたのでね」

わたしは階段を駆け上がり、顔に笑みを浮かべて図書室にはいると、息を弾ませながら、さっき玄関で出迎えたばかりの人たちにまた挨拶をした。「こんばんは、先ほどはどうも。いらしてくださってほんとうにうれしいです」講師の姿を捜して見わたすと、ムーン〝姉妹〟のふたりとおしゃべりをしているのを見つけた。彼が何を言っても、ふたりは大きな笑い声をあげている。わたしは三人のほうに向かいながら、通りかかったワイン係のトレーから赤ワインのグラスをふたつ取った。

「ミスター・フィッシュ、ワインはいかが？」

「ありがとう、ヘイリー」アーサーは答えた。「ちょうど欲しいと思っていたところだ」

背後から近づいてきたアデルがわたしにそっと耳打ちした。「それで二杯目」

わたしはなめらかな動きでミスター・フィッシュからグラスを取りあげると、アデルに渡した。「さあこのへんで、お客さまのお相手はわたしたちに任せて、講演に備えてください」彼を暖炉のほうへ案内し、わたしは会場のほうを向いた。背中に心地よい暖かさを感じ、薪《まき》の燃えるぱちぱちという小気味よい音を聞き、薪のほのかな煙を鼻腔《びくう》にとらえ――別の妙なにおいが混じっている。鼻をふんふん言わせてにおいを嗅いでみた。薬草か何かが燃えているような。振り返って暖炉の炎に目をやると、煙をくすぶらせている小さな塊《かたまり》が見えた。皮革の尻尾が出ていたそれはぱっと燃えあがった。やってくれたわね、バンター。

深く息を吸い込み、背筋をぴんと伸ばすと、おしゃべりのざわめきに負けないよう声を張りあげた。「みなさま、こんばんは、初版本協会文芸サロンの講演会シリーズにようこそお越しくださいました」

3

「……それが理由だったのです」アーサー・フィッシュは締めくくりにはいった。「彼女の小説では、モリスダンスを踊る男たちによる殺人に出合うことは二度とないでしょう（ナイオ・マーシュ『道化の死』より）」

惜しみない拍手がわき起こり、ワイン係がおかわりをつぎながら会場をまわるなか、笑顔やおしゃべりが交わされた。わたしは立派に務めを果たしてくれた講師に今度こそは二杯目のグラスが行くよう取りはからうと、この光景をうっとり眺めようと少し退《さ》がった位置に立った。

わたしたちは成し遂げた――初版本図書館で初開催となる文芸サロンを見事に成功させたのだ。

アーサー・フィッシュがすぐそばに著書を積みあげ、片手にペンを握ってテーブルの端に腰を落ち着けると、人々が列を作りはじめた。わたしのほうは参加者たちと交流する時間だ。

でもあまり動けず――体つきはがっしりしているが、身長はわたしより低い男性がまえに立ちはだかったからだ。坊主頭で、左耳の後ろに入れたタトゥーがウールのマフラーからちらりと見える。

「なるほど」と男性は声をかけてきた。「ミドルバンク館もとうとう門戸を開放したわけだな」

「どうも、こんばんは」とわたしは言うと、一歩退がった。「みなさんをお迎えできてほんとうにうれしく思います。今夜は遠くからいらしたのですか?」
これはエリザベス女王が謁見《えっけん》を求めて並ぶ人々に尋ねる質問のひとつだ。こういう質問が用意できているとどんなに重宝するか、今ならよくわかる。

「すぐ近くからだ。今後はどうするつもりなんだ? 本格的な図書館にしていくのか? 除籍本はあるかい?」

「本を売却するかということなら、ノーですよ」わたしは答えた。「レディ・ファウリングご自身が蒐集《しゅうしゅう》された本は、一冊もお売りする予定など——」

「たまたま見つけた『パディントン発四時五十分』。ボーリュー近くの車乗り入れ式《カーブート》のフリーマーケット《セール》で。このまえの土曜。クライム・クラブ選書版。一九五七年。状態はおおむね良好。二ポンドで入手。七十五ポンドの価値あり」

細かな情報を矢継《やつ》ぎ早《ばや》に浴びせられ、わたしはたじろいだ。「ご存じでした? わたしは良質のミス・マープル作品が大好きなんですよ」

「『死との約束』、一九三八年。オレンジ布装。背表紙に日焼け。それでも十ポンド。レスターのカーブート・セール。あいつらは自分たちの持ってるものの価値をわかってなかったね」男性は事の真相にまちがいないというようにうなずいた。

「ポワロものですよね?」わたしはアガサ・クリスティ作品に精通していることを得意な気持ちになって訊いた。

「『終りなき夜に生れつく』、一九六七年。背表紙に金の箔押《はくお》し文字。民家の片づけセールで、三ポンド五十ペンス」

もう神さま、誰か助けて。図書室のあちこちに視線を向けてみた——誰もが打ち解けた様子で話していた。わたしはここに突っ立って、世紀の取引の数々を拝聴しているというのに。

「さてと」わたしは会話の切りあげどきという調子で言った。「お見受けしたところ、目利きでいらっしゃるんですね、ミスター——」

「ブルドッグ！」アーサー・フィッシュが部屋の反対側から声を張りあげた。

男性がそちらへ顔を向けたので、タトゥーの細かいところまで見えた。積みあげられた本——たぶん五冊——が精緻なタッチで彫り込まれている。題名まで読めそうだ。

「ヘイリー」アーサーはわたしたちのほうまで歩いてきて言った。「ブルドッグ・モイルとは知り合いなの？」

「さっき会ったばかりですよ」わたしは言った。「ミスター・モイル——ブルドッグ——がコレクションについて話してくれて」

「なるほどね」アーサーが答えた。「なあ、ブルドッグ、何冊も売りに出されていたハードカバーの〈ストランド・マガジン〉を見たかい——」

話し込んでいるふたりを残して、わたしは後ずさりでヴァルのところへ行き、身体を寄せた。

「今夜はうまくいったね」彼はわたしの耳もとでささやいた。首筋に走ったぞくぞくする感じは文芸サロンとはなんの関係もない。

わたしは彼にさらに身体を寄せ、声を落として言った。「彼の著書を買ったほうがよさそうね」

「とても愉しい講演をありがとうございました、アーサー」とわたしは言った。著書へのサイン会も終了し、ワイン係は片づけをして、初回の文芸サロンの参加者も会場を去った。わたしは開け放たれた玄関に立ち、寒さで少しだけ身を震わせた。「ちゃんとお礼ができているといいのですが」

　できていると言っていいと思う。残ったひと箱を彼に渡すとき、それがほとんど空になっているのがわかったから。参加者の人数以上に本が売れたらしい。

「こちらこそ」アーサーは言った。「それから、ひと肌脱いでくれたヴァルに感謝だ――ぼくをここまで連れてきてくれて。展覧会の成功を祈ってる。愉しみにしているよ」

　お開きになる頃にはすっかり得意な気持ちになって――ワインはグラスに半分しか飲んでいないのに――軽率にもつぎの企画の話をしてしまったのだった。ジェーン・アーバスノットがコートのボタンをかけながら送ってきた眼差《まなざ》しから判断すると、ちょっと軽率が過ぎてしまったみたいだ。

「ええ、そうですね」わたしはアーサーに言った。「展覧会をぜひ実現させたいものです。もちろん、詰めていかなくちゃならない細かいところがたくさんありますけどね」ジェーンに笑顔を向けた。

　理事たちが館を出ると、ヴァルは長く甘いキスをわたしの頰にしてから、同乗者とともに車で去った――ムーン〝姉妹〟を自宅へ送ってから、運行を再開したパディントン駅へ向かう夜遅い列車に乗るというアーサー・フィッシュを駅で降ろすと申し出ていたのだ。

わたしの発見したものをヴァルに話す時間は一秒もなかった。価値あるサインがはいった『殺人は広告する』初版本の存在を匂わせてはいるものの、それがどこにあるかは書かれていないレディ・ファウリングの手紙。こういうニュースは直接知らせるべきものだ。明日、理事会のまえに話そう。

アデルとミセス・ウルガーとわたしだけになった。事務局長はこの夜についてお褒めのことば――じゃないかもしないけど――らしき何事かをつぶやくと、自分のフラットへ引きあげた。

「立派にやり遂げたね、ヘイリー」アデルはそう言うと、首にペイズリー柄のスカーフを巻いた。「もう行かなくちゃ。家に帰るとちゅうで〈ミネルヴァ〉に寄るって、ポーリーンに言ってあるから」

わたしは下唇を突き出して言った。「自分の大切な人のために時間を取ってくれるなんて、いいなあ」

「ヴァルが戻ってくるんじゃないの？」彼女が尋ねた。

「ううん」

「ふたりとも、ちょっとは仕事を減らして愉しむ時間を増やさなくちゃ」

「そのとおりね」わたしは気を取り直した。「実はふたりで海辺に行くの――今週末じゃなく、来週末だけど。もう誰にもわたしたちを止められないわ」

水曜日にはまた平穏な日常が戻ってきた。朝のミーティングをなしにしたのは、展覧会マネージャーのジーノ・ベリーフィールドと会う約束をしていたから。彼がこの時間しか空《あ》いていなかったためだ――つまり彼は売れっ子にちがいない。

ジェームズ・ストリート・ウェストまで来ると、バース・カレッジのモダンな黒い建物がわたしのすぐ右手に見えたが、そちらには背を向けてベリーフィールドのオフィスへと東へ向かった。訪ねたところで、ヴァルにはまったく時間がないはず――一日じゅう授業が詰まっているうえ、終了後に四時からの理事会に行くまで三十分しかない。本当ならあるはずのヴァルの最後の授業をかわってくれる講師が見つかったのはよかったけれど。彼とわたしは理事会のために充分な準備をしていた。もしもミスター・ベリーフィールドが展覧会マネージャーとして適任ならば、わたしたちの提案を見る理事たちの目も変わってくるだろう。たとえまだ会場が確保できていなくても。

正しい住所を見つけたのに、建物には〈〝見せ物になろう!〟展示サービス社〉の表札が出ていなかった。それでもわたしは呼び鈴を鳴らした。誰も応答しなかったけれど、錠が解除されるカチリという音がしてドアが開いたのでなかにはいると、階段をのぼるほかに選択肢はなかった。二階分の階段をのぼってたどり着いたのは、ガラスのパネルに〈ご用はコチラ社〉と塗装されたまた別のドアだった。なかをのぞくと、広い部屋に何列も並んだデスクについて電話やパソコンを使って忙しく働く男性や女性が見えた。どこへ向かったものかと思いながら、部屋に足を踏みいれた。

「ミズ・バーク？」

目のまえに男性が現われた。大柄な男性――わたしよりずっと背が高く、照明を背にして影絵のようにシルエットだけが浮かんで見える。

「ミスター・ベリーフィールド？」

「これはこれは《ハイホー》」彼はわたしの手を取ると激しく揺すった。「さあこっちへどうぞ。お茶、それともコーヒー？」

「いえ、けっこうです」

彼が通路を歩きはじめたので、その姿がやっとカラーで見えるようになった。濃い青緑のビジネススーツにぴかぴかの黒のオックスフォードシューズ、櫛《くし》を通すのがやっとというくらいに短く切りそろえられた黒髪。わたしは急いで彼のあとを追った。彼は窓際のデスクのところで立ち止まった。デスクにはノートパソコン一台と携帯電話のほかは何も置かれていない。彼が振り向くと、カラフルで大きな水玉模様をあしらった幅広のネクタイが見えた。わたしは粒チョコレート《スマーティーズ》のパッケージを思い出した。

「まあ坐って」彼は何もない空間をすすめてきた。「こりゃ失礼、誰があの椅子を持っていっちまったんだ？」

彼がふらりとどこかへ姿を消してしまい、わたしはまわりにいる人たちをよく見てみた。近くにいる女性が電話に話す声が洩れ聞こえた――「当社ではEU諸国だけではなくアフリカへの輸出も手がけております」

「このオフィスは共同で使っているんですか?」二本先の通路から椅子を持って戻ってきたベリーフィールドにわたしは尋ねた。

「ホット・デスキングというんですよ」彼は椅子に腰をおろしながら答え、くたびれた黒いショルダーバッグを足もとに押し込んだ。デスクに身を乗り出し、両手の指を固く握り合わせる。

「聞いたことありません? 一日貸しのデスクを予約する仕組みです。それがあたしにはなかなか好都合でしてね。事務所移転のさなかなもんですから、うちの新しい本部の移転先の候補として温泉地バースはどうかなと。そろりそろりと湯加減を見ているというわけですよ」

このちょっとしたジョークのつまらなさはわかっているとでも言いたげに、彼は口を片側に寄せてみせた。体格に合った顔はいくぶん長めだが感じがよかったし、顔つきも頼りになりそうな印象を受けた。〈ウェイトローズ〉の鮮魚売り場で働いている男性にどことなく似ている。舌平目《ドーバーソール》とツノガレイのどちらにしようかとわたしが思案するあいだ、いつもたいそう辛抱強く待ってくれるあの男性に。

「バースに来られてどれくらいになりますか、ミスター・ベリーフィールド?」

「まだ間もないんですよ——二週間ほどでして。ビジネスの構築は拙速じゃいけませんからね、ミズ・バーク。ビジネスと言えば、初版本協会とレディ・ジョージアナ・ファウリング、そして世界的に名高いかの図書館について、あたしなりにリサーチをしておきました。オリエンテーションであなたの時間を無駄にしたくはなかったので。あなたが温めていらっしゃるこのすばらしい展覧会の打ち合わせに、すぐにはいれたほうがいいでしょうからね」

何日も胸のつかえがおりずにいた——理事会が近づくにつれ、そのつかえは結び目を締めつけるように固くなる一方だった。それがゆるみはじめた気がした。ミスター・ベリーフィールドはたしかにおばかな会社名を選んだかもしれないけれど、だからと言って、彼が優秀な展覧会マネージャーではないということにはならない。それにホット・デスキングの何が悪いの？ざわざわとした話し声が室内に活気を与えていた——そういう雰囲気が商売繁盛の追い風になっているのかもしれない。

「なお」彼は先を続けた。「当社のウェブサイトは目下、デザインの変更中なものですから、ちょっとお時間をちょうだいして自己紹介をさせていただきますね。よろしいかな？」

わたしも自分なりに下調べをして、ミドルバンク館に届けられたリーフレットに目を通しただけでなく、インターネットでも業務内容を確認していた。どちらの情報源にもしごく大雑把な説明しか書かれていなかったが、その理由が今わかった——事務所の移転中なのだ。まったく筋が通っているではないか。

「もちろん」わたしは答えた。「お願いします。これまでのお仕事について教えてください」

「没入型展覧会ですよ、ミズ・バーク。それがうちの専門でして、おたくの協会の展覧会にも導入してはどうかと思っているんです。あなたは、来場者が退屈な説明パネルを寝ぼけ眼《まなこ》で読みながら、展示物のあいだをとぼとぼ歩いてほしくはないでしょう。内心では、お茶を飲みにいけるように早く終わってくれないものかと思いつつね。あなたが求めているのは胸躍る興奮！　そして体感型のイベントだ！」

　彼が握りこぶしでデスクを叩いた。わたしは思わず飛び上がった。

「ミステリ黄金時代。殺人。探偵」彼は両眉を上げてみせた。「大きな可能性を秘めています
ね」

「ええ、まあ――」体感型のイベントが必要になるなんて思いもよらないことだった。

　ベリーフィールドは先を続けた。「あたしの実績でおそらくいちばんよく知られているのは、マン島にある臨海博物館のロビー内に設《もう》けたジャイアンツ・コーズウェイの六十四分の一サイズのレプリカでしょうね。何が悲しくてただ歩いて会場にはいらなきゃならないんですか――そんなのつまらないでしょう？　だからね、来場者が玄武岩の石柱から石柱へとぴょこんと飛び越えて進むようにレプリカを配置したんですよ。石柱に飛び乗るたびにアザラシの妖精《セルキー》の歌の音量がアップする仕かけにしてね」

「あらまあ」わたしは咳払いをしてから言った。「ケルトの伝説が……その……現実になったというか」

　彼は顔を上気させ、目を輝かせた。

「でもジャイアンツ・コーズウェイと言えば、北アイルランドの沿岸部ですね。北大西洋に面しています」わたしは言った。「海のイメージはどうやって演出したんですか？」

「造作もないことでしたよ。ロビーの床に防水シートを敷き詰めて水を溜めましてね、人工波の発生装置を利用しました」

ちょっと待って――なんだか聞き覚えのある話になってきた。「それって男性が――」

「あの件は」ベリーフィールドはわたしの話をさえぎった。「大げさに報道されたんですよ」彼の顔に影がよぎる。「ええ、不幸にもシートから水洩れが起きてしまい、博物館内の電気系統が吹っ飛んだところにあの人が接触しちまったのが――」

「人ひとり感電死させた、あの展覧会！」

「告訴は取り下げられたんだ！」ベリーフィールドははっと息を吸い込んで、ゆっくりと吐き出し、人好きのする笑顔に戻った。「でも、やれやれ《ハイホー》で」

「ええっと、ミスター・ベリーフィールド、わたしが思うに――」

「まあ、あたしが見るところ、おたくの展覧会には大量の血液が必要になりますね」

わたしは急いで椅子から立ち上がった。「今朝はお時間を取ってくださって、ほんとうにありがとうございました。申しあげるまでもなく、まだ企画の初期段階にありますので、詳細は追ってお知らせしなくてはなりません。失礼します」

通路を大急ぎで歩いているわたしのあとにジーノ・ベリーフィールドはぴったりとくっつき、とうとうとまくしたてた。「詳しいことを知れば、このアイディアをきっと気に入るはずですよ。血液の入手に問題はありません――豚の血を入手するあてがありますので。ちょっと待って――聞いてみたくありませんか――」

彼が豚の血でもって何をするつもりかを語るまえに、わたしは部屋からの脱出に成功し、階段を下りはじめた。一階に着くと、足を止めた――息が切れ、汗が出て、泣きたくなった。

外に出ると、一月の冷たい空気を深く吸い込んだ。ストール・ストリートにはいった頃には現実を受け止めていた。展覧会のアイディアと熟慮を重ねた予算案のほかに、午後に迫った理事会で話すことが何かあるだろうか？　詳細を伝えると約束しているのに。展覧会のマネージャーも会場も確保できていないような企画を理事たちが支持してくれるはずがない。

ノーサンバーランド・プレイスにある小さなパブ〈ミネルヴァ〉に立ち寄った。そこで働くポーリーンとおしゃべりでもして気をまぎらわそうと思ったのだ。彼女は以前ミドルバンク館の清掃を請け負っていて、その仕事で館に来たときにアデルと出会ったわけだから、ふたりが恋人同士になれたのはわたしのお手柄と言ってもいいだろう。ポーリーンは清掃ビジネスのほうは売却し、パブの経営にあたるようになったのだけど、あいにく不在だったので、わたしはオレンジスカッシュを飲みながらポテトチップスを食べ、ステンドグラスがはめられた窓の外を見るともなしに眺めていた。店を出てもまだ、ミドルバンク館へ戻る気にはなれず――ジーノ・ベリーフィールドとの打ち合わせはどうだったと、ミセス・ウルガーに訊かれたらどうしよう？　館へ向かうかわりにあてもなく市内をさまよった。みじめさは刻一刻と募るばかりだった。行き先は決めていなかったのに、気づけば〈シャーロット〉のまえに来ていた。バースで最高にしていちばん予約がむずかしい展示会場に。

現在開催されているのは地元の水彩画家たちによる作品展だった。これ以上落ち込むことはないだろうと思い、五ポンド紙幣を手渡してリーフレットをもらうと、会場にはいり、昼どきの数少ない来場者に加わった。ほかの来場者たちは絵画を鑑賞していたが、わたしは会場そのものと見事なジョージアン様式の装飾をうっとりと眺めた――高い天井、鏡板《かがみいた》のシンメトリーな美しさ、天井との境に施《ほどこ》された白い蛇腹《コーニス》がアクセントになった薄緑色の壁。葉形飾りと脚つき壺のレリーフをあしらい、装飾を凝らした柱形《ピラスター》と中央上部《フリーズ》に囲まれた暖炉。現在展示されているメンディップ丘陵を描いた絵画ではなく、照明つきのガラスケースに収められたディテクション・クラブの一九三三年の全会員がサインした『殺人は広告する』初版本を思い浮かべた。

みじめさに沈むわたしの背後を女性が通りかかり、携帯電話に向かって話す声が聞こえた。「いいえ、そちらがやむなくキャンセルされる理由については重々承知しておりますが、こんなに急に言われても、〈シャーロット〉としては返金に応じかねる点についてはご理解いただかなくてはなりません」

わたしはその場から動けなくなった。彼女は話しつづけた。「四月はまだ先のことと思われるかもしれませんけれど、準備に三ヵ月しかかけられない日程では、誰も会場を借りたがりませんので」

彼女が離れていくにつれてその声も小さくなっていった。わたしはくるりと振り向いて彼女を見た。ショートカットにした黒髪。手には鍵の束を持っている。ここの職員のようだ。彼女のあとを追いかけた――点々と展示されている絵画をすばやくかわしながら追いかけていると、立ち止まった彼女にぶつかってしまった。

「ごめんなさい」わたしはわびながら、よろけた彼女の腕をつかんでその身体を支えた。「ただその、あなたの話が洩れ聞こえてしまったもので――断じて盗み聞きをしていたのではないんですが……」

「大丈夫です」彼女はそう言うと、そっと腕を離した。

「初版本協会のヘイリー・バークといいます」わたしは急いで先を続けた。「あなたは〈シャーロット〉で予約責任者をされているナオミ・フェイバーではありませんか？　わたしがかけた電話で応対してくださった方ですよね？　さっきキャンセルが出たとおっしゃっているのが聞こえたのですが」

三十分後、歩道に出たわたしは振り向いてナオミの手を取った――わたしのキャリアの救世主の手を。それとも二度と這い上がれないほど深い墓穴《はかあな》を掘る手伝いをしてくれた人物になるのだろうか。

「ほんとうにありがとうございます」わたしは熱意を込めてお礼を言った。「まちがいなく、明日の午後までには手付金をお届けできるはずです――協会の理事たちも大喜びでしょう、ほんとうに」

「立ち寄ってくださって、なんて幸運なんでしょう、ヘイリー」ナオミは言った。「キャンセルの件をあなたにお知らせするつもりはちっともなかったので。この日取りでほんとうになんとかなります？」

「四月半ば――それは確実に。精鋭を集めたチームを組んでいますので。ところで、この水彩画展を手がけている展覧会マネージャーはご存じですか？」

「画家たちが自分たちでやっているんです。もう二度とこういうやり方は認めませんけどね、絶対に。計画は杜撰《ずさん》だわ、安っぽい展示ボードは土壇場で貼り直しせざるをえなくなるわ、照明装置は旧式だわ。そのうえ、意見がまったくまとまらないんですよ。ご存じのように、展覧会の出来というものはマネージャーしだいですからね。それでは失礼します――また明日お会いしましょう」

わたしはうなずいて微笑み、またうなずいてから、彼女が建物のなかへ戻って歩道にひとり残されたあとになってもまだ首を縦に振っていた。そう、わたしたちならできる。とはいえ、舞いあがった気持ちとは裏腹に、ぴんと張られた細いロープの上でバランスをとっている自覚はあった。バランスを崩せば、危険な沼へと真っ逆さまの綱渡り。思いがけず確保できた会場のこの日程で進めるということは、ジーノ・ベリーフィールドに展覧会マネージャーを頼むしかないということも意味する。いいだろう。決意を込めてジャケットの裾を引っぱり、整えた。依頼はするけれど、彼には厳しい監督下で仕事をしてもらう。豚の血液がはいった樽をこっそり持ち込まれたりしないように、わたしが彼を厳重に監視するのだ。

「ヘイリー。ヘイリー。ヘイリー。ヘイリー」

名前を呼ばれて振り向くと、通りの向かいのアセンブリー・ルームズのまえに立つ男性が見えた。

「ドム！」わたしは声を張りあげて答え、小走りで通りを渡って彼に駆け寄った。

彼は腕を脇にしっかりとつけて言った。「ハグはなし！」

「なしよね」わたしは首を振り、一歩後ろへ退がった。「ハグはなし――覚えてるわ」

ドム・キルパトリックはジェイン・オースティン・センター時代の同僚だった。ひょろっと背が高く、歳は三十代半ば、巻き毛の褐色の髪はサイドから後頭部にかけて短く切りそろえられている。黒縁の眼鏡がいつもちょっぴり傾いていて、彼の微笑みも同じくやや傾いていた。

「ほんとうに久しぶりね」わたしは言った。

「去年の七月七日、〈ギャリックス・ヘッド〉できみの送別会を開いたとき以来だ」彼は言った。「ジェイン・オースティン・センターの同僚十五人ときみの友だちのアデルが参加した。皮の堅いロールパンに具材をはさんだものが六皿――ビーフ、チキン、ポークがそれぞれふた皿ずつ――出たけど、ぼくとマーゴのためにチェダーチーズとチャツネをはさんだものも別にひと皿出すように店に頼んでくれたよね。十一時半になるまで誰も帰らなかったっけ。盛り上がったね」

「そうだったね」わたしは笑いながら言った。「つぎの日の朝、二日酔いで頭がちょっと痛かったのをよく覚えてる。調子はどう？」

「ぼくはセンターの顧客データベースを今も担当しているんだけど、週に二日はこのアセンブリー・ルームズに来て、ファッション・ミュージアムでコンピューターのウィルス・チェックをしてるんだ。水曜日には十一時に来て、カフェでコーヒーを飲みながらマクビティのペンギン・チョコレートビスケットを食べて、木曜日には三時に来てお茶を飲みながらフルーツ・スコーンを食べてる」ドムは急に説明をやめて咳払いをした。「まずまずだよ。きみは？」

どうすれば無難に人づきあいができるのか、誰かがドムに教えたようだ。とびきり賢く、すこぶる記憶力がいい人なのに、会話となるとちょっとぎくしゃくしてしまいがちなのだ。わたしとはいつも仲よくしてくれていたけれど。

「元気にやってるわ、ありがとう。新しい仕事も愉しいし」

「ミドルバンク館にある初版本図書館のキュレーターだよね」

「そのとおり。それはそうと、ドム――マーゴはどうしてる？」マーゴは、わたしが退職する少しまえに地元の学校から体験学習プログラムでセンターに来るようになった若い女性だ。

ドムの顔がまだらに赤く染まった。「今は、マーゴはぼくの彼女だよ。彼女はぼくがどんなかは気にしない」

「まあ、あなたを自分の彼と呼べる人は誰でも自分のことを幸運だって思うはずよ」

ドムの顔はますますまだらに赤く染まった。彼は神経質な笑い声をあげ、眼鏡を鼻梁《びりよう》に押しあげた。

「それじゃ」わたしは言った。「ファッション・ミュージアムの仕事をちょうど終えたところなのね――コーヒーももう飲んじゃった？」

ドムはアセンブリー・ルームズのほうを肩越しに振り返ると、両手をジャケットのポケットに突っ込んだ。「今日はコーヒーは飲まない。カフェには行ったけど……できなかった」

「お店が閉まってるの?」

彼の目が大きく見開かれた。何かにおびえているような目だった。「いいや。ウーナを見かけたんだ」

4

「ウーナ・アサートンのこと?」わたしは小声で言い、たった今ドムがしたのと同じようにアセンブリー・ルームズの入口を確認しようとちらりと目をやった。「彼女がここにいるの?」

ドムは頭をひょこひょこ上げ下げしてうなずいた。「そういうわけで、ぼくはここにいないほうがいいんだ、だって……わかるよね」

それはよーくわかる。少しでも分別のある人間ならば、誰だってウーナ・アサートンにかかわるべきじゃないとわかっている。それなのに、ドムが別れを告げて去ってからもわたしはその場を動けずにいた。

ウーナのことを頭から消し去ろうとしたけれど、あの頃の記憶がどっとよみがえってきた。五年まえ、彼女がジェイン・オースティン・センターの展覧会でマネージャーを務めたときに、彼女専属のアシスタント兼もろもろの雑用係を担当していた自分自身の姿が瞼《まぶた》に浮かんだ。会場は〈シャーロット〉だった。ウーナは高圧的で傲慢で、誰に対しても相手の気持ちに配慮せず我を通した。彼女の振る舞いは〝厳しい〟ということばではとうてい言い表わせない。涙に終わった日々がいったい何日あったことか——しかも仕事が真夜中近くまで終わらない日々が。

厄介なのは、ウーナが最高の展覧会の開催という奇跡を起こせることだった。公平を期して言えば、彼女は、自分自身がやる覚悟がある以上の仕事を指揮下のスタッフに要求したことはなかった。わたしたちスタッフが、照明を調整したり、手紙とレースの袖と羽根ペンを入れた高強度アクリル製の展示ケースを配置変更したりで真夜中過ぎまで残っていれば、ウーナも一緒に残っていた。だから彼女を嫌いになるのがむずかしいのだ——彼女は粘り強かったし、自分自身に対してもほかの誰かに対してもけっして手加減しなかった。

ウーナはフリーの立場で仕事をしていたけれど、展覧会の企画を立てはじめても彼女の名前が頭に浮かんだことはなかった——それほど完璧に彼女のことを記憶から消し去っていたのだ。

でもわたしもこの五年間でずいぶんと成長した。初版本図書館の責任者を務め、キャリアアップを果たして自分自身の能力に自信もついてきた。今度はマネージャーのために働くのではなく、いよいよ展覧会を取り仕切ろうとしている——今度はわたしが展覧会マネージャーのために働くのではなく、マネージャーのほうがわたしのために働くのだ。結局のところ、豚の血液かウーナかの選択になるのなら、まあ、ウーナのほうがいい。知らない悪魔より既知の悪魔のほうがましと言うではないか。

そんなことを考えながら、アセンブリー・ルームズにはいり、カフェへと向かわずにはいられなかった。カフェのドアは開け放たれていた。

なかにはいるかわりに、胸の高さまであるメニューのディスプレイ・スタンドの陰に身をかがめ、メニューをのぞき込むふりをして人目につかないよう店内に目をやった。カフェは仕切りのない広く開放的な空間で、テーブルに坐っている客はごくわずかだったけれど、たとえ客で混雑していたとしてもウーナのことはすぐに見つけられただろう。彼女は窓の近くの席に坐って携帯電話を見ていた。彼女はちっとも変っていなかった。茶色の豊かな髪をひっつめにして頭の高い位置でおだんごにまとめ、オーダーメイドのネイビーブルーのビジネススーツに身を包み、ローヒールの靴を履いている。彼女を知らない人には暴君に見えないだろう。だけど、わたしは彼女の姿を見ただけで冷や汗が噴き出すのを感じた。それでも……

肩を後ろに引いて胸を張り、思い切って店内に足を踏みいれると、ウーナはまるで自分を取り巻く場のエネルギーに変化が起きたことを察知したかのように顔を上げ、満面に笑みを浮かべた。

「ヘイリー・バーク」彼女は立ち上がりながら声をかけてきた。「元気?」

彼女の声が室内にこだまし、居合わせた客たちの視線を集めたが、ウーナはそんなことを気にも留めなかった。わたしは急いで駆け寄った。

「ウーナ、驚いたわ」わたしは声を低くして言った。わたしたちはかつてのように片腕だけを相手にまわすハーフハグをぎこちなく交わし、音を立てるだけのキスの真似事をこなした。

「ちょっと時間ある?」ウーナが言った。「積もる話をしましょうよ。何を買ってこようか――コーヒー? それとも紅茶?」

「いいえ、わたしが。何がいいです?」

尋ねるまでもないことだった。彼女の定番の注文は、まるでタトゥーのように脳に刻みつけられていたから。

カウンターでわたしは言った。「アールグレイをひとつ、お願いします——ティーバッグではないものを。リーフティーがなかったら、ティーバッグを破いて茶葉をポットに入れていただけますか？　その場合はふた袋分入れてください。輪切りのレモンを添えてほしいんですが、切りたてでなければ要りません。それから精製されていないお砂糖はありますか？　なければ、デメララシュガーでいいです。それと、ふつうの紅茶もひとつ」

カウンターの奥の女性がわたしに向けた目つきはひどく見覚えのあるものだった。

お茶を載せたトレーは、わたしが運ぶあいだかたかたと音を立てたが、ウーナは気づかない様子だった。そこが彼女のおかしなところだった——オースティン家ゆかりのウェッジウッドのディナー用食器類のディスプレイでは、皿一枚の三ミリのずれも見逃さないのに、自分の周囲にいる人たちの感情にはまったくおかまいなしなのだ。

「初版本協会のキュレーターなんでしょ」ふたりでカップとソーサーとティーポットを並べていると、ウーナが言った。

「まあその、どうして知って——」

彼女は携帯電話のほうに顎をしゃくった。「たった今、あなたのことを調べたの。滑り出しは好調のようね、文芸サロンを連続開催するなんて。あなたには善意のおこないを通して一流の組織を創りあげる才能がある――わたしはずっとそう思っていたわ」

「協会は完全にレディ・ファウリングが創りあげたものよ」わたしは言った。「状況がその……停滞してしまったのは彼女が亡くなってからのことで」

「いずれにせよ」ウーナは茶こし《ストレーナー》にお茶をそそぎながら言った。「あなたは明らかにそのポストに適任だったようね」

「ええ、まあ」わたしは赤面した。「うちで開催するのは文芸サロンだけじゃなくて」やめておこう、ヘイリー、と心のなかでつぶやいた。いいえ、さあ、彼女に話すのよ。いや、やっぱりやめておいたほうが――「今、展覧会も企画していて」

わたしはお茶をごくりと飲んだ。咽喉《のど》が焼けるほど熱かった。ウーナはゆっくりとデメララシュガー――未精製の砂糖はこの店にはなかった――をスプーンに一杯すくい、カップの上で傾けると、薄茶色の雪のようにアールグレイに降りそそぐ砂糖の粒を見つめた。

「今度の展覧会は探偵小説に関するものなのかしら――クリスティとかセイヤーズとか、ティ、アリンガム、マーシュとか？」ウーナが訊いた。

「タイトルは〝レディ・ファウリング――ことばでたどる生涯〟。ウーナ、彼女はとてもすばらしい女性だったの。あなたが今挙げた作家をはじめとする、多くの作家の初版本を集めた世界有数のコレクションを遺《のこ》してくれたのよ」

「展覧会は来年？」

「いいえ、四月」

「四月？」

彼女の声には軽蔑の響きがあったけれど、話を切り出した以上、とちゅうでやめるわけにはいかない。

「ええ、四月よ。さっき〈シャーロット〉に空《あ》きが出たから予約してきたの。待つ必要はないと思って」

ウーナは自分のペースを崩さず、カップを手に取ると、立ちのぼる湯気を顔にあててからひと口すすった。

「それほどの短期間で、レディ・ファウリングの生涯にゆかりのある品々をバースじゅうの人人――ひいてはイギリスと世界じゅうの人々――に紹介できるほど優秀な展覧会マネージャーを押さえているのね」

恐怖で背筋がぞわぞわした。「ええ、準備期間は短いけれど、きっとなんとかなるわ。マネージャーについては地元の人に打診しているところで」

「つまり人選はすんでいるのね？」

「まだ合意までは至っていなくて」テーブルに漂う沈黙が耳に痛かった。訊きたいことを訊いて気持ちを楽にしたほうがいい。「それで、ウーナ、バースにはいつから？」

「数日まえに――いえ、一週間ってところかしら」

「仕事で？」

「休暇よ」ウーナが言った。休暇中も仕事着を着ているのはいかにも彼女らしい。「大英図書館からの連絡を待っているところで」彼女は先を続けた。「夏にポストの空きが出るそうだから、報《しら》せがくるのは時間の問題ね」

猫が鼠を追いかけるような駆け引きはもう充分——自分がどっちの役を演じているのかわからないのはストレスが溜まってしようがない。

「実を言うと、その地元の人にまだ決まったわけではないから」わたしは打ち明けた。「あなたが少しでも興味があれば、理事会はきっと、展覧会についてのあなたのアイディアに耳を貸すはず。つまりその、あなたが休暇を中断してもかまわなければの話だけれど」

きつく結ばれた彼女の唇がぴくりと動き、無関心な素振りとは裏腹の本音をのぞかせた。

「できなくはないわ——つまり、あなたが打ち合わせか何かを設定したいと言うのなら」

「実はちょうど、今日の午後四時に会合があるの。四時半に来てくれれば、理事会も話を聞く準備ができていると思う」

「それで決まりね」

ウーナとの打ち合わせを終え、時刻を確認すると、すっかり慌ててしまった——もう二時。ウーナは一時間以上もコレクションと協会についてわたしを質問攻めにしていたことになる。大急ぎでニュー・ボンド・ストリートを走り、ベーカリーの〈バーティネイ〉にはいると、バターと砂糖と香ばしい風味で頭がくらくらした。五分後、店に残っていたポルトガル風のエッグタルトにひと口サイズのプチフール、マカロンを買い、ハムとチーズをはさんだクロワッサンをぱくつきながら先を急いだ。立ち止まったのは、店の出入口でヴァルにショートメッセージを打つあいだだけだ。

《会場とマネージャーに進展あり。ではのちほど》

携帯電話をバッグにしまい、クロワッサンの最後のひとかけを口に詰め込むと、ミドルバンク館への登り坂を歩きながら、自分がさっきしたことに思いをめぐらせた。ウーナがマネージャーのポストに意欲を見せたことがなんだか腑に落ちなかったけれど、彼女はゆっくり休暇を取るような人ではなさそうだし、理事会への出席を快諾してくれたのは彼女が忙しくしていたいからなのだ――そう自分に言い聞かせて不安を打ち消した。

正面玄関をはいると、すぐにミセス・ウルガーが執務室から出てきた。展覧会についての彼女の意見はすでにはっきり表明されていた――レディの生涯を見せ物にするなんて考えること自体どうかしている――けれど、初版本協会事務局長として理事会には出席するだろう。それが彼女の仕事でもあるわけだし。

「理事会のためにおいしいペイストリーを用意しましたよ」わたしはそう伝えると、ベーカリーから抱えてきたふたつの箱を持って階段を急ぎ足で上がった。「四時に会いましょう」

三時三十分には、図書室のテーブルにごちそうを並べた大皿を置き、近くにケトルも用意した。一階にある自分の執務室で、《展覧会マネージャー候補者の面接》の項目を入れ込んで修正した議題の印刷を終えたところに正面玄関のブザーが鳴った。

上等なスーツに身を包み、戦闘態勢を整えたヴァルだった。

「さあ、はいって」わたしは彼をなかに引き入れた。

「会場とマネージャーを見つけてくれたのなら、今日は大忙しだったね」彼がわたしの唇を指でそっと払うと、クロワッサンの薄片がわたしのセーターに落ちた。「ランチもなんとか食べられたのかな?」

わたしは声を立てて笑った。「実はそれ以上のニュースがあるの。フラットまで来て。そしたら説明するから」

フラットのコーヒーテーブルの上には、一九三三年のディテクション・クラブ全会員のサイン入り『殺人は広告する』初版本について書かれたレディ・ファウリングの手紙が出してあった。「ミセス・ウルガーによると、これはレディがドロシー・L・セイヤーズに宛てた手紙の下書きなんですって」

ヴァルが手紙をあらためるあいだ、わたしもそばにいた。「書架の本にはさまっていたんだね?」ヴァルが訊いた。「いったい何年のあいだ、誰にも気づかれずにそこにあったんだろう? レディ・ファウリングはどこにそのサイン本を隠したのかな?」

「ミセス・ウルガーは詳しいことを知っているかもしれないけれど、まだ訊く機会がなくて。いずれにせよ、展覧会の大きな呼び物になるんじゃないかしら——クラブの会員作家全員のサインがはいっているんだもの。でも、大々的に宣伝するまえに本の実物を探さなくちゃいけないわね」

「そうだね、実物が手もとにあったほうがいい。それで、ほかのニュースのほうは？」

わたしは事の成り行きを初めから話した。まずはジーノ・ベリーフィールドとの面会について説明した。

「マン島で男性を感電死させた展覧会のこと、覚えてる？」わたしは別の靴を探しにベッドルームへ行きながら、声を張りあげてヴァルに尋ねた。「ベリーフィールドがうちの協会のためにどんなアイディアを出してきそうか、考えただけでぞっとしちゃう。でも心配は要らないわ――ウーナがいるから」

ウーナとの関係について主だったところを説明した。感情的にならずに話せて、われながら立派だったと思う。

「ウーナのことでぼくに何か隠してない？」ヴァルはそう尋ねると立ち上がった。わたしはリビングルームへ戻ろうとしているところだった。「彼女と一緒に仕事をするのはどんな感じだったのかな？」

わたしは片方の靴を手に持ち、ソファに倒れ込んだ。「地獄ね。彼女の怒りを買わずにすむ人は誰もいなかった。彼女は怒鳴るように命令して、不可能に近いことを要求したものよ」靴を表通りに面した窓に向け、〈シャーロット〉のある方向を漠然と差した。「説明パネルなんて、十回は書き直したわ。それでも彼女が満足することはなかった。みんな尋常じゃない時間まで働いてね。ちょうどその頃は、ダイナが一般中等教育修了試験《GCSE》に向けて勉強していた時期だったから、わたしも家にいて力になってあげなくちゃいけなかったのに」

「そんなにひどい目に遭ったんだったら、どうしてまた同じ目に遭おうとする？」

「だって彼女、とびきり優秀なんだもの」降参というふうに、わたしは握った靴を持ちあげてみせた。

「自分で取り仕切ろうとは思わないの？」ヴァルは母と同じことを口にした。

「いいえ、わたしには無理よ。でも彼女から学ぶことはできる。ウーナは、テーマをとらえて命を吹き込む方法を心得てる。ジェイン・オースティンの展覧会で賞を獲得しているくらいなんだから」

「そうなんだ」ヴァルはしぶしぶ納得した。「あの展覧会はすばらしかったからね。ぼくの受け持つふたクラスの生徒を連れていったし、自分でももう一度見にいったよ」

「そうだったの？　わたしは毎日、展覧会の会場で働いてたのよ」

少しのあいだ、ふたりで黙って、仮定のシナリオに思いをめぐらせた。

「そんなに近くにいたのに」ヴァルが言った。「気づきもしなかった」わたしの腕をやさしく撫で、額にキスをした。「そうだね、あれほど優秀なら、彼女が適任者だ」

理事たちがずらりと並べられたペイストリーに口々に歓びの声をあげながらテーブルに落ち着くあいだ、バンターは優雅な足取りで図書室にはいってきて暖炉のまえの椅子に身体を丸めて横になった。わたしはお茶をカップにそそいだ。前回の理事会で展覧会についての提案は予算を含めてすでにしていたのだけれど、見直しをしても差し支えはない。そこでまず、ヴァルが宣伝と人材提供面でのバース・カレッジからの支援について発表し、つづいてわたしがそのほかの細かい点について説明を引き受けた。そこにモーリーン・フロストが意図せず話を切り出しやすくしてくれた。

「全部まだ推測の話なのよね、ヘイリー？　具体的な計画がないまま、アイディアを検討しても意味がないと思うのだけれど」

「おっしゃるとおりです」わたしはきっぱりと言った。「意味のある話をしなければなりません。幸いにも、新たな情報がありまして。四月に〈シャーロット〉を利用できることになりました」

理事の面々をはじめ、バースの住民は誰でも〈シャーロット〉が最高の展示会場だと知っている。わたしはこの報せの真価を理解してもらえるよう間をおいた。ジェーン・アーバスノットが最初に口を開いた。「でもせいぜい三ヵ月しかないわよ。ジョージアナの人生をきちんと表現するのに充分な準備期間と言えるのかしら？」

「それができる人がいるとしたら、ヘイリーよ」シルヴィア・ムーンが言った。

「ヴァルという右腕もいるものね」オードリー・ムーンが言い添えると、ヴァルはウィンクで答えた。

「ミスター・モファットはご自分の仕事があるのだから」モーリーンが言った。「頼りすぎるのはいかがなものかと」彼女は、ヴァルが受け持つ創作クラスで一度、アガサ・クリスティの短篇小説を芝居仕立てで朗読するよう頼まれて以来、彼にやさしい態度をとるようになっていた。

「ヘイリーはジョージアナのことをよくわかってる」助け舟を出してくれたアデルにわたしは微笑みで返した。彼女が展覧会の開催を応援することにしてくれてありがたかった。「ジョージアナを広く紹介するのに、彼女よりふさわしい人がいる?」

「そうは言っても四月では……」ミセス・ウルガーが心配を口にした。

「ひとつ指摘させていただきたいのですが」わたしはとっておきの情報を切り出した。「事前の準備に一週間かかるとすると、展覧会の開催記念パーティは四月二十一日になります」テーブルを囲む理事たちの表情を見守った。ほどなく、ミセス・ウルガーがはっと息を呑むのが聞こえた。「レディのお誕生日ですわ」つぶやくように彼女は言った。

「そうです——ご存命でしたら九十八回目のお誕生日でした」とわたしは言った。「彼女を称えるのに最高のタイミングではないでしょうか?」

図書室のドアを開けたままにしておいたので、正面玄関のブザーの音に全員がびくっとした。時刻を確認すると、四時二十八分。ヴァルが応対に下りていき、わたしはすみやかかつ確実に理事会をつぎの段階へと進めた。

「議題にございますとおり」と説明を始める。「本日は、もろもろの可能性を話し合える機会になるよう、展覧会マネージャーの候補者をこちらに招いています」階段のほうから話し声がした。ヴァルがウーナをともなって図書室の出入口へ戻ってくると、わたしは立ち上がった。

ウーナは書類かばんを小脇に抱え、部屋にはいってきた。どこから見ても落ち着き払った態度で、バンターがさび柄の条《すじ》となって彼女の横をさっと通りすぎ、ドアから出ていっても眉ひとつ動かさなかった。

「ようこそ、ウーナ」わたしは彼女に言った。「本日は当協会との打ち合わせのために時間を割《さ》いてくださって心から感謝します。初版本協会の理事のみなさん、ウーナ・アサートンをご紹介します」つづいて、テーブルをまわって理事たちをひとりずつウーナに紹介した。

「まあ、アデル――また会えてうれしいわ」ウーナが言った。

「ええ、よろしく、ウーナ」アデルは髪と同じくらい赤く顔を染めて答えた。

「そしてこちらがグリニス・ウルガー。ミセス・ウルガーは、かつてはレディ・ファウリングの個人秘書で、現在は当協会の事務局長を務めています」

「はじめまして」ミセス・ウルガーが言った。

それぞれがテーブルの席についた。「お茶はいかが、ウーナ?」わたしは内心びくつきながら尋ねた。

「いいえ、けっこう」ウーナはかばんから書類を取り出しながら答えると、こちらの動きを待った。

よかった。わたしはウーナの職歴のあらましを説明し、彼女は理事たちに履歴書をまわした。理事たちはこれまでの実績について尋ね、わたしは彼女がジェイン・オースティン・センターのために手がけた展覧会に対する反響を伝えた――〝地獄〟の部分は省《はぶ》いて。そして最後に、ウーナがわたしたちを取材する機会を設《もう》けた。

独特の笑みを満面にたたえ、彼女は質問を始めた。「質問はひとつだけです。おひとりずつ、レディ・ファウリングとの思い出をひとつ教えていただけますか。直接会ったことがない場合は、彼女の名前を聞いて最初に思い浮かべる事柄を話してください」

誰も声をあげず、わたしは心配になったが、ジェーン・アーバスノットが前置きなく先陣を切った。「彼女は人が話すことすべてに耳を傾けて聴いてくれたわ」

つぎは微笑みを浮かべたモーリーン・フロスト。「この館で開かれた仮面舞踏会で、彼女が片眼鏡やら何やらでピーター・ウィムジイ卿になりきって登場したわね。みなさんは覚えてる?」

「彼女はシルヴィアとわたしを自分の探偵小説に登場させたことがあったわ」オードリー・ムーンが頰をぽっと赤く染めて言った。彼女の義理の姉が笑いながら言い添える。「なんとわたしたち、演芸場《ミユージックホール》の踊り子だったのよ!」

「わたしは彼女の懐《ふところ》の深さが思い浮かびますね」わたしは言った。踊り場の壁にかけられているレディ・ファウリングの肖像画とちょくちょく対話をしていることは黙っていようと心に決めて。

「彼女はほかの物書きたちとの議論を歓迎していました」ヴァルが言った。ずいぶん昔の話だそうだけど、レディ・ファウリングが彼の創作クラスで講義をしたことがあったと、彼から聞いていた。

「彼女には物事の深層を見抜く力があって、人が必要としているものを理解していました」ミセス・ウルガーはそう言うと、視線を膝に落とした。ジェーン・アーバスノットが事務局長のほうに手を伸ばし、彼女の手をやさしく叩いた。ミセス・ウルガーにはどんな過去があるのだろう？　わたしがそう思ったのはこれが初めてではなかった。

最後にアデルに番がまわってきた。「殺人事件の謎解きゲーム《クルード》で最高のプレイヤーだった」テーブルを囲んだ面々から穏やかな笑い声があがり、インタビューが締めくくられた。

「失礼するまえに」ウーナが口を開いた。「心に浮かんだ光景をご説明してもよろしいでしょうか？　展覧会会場へ足を踏みいれた来場者が目にすることになる光景です。ミセス・ウルガー、教えてください——ジョージアナはデスクを持っていましたか？」

「クイーン・アン様式のものを。節目の美しいウォールナット材で、艶《つや》やかに磨き込まれていました。猫脚《カブリオールレッグ》がついていて」

「そうです」わたしも声を張りあげて言った。「わたしも見たことがあります——地下室で」

数ヵ月まえ、かなりの時間をかけて地下室のなかを調べていたので知っていたのだ。

ウーナはうなずいた。「思い浮かべてください——わたしと一緒に展覧会の会場に足を踏みいれるところを」穏やかな低い声で言う。「深緑の布張りの三つ折りパネルがその先の会場の視界をさえぎり、小さな書斎を形づくっています。アンティークの花柄の絨毯《じゅうたん》が床を覆い、壁を背に設置された低い本棚は本であふれんばかり。書斎のまんなかにあるのはジョージアナ愛用のクイーン・アン様式のデスク。デスクにもさらに本があり——セイヤーズの『誰の死体？』、テイの『時の娘』、デュ・モーリアの『レイチェル』――綴《と》じられていない書類とキャップを取ったままの万年筆もあって、まるでそのときだけ彼女がお茶を淹《い》れに席をはずしているようなたたずまい。わたしたちはいつの間にか立ち止まり、彼女が戻ってくるのを待っている。それがわたしの目に浮かぶジョージアナ・ファウリングの姿です」

一同が静まりかえるなか、ウーナは持ちものをまとめて立ち上がると告げた。「このような機会をいただきありがとうございました。それではこれで失礼します」

わたしは彼女を見送りに出て、正面玄関まで来たところで、内心の感動を努めて抑えた声で言った。「来てくれてほんとうにありがとう。理事会の決定についてはなるべく早く連絡します」

「わかったわ、ヘイリー」彼女は気さくな調子で答えた。「愉しみにしてる」

図書室に戻ると、ミセス・ウルガーはレースのハンカチで目頭を押さえ、シルヴィア・ムーンはティーカップをしっかり握ってぼんやりと視線を宙にさまよわせていた。

ジェーン・アーバスノットがわたしを見て言った。「彼女、いつから始められる?」

5

会合を終えるまでに、理事たちはウーナ・アサートンを展覧会マネージャーに採用することを決定していた。費用はいくらかかってもかまわないと言い、それを裏づけるように、必要に応じて報酬の十パーセント増額を用意すると確約してくれた。理事たちはすっかり感動に呑み込まれていた――ウーナはそれほどすばらしかった――わけだけど、経費に目配りするべきなのはわかっていたので、階段を下り、帰り支度をする理事たちに向かって、予算は守りますと約束した。

「必要なことはなんでもしなさいよ」モーリーン・フロストはそう言うと、コートの襟を立て、ほかの理事たちと一緒に正面玄関へ向かった。

「アデル」とわたしは声をかけた。「ちょっと待って」

アデルはムーン〝姉妹〟よりひと足先にそっと外に出ようとしていたけれど、わたしはコートの袖を引っぱって玄関ホールに戻ってこさせた。ドアを閉めてしまうと、少しのあいだふたりきりになった。ヴァルはティーポットなどを載せたトレーをミニキッチンに運んでいき、ミセス・ウルガーは自分の執務室に引っ込むとドアを閉めていた。

「ウーナと知り合いだったとは知らなかった」わたしはそう言うと、また赤く染まるアデルの顔を見つめた。

彼女は肩をすくめた。「ええ、まあね――覚えてないかな、わたしが女子のグループを連れて展覧会へ行ったのを？　あれは学校で教えはじめた年のことで」

「そのことは覚えてる。それで、ほかに何があったの？」

「別に」

そう言われたものの、わたしは待った。とうとうアデルは鼻筋に皺《しわ》を寄せ、観念したように首を振った。「ウーナとは一度、夜に落ち合って飲みにいったことがあったのは覚えてる」

「ほかに何か覚えてることはない？」わたしはさらに尋ねた。

「ミズ・バーク？」執務室から出てきたミセス・ウルガーが声をかけてきた。

「それじゃまた」アデルはこれ幸いと逃げ出した。「じゃあね、グリニス」

わたしはアデルのふさふさの赤毛の巻き毛が遠ざかるのを見送った。当たりさわりのない話でごまかされているような気がしたけれど、この件は後まわしでいい。今度は、どんなことを言われようと受け止めるつもりで、事務局長のほうに顔を向けた。

「わたくしは、展覧会を開くというアイディアをあまりにも性急に否定してしまったのかもしれません」彼女は両手を胸のまえで握り合わせて言った。「あなたがなさりたいことが、バースのみならず世界じゅうの文学界へレディが果たした貢献を称えることなのだと、わたくし、ようやくわかりました。必ずあなたとミズ・アサートンをお手伝いします」

「ありがとうございます、ミセス・ウルガー」彼女がわたしの判断に信頼を寄せてくれたことに胸が熱くなった。言うまでもなく、ウーナのおかげなわけだけど。「ですがまず、彼女と連絡を取って、こちらが提示する報酬に同意してくれるかどうかを確認しなければ――」

「でも必要に応じた増額を理事会が承認しているわけですから。そのことを忘れないでいてください」

「そうします」わたしは素直に答えた。

「それでは、これで失礼しますね。朝のミーティングで会いましょう」

彼女は階下《した》の自分のフラットへ下りていった。そこはわたしにとって想像するほかない場所だった――一度もなかにはいったことはなく、一日の仕事を終えたあとの彼女が何をしているのかも知らない。協会顧問弁護士のダンカン・レニーと夜通しダンスをしているとか？　昔の『コロネーション・ストリート』（一九六〇年放送開始の連続ドラマ）の再放送を観ながら、テレビのまえで眠り込んでしまうとか？　ミセス・ウルガーは何事にも保守的だけれど、わたしの知るかぎり、行きすぎたところがひとつあるとすれば、それはプライバシーの要求だ。

ヴァルがミニキッチンから出てきて、わたしの両手を取った。わたしたちの指が絡み合う。

「ウーナのこと、どう思った？」わたしが尋ねた。

「彼女は同席した人たちをその気にさせる方法を心得ているね」

「そうね。会合がお開きになってから、理事のムーン〝姉妹〟とジェーンとモーリーンがレディ・ファウリングの思い出話に花を咲かせているのを聞いた？　録音したほうがいいと思う――図書室にちゃんとした録音機材を用意して、デカンタにシェリーを目いっぱい入れたうえで、彼女たちに思うぞんぶん話してもらうの。彼女たちの思い出を展覧会のどこかで活かすことができるわ。古い写真を選んで、動画にしてもいいかもしれない。その動画を背景に録音した理事たちの音声を流してもいいし」

「いいアイディアだね」彼はわたしを引き寄せながら言った。

わたしたちはキスをした。彼の唇が重なると、展覧会のアイディアのことはわたしの頭から消え去った——彼も同じだったと思う。わたしが表情を正しく読めていたならの話だけど。足首のあたりに何かが押しつけられる感触がするまで、口づけをしていた。

「バンター」わたしは猫に言った。「夕食のおねだり?」

バンターは咽喉《のど》を鳴らして答えた。「ぼくはそろそろ失礼するよ」とヴァルが言った。

「だめ、帰らないで。わたしがウーナに電話をかけて報酬《オファー》を提示するとき、ここにいてほしい」それから、お誘い《オファー》と言えば……「そのあと、よかったら……夕食を食べていかない? 何か作るから。階上《うえ》で。わたしのフラットで」

来週末のロマンティックな小旅行まであと九日——永遠と言っていいほど遠い先のことのよう。ふとそう思ったのだ。

彼はわたしの首筋に顔を寄せ、耳もとでささやいた。「いいね。でも料理はしないで——電話で宅配ピザを頼もう。あとで」

バンターに続いてふたりでミニキッチンにはいり、わたしが缶詰を開けて食事を与えた。仕事に集中しにくくなっていたので、目のまえの職務に戻るべくすばやく息を吸った——吸い込んだ空気はグレービーソース仕立ての魚のウェットフードのにおいがきつかった。メモ帳を手に取り、ヴァルと一緒にテーブルについた。携帯電話をスピーカーフォンに設定して電話をかけ、ウーナが応答すると、わたしが報酬を提示し、ヴァルとふたりで返事を待った。

「これがかなりの大仕事になるのは、ふたりともよくわかっているわよね」彼女が答えた。いいでしょう、ここから交渉というわけか。「でもマネージャーとして、やらなくちゃならないこまごまとしたあれやこれやで、あなたとヴァルの通常業務を邪魔したくはない。だから、わたし専属のアシスタントをおいたほうがいいと思うの」

ウーナが自分専属のアシスタントをおく？

「もちろん、よくわかる」間を持たせることばが口をついて出た。「きっとなんとかなると思う」予算額をメモ帳に書き、承認を受けている十パーセントの増額分をプラスして、《人件費から流用する？》と書き添え、ヴァルに見せた。それでどうにか専属アシスタントの報酬を賄《まかな》えるかもしれない。わたしのサラリーの一部を出してもいい。ウーナの手足にならずにすむならどんなことだってする。

「彼女はクララ・パウェルといって」とウーナ。「シェプトン・マレットの祖母のところに滞在しているので、ここまで通うのに支障はないわ。実のところ、彼女は見習いみたいなものだから、そちらが出せる条件で文句はないはずよ」

かわいそうなクララ。ヴァルが計算をして、マネージャーと専属アシスタントのふたり分の報酬額をメモに書いてくれた。わたしがその数字を読みあげると、ウーナはその額で同意した。

「ねえ」彼女が言った。「なる早《はや》で始めなくちゃいけない。今夜、食事をしながらなんてどうかしら？　三人でおおまかなスケジュールをチェックして、軽くアイディア出しをしましょうよ。ぐずぐずしている時間はないわ」

「ええっと……そのお――」

「スタートからしてちょっと出遅れてるわけだし」彼女はわたしにあらためて言った。

ヴァルがメモ帳に何やら走り書きをして、わたしのほうに押しやった。《来週末》。わたしは彼の手を取ると強く握りしめた。

「そうね、もちろんよ」とわたしは答えた。「打ち合わせをしましょう」

「よかった。やることは山積みなのに、時間はほとんどないんだから」


わたしたちはブロード・ストリート近くの〈ASKイタリアン〉で落ち合うことになった。パルトニー橋をちょうど渡ったところにあるウーナの滞在先とミドルバンク館のなかほどにあるイタリア料理店だ。六時ちょうど——店内は空《す》いていて好きなテーブルを選べた。

「早かったみたい」わたしはヴァルに言った。「ちがう？　一時間か二時間ですむかもしれないわね」

彼は微笑み、たわむれるようにわたしの指に触れていたが、ウーナが店にはいってきて、仕事に取りかかることとなった——挨拶をすると、お祝いのことばを交わし、一緒に仕事をするのを愉しみにしているなどと言い、奥にある大きなテーブルを選んで席についた。三人とも食事を注文し、ヴァルとわたしはワイン、ウーナは炭酸水のボトルを氷なしで頼んだ。「アルコールで頭をにぶらせたくなくて」先に言ってくれればいいのに。

前菜——トーストした薄切りパンにきのこを載せたクロスティーニ——はシェアすることにして、めいめいひとつずつ手を伸ばした。ウーナは自分の分を丸飲みにしたにちがいない。だってつぎの瞬間には彼女の口はすっかり空になっていて、協会の蔵書についての質問が始まったのだから。

「ミドルバンク館の図書室にあるのは五千冊くらいで」わたしは説明を始めた。「初版本もあるけれど、再版や外国語版、表紙の新装版とかいったものもたくさんある。稀覯本《きこうぼん》は銀行に預けてあって、図書室の蔵書に超高額の値がつくものは一冊もないものの、蒐集家《しゅうしゅうか》にとってはまさに宝物ね。保険契約のために新たに査定額を出してもらわなくてはならないから、明日〈バース・オールド・ブックス〉に連絡してみる」

「ミステリ黄金時代がレディ・ファウリングにどのような影響を与えたのかをひもとく、作家の視点が欲しいわね。ヴァル、あなたは作家なの？」

「ええっと、ぼくは——」

「ええ、そうよ」わたしがかわりに答えた。

「出版経験は？」

わたしはその答を知っていたのに黙っていた。クリスマスのあとのある寒い冬の夜、ふたりでくつろいでおしゃべりをしていたときに彼から聞いて知っていた。そのときは泊まりにきていたダイナが友だちと出かけて不在だったものの、いつ帰ってきてもおかしくはない——ヴァルとわたしの運はずっとそんなふうだった——状況だったので、わたしたちはお行儀よく振る舞った。わたしのフラットで照明を消して窓辺に坐り、満月のやわらかな光で照らされた部屋で、お互いの秘密をひとつかふたつ打ち明けあった。そのときに、彼が一冊の本を書いて出版されたが、それから間もなく、別居中で離婚したも同然だった妻が亡くなったと彼は話してくれた。まだ五歳だった娘たちには、作家ではなく安定した職に就いている父親が必要だったから、教師に転向したのだと。わたしは彼の本を読みたいと言ったけれど、彼は手もとに一冊も残っていないと言い張った。「駄作だったよ。とうの昔にゴミ箱に捨てた」でも、わたしはたまにバース市内のチャリティショップめぐりをしていたので、ショップに行くときにはいつもV・モファット著『あとの祭り』がないかどうか書籍販売コーナーをチェックしている。

なのに、ヴァルはウーナへの返事のなかで自分の本の話にはひとことも触れなかった。「かつての教え子には本を出版している者もいるので、声をかけてみてもいい」

「よかった」ウーナは、わたしがヴァルのほうに送った微笑みには目もくれず答えた。「つぎに必要なのは冴えた切り口――レディと彼女が作品を蒐集していた作家たちとの絆《きずな》を打ち出すの。彼女にしかない何かがあるかもしれないし」

ヴァルは片方の眉を上げてみせた。

「ええと、実は」とわたしは切り出した。ぞくぞくするような興奮が身体じゅうを駆けめぐる。「レディ・ファウリングが『殺人は広告する』の初版本を著者のドロシー・L・セイヤーズ本人から贈られた、という証拠を偶然見つけたばかりで。それもディテクション・クラブの一九三三年時点で会員だった作家全員のサイン入りの」

ウーナは目を大きく見開いた。「全員ですって？」

「断言はできないの――まだ実物を見つけられたわけではないから。安全に保管するために、レディがちょっとした仕かけをした可能性もあるし」

「それこそ――」ウーナは椅子に背をもたせかけて両腕を大きく広げた。「人々の注目を惹きつける品だわ」

「でも」わたしは慌てて言い添えた。「実物を手に入れるまでは、公表しないほうがいいと思うの。そう思わない？」

「何を寝ぼけたことを」ウーナは一蹴した。

食事が運ばれてきた。ヴァルがラザニアにフォークを刺すと、湯気がしゅうっと立ちのぼった。わたしはカルボナーラのおいしそうなにおいを吸い込んでから、リングイネをフォークにとらえて巻きつけた。くるりと丸まった麵を口に入れながらふと目をやると、ウーナはすでにリゾットの三分の一ほどを食べ終えていた。

「〈シャーロット〉の責任者は、今は誰なの？」彼女が訊いてきた。

リングイネが口のなかで膨らんだみたいだった。猛烈な勢いで嚙《か》み、残っている麵をシマリスよろしく両方の頰に押し込んでしまおうとした。ヴァルがわたしの手に軽く触れて、ゆっくりと答えた。「ええっと、その女性の名前はなんていうのかな？　四月のキャンセル分の日程を引き受けたんだから、へイリーは施設側にたいへんな恩恵をもたらしたと思うし、きっと――」

「ナオミ」わたしは咳き込みながら言った。「ナオミ・フェイバー。彼女は、あなたが手がけたジェイン・オースティン・センターの展覧会の頃はいなかったわ」

「ナオミねえ」ウーナはしばらくのあいだ頭のなかでその名前を思いめぐらせるようにしてか

ら、頭《かぶり》を振った。「いいえ、わたしの知り合いではなさそうね」

わたしたちはまた食べはじめた。わたしはできるだけすばやくカルボナーラを口にかきこんだものの、ウーナはあっと言う間に空になったボウルにスプーンを置き、脇へ押しやってしまった。わたしはカルボナーラが固まるに任せた。

「さてと」ウーナが言った。「いくつか訊きたいことがあるの」

準備なしでテレビのクイズ番組《マスターマインド》に出るような悪夢になった。ウーナは、展示物に関係するかと、探偵小説の詳細についてしつこく質問してきたのだ。わたしはミス・マープルについて語り、この日の夜から読みはじめようと思っていたセイヤーズの『殺人は広告する』について思い切って曖昧なコメントをしてみた。そこへヴァルが割ってはいり、話を別の方向――レディ・ファウリングのノート――に向けてくれた。

ヴァルに感謝の眼差《まなざ》しを向けると、わたしは言い添えた。「ノートはレディの存在感を醸《かも》し出すのに役立つわ。きっとレディ・ファウリングの素顔を伝える展覧会になる――あんなにも若くして夫に先立たれたあとの彼女の強さと、どんなふうに文学を生きがいにしていたのかを紹介するの。女性作家はミステリ黄金時代を席捲《せつけん》し、レディは彼女たちを精力的に支援した。世界の目を向けさせ、称えるにふさわしい功績だわ」

「完璧だね」ヴァルが賛成してくれた。

でもわたし、しゃべりすぎちゃった？　ウーナの領分にずけずけとでしゃばるべきじゃない――なんと言っても展覧会は彼女の専門分野なのだから。

彼女は黙り込み、虚空を見つめた。謝ろうと口を開きかけたわたしより先にウーナが言った。「ノートに目を通したいわね。明日、用意できる?」

答を待たずに、彼女の話題は、家具や什器《じゅうき》の移送、展示ケースの手配や説明パネルの作成など、こまごまとした段取りに移っていった。

「説明パネルはあなたの担当ね、ヘイリー」ウーナにそう言われて、胃が痛くなった。「わたしたちのほうでもできるでしょうけどお願いできるかしら。そうでなくとも三ヵ月間ぶっとおしで仕事に追われることになるから」

夜眠れない三ヵ月間が目に浮かんだ——これも身から出たさび、誰かを責めるわけにはいかない。

清掃係が床にモップがけを始めてからわたしたちは店を出た。ひとり残っていたホールスタッフがエントランスのドアの脇に見送りに立ち、施錠しようと待っていた。

歩道に出ると、冷たい霧雨が降っていた。ウーナが言った。「明日十一時に会いましょう。パウェルを連れていくわ」

彼女がつかつかと歩きはじめると、ヴァルはわたしの肩に腕をまわし、ふたりで遠ざかる彼女を見送った。「じたばたしなさんな、初版本図書館キュレーターのヘイリー・バーク」と彼は言った。

6

〝死《デス》〟って。

「デスが彼の名前なの？」わたしは信じられない思いを隠しきれない声で言った。カウンターに置いた携帯電話をスピーカーフォンにして、ヴァルと話していた——翌朝、出勤まえにキッチンで、マグカップからティーバッグを引きあげ、冷蔵庫からミルクを取り出したところだった。

ヴァルは声を立てて笑った。「ああ、『殺人は広告する』だね。どれくらい読んだ？」

「ええっと、殺人は小説が始まるまえに起きていたわけよね。この〝デス〟って人が広告代理店で働きはじめたばかりのところまで読んだんだけど、わたしにはこの人が殺人だったと考えているのかどうかよくわからない。でもかなりおもしろいわ。セイヤーズは実際に広告のコピーを書いていたのよね？」

「〝ギネスは身体にいい《ギネス・イズ・グッド・フォー・ユウ》〟は彼女が手がけたもので、不滅の名コピーだね」

「『殺人は広告する』の被害者は階段から落ちて亡くなったのよね。セイヤーズが勤めていた広告代理店に〝殺人現場〟になった階段があったって、レディ・ファウリングが手紙のなかで触れていたわ」

「作家というのは、自分自身の記憶と体験のすべてを駆使して、すばらしい物語を思いつくものだ。セイヤーズも例外ではなかったんだね。ランチのときに会えないかな？」

「いいわね――いつ抜けられるか、あとで連絡させて。なにせ初日だから」

ウーナが仕事を始める日は、自分が協会に初出勤した日よりもずっとやきもきした。ミセス・ウルガーがなんの前触れもなく、九時の朝のミーティングより十五分早く、わたしの執務室のドアのところに現われたものだから、わたしの緊張はさらに高まった。

「おはようございます、ミズ・バーク。ついさきほど、クロニクル紙で展覧会に関する記事を見つけたものですから」彼女は言った。「印刷版ではなくて、オンライン版のほうでです」

急いで自分のノートパソコンを開け、ウェブサイトの当該ページを探しながら、口ごもりつつ言った。「わたしはまだ……ちょっと待ってよ……時期尚早だということで意見が一致したと思っていたのに……」とうとう見つけた――《謎の稀少本、発見》という見出しの短い記事。史上屈指の有名ミステリ作家たちのサインがはいった『殺人は広告する』初版本について報じられている。

「まさかウーナがこんなこと……あ、そうだった、ミセス・ウルガー、あなたは詳細をご存じないですよね？　わたしが見つけた手紙、レディ・ファウリングがドロシー・L・セイヤーズに宛てて書いた例の手紙にまつわる話なんです。とにかく坐りませんか？」

彼女はデスクをはさんでわたしの向かい側にあるウィングバックチェアの端に浅く腰をおろした――バンターが彼女の背後で丸くなった。わたしはこう言って説明を締めくくった。「この問題に関してアドバイスをいただきたかったのですが、この二日というものとにかく慌ただしかったものですから。本の所在がまだわからないので、何も公表しないのが得策だと思っていたのに、どうやらウーナの考えはちがったらしくて」

ミセス・ウルガーはほっとした様子で言った。「あなたはミズ・アサートンを信頼していらっしゃる――彼女は充分わかってしたことでしょう。それで問題の本ですが」

「徹底的に探しているところです」

正面玄関のブザーが鳴った。ふたりで玄関ホールに行ったが、彼女は自分の執務室へ引き取りドアを閉めたので、ドア越しに声をかけた。「あとでそちらにうかがいますね」

お願いだから、ウーナではありませんように。まだ来ないで――いくらなんでも早すぎる。

たしかにウーナではなかった。彼女は左耳の後ろに本のタトゥーなど入れていない。

「ミスター……ブルドッグ」苗字はなんだっけ？　ブルドッグが本名ではないのはまちがいない。「モイル。ミスター・モイルでしたね」

彼はつばの広い帽子の下からじっとこちらを見た。「ディテクション・クラブの会員だったすべての作家がサインした初版本がいくらするか、知ってるか？」

彼の背後では雨が降りつづいていた。わたしはドアをさらに大きく開けた。

「どうぞ、なかへおはいりください」と言いながら、これ――人々を迎えいれること――こそが初版本図書館が存在する目的なのだと、心のなかで言い聞かせた。「コーヒーはいかがですか？」

「すぐにあれを見られるかな？」

「いいえ、残念ですが――」

「事前にご対面はできるのかい？」

ふんっと鼻を鳴らしてしまいそうになるのをこらえた――お葬式じゃないんだから。

「展覧会は四月です」わたしは答えた。「バース・クロニクル紙で読んだんですか？」

「パソコンで通知設定してあるんでね。今朝早く記事を見て、電車に乗ったってわけ」

「どちらにお住まいで？」

「チッペナム。おれ、リストに載ってる？」

「なんのリストでしょう？」

「責任者は誰よ？」

もうたくさん。「わたしが責任者です、ミスター・モイル」反抗的なティーンエイジャーに言って聞かせるように母親の声になって言った。「詳細は決まりしだい当協会のウェブサイトで告知します。うちの会報を受信するよう登録されていますよね――本名で？　ところで、ファーストネームはなんとおっしゃるんです？」

彼はためらっていた。わたしがかすかに顔をしかめてみせると、彼は首を片側に伸ばしてポキっと音を鳴らした。「ステュアートだ」

「いいでしょう、ステュアート。お立ち寄りいただいてうれしく思います。展覧会をはじめ、当協会の催しについての詳しい情報を忘れずチェックしてくださいね。ほかにお役に立てることはありますか?」

なかったらしい。ブルドッグが帰ると、わたしはミセス・ウルガーの執務室に行ってぼやいた。「わざわざ押しかけてきて、何ができると思ったんだか――」

また正面玄関のブザーが鳴った。わたしはくるりと踵《きびす》を返し、しつこくしたってわたしの機嫌を損ねるだけだと、ステュアート・ブルドッグ・モイルに言ってやる気満々で勢いよくドアを開けた。はたして、そこにいたのはジーノ・ベリーフィールドだった。

「どうも、ミズ・バーク」彼は笑顔で言った。「おはようございます」

透明の傘を差し、オレンジ色のレインコートを例の濃い青緑のスーツの上に着て、顎の下に粒チョコレート《スマーティーズ》柄のネクタイをちらりとのぞかせている。ぴかぴかの黒のオックスフォードシューズは雨に濡れてきらめいていた。

「ミスター・ベリーフィールド、驚きました」ウーナがやってきませんようにと願いながら、彼から視線を逸《そ》らして歩道を見た。「残念ですけど――」

「来《きた》る展覧会のマネージャーを選定するにあたって、さらに詳細を必要とされているのではないかと、再度ご確認にうかがってみたまでのことでして」

「ご連絡せずに申し訳ありません」とは言ったものの、彼に会ったのはまだ昨日のことだ。

「結局、別の方にお願いしまして。お時間を割《さ》いてくださり深く感謝します。あなたでしたら、まちがいなくここバースでも引く手あまたでしょう」

彼は笑顔を崩さなかったが、目は輝きを失い、小さく暗くしぼんでいった。「そりゃあまあ。

それは残念《ハイホー》。ご検討ありがとうございました。どなたに決められたのか、教えていただけますか？」

「それはまだ――」

「なるほど。そうですか、よくわかりました。採用された方とうまくいくよう祈っていますよ。もしもその彼女とうまくいかないときには、お電話ください」

わたしはドアを閉め、しばらく彼が去ったあとの玄関を見つめていた。展覧会のマネジメントというのはきっと、狭い業界なのだ――自分にそう言い聞かせた。ミセス・ウルガーの執務室に戻って、椅子にどっかりと腰をおろした。

「やれやれ、さてと」やっとミーティングを始められる。「〈シャーロット〉への支払いの準備をしなくてはなりません」

「その件でしたら、ミスター・レニーに連絡してあります」ミセス・ウルガーが言った。「十二時までに、あなたが受け取れるよう小切手が用意されているはずです」

そのあとはいつものミーティングになった。会報用の新しいフォントについて話し合うと、わたしは自分の執務室に戻って、それからの三十分間、片目で時計を見ながらデスクの整理に費やした。時刻はじわじわと十一時に近づいていった。

正面玄関のブザーの音が鳴った。

「ようこそ、おはようございます」わたしは開けたドアから一歩退《しりぞ》いて言った。

ふたりは母娘そっくりファッションコンテストの優勝者のようだった。ウーナはいつもどおり、ネイビーブルーのスーツにローヒール、高い位置でおだんごにまとめたヘアスタイル。その隣に頭ひとつ分背の低い若い女性が立っていた。娘のダイナよりそう年上ではなさそうなその女性は、やはりネイビーブルーのスーツを着てローヒールを履き、黒髪をひっつめて同じくおだんごにまとめている。ふたりで一緒にはいれる大きな傘の柄を握り、ウーナの頭にくっつかないよう腕を伸ばしてさしかけていた。ふたりとも学生が持つようなフラップつきのショルダーバッグを肩にかけている。

脱いだコートをコート掛けのフックにかけ、若い女性は玄関先で雨露を振り落としてからコート掛けの傘立て部分に傘を差し込んだ。その間にウーナがわたしたちを引き合わせた。

「ヘイリー・バーク、クララ・パウェル」

「ミズ・パウェル」わたしはそう言って、片手を差し出した。

「クララと呼んでください」彼女はフレームの太い大ぶりの眼鏡をポケットから取り出してかけると、わたしの手を二回しっかり握って笑顔を見せた。眼鏡がぐらぐらと揺れた。

「ヘイリーでいいわ」わたしも笑顔で言った。「よろしくね」

「ものすごくわくわくしてるんです」クララはそう言い、自分のショルダーバッグからタブレットを取り出した。まるでその場でノートを取りはじめるかのように。「学校の卒業公演で『大忙しの蜜月旅行』を上演して――わたしはピーター卿の母、ホノーリア・ルーカスタ役を演じました。おばあちゃんは大のミステリファンで、レディ・ファウリングのことを覚えていると言ってました。だからウーナが採用してくれて、すごく感激しちゃって」

「もういいでしょ」ウーナが割ってはいると、クララは口を閉ざした。「この子はトーントン・カレッジで見つけたの」ウーナは専属アシスタントを迷子の仔犬でもあるかのように言った。「オフィス管理コースを専攻していて、どうしても実社会での就業体験を積みたいと言っていたので。見込みのある子よ」

「おはようございます」ミセス・ウルガーが執務室のドア口から言った。

わたしがふたりを引き合わせると、クララは事務局長の一九三〇年代風の出《い》で立《た》ちをうっとりと眺めた。チェリーレッドの細身のスカート、幅広のラペルがついた白いブラウス、黄金色の細いベルト。「時代を超えた素敵な装《そよお》いですね」クララが感想を口にした。

ミセス・ウルガーはぱっと顔を輝かせた。

「それじゃ、どこで仕事を始めましょうか?」ウーナが訊いた。

ふたりを執務室に招き入れると、わたしのデスクはウーナのものになった。バンターはマントルピースの上で陶磁器の置き物よろしくいつもの位置に陣取り、ひげをぴんと広げてウーナを大きな黒い瞳でじっと見つめている。

「あれ、本物の猫なの?」ウーナが尋ねた。

「彼の名前はバンター」わたしは言った。「レディ・ファウリングはいつもさび猫を飼っていて、必ずバンターと名づけたの」

「書斎のディスプレイ用にぬいぐるみの猫を探さないとね」糸のように細く目を狭めたバンタ

ーをよそに、ウーナはしゃべりつづけた。「ヘイリー、あなたにはレディ・ファウリングのノートの内容をパソコンに打ち込んでもらうわ」

「全部？」

「たしか五〇年代から始まっていたわね。書き込みごとに日付を入れて、家のことや個人的なこと、ミステリ黄金時代に関することに分類してちょうだい。例の本の所在について手がかりを遺《のこ》しているかもしれないし。それに、それで説明パネルにとっかかりやすくなるでしょうし」

「あの本については図書室を探そうと思っていたんだけど」

「それはパウェルにやらせる。彼女を案内してくれる？」


「なんて素敵なところなんでしょう」ふたりで階段をのぼっていると、クララはあちらこちらをきょろきょろと見まわして言った。「まあ、あれがレディ・ファウリングですか？　きれいな人ですね。この図書室と言ったら、ウーナが話していたとおりというか、それ以上です」

「ここは初めは、もちろんサー・ジョン――レディのご主人――の家だったのだけど、レディが彼女自身の精神をミドルバンク館に吹き込んだように感じるわ。さてと、『殺人は広告する』をどうやって探すかはあなたしだいね。ウーナからどういうサインがはいった本か聞いている？」クララはうなずいた。「それじゃ、いちばん下の棚から始めて上へと進めるのがいいか、それとも上から下へ進めるほうがいいかしら？　セイヤーズの作品のほとんどは、あそこの高い棚にある。脚立を使えばちゃんと手が届くと思う」

クララからさっきまでの熱意が消えていた。

「すごく安全とは言えなさそう」クララはつぶやいた。

脚立は踏板が二段と天板しかない――屋根にのぼるわけじゃあるまいし。でも、クララはただでさえウーナにこき使われてたいへんなのだから、わたしが負担を増やすようなことはしちゃいけない。

「こうするのはどうかな」わたしは言った。「あなたはまず、ノートを時系列に整理するところから始めるというのは。ノートをここに持ってくるね。本のほうは、わたしがあとで見ておくから」

「そうします。それがいちばんいいとおっしゃるなら」彼女はほっとしたように言った。「だって、あなたが責任者ですもの」

案外ちゃっかりしてるのね。

階下《した》に戻るとバンターの姿はなかった。ウーナはすでにデスクからわたしのものを片づけていて、ショルダーバッグの中身――ノートやスケッチブック、ノートパソコン――をデスクの上に出しているところだった。

「レディ・ファウリングのノートを図書室に運ぼうと思って」とわたしは言い、そうっと彼女の後ろをまわってノートがはいった段ボール箱を回収した。

「うん」と彼女。

わたしは、ウーナが床に築いたスケッチブックの山に埋もれてしまった自分のノートパソコンも引ったくるようにつかむと、急いで執務室を出た。一時間後に戻ったとき、彼女はちらっとこっちを見ただけだった。

「〈シャーロット〉のナオミが支払いを待っているので」わたしは小さな勇士になった気分で切り出した。「小切手を受け取って用事をすませてくるね。一時間か二時間、出かけることになるかも。ランチを買ってきましょうか?」

「いいわ」ウーナはつぶやくように言った。「パウエルに何か買いにいかせるから」


「これで正式に契約です」ナオミはそう言うと、小切手をデスクの抽斗《ひきだし》にすべり入れ、契約書の写しをわたしによこした。「これからの三ヵ月がたいへんですね」

わたしたちは二階にある彼女のオフィスに坐っていた。窓からは通りの向かい側にアセンブリー・ルームズ、はるか遠くにメンディップ丘陵が見えた。向こう三ヵ月、わたしではなくウーナに占拠されることになる自分の執務室のことを考えた。

「ナオミ、〈シャーロット〉のことは反対側にあるスペースはどうなってます? ジェイン・オースティン・センターの展覧会では、準備期間中に事務所や倉庫として使わせてもらっていましたよね」

〈シャーロット〉がふた棟《むね》のテラスハウスを隔てる壁をぶち抜いて造られたとき、一階から三階までのあいだに手を加えられないまま残った縦長の狭いスペースがあった。

「ずっと放置されたままですから、使えるような状態ではないと思いますよ」

「そこをなんとか」わたしはかすかな望みを抱いて頼んだ。「あそこを展覧会マネージャーとそのアシスタントが自由に使えるスペースにできたら、関係者全員にとって」――実際には、わたしにとってだけど――「何かとやりやすくなると思って」ウーナにホット・デスキングをすすめてみるというのはどうだろう？　ふとそう思ったけれど、そんな考えはすぐに捨てた。

「ええと……」ナオミは思案している様子で語尾を引き延ばして言った。「三階のスペースでしたらお貸しできるかと。古い吹き抜けの階段をのぼらなくてはなりませんが。いいかもしれないですね――いちおう、角を曲がったところに専用出入口はあるし、毎日、正面玄関を通らなくてすむわけですし」その考えに彼女は気をよくしたようだった。「見てみません？」

ナオミの案内でドアを抜け、改装されなかった一角へはいった。そこはわたしの記憶にあるとおり――いや、それ以上にみすぼらしかった。染みだらけで剝がれかけたヴィクトリア朝時代の壁紙に、明らかに湿気からくるにおい。埃《ほこり》っぽい木製の階段が一階へと、歩道へ出る出入口へと続いている。三階の倉庫兼事務所へと伸びるのは錬鉄製《れんてつせい》のらせん階段だ。かつては白く塗られていたのかもしれないが、塗装が剝げていない部分は黄色に変色していた。ナオミのあとに続いて、ふたりで三階へらせん階段をのぼった。

「ごめんなさいね」階段のてっぺんまで来ると、ナオミはそう言って段ボール箱の山を脇に寄せ、手を叩いて埃を払い落とし、咳き込んだ。

ポケットから鍵の束を取り出し、ドアを開けると、暗い物置部屋が現われた。書類箱が山のように積みあげられているほか、旧式のパソコン用モニター数台に壊れた椅子も何脚かあった。

「さあ、こちらです。あんまり広くはありませんが。奥のほうにデスクがあったと思います。おたくのマネージャーはこれでなんとかなるでしょうか？」

埃っぽい湿気のせいで鼻がむずむずした。かび臭い物置部屋を事務所らしきものに変えるには、相当の作業が必要になりそうだ。

「ばっちりです」わたしは答えた。

「どなたにお願いしたんですか？」

「ウーナ・アサートンです。彼女のことをご存じですか？　彼女のほうはお会いしたことはないようですが」

ナオミは日焼けした頰を赤く染め、両腕をしっかり組んだ。「彼女がそう言ったんですか？ふうん、つまらない人間のことなんか覚えていられないでしょうからね。よろしければ見てまわってください。これでかまわないということなら、鍵をお持ちいただいていいですよ」

「セイヤーズに取りかかってくれてすごくうれしいわ」母は言った。「彼女はすばらしい知性を持った作家だったんですもの。それで、レディ・ファウリングが例の初版本をどこに隠したのか、あなたには皆目見当もつかないのよね？」

わたしは母と土曜日の午前中、リヴァプールにある母のフラットのキッチンで坐ってコーヒーを飲んでいた。母と一緒に過ごす週末は、わたしにとって短い休暇とセラピーがひとつになったようなもので、元気を回復するいい機会になっている。

干しブドウ入りでシロップがかかったチェルシーバンを食べ終えたわたしは、指をぺろりと舐めてから答えた。「銀行に預けられている箱がいちばん可能性が高そう──いろいろと落ち着く来週にはそこから手をつけてみるつもり」

コーヒーを飲んで生き返ったような気分だった。朝、リヴァプールへ向かう列車のなかで眠ってしまい、あやうくバーミンガム・ニュー・ストリート駅で乗り換え損ねるところだった。展覧会が終わるまで、日々の生活から睡眠を削らなくちゃならない。

木曜日の夜と金曜日いっぱいをかけて、物置部屋を掃除し、ウーナとクララが使える空間に調《とと》えた。ふたりを〈シャーロット〉に移動させ、イライラの素《もと》を取りのぞくと心に決めていたのだ。たしかに、歩いてたった十分の距離しか離れていないけれど、それだけでわたしにほっとひと息つける余裕が生まれる。

ウーナは自分の仕事を終えていたが、一方のクララは自分を安全管理部門の担当者とでも思っているらしく、地上一階から二階に至る木製の階段と三階へと上がるらせん階段をのぼり下りするときは手すりにつかまるよう、わたしたちに繰り返し注意していた。金曜日夜の十時三十分に、ヴァルとわたしは、数少ない家具を並べているウーナとクララを残して帰った。ヴァルはミドルバンク館まで一緒に歩いてわたしを送ってくれた。おやすみのキスをするまえにポニーテールから蜘蛛の巣を取ってくれた。

「二日ぽっちの正規の休みを取りたいって言うきみを、彼女はどうして責められるんだい？」ヴァルは疑問を口にした。

「〝残された時間はごくわずか、やり遂げるべきことは山積みよ〟」わたしはもったいぶった声で答えた。「これからの三ヵ月間で何回、そう言われることになるのかな?」

わたしが土曜日から日曜日にかけて母のところを訪ねると聞いて、ウーナはあまりいい顔をしなかった。わたしはすかさず、来週末は三日間不在にする旨を言い添えた。ふたつ目の〝職場放棄〟の予定を聞くと、彼女は鉛筆を手に取り、展示物のレイアウトのスケッチを始めた。怒鳴るわけでもなく、ひたすら無言。

「怒鳴られたほうがましだった」わたしはカップの底に残ったコーヒーをくるくると揺すりながら母に言った。「それだったら、せめて彼女にどう思われてるかはわかっただろうし」

「あなたがやっていたジェイン・オースティンの展覧会のことは覚えているわ」母が言った。「それからダイナが試験勉強をしていたことも。相当つらい思いをしてたわね——あれは娘のせいだけじゃなかった。でも忘れないで」母はわたしの頬に触れた。「——今回は状況がちがうのよ」

そういうことになってた?

「展覧会の前週になったら、レディ・ファウリングの肖像画をミドルバンク館から〈シャーロット〉へ移さなくてはね」月曜日の朝、ウーナはわたしにそう告げた。「図書室の踊り場に設置されている、あの大きな肖像画を。会場から出ていく来場者が最後に目にするように配置するの。彼女がさようならと声をかけているみたいにね。こっちよ、パウェル」彼女はショルダーバッグをクララに手渡した。「水彩画家たちが来るまえに、スペースを確認しに階下《した》へ下りたいの」

わたしは呆気にとられて動けず、返事もできず、出入口をふさぐ恰好で立っていた。ウーナにレディ・ファウリングを持ち出させるわけにはいかない——彼女はミドルバンク館の住人なのだから。

「もちろん、複製画を作ってもいいですよね」わたしは代案を出してみた。

「ロイヤル・アカデミーにいきなり電話をかけて、複製画を描きたがる若手の画家を派遣してもらえるとでも思っているの？」

「いいえ、そういうつもりじゃ——」

ウーナは耳を貸そうとしなかった。スケッチブックをつかむと、わたしを脇へ押しやってドアから飛び出し、靴音を高く響かせながら錬鉄製のらせん階段を下りていった。あとを追って出ていったクララは、手すりをしっかりとつかんだ。

「ウーナ、気をつけてください」下に向かって声を張りあげる。やがて頭《かぶり》を振りながら、仮事務所に戻ってきた。「ちっとも聞いてくれない。ええっと、ヘイリー、あなたはプレスリリースをチェックしにきたんですか？」

そのつもりだったけれど、別の問題ができてしまった。レディ・ファウリングの肖像画の移動にかわる案を考えなくてはならないのだ。ふつうの絵画のように、あちこち運ばせるわけにはいかない——だってあれは彼女本人の化身なのだから。それにあれがなくなってしまったら、わたしは誰に話しかければいい？

自分が絵画と実際に会話をしていたわけではないとある程度は自覚していた――階段ののぼり下りのときにひとことふたことつぶやいたのが、ヴァルに聞こえてしまったことはあったにせよ。それでもミドルバンク館にはレディが存在している感じがしていて、それは肖像画があるからだと思っていた。だから、肖像画を別の場所に移すなんて、レディ・ファウリングを車のトランクに閉じ込めて連れ去るようなものなのだ。

月曜日の朝から、わたしは四日しかない一週間の勤務時間に八日分の仕事を詰め込んだ。それには一日に二度のミーティングも含まれた。ひとつ目はミドルバンク館でのミセス・ウルガーとの朝の定例ミーティングで、とどこおりなく終了することができた。目前に迫った三日間の休日について念を押すと、事務局長はタンブリッジ・ウェルズの友人宅への宿泊を木曜日の夜にすると言ってくれた。それならバンターがひとりぼっちにならずにすむので、わたしたちはふたりとも満足した。

ふたつ目は、〈シャーロット〉での、建前上わたしが取り仕切ることになっている朝のミーティング。翌日の火曜日、ミーティングに赴いたわたしは、ウーナがクララにしていた話をちょうど終えるところに出くわした。

「それでね、わたしはそこに立たされたままで、彼のほうはわたしの後ろにいた男性に言われるまで気づきもしなかったの。〝おい、ベリーフィールド、お上品なおコーヒーの注文にまごついちまってんのかい？　さっさと行けよ〟ってね」

クララはくすくす笑い、ウーナはわたしが来たことに気づくと苦笑いを浮かべた。「ジーノだったんでしょう？」彼女が訊いてきた。「あなたがこの仕事を打診していたもうひとりのマネージャーというのは？」

「えっ？　誰ですって？」こんな見え透いた嘘をついてよかったんだろうか？「ああ、ジーノ・ベリーフィールドのこと？」

「わたしがここにいて救われたのは、運がよかったと思いなさいよ。そうじゃない、パウェル？」

「やれやれ《ハイホー》」クララはにやりとしながらそう言うと、顔を真っ赤に染めた。

「やれやれ《ハイホー》、たしかに」

わたしはサイン入りの『殺人は広告する』を見つけようと引きつづき図書室を探しながら、十年分のレディのノートをデータに打ち込み直していた。ノートへの記入は一九五〇年二月から始まっており、ページごとに日付を入力した。ふたつの仕事のうち、ひとつはクララの担当なのだけれど、彼女はもうミドルバンク館にいないのでわたしが彼女の分も進めている。それもやぶさかではなかったのは、レディ・ファウリングへの理解が深まり、彼女の思考を整理するよりよい方法がわかったような気がしたから。とはいえ、分類しようのない書き込みも多かった。たとえば、一九五〇年九月のこの意味不明なフレーズが並んだ一節はどう解釈すればいいのだろう?

静かな期待、にもかかわらず（Quiet Anticipation Despite）
ワイリーの探偵は死を招く（Wiley Detective Beckons Death）
典型的な鑑定と見なされる裏切り（Betrayal Deemed Quintessential Appraisal）
すばらしい商人はひそかに本物の策略をわがものとする（Marvelous Merchants Appropriate Quietly Authentic Deception）

この一節はレディ・ファウリングが創造したドーセット出身の探偵、フランソワ・フランボーに関連したものではないだろうか。レディは自分の探偵のこととなると、大げさな表現をしがちだったから。ひょっとしたら、フランボーは作品のどれかで、新聞記者と身分を偽って潜入調査をしていて、見出しを書く必要に迫られたのかもしれない。『殺人は広告する』でピーター卿が広告マンとなってキャッチフレーズを書いていたように。わたしはこの奇妙な一節だけをページ一枚に打ち込み、どう処理するかはウーナの判断に任せた。

二回目の文芸サロンは素敵なことになんの騒ぎもなく終えることができた——翌朝のウーナの不機嫌な振る舞いとは大ちがいだった。

「あの人たちはまるでぶんぶんうるさい羽虫だわ」彼女は背中を丸めてデスクに向かったまま、

わたしに文句を言った。「叩いて追い払うこともできない。展覧会に興味を持つことと、迷惑行為は別物よ。ヘイリー、連中の誰かひとりでもうろついているのを見かけたら、追い返してちょうだい」

〝連中〟というのは、ステュアート・モイルやその同類を指しているのだろう。ディテクション・クラブの会員だった作家全員のサインがはいった初版本について、新聞にまた短い記事が掲載されたのだ——今度はウーナの発言の引用つきで。こういう話題づくりを続けておきながら、彼らが興味を抱いたことに苛立《いらだ》つのは筋ちがいというものじゃない？

木曜日の午前中、わたしは和平のしるしとして通りの向かい側で買ってきたコーヒーを手に、〈シャーロット〉の高所要塞とでも呼ぶべきウーナの仮事務所へおそるおそる足を踏みいれた。部屋の隅にいたクララはティーテーブルにタブレットを置き、気もそぞろといった様子でカプチーノのお礼をわたしに言った。

ウーナは翌日に迫ったわたしの三日間の休暇について何も言っていなかったけれど、おもしろく思っていないことは明らかで、険悪なムードが毒気のように部屋に漂っている。人並みに休暇をとる資格のある人間なのだと証明してみせようと、わたしはそれまでに入力を終えた分をプリントアウトして持ち込んでいた。それを入れたファイルフォルダーを彼女のデスクにゆっくりと置く。

「最後のほうのページは明日の朝、持ってくる」わたしは告げた。「それまでには図書室の捜索を終えているから、月曜日は銀行に預けてある分に取りかかれると思う」

ウーナは何やらつぶやき、わたしが置いた分厚いフォルダーを脇へ押しやった。わたしが大急ぎで部屋を出ていったものだから、階段に気をつけるようクララに念を押された。

木曜日の午後遅く、ヴァルとわたしは〈ウェイトローズ〉のカフェで落ち合った。話題はもっぱら仕事の話。彼は週末までにやると決めた仕事をすでに片づけたという。来週の文芸サロンの講師への連絡をすませ、展覧会プログラムの印刷見積もりへの参加募集の告知もすでに出したと。仕事に集中するのはむずかしかった――どうしても心は展覧会から離れて海辺のウーラクームへと向かってしまう。

テーブルの上でわたしの携帯電話が振動した。ウーナからのショートメッセージだった。

《どこにあるかわかった！　死《デス》が手がかり。殺人は》

メッセージはそこで途絶えていた。

「どこにあるかがわかったって？」わたしは思わず口に出していた。「あのサイン本のこと？それとも、あと十年分のノートを入力させるための策略かな？　やらなければ街を離れるのを認めないとか？」

「きみには彼女の許可は必要ない」ヴァルが思い出させてくれた。

「まったくそのとおりね、彼女にはそう言うわ。彼女があの本のありかを突き止めたんだったら、それはそれでいい――見つかってすごくうれしいし――でも、すぐさま展示物の説明文を書く必要はない」指先でテーブルを軽く叩いてから、返事を打った。

《やったわね！　確認に立ち寄るね》

「でも長くはかからないから」わたしはヴァルに言った。「彼女に発見したことを教えてもらって、本を探し出したら、安全に保管できるよう弁護士のダンカン・レニーのところへ持っていく」

「一緒に行くよ」

「ありがとう」ウーナに異議を唱えられた場合に味方になってもらえると思うと、ありがたかった。「彼女、どうやって見つけたのかしら？　まあ、きっと経緯《いきさつ》を話してくれるわね」

それでも、わたしたちは急いで席を立って慌てて向かったりはしなかった。そのかわり、お茶を飲み終えると手を握り合い、窓の外を眺めた。ひと条《すじ》の陽光がウォルコット・ストリートに射していた。ウーナからはその後なんの連絡もなく、わたしはようやくため息をついて言った。「さっさと片づけてしまったほうがいいわね――それで週末の荷づくりに取りかかれるから」

「荷物はあまり要らないよ」ヴァルにウィンクをしながらそう言われて、わたしはにっこり笑って女子生徒のように赤面した。

四時をまわった頃になってわたしたちは〈シャーロット〉へ向かい、街を縫うように歩いた。サラセン・ストリートを突っ切り、ブロード・ストリートを北に向かい、車の往来が途切れるのを見はからってジョージ・ストリートを急ぎ足で渡り、バートレット・ストリートを北に進んでアルフレッド・ストリートをしばらく歩くと、アセンブリー・ルームズまえの舗装された広いエリアに出た。そこで人だかりに出くわした。観光バスが到着して大勢の人たちが降車したのだろうとまず思ったのだけれど、脇に立っているドムが見えた。それから点滅する青い光が道路の向かい側の窓に反射しているのに気づいた。

「ドム、どうも」とわたしは声をかけた。「救急車？　アセンブリー・ルームズで誰か倒れたとか？」人気の観光スポットで急な病人や怪我人が出ることもなくはない。

「きみはウーナを雇った」ドムが言った。

「ええ、そうよ。今度のうちの展覧会のためにね。だって、彼女は気むずかしいところもあるけど——そうそう、ドム、ヴァル・モファットを紹介させて」

「バース・カレッジで創作を教えてる人だ」ドムが言った。「マーゴがあなたはヘイリーの恋人だって言ってる」

ヴァルは笑顔でそのとおりだと認めた。「きみはコンピューター・システムの魔術師だって聞いているよ」

「ドム、どうやってわたしがウーナを雇ったと知ったの？」わたしはまた話題を戻した。

「マーゴから聞いてね。彼女は店のサラがテリーから聞いたと言っていて、テリーは〈ミネルヴァ〉でアデルを見かけたんだって」ドムは眼鏡を鼻梁《びりょう》に押しあげた。

昔ながらの人づての情報網が今も健在とはけっこうなことではないか。

「たしかにウーナは気むずかしいけれど、ドム、センターの展覧会がどれだけ見事だったか思い出してみて」

カーテンが開くように目のまえの人だかりがふた手に分かれると、視界が開けて通りが見えた。通りは、青と黄色のブロックチェック柄が側面に施《ほどこ》された警察車両でふさがれていた。ということは、急病人が発生したわけではない。道路の向かいにある〈シャーロット〉では、黄色の高視認性ベストを着た巡査たちが現場保全のための立ち入り禁止テープを出入口に渡しているところだった。〈シャーロット〉の正面玄関ではなく、角を曲がったところにある出入口——ウーナの仮事務所のある三階へのぼるための二階分の階段へと続く出入口のほうに。

頭が真っ白になった。しばらくして青い紙製のつなぎの作業着を着て、靴もブーツ形のカバーで覆い、手袋をはめた人たちが建物から出てくるのが視界にはいり——

「SOCO《ソコ》」わたしはささやき声で言った。「犯罪鑑識官《シーン・オブ・クライム・オフィサー》だわ」

ヴァルとわたしは人ごみをかき分けて前進したものの、女性巡査がまえに立ちはだかり言った。「退《さ》がってくさだいさい」

「ミドルバンク館の初版本協会でキュレーターをしているヘイリー・バークです」声が震えた。脳裏にデジャヴュが一瞬よぎる——以前にもこんなふうに警察官に自分で名乗ったことがあった。「こちらはヴァル・モファットです。当協会の展覧会マネージャーが三階で働いているんですが、何があったんですか？」

女性巡査は顔をそむけ、ベストの肩ベルトに取りつけられた無線機に向かって話しはじめ、雑音混じりの返事を聞くと、またこちらに向かって言った。「ついてきていただけますか？」

ヴァルはわたしの手を握った。ふたりで道路を渡り、〈シャーロット〉に着くと、出入口に渡された青と白の立ち入り禁止テープが持ちあげられ、知った顔が現われた。ケニー・パイ刑事だ。艶《つや》やかな黒髪と浅黒い肌が、建物に用いられている淡い色合いのバースストーンを背景に際立って見えた。

「ああ、ミズ・バーク」パイが言った。「それにミスター・モファットも。お話があります」

彼はわたしたちをなかへ請じ入れた。出入口近くは埃っぽく、いつもは暗い空間が投光照明の放つ光で明るく照らされていた。床と階段にはビニールシートが敷かれている。

「クララはどこです？　ウーナはどこにいるんです？」わたしは訊いた。「事故でもあったんですか？」

「ウーナ・アサートンが三階へ続くらせん階段の下で発見されました。彼女は死亡していました」

7

「でも……死亡していただなんて」わたしはヴァルの腕をぎゅっとつかんだ。「信じられません。クララは正しかった――ウーナは気をつけなくちゃいけなかったんです」

「そのクララというのはクララ・パウェルのことですか、ミズ・バーク？」

階段を下りながら声をかけてきたのは、ロナルド・ホップグッド部長刑事だった。階段の下まで下りてくると、いくらか白いものが交じる、ブラシ形のほうきを彷彿《ほうふつ》させる口ひげの下を指で撫でた。

「ホップグッド部長刑事」ヴァルが言った。「事故だったんですか？　そうだとすると、なぜみなさんがここにいるんですか？」

「ミスター・モファット、ミズ・バーク――おふたりはどのようにミズ・アサートンと知り合ったんです？」

「わたしが彼女を雇いました。彼女は展覧会マネージャーをしていて――」現在形で言いかけてことばに詰まり、少し間をおいてから先を続けた。「五年まえにジェイン・オースティン・センターの展覧会を手がけたんです。初版本協会はこの〈シャーロット〉で展覧会を開くために彼女を雇いました。バース・カレッジが後援してくれているので、ヴァルも準備に参加しているんです」

ホップグッドのげじげじ眉がぴくりと動いたが、意外そうな顔はしなかった。「彼女に最後に会ったのはいつでしたか？」

「ぼくは月曜日の午後でした」ヴァルが先に答えた。「プログラムに載せるカレッジ関係の寄付者のリストを渡しにきたときに」

「わたしは今日の午前中立ち寄ったとき――ええと、正午近くでした」

「こちらで？」

「ええ、ここで。フォルダーを渡しましたが、長居はしませんでした」

「おふたりとも、わたしについてきて――でも足もとには注意してください」

ヴァルとわたしは言われたとおり、ホップグッドのあとについて木製の階段をゆっくりとのぼっていった。わたしはごくりと唾を呑み込み、最悪の光景に備えて覚悟を決めたが、二階の踊り場に着いてみると、その場を支配していたのはてきぱきとした雰囲気だった。紙製のつなぎを着た捜査関係者が何やら調べたり、話をしたり、何かを指差したり、写真を撮ったりしていた。らせん階段の下には、黒い防水シートが正体不明の小さな膨らみの上にかけられていた。鑑識官が角《すみ》をめくりあげると、ウーナの肩と手がちらりと見えた。はっと息を呑んで目をそむけたわたしを、ヴァルが腰に腕をまわして支えてくれた。

「ウーナはショートメッセージを送ってきました」わたしはそう言いながら携帯電話を取り出してホップグッドに見せた。「ほんの一時間まえのことです。それからこんなことになったんですか？」

「パイ」と部長刑事が呼んだ。「携帯電話はあるか？」

パイ刑事は携帯電話のはいった透明のビニール袋を掲げてみせた。

「クララはどこなんです？」わたしはかすれ声で言った。

「巡査と一緒にお隣にいます」ホップグッドが答えた。「ミズ・フェイバーのオフィスに」

水彩画展は今日は早じまいしたと思っていいの？

「部長刑事」ヴァルはさっきの主張を繰り返した。「これが事故であるはずがない――あなたは何かを疑っている。はっきり言っていただくわけにはいきませんか？」

いったん吊り上がったホップグッドの眉がさっと下がった。まるで緞帳《どんちょう》が上げ下げされるように。「一見したところでは、見た目どおり、事故だと思いましたよ。おそらくミズ・アサートンがバランスを崩して、持っていたものを落とし、転がり落ちたのだろうと。現時点では階上《うえ》へお連れすることはできませんが、お伝えしておきますと、彼女とミズ・パウェルが働いていた事務所は荒らされていました」

「荒らされた――強盗ですか？」ヴァルが訊いた。

「強盗だとするならば」部長刑事はわたしを見つめて言った。「何を欲しがっているのでしょう？」

ディテクション・クラブの一九三三年の全会員がサインした『殺人は広告する』初版本。とはいえ、そのとき、別のもっと気がかりな考えが頭に浮かんだ。「事務所が荒らされたとき、クララはここにいたんでしょうか？」

彼女のことが急に心配になった。こんな恐ろしい出来事を切り抜けられるほど、彼女は強く見えなかった。それに若すぎる。

「ミズ・パウェルの話では、外出から戻ってきてミズ・アサートンが亡くなっているのを発見したそうです。彼女が九九九番に通報し、われわれが駆けつけたしだいでして」

死体を発見したのが娘のダイナだったらと思うと、めまいがした。ふと、床に落ちていた一枚の紙が目に留まった。かがみ込んで日付を読んだ——一九五四年五月。レディ・ファウリングのノートをわたしが入力し直したものの一部だ。

立ち上がると、ホップグッド部長刑事が部下のパイ刑事に小さくうなずくのが見えた。

パイが言った。「ミズ・バーク、お隣へ行ってちょっとおしゃべりしませんか？」

ああ、そうだった、おしゃべりするのね。

「ミスター・モファットは」ホップグッド部長刑事が言った。「こちらに残っていただけませんか？」

ケニー・パイのあとについて、〈シャーロット〉のなかでも古くてみすぼらしい側から改装ずみのイベント会場側のオフィスへとつながるドアを抜けながら、わたしは憤慨《ふんがい》していた。ホップグッドがヴァルとわたしを引き離したのは、〝口裏合わせ〟をする機会を与えないようにするためなの？　わたしたちが犯人だと思ってる？　それでもってなんの犯人だと——ウーナに苛立《いらだ》つあまり、彼女を階段から突き落としたとでも？

パイ刑事はナオミのオフィスにはいるドアを開けた。そこには彼女の気配はなく、隅に女性巡査が立っており、大きな椅子にちんまりと坐っているクララがいた。おだんごにまとめていた髪はほどけ、黒髪の束がだらりと垂れている。片手に眼鏡を握りしめ、青ざめた顔に驚くほど大きく見開いた目でわたしを見上げた。

「携帯電話をなくしてしまいました」彼女は言った。「携帯電話をなくしてしまい、捜しに戻ってきたんです」

わたしの背後にいたパイが言った。「これまでのところ、彼女から聞き出せたのはそれくらいのもので。あなたは彼女のことをよくご存じですか——」

「お茶を」

制服を着た別の巡査がトレーを持ち、重ねた紙コップを脇に抱えてオフィスにはいってきた。ナオミのデスクの上にトレーと紙コップを置くと出ていったので、クララと自分のために、ふたつの紙コップにお茶をそそいだ。いつだったか彼女がお茶に砂糖をスプーン一杯入れるのを見たことがあったので、彼女の紙コップにはそれより一杯余計に砂糖を入れ、自分の分には一杯分の砂糖を入れてかき混ぜた。

クララの隣に椅子を持っていき、彼女にお茶を渡した。彼女はお茶をひと口飲むと身震いし、またひと口飲んだ。それから質問に答えるかのように言った。「ウーナの携帯電話を使わなくちゃいけなかったんです。自分のをなくしちゃったから。そのせいです」

わたしがちらりと目をやると、パイ刑事はうなずいて続けるようううながした。

「あなたはどこへ行ってたの、クララ?」

「ウーナがスケッチブックと鉛筆が一セット、新たに必要だと言って——パブの〈グリーン・ツリー〉の隣にある店に置いてある品物が。彼女、道具に関してはすごくうるさかったから」

「だから、あなたはその画材店に行っていたのね?」

「ここを出て、もうすぐ着きそうというところになって、ウーナからスケッチブックのサイズを聞いていなかったことに気づいて、彼女にショートメッセージを打とうとしたんだけど、携帯電話がなくて。バッグのなかを何度も探したけれど、なかった。まちがったサイズのスケッチブックを買うわけにはいかないし。だから彼女に訊こうと戻ってきたんです」

「外に面したドアの鍵をお持ちですか?」パイ刑事が質問した。

クララはぼんやりとした目で、しばらく彼を見つめてから答えた。「いいえ。鍵はウーナが持っています。出入口は鍵をかけてありませんでした。わたしが階段をのぼって——」わたしの腕をつかんで握りしめた。「気をつけるようにって言っていたのに、彼女は聞こうとしませんでした。わたしは自分の携帯電話をなくしてしまいました。彼女のが見えて——」クララは片手でさっと指しながら言った。「あの隅に。救急車を呼ぶために電話をかけなくてはいけなかったんです」

ケニー・パイは質問を再開したけれど、クララはそれ以上の有益な情報を持っていないらしかった。彼女は誰にも気づかず、歩いた道順も不在にしていた時間すらも覚えていなかった。答の最後は決まって「携帯電話をなくしてしまいました」とくれば、なおのことパイ刑事の辛抱強さに感心する。

警察の見立てについてはだいたい予測はついたけれど、ウーナの死が事故ではなかったという仮説にクララが気づいているのかどうかは確信がなかった。彼女に言ったほうがいい? それってわたしが伝えるべきこと?

ホップグッドがドアのところに現われた。「ミズ・パウェル、階上《うえ》の事務所で確認いただく準備が整いました。では行きましょうか？」

クララが身を震わせはじめたので、残っているお茶をこぼさないよう、わたしは彼女の紙コップを片づけた。

「あの階段をのぼるんですか？」彼女は消え入りそうな声で言った。「とてもできそうにありません」

図書室の脚立ですら怖いクララの気持ち――ウーナの死によってその恐れが増幅されたのはまちがいない――について部長刑事に説明しなくてはいけないけれど、まずは訊いておきたいことがあった。

「踊り場はもう……片づけられたんですか？」

クララはわたしの質問の意味がわかったのかどうか表情に出さなかったものの、ホップグッドは理解してくれたようで、やわらいだ顔つきになり、やさしいおじさんの顔をちらりとのぞかせて言った。「片づいていますよ」

「大丈夫よ、クララ。わたしが一緒に行くから。わたしが先に行ったほうがいい？　それともあとについていくほうがいい？」

わたしの手をしっかり握りしめるクララを引っぱりながら、わたしはホップグッド部長刑事に続いた。そのあとを巡査一名が続き、パイ刑事は最後尾についた。わたしたちはガタゴトと音を立ててゆっくり山を登る列車のように、らせん階段を上がっていった。

「ヴァルはどこです？」わたしは尋ねた。誰もがぎこちない足運びで階段をのぼっていた。

「歩道に出て、うちの捜査員にあなたがたの行動を説明しているところですよ」というのが部長刑事の答だった。彼は踊り場に着くと、あとに続くわたしたちが先にはいれるよう脇へ寄った。

ウーナの仮事務所はたしかに荒らされていた。抽斗《ひきだし》は引っぱり出され、ファイル・ボックスは開けられ、出された中身が床に撒き散らされていた。

でも放り出されていたのは書類だけではなかった――ミドルバンク館の図書室からウーナに貸し出された本も何冊かあった。部屋の片隅に広げられた状態で伏せて放置されている。フランソワ・フランボーを主人公にしたレディ自身の作品も一冊落ちていた。型押しの装飾が施《ほどこ》され、文字が金で箔《はく》押しされた革装丁の美しい本。心のなかに激しい怒りが込みあげてきた。

「よくもこんなことができるわ」わたしの声は怒りでかすれていた。

「こんなに散らかってるところをウーナが見たら、すごく怒る」クララが弱々しい声でつぶやいた。わたしの背後でドアの近くにとどまりながら、振り返ってらせん階段をちらりと見ている。どちらに進むこともできず追い詰められたかのように。

「まだ二時間も経っていないでしょう」ホップグッドは静かにそう言ってから、はっとしたように命じた。「パイ、付近にある防犯カメラの映像をくまなく調べて、人の出はいりをすべて確認する必要がある。こちらのミズ・パウェルも含めて。無線で交通課に連絡してくれ」

「はい、ボス」

わたしはついにやりとしてしまいそうになった。一瞬、わたしの目にはホップグッドではなく、その分身が見えた――一九二〇年代の私立探偵エールハウスが。エールハウスはケニー・パイが執筆している短篇小説の主人公で、ホップグッドをモデルにしたものなのだ。パイはバース・カレッジでヴァルが教える夜間創作クラスを受講している。

「それから、被害者の携帯電話のすべての通話記録とショートメッセージの送受信記録も確認しなければならないな」

クララは床から目を上げるとつぶやいた。「携帯電話をなくしてしまいました」

階段をのぼってきたヴァルは、荒らされた室内を見ると言った。「なんてことだ」

「ミズ・アサートンには敵がいたんでしょうか?」ホップグッドが尋ねた。

「敵がいた?」わたしは鸚鵡《おうむ》返しにつぶやき、ホップグッドをぽかんと見つめた。簡潔に適切な返事をまとめあげようとしたものの、頭は鈍く回転するばかりだった。

「敵ですって?」クララが叫んだ。「絶対にいませんでした! ウーナの才能と経験は、彼女くらいの優れた解釈力を身につけたいと願う人から妬《ねた》まれたかもしれませんが、たしかに言えるのは誰もあんなことを……その……」彼女のことばは尻すぼまりに消え、顔には困惑の表情が浮かんだ。つぎに何を言えばいいのか考えあぐねたかのように。話を続けるかわりに、髪をおだんごに巻き直すのに取りかかり、ジャケットのポケットを探してピンを取り出した。

部長刑事は視線をわたしに据えたまま、言った。「あなたがた三人のうちどなたでもけっこうですので、被害者と少しでも口論をしたことがありそうな人物を思いついたら、お知らせください」

そういう人物のリストはどれくらいの長さになる？　わたしは心のなかで首をひねった。

「すみません」つなぎの作業着を着た捜査員がホップグッドに声をかけた。手袋をはめた手で食べかけのロールパンを掲げている——デスクに残されていたのは、それとその傍《かたわ》らの封を切っていないサンドウィッチだけだった。ホップグッドは食べものを認めると、クララのほうに顔を向けた。

「ウーナのです」クララは言い、何度か瞬《まばた》きをしてから先を続けた。「わたしが〈プレタ・マンジェ〉に買いにいったんです」

部長刑事の両方の眉毛が一本につながった。「画材店におつかいにいくまえに外出していない、とおっしゃっていましたよね」

「そうでしたっけ？」というのが彼女の返事。「だって、ただのランチでしたから」

「わざわざ〈プレタ・マンジェ〉まで行ったの？」わたしは尋ねた。あの店に行くまでにいくつもサンドウィッチショップがあるのに。

「ウーナがあの店のハムとバターのバゲットサンドが好きだから。もうひとつのほうはわたしのです」

「両方とも科学分析にまわしてくれ」ホップグッドから指示された捜査員はサンドウィッチを袋に入れた。

ヴァルはもう一度さっと室内を見わたしてから、わたしに目を向けた。「あれをどこかで見た？」

わたしは首を振った。捜査員が今調べている本の山にはどこにも、『殺人は広告する』の初版本らしきものは見あたらなかった。

「その〝あれ〟というのは――？」ホップグッドが訊いてきた。


その問いに答えるにはひとことふたことではすまないので、ホップグッドとヴァル、それにわたしはらせん階段を下りてナオミのオフィスに向かった。クララはパイ刑事とともに残り、仮事務所内に散乱したこまごまとしたものを確認していた。二階の踊り場まで下りると、部長刑事は一階に向かって大きな声で呼びかけた。そこには紙製のつなぎを脱いでいる女性がいた。彼女は、たしか検視官だ。

「何かわかったかい、フランキー？」

「まず首の骨が折れてる」彼女が答えた。何か言いかけたホップグッドを制して、彼女は言い添えた。「ロニー！　それと頭部外傷も。階段を落ちるときに頭を打ったわけではないようよ――手すりには血液も組織も付着していないから。わたしの見るところ、棍棒のようなもので殴打されたんじゃないかしら。右のこめかみのあたりを。おそらく加害者が背後から殴りかかろうとしたときに、彼女が振り向いたのだと思う」

「胃の内容物の確認もよろしく頼む」ホップグッドが言った。

検視官は苦笑いしながら言い返した。「わたしの仕事を教えてくれて助かるわ」

ナオミのオフィスに戻ると、わたしは何度か深呼吸をして、血液と組織と首の骨折といったイメージを頭のなかから消し去った。〈シャーロット〉のオフィスにいる自分は、いつものフラットと仕事と日常生活という現実から切り離されて、なんだか別世界にいるような気がした。きっとショックのせいだ――そう原因を突き止めるのは簡単だったけど、ショックがつらいのに変わりはない。

わたしたちは壁際の椅子に坐り、ヴァルとわたしが代わる代わるホップグッド部長刑事に全体の話をした。レディ・ファウリングがドロシー・L・セイヤーズに宛てた手紙、ディテクションクラブの全会員のサインがはいったきわめて稀少性の高い本の存在を示す記述。ありがたいことに、この点はヴァルが引き受けてくれて、クラブと本の説明をしてくれた。

「『殺人は広告する』ですか」ホップグッドは言った。「その本については聞き覚えがないですね。被害者はどんな死に方をするんです?」

わたしはがっくりと肩を落とした。「らせん階段から転落するんです」

8

ホップグッド部長刑事は聴取を早めに切りあげてくれた。わたしが元気を失っているのに気づいたにちがいない。「ミドルバンク館の周辺を部下に警邏《けいら》にあたらせましょう、パトカーではなく歩きで。その本がたとえ館になくても、人というのはどういう考えを持つかわかりませんからね。おたくの事務局長の——」

「ミセス・ウルガーなら、館を離れています」彼女には朝のうちに再度、予定を言われていたのだけれど、わたしはすぐに忘れてしまっていた。「今朝出発して、簡単な手術を受けたお友だちのところに泊まるそうです。彼女がいるのは——」重要だと思っていなかった詳細を思い出そうと記憶を探った。「タンブリッジ・ウェルズです。明日の午後、戻ってきます」

「承知しました、ミズ・バーク」ホップグッドが言った。「もちろん、これでおしまいというわけではないですよ。あなたが例の本のことを話したすべての人の連絡先が必要になるでしょうし、展覧会の内容や、またミズ・アサートンの経歴についてもさらに詳しく知る必要が出てくるでしょう。手がかりになりそうなことはなんでも。聴取が終わったら、あなたとミスター・モファットに供述書にサインをしていただきます。ですから、十時くらいに警察署でいかがです？　忙しい週末になりそうですね」

すでにそうなると予測していなかったわけではない。ヴァルとふたりきりでなんの気苦労もないロマンティックな休暇を過ごすという夢は、点滅する青い警光灯を見たとたん、色あせはじめていた。さあどうぞ、休暇に出かけてください——われわれはこちらに残って、あなたが雇った女性が仕事をしているあいだに殺害された事件を捜査しますので……などと、警察が言ってくれるとは思っていない。理事会のほうも気がかりだ。わたしがウーナの死を報告し、でもってさっさと逃げ出してしまったら、理事たちの目にはどう映るだろう？

それにウーナ本人にも思いを寄せなくていいの？　生命力の塊《かたまり》――付き合いやすかったかどうかはさておき、彼女は熱意と才能にあふれていた。その人がもういなくなってしまったのだ。

涙で目をにじませながら、わたしは答えた。「はい、部長刑事。明日の十時で」

ヴァルとふたりで〈シャーロット〉を出る頃には八時をまわっていた。クララとはあれから顔を合わせていなかった。巡査がシェプトン・マレットの祖母の家まで送っていったあとだったから。ナオミとも会わなかった。ホップグッドによれば、彼女は、展覧会の最後の週末が殺人事件の余波を受けてしまうと苛立《いらだ》つ水彩画家たちをなだめるのに手いっぱいだったそうだ。

ヴァルと歩いてミドルバンク館へ向かった。冷気が骨の髄《ずい》まで沁みてきた。「ミセス・ウルガーが明日戻ってきたら、話さなくちゃ。理事たちにも説明しなくちゃいけない。ナオミは会場の保証金を返してくれるかしら」洟《はな》をすすると、薪《まき》の燃えるほのかな香りがした。ぱちぱちと音を立てて燃える暖かい暖炉のまえで、窓の外の海の調べを聞きながらくつろぎたい。

ヴァルは立ち止まってわたしの腕を取り、顔を彼に向けさせた。

「ちょっと待って」彼は言った。「中止と決めるのはまだ少し早い、そう思わない？　一日か二日考えてからにしよう」

「そうね」とは言ったものの、気力は枯れ、熱意もなくなっていた。

ミドルバンク館は暗く静まりかえっていた。正面玄関をはいったところでバンターが出迎えてくれた。爪先立ちでわたしたちの脚のあいだを縫うように8の字を描きながら歩くバンターを抱きあげると、顔をわたしの顎にこすりつけてきた。身を乗り出したヴァルの顎にも顔を寄せた。

いつものバンターはちょっとしか抱っこされず、すぐに行きたいところへ行ってしまうのだけれど、今はすっかりわたしの腕に身を預けていた。ゴロゴロと鳴らす咽喉《のど》の振動が胸に伝わってきた。ヴァルが片腕をわたしの腰にまわし、しばらく一匹とふたりでそのまま立っていた。やがてバンターは飽きたらしく、飛び降りていってしまった。わたしたちもあと追ってミニキッチンにはいった。

「それじゃあ、猫ちゃん」わたしが声をかけた。「チキンとレバーのお食事をどうぞ」バンターは出されたばかりのフードをひと嗅ぎして、ミセス・ウルガーの執務室にある自分の寝場所へと小走りで駆けていった。「お茶でもどう？」ヴァルに尋ね、ふたりで黙って階上《うえ》へ向かった。

図書室のドアのまえの二階の踊り場でわたしは立ち止まり、肖像画のレディ・ファウリングをじっと見つめてから、ヴァルの手を握ってわたしのフラットへ上がっていった。あとでひとりで戻ってきて、レディとおしゃべりするのもいいかもしれない。

フラットにはいると、バッグを置いて急いでコートを脱ぎ、キッチンへ行って、ケトルに水をそそいでスイッチを入れた。蛇口をひねってお湯を出し、石鹼《せっけん》をつかんでしっかり手を洗った。ありもしない血の染みを手から洗い流そうとするマクベス夫人のように。

「彼女があそこにいたのはわたしの責任だわ」わたしが話しはじめると、ヴァルも手洗いに加わった。自然と手が動いて彼に石鹸を渡した。「わたしがウーナを雇ったりしなければ、彼女が死ぬことはなかった」

「それが真実かどうかはわからないよ。何者かが彼女を殺したいと思った理由は断定できるものじゃないからね。動機は本だったのか、それとも彼女の人生の何かほかの事柄にあったのか？」

わたしは顔に水を撥ねかけ、そばにあった大判のふきん《ティータオル》でぬぐい、それをヴァルに渡した。ケトルが熱くなり、かたかたと振動しはじめた。

「いいかい」彼が言った。「きみにはただ無事に家に帰ってほしかっただけなんだ。ひとりになりたいだろうから、ぼくはこれで帰るよ。明日会おう」

「泊まっていって」自分がすがったことにわれながら驚き、はっと息を吸い込んだ。でも自分が求めていること――必要なこと――にふと気づいたのだ。

ヴァルが何も言わなかったので、わたしはさらに続けた。「お願いだから。ウーラクームの〈グランド・ホテル〉の海に面した部屋ではないのはわかってるけど、それでも――」

「もちろん泊まっていくよ」やっと彼が言った。「きみをひとりにしないようにね。でもきみに思われたくはないんだ、その……」視線をキッチンからリビングルームへとさっと走らせると、しかたないかといった調子で言い添えた。「ぼくはソファで寝られるから」

「あなたをソファで寝かせはしない」

微笑んだ彼の緑の目の目尻にゆっくり皺《しわ》が寄る。「ええっと、それじゃ」彼は言った。「どうしてもと言うなら」

わたしは思わず笑ってしまった。気分がぐっとよくなった。少しのあいだ、ふたりで見つめ合った。やがてわたしが近づくと、お互いの唇が軽く触れ合った。カウンターに手を伸ばしてケトルのスイッチを切り、わたしが彼を連れていった。

リビングルームの照明の光が寝室にこぼれてきて、わたしたちは薄闇のなかにいた――ものを見るには充分だけれど、見えすぎない暗さのなかに。時間をかけてゆっくりと、細かな部分に気を配りつつ一枚一枚服を剝ぎとっていった。紳士もののシャツの小さなボタンに一瞬苛立ったけれど、それもクリアし、お互いにとうとう一糸まとわぬ姿になった。最後にポニーテールを結んでいたヘアゴムをはずすと、髪が素肌の肩に落ちかかり、ヴァルがわたしの咽喉の下のほうのくぼみに口づけをして、そこからはちょっとだけ速くことが進んだ。

やがて彼がふたりの身体を覆う寝具を引っぱりあげると、わたしたちは最初に戻って――お互いの目を見つめ合って――終わった。

「海辺よりよかった」わたしが言った。

「なんだって?」彼の声はわざとらしい驚きの響きが込められていた。「アイスクリームや岩場の潮だまり、あの面倒くさい爪ようじで食べるフィッシュ・アンド・チップスよりもよかった?」わたしをぎゅっと抱きしめた。「いつか行けるよ――それが今週末じゃないってだけさ」

ふたりで心地よく横になり、それ以上何も言わなかった。数分後、わたしにまわしたヴァルの腕から力が抜けているのを感じ、彼が眠りに落ちながら立てる規則正しい寝息が聞こえてきた。でもわたしはすっかり目が冴えていた。頭が澄みきり、進むべき道が見えたと思った。身じろぎをしてわたしの腕をそっと撫でた彼にわたしは言った。「お茶はどう？」

「何も要らない」彼はそう言ったが、お腹が異を唱えるのが聞こえた。

「さあさあ、わたしがオムレツを作るから」

ヴァルはズボンを穿《は》いてお湯を沸かしにいき、わたしはバスルームに駆け込み、落ちたマスカラで目の下に輪っかができていないかチェックした。ドアの内側のフックにドレッシングガウンが二着かけてあったが、お気に入りのほう——毛羽で覆われた厚手のシェニール織りのほう——を着ようという考えはすぐに捨て、ピーコックブルーの薄手のシルクのガウンをつかんだ。チャリティショップで手に入れたもので、肩の刺繍《ししゅう》が一ヵ所ほつれていたけれど、ほとんど気にならない程度だ。でも、足もとはヘマをやらかし、もっさりした毛織りの室内履きを履いてキッチンへ行ってしまった。

「ご機嫌いかが」わたしはそう声をかけると、彼の耳の後ろにキスした。彼がテーブルのセッティングをすませてくれていたので、料理のほうはわたしがかわり、卵をボウルに割り入れた。泡立て器で卵をかき混ぜていると、ヴァルはキッチンを出て、シャツも着て戻ってきた。

わたしは自分のガウンをチェックしてベルトをきつく結んだ。「何か服を着たほうがいいわね」

「ねえ、お願いだからそのままで」彼はそう言ってから付け加えた。「きみが寒くなければだけど」

「ええ、寒くない。あなたが温めてくれたから」セントラル・ヒーティングも効いているからだけど、それは言わなくていい。

「ほら、ぼくにやらせて。卵料理に関しては名人なんだよ。娘たちが幼かった頃の数少ない成功メニューのひとつだったからね」

「最近、娘さんたちから連絡はあった？」

「ベスから電話があった。そろそろこっちへ顔を出すよう娘たちに言うタイミングじゃないかと思ってる。きみに紹介できるように」

ヴァルはすでにダイナに紹介してあったけれど、彼の二十四歳になる双子の娘、ベスとベッキーとわたしはまだ顔を合わせたことがなかった。娘たちがまだ五歳の頃、出ていった妻が急に亡くなってからというもの、彼はひとり親として子育てをしていた。

彼の娘たちに会うのが怖いというわけじゃない。

「愉しみにしてる」そうは言ったものの、心臓が咽喉まで迫《せ》りあがってきた。「わたしが愉しみにしてるって、娘さんたちには伝えてくれたのよね？」

「もちろん、そう伝えてある」

「よかった、それはよかった」

ときおり間の抜けた微笑みを交わすだけで、ふたりで黙って食べた。「いいわ、さてと」とわたしは言って、皿に残ったオムレツの最後のかけらをさらった。「頭がどうかしたと思うかもしれないけど、展覧会の準備を続けるなら、ジーノ・ベリーフィールドを雇ったほうがいいわね」

ヴァルは顔をしかめた。「信頼できる人なのかい？　彼が取り仕切ったら、展覧会はどうなる？」

「そこは、わたしたちの許可がないかぎり行動を起こせないという合意書に署名させればいい」

「きみならできるよ」ヴァルはフォークを振りながら言った。「きみが自分で展覧会のマネージャーをやればいい」

わたしは首を振った。「無理よ。荷が重すぎて――わたしの手には負えない。全体を見わたす俯瞰的《ふかんてき》な見方が要求されるだけじゃなくて、たくさんの実務的な知識も必要になるんだから。それに、ちょっと奇妙なところはあっても、少なくともジーノには経験がある。彼のいいところだけを学んで、彼の……風変わりなところは放っておけばいい。彼がいれば恰好がつくし、情報も提供してもらえる。それ以外に〈シャーロット〉を押さえておける方法はないと思う」

ヴァルはまだ乗り気ではなかったけれど、〈〝見せ物になろう！〟展示サービス社〉を雇うのが展覧会を続ける手段になりうるとわたしは考えていた――理事たちとミセス・ウルガーに何があったのかを伝えるだけでもむずかしいのだから、せめてマネージャーだけでも確保しておきたい。

ヴァルのために歯ブラシを見つけた。クリスマスにダイナが来たときに、歯ブラシを忘れた娘のためにドラッグストアの〈ブーツ〉で買った三本パックの残りだ。ベッドできちんと眠る支度が整い、照明を消すと、表通りに面した窓からはいってくるやわらかい光だけになった。ヴァルが片手をわたしの背中から腰にすべらせ、近くに抱き寄せて髪にキスをすると、ふたりでおやすみなさいと言った。

9

「朝食用にパンがふたつあったはず」わたしはそう言って、パントリーの扉を開けた。「それともコーンフレークがいい？」たまの――それとも定期的な――お泊まりに備えて買い物を始めないといけない。そんな考えが頭に浮かび、顔がほころんだ。

「お茶だけでいい」と言って、ヴァルは自分のお茶の残りを飲みほした。「家に帰ってシャワーを浴びてから、落ち合って一緒に警察署に行こう」

ああ、そうだった――青空が広がり、愛し合った翌朝の幸福感に包まれているのに、わたしたちにはやらなければならない気の重いことがあった。ウーナが亡くなり、警察はそれを殺人と見ていて、展覧会は中止の危機にあった。

「駅の近くの〈バーティネイ〉でどう？」

「一時間後、そこで会おう」ヴァルは両手でわたしの顔を包み込むように触れ、やさしくキスをした。

「じゃあね」とささやいたけれど、彼は動かなかった。「行かないの？」

「そうだったね――じゃあ」

わたしはシャワーをさっと浴び、髪にタオルを巻いたまま片手にティーカップを持ってフラットのなかを歩きまわった。だらだら過ごすわけにはいかないと思い、やることリストを作りはじめた。

まず、ミセス・ウルガーに伝えること。でも、彼女は午後にならないとタンブリッジ・ウェルズから戻ってこない。ショートメッセージを送ったほうがいいだろうか？　デスクにメモを置いておく？　ちがう、ちょっと待って――彼女に伝える別の方法があるではないか。

ダンカン・レニーに伝えてもらおう。初版本協会の顧問弁護士として、彼は銀行に保管されている稀覯本《きこうぼん》の箱をミドルバンク館へ届けるよう手はずを整える人物でもある。どのみち、わたしは例の稀少な『殺人は広告する』の初版本の捜索を続けなくてはいけない。

リストのつぎに挙げるべきは、理事たち向けに厳粛《げんしゅく》な発言を用意すること。悲しみをたたえつつ、前向きなトーンで締めくくり、こう言うのだ――展覧会の準備は進めなければなりません、と。

アデルと話すこと。先週水曜日の理事会で、ウーナはアデルに気づき、アデルは動揺していた。あのとき、詳しく話すよう強く言うべきだった。そうしなかったせいで、彼女がウーナの死に対してどんな反応をするのか予測できなくなってしまっている。とはいえ、アデルは授業があるから午後まで自由な時間が取れない。ショートメッセージを送信し、学校の勤務時間が終わったあとで落ち合うことにしよう。

そのつぎは、ジーノ・ベリーフィールドにオファーすること。今日はホット・デスキングをしているだろうか？　どこか別の展覧会に雇われてしまったとか？　制約つきのわたしたちのオファーを受け入れてくれるだろうか？

それからナオミ。四月の開催日程をそのまま維持するよう念を押さなくてはいけない。リストに母とダイナも加えたけれど、ふたりに話すのは明日になってからでいいだろう。ウーナの死がすでに報道されているとは考えられないから。

そしてウーナの事件について考えること。何が起きたのか？　わたしが恐れるように、『殺人は広告する』の他に類を見ない初版本を手に入れるためなら殺人も厭《いと》わない何者かの犯行だったのだろうか？　百年近くまえに書かれた探偵小説を利用し、模倣殺人に見せかけることで、警察を愚弄するといった芸当ができるほど、プロットをよく知っている何者かの仕業《しわざ》なの？

ヴァルとの待ち合わせ場所へ向かうとちゅう、ナオミと話をしようと〈シャーロット〉に急いで立ち寄った――会場の予約はまだ生きていると安心してもらうためだ。正面玄関をはいったすぐのところで、湯気の立つマグカップを手に立ち、小声で話していた水彩画家の一団がこちらを振り返った。わたしの姿を認めると、彼らの目は大きく見開かれ、顔から血の気が引いていった。

「どうも、おはようございます」わたしはささやき声で言った。「ナオミはいますか？　どこにいるかご存じですか？」

「十二時までは来ないよ」男性のひとりが言った。

「そうですか、じゃあ――あとでまた来てみますね」

「警察の人？」

「わたしが？」ホップグッド部長刑事は水彩画家たちを聴取したのだろうか？　このなかの誰かをウーナの死で疑っているとか？「いいえ、ちょっと仕事の話があって。彼女にはショートメッセージで連絡します」

彼らは安堵《あんど》のため息をついた。なかには笑顔を見せて、去りぎわのわたしに手を振り、「それじゃ、さよなら」と声をかけてきた人もいた。

〈バーティネイ〉に向かいながら、ナオミにショートメッセージを打った。

《当協会が展覧会に全力で取り組むとお伝えしたくて》ここでいったん指を止め、ことばを選んだ。《昨日の恐ろしい出来事とは関係なく。話し合いましょう》

われながらいい文章だと感心した。起きてしまったことに触れつつ、取り組みは続けるという決意を表明できている。ウーナのためだけじゃない。彼女の死を軽く扱うつもりはないけれど、もしも立場が逆だったとしたら、ウーナは仕事に邁進しただろう。そう考えずにはいられなかった。

送信ボタンを押すと、待ち合わせ場所のベーカリーにはいった。ペイストリーがぎっしり並んだショーケースとヴァルのやさしいキスが出迎えてくれた——これまでの人生でいちばん天国に近い瞬間。

ベーカリーのカフェで朝食をとりながら、ふたりでこの日の仕事の分担を決めた。当然ながら、ヴァルがバース・カレッジ関係者への現状の説明を引き受け、展覧会の開催が危ぶまれる事態ではないと彼らを安心させることになった。理事たちへの説明はふたりで一緒に出向いておこなう——ムーン〝姉妹〟はヴァルが大のお気に入りだし、モーリーン・フロストはヴァルを専門家として一目《いちもく》置いていたので、この三人についてはむずかしいことはない。一方、ジェーン・アーバスノットは気まぐれなところがあり、展覧会について事務局長の意見に流されがちだった。

「ミセス・ウルガーに話してくれるようダンカン・レニーに頼んでおいたわ」

「弁護士がいてくれて助かるね」

「そうね、協会にとって——ミセス・ウルガーにとっても——いいことね」証拠らしい証拠も尋ねる勇気もないくせに、わたしはグリニス・ウルガーとダンカン・レニーが恋人同士だと思っている。

「ぼくらが理事たちに話すのは、ミセス・ウルガーに話が伝わってからにしないか？」

「そうね、そのほうがよさそう。午後、学校が終わったら、アデルをつかまえて〈レイヴン〉に連れていく。あの店であなたも合流してもいいかもしれない」

わたしはアーモンド・クロワッサンを食べ終えた。カーディガンに粉砂糖がうっすらとかかり、口のまわりはべたついている。ヴァルは賢明なことに、ハムとチャツネのロールパンサンドを選び、どこも汚れていないようだった。湿らせたティッシュペーパーでできるだけきれいにしてから、マンヴァース・ストリートを歩いて店からほど近くにある警察署へ向かった。

警察署では、ディテクション・クラブの会員だった作家全員のサインがはいった『殺人は広告する』の初版本のことを知る人物について、ホップグッド部長刑事に詳しく説明した。部長刑事がステュアート・ブルドッグ・モイルの話に関心を持ったのはまちがいない。

「それ以来、その人物に会いましたか?」

ヴァルとわたしは首を振った。

「アーサー・フィッシュとは連絡を取っています」ヴァルが言う。「アーサーは先週の文芸サロンの講師で、ブルドッグと知り合いのようでした。アーサーの連絡先を置いていきますね」

ああ、いけない、文芸サロン。わたしの心は来週へと飛んでいった。マーガレット・レインズ——元刑事部の警視正が現実とフィクションにおけるロンドン警視庁について話すことになっている。レインズは小説家に転身し、今では警察小説を書いているので、虚実両面からこのテーマをカバーできるのだ。

「それで、部長刑事」また訊くだけならかまわないだろう。「ウーナが殺されたというのはまちがいないんですか?　事故だったんじゃありませんか?」

「自分の意志で転落したようには見えませんね」とホップグッド。「ただし、計画的なものだったのか、それとも頭を殴って突き飛ばすなど、はずみで起きた暴力行為だったのかまではなんとも。事務所と階段の指紋や足跡には変わったところはありませんのでね」

「いつ事務所にはいれます？」薄情で勝手な言いぶんに聞こえませんように、と願いながら言った。「実はですね、別の展覧会マネージャーが見つかったら、作業スペースが必要になってくるものですから」

「現場での作業は本日中に終わるでしょうが」ホップグッドは言った。「われわれが預かっている本やら書類やらの大量の資料はまだお返しするわけにはいきませんよ」

「ウーナは展示物などのスケッチをたくさん描いていました」わたしは言った。「準備を続けるのに役立つものです。それから、初版本図書館の蔵書も」

「ミズ・バーク、いずれお返ししますので」ホップグッドは覚悟を決めたかのように、手のひらを下にして両手をテーブルに置いた。「いいですか、おふたりにはあらためて申しあげるまでもないでしょうが、これは警察の捜査であり、したがってわれわれは市民の側からの口出しを容認するつもりはありません」

わたしはあんぐりと口を開けた。「わたしたちは何もしていませんが」

「ええ、もちろんそうです」と部長刑事。「そのままでいきましょう。ミスター・モファットもよろしいですね？」

「ということは、アーサー・フィッシュの連絡先は必要ないということですか？」ヴァルはしらばっくれてそう言ったけれど、茶目っけが透けて見えた。

ホップグッドのげじげじ眉はわなわなと震えてから一本の太い線につながった。「ご記憶のとおり、われわれは証拠集めを一方通行のものと考えています。ミズ・バーク」と今度はわたしに向かって言った。「現場から押収した書類などについては、あなたがいちばんよくおわかりでしょうから、われわれのために——言ってみれば——読み解いていただきたいんです。明日の午前中はいかがです？　専用の部屋をご用意しますし、お茶も飲み放題にしますので」

警察署のお茶ですって？　人を釣るには逆効果だと思う。

「はい、承知しました」

「それから例の稀覯本については、うちの捜査員に図書室を調べさせましょう」

ミドルバンク館の階段をわがもの顔でのぼり下りする警察官の姿を思い浮かべた。それはもう勘弁してほしい。

「それって必要ですか？　図書室の捜索はわたしがほぼ終えていますし、あそこにはないと思います。それに今ではセキュリティは万全ですから」ホップグッドに思い出してもらおうと言った。「去年の十月とはちがうんです」

ホップグッドはうなずいて、それを事実と認めた。「じゃあ、パイを行かせましょう」

まあ、それならよかった。パイ刑事のことは好きだから。ヴァルにも来てもらえれば、本を探しながら、ふたりの探偵談義を洩れ聞くことができるかもしれない。勉強になりそうだ。

部長刑事はわたしたちから聞いた人物の短いリストに目を落とした。「ほかに誰か心あたりはありませんか？」

ウーナがスタッフにしてきた仕打ちを思うと、彼女の過去を振り返れば、容疑者候補がわんさかいるだろうけれど、わたしも含まれてしまうので、そこには注意を向けさせないことにした。「まだ大勢の人がかかわるほど計画が進んでいませんでした」とわたし。「それにウーナのプライベートについてはほとんど知らないので。最近の仕事に関しては、クララなら情報を持っているのではないでしょうか？」

「確認してみます。今、パイがミズ・パウエルと一緒にいますので」

「パイ刑事はシェプトン・マレットへ行ったんですか？」わたしは尋ねた。

「いいえ、ミズ・パウエルはミズ・アサートンが滞在していたバース市内のフラットにいますよ」


警察署を出ると、ヴァルに言った。「クララの様子を見てこなくちゃ。どうしてバースにいるの？　しかもウーナのフラットに？　クララはまだ子供なんだから、ひとりきりで警察官と話をするべきじゃないわ」

「彼女は逮捕されるわけじゃない」ヴァルが言った。「警察は彼女がほかにも何か知っているかどうか知りたいだけなんだから。それに彼女は大人だよ」

「ダイナがもしクララの立場だったらって思って」わたしは言った。「ベスとベッキーは大人だけれど、ふたりが尋問を受けていたら、どんな気持ちになる？　たとえ、尋問をおこなう人がケニー・パイだったとしても」

ヴァルは顔をしかめた。「わかったよ、行って。カレッジの学科長と打ち合わせがあるから、これで行くよ。でもそのあとは、ぼくもきみと一緒にベリーフィールドに会いにいく」

「わかった。だけど覚悟してね――彼はちょっと変わってるから」

わたしたちはふた手に別れた。わたしは北へ向かい、パルトニー橋を渡って、ウィリアム・ストリートへはいり、テラスハウスがまっすぐに長く連なる通りを歩き、ウーナの仮住まいへ行った。建物の共用玄関には暗証番号式のドアが設《もう》けられていたが、わたしにできるのは彼女の部屋の番号を押すことだけだ。名前を伝えると、カチリという音がして解錠された。

エレベーターで三階へ上がると、女性巡査が待機していてなかに通してくれた。フラットの玄関でまた暗証番号式の錠に出くわしたものの、コート掛けが置かれ、階下《した》の共用玄関を映すカメラの映像を見られるモニター画面があった。細身のパイ刑事が椅子に坐り、クララはソファの端から落っこちそうになりながら腰かけていた。ふたりのあいだのテーブルにはお茶が用意してあった。

パイ刑事が立ち上がった。「ミズ・バーク――ボスが、あなたが顔を出すかもしれないと」まさか、ホップグッドは読心術の心得でもあったりして。「どうも、おはよう」わたしは言った。「クララ、調子はどう?」

クララはアシスタントだった名残《なごり》が抜けないようだった。スニーカーにデニム、丈の長いセーターを着ているのに、スーツのジャケットを羽織り、髪はウーナのように高い位置でのおだんごにまとめたままだった。

「どうも、ヘイリー、おはようございます」クララは言って、テーブルから眼鏡を取ってかけた。「立ち寄ってくれて、すごくうれしいです。坐りません? お茶はいかがです?」

「いいえ、いいわ」でもクララがしょんぼりしてしまったようだったので、言い直した。「やっぱりお願い。一杯いただけるといいわね」

「お湯を沸かしたばかりなので、すぐにできます」彼女はそう言うと、急いでキッチンへ行った。

わたしはさっと室内を見まわした。家具はわずかだけれど、広々として居心地がよく、南にはラグビー場が見わたせた。

「ここに、ミズ・アサートンを訪ねたことがあるんですか?」パイが訊いてきた。

「いいえ」とわたしは答えて、ソファに腰をおろした。「でももちろん、協会が記録していたので住所は知っていました。だから、どこであなたが見つかるかわかったんです」

「さあどうぞ」クララはティーポットを持って戻ってきた。「ごめんなさいね、マリー・ビスケットしか出せるものがなくて」

コーヒーテーブルに置かれた薄いビスケットを載せた皿を見つめた。わたしに言わせてもらうと、マリーやそれに瓜ふたつのリッチティー・ビスケットは砕いてから、たっぷりの溶かしチョコレートと混ぜて冷蔵庫で固めたお菓子《ティフィン》を作るのにだけ向いている。

「うれしい」わたしは一枚取って言った。「ありがとう」

「ええと、ミズ・パウェル」パイは立ち上がり、手帳をぱたっと閉じた。「今日の午後、供述書に署名をしに署までお越しいただけますか？」

「わかりました、刑事さん」クララは玄関までパイのあとについていき、ドアを開けて押さえた。「あんまりお役に立てずごめんなさい。残念ながら、わたし、まわりを見ないタイプの人らしくて。おばあちゃんが言うには、わたしは歩道ですれちがってもおばあちゃんに気づきもしないだろうって」

玄関のドアを閉じると、クララはソファに戻ってわたしと自分のお茶をつぎ、ミルクと砂糖をわたしの近くに置いた。

「クララ、どうしてここに戻ってきたの？　おばあさんの家にいるよう、警察から言われなかった？」

「ウーナのものを整理しなくちゃいけないので」彼女はお茶をかき混ぜながら答えた。「彼女には家族らしい家族がいないから」

「私物全部でしょ、どうするつもりなの？」

とは訊いたものの、本音を言えば、心配すべきものはたいしてなさそうだ。住まいというよりもホテルの部屋に近かったから。ウーナにはほんとうの家があったのだろうか？　展覧会マネージャーの報酬はロックスターなみとは言えないが、彼女だったら、〝何不自由のない〟生活を送れるだけの稼ぎがあったはずだし、コッツウォルズの田舎の村にこぢんまりした家のひとつも持てるくらいのゆとりはあったろう。いいえ、よく考えてみると、それは彼女の柄じゃない――ロンドンの閑静な高級住宅街、ハムステッド地区にあるフラットのほうが彼女らしい。でも、彼女が履歴書に定住先の住所を記入していたかどうかは思い出せなかった。

「クララ、ウーナについて――」

「そのことは話したくないんです、ヘイリー、もしそれでよかったら」クララは眼鏡をはずして、セーターの裾で拭きはじめた。「だって、考えるのもけっこうつらいし。あんなことする人がいるなんて――もう、とても信じられない」眼鏡をかけて、背筋をぴんと伸ばした。「ヘイリー、ちょっと訊いてもいいですか?」

「もちろん、どうぞ」

「わたし、このまま続けさせていただけませんか――アシスタントとして」わたしが返事をしないでいると、クララがたたみかけてきた。「展覧会を断念したくないとあなたが思ってるのはよくわかっていますし――レディ・ファウリングの生涯を知りたいと願う今日《こんにち》の人々にそれを伝えるという目的はすごく価値があると思いますし――だから……だから……あなたがくれる仕事ならどんなものだって続けていきます。臨時雇いだというのはわかってますし、足手まといにはなりたくないですが、実を言うと、おばあちゃんに言っちゃったんです、ものすごく思いがけない幸運にめぐり合ったって。就職に役立つんだよ、それでもっておばあちゃんもきっとわたしのことを自慢に思うよって。まえにも話したとおり、おばあちゃんはレディ・ファウリングのことを覚えてて……」

クララはやっとひと息ついた。わたしは手を彼女の手に重ねてみて、氷のように冷え切っているのに気づいた。不憫《ふびん》な子――こんな最悪の状況で行き場をなくしてしまうなんて。

「わかった、残っていいわ。展覧会の準備は絶対に続けるから、もちろん誰が後任のマネージャーになっても人手は必要だし」

「ああ」クララは赤いバラのように顔を紅潮させた。「ああ、ほんとうにありがとうございます。すると、もう誰かを雇ったということですか？」

「話をまとめようとしてるところ。そしたら、週に二日にしましょうか――毎日、シェプトン・マレットから通ってくるのはたいへんでしょうから」

「そうしなくてすむんです。ここに泊まりますから。ウーナはここを五ヵ月借りていて、賃料は全額前払いしてあるので」

「五ヵ月？」ひょっとしたらウーナにはほんとうに家と呼べる場所はなかったのかもしれない。仕事柄、全国各地を転々として暮らしていたのだろう。

「ここに住んでるの？」わたしの視線はシングルベッドが一台置かれた寝室へと動き、クララも視線を追った。

「ウーナのベッドでは寝てません」まるでウーナがまだ自分の空間だと主張しているかのように、彼女は言った。「スペースはたっぷりあるので――わたしのベッドはそっちで」彼女が顎をしゃくって差したのは、ベッドルーム、バスルーム、キッチンのあいだの通路の壁に設けられたくぼみ《アルコーブ》だった。

「折りたたみ式のベッドを使ってるの？」

「とても寝心地がいいんですよ」

ソファのほうが快適のように見えるけど。「じゃあ、あなたがここで大丈夫だと言うなら、それはそれでいいんじゃない？」わたしは言った。「ただし週末はおばあさんのところへ帰ること、いいわね？　あなたがここで、月曜日に仕事が始まるのをただぼうっと待っていると思うのはいやだから」それに祖母の家に帰ってもらえれば、彼女のことを心配せずにすむし。


帰るまえに、クララから新しい携帯電話の番号を聞き、仕事の最新スケジュールを教えると約束した。それからジーノ・ベリーフィールドに会いにいこうと、意気込み充分で歩きだしたものの、だんだん心配になってきた。すでに仕事に携わっている専属アシスタントがついてくるというのは、マネージャーの仕事を引き受けるにあたってメリットと思うだろうか？　それとも前任者の〝残り物〟を引き受けるのをいやがるだろうか？　もしもそうなら、クララのことはどうすればいい？　初版本協会は常勤のアシスタントを必要としていない。

パレード・ガーデンズのなかほどで立ち止まって電話をかけると、呼び出し音を一度鳴らしただけでジーノが出た。

「ミズ・バーク」彼の声は息苦しそうで、その背後で車が行き交う音が聞こえた。「これは驚きましたね。何かお役に立てることはございますか？」

「ミスター・ベリーフィールド、ちょっとお話をしたいのですが。今日はデスクにいます？」

「なんの因果か、おりますよ」彼はくっくっと笑った。「最近届いた提案書がいくつか溜まってまして、そっちを片づけてるところなんですよ。とりわけ——」電話の向こうで、バスの通る轟音《ごうおん》が彼のつぎのことばをかき消した。「——のディレクターがあたしの返事を待ってるもんですからねえ」

「ああ、そうしたら——あなたに貴重なお時間を取らせたくはないので」

「いやなんのなんの、またお目にかかれるのはたいへんうれしいですよ。十五分後でいかがです？」

ちょうどジェームズ・ストリート・ウェストまで行くのにかかる時間だった。近くに彼がいないことを確認しようと、わたしはまわりにいる人たちに目をやった。電話越しにクラクションの音が聞こえた。ほんとうにデスクにいるの？　そうは思えない。

「ええ、いいですね」

今度はヴァルに電話をかけた。「十五分後にジーノに会うんだけど、来られる？」

「今すぐは無理だなあ。キャンパスにいなくちゃならない。今日の午後、街にいるんだったら、生徒の確保に関する会議に出てくれないかと言われてるんだ。展覧会に対するカレッジからの支援をしっかり取りつけておきたいならば、何かお返しをしなくちゃならなくてね。ベリーフィールドに会うのは月曜日まで待てる？」

「それはできないから、わたしひとりで大丈夫よ」

自信にぽっかりと空《あ》いた穴があるのを悟られるまえに、わたしはそそくさと電話を切った。

10

ジーノ・ベリーフィールドは二階の踊り場から姿を現わし、わたしを出迎えた。例によって濃い青緑のスーツ――〈〝見せ物になろう!〟展示サービス社〉のユニフォームだろうか――を着て、落ち着き払った態度だった。街なかを歩きまわっていたのではなく、午前中ずっとデスクで仕事に精を出していたかのように。わたしをほかのホット・デスキング利用者たちのいるだだっ広い部屋の薄暗い片隅へ連れていくと、またもわたしを立たせたまま、椅子を調達しにいってしまった。

「さてと、ミズ・バーク」彼は黒いショルダーバッグを無造作に床に置くと、前腕をデスクに乗せた。身を乗り出して手をしっかりと握り合わせ、顔に何やら得意げな笑みを浮かべて先を続ける。「おたくの初版本協会の展覧会の準備のほうはいかがですか? ウーナにはもううんざりしました?」

「ウーナが仕事を引き受けたとご存じとは、知りませんでした」

「まあまあ」ジーノは言った。「彼女がSNSで自慢できる機会を見過ごすと思います? 展覧会マネジメント業界は関係者全員が知り合いという狭い世界でしてね、鷲の目で同業者の脈拍を取っているわけですよ」

同業者の動きに目を光らせていると言いたいのだろうが、比喩《ひゆ》のごた混ぜはこの際聞き流すことにした。はたとそのとき、仕事のオファーをするまえに、ウーナの死を知らせなくてはいけないと思いあったのだ。その必要性からわれながら巧みに目を逸《そ》らしてきたので、ことばがなかなか出てこない。

「こんなことをお伝えしなくてはならないのは残念なのですが」わたしはだだっ広い室内をさっと見まわした。近くのデスクに人はいなかったのに、声をひそめて告げた。「ウーナが亡くなりました」

ジーノはぽかんとわたしを見つめた。「えっ——どういう意味です、亡くなったって？」

「死去されたんです、ミスター・ベリーフィールド。ウーナは昨日の午後、なんの前触れもなく、不審な状況下で亡くなりました」なんて便利な言いまわしだろう——〝殺害〟ということばをいやになるほど繰り返さずにすむのだから。

ことばの意味を確認しようとするかのように、彼は顔をしかめて首をかしげた。「彼女が……それって宣伝行為の一種じゃないんですよね、ミズ・バーク？　だって、自分の経験から言えますが、あたしの没入型展覧会のプラン程度で驚かれるんなら、ウーナのアイディアには度肝《どきも》をぬかれちまいますよ」

「宣伝行為なんかじゃありません！　わたしがこの目で見たんですから。階段から突き落とされたらしくて……実は警察が動いていて、捜査ももう始まっています」

「まさか、こりゃたまげた」

「ええ」わたしはうなずいた。「まったくひどいことです。ウーナはすでに展覧会のプランを立てはじめていました。もちろん、彼女のことをご存じなら、彼女がどんなにひたむきに仕事に打ち込んでいたかわかりますよね」

そういえば、ウーナとクララが一緒になってジーノを思い出して笑っていたことがあった。そこになんらかの友情があったと想像するのは、見当ちがいというものかもしれない。

「もう一度言わせてください、警察が捜査に力を入れていますから、加害者が見つかる日もきっと近いでしょう。ミスター・ベリーフィールド、肝心なのは、ウーナの死がどれほど恐ろしいものであっても、初版本協会が展覧会を予定どおり開催すると計画しているということです。その目標の達成に向けて」ここでわたしは、もったいぶって咳払いをした。「こちらをお訪ねしたわけでして。あなたがマネージャーとして参加することにご興味がおありかどうかをうかがおうと」

間が空《あ》いた。シロップのようにねっとりとした沈黙が流れ、やがてベリーフィールドが口を開いた。「おたく……気は……たしかですか？　そんなやりかけの厄介事にあたしが足を突っ込みたいと思うとでも、本気で考えてます？　ウーナはこれまでにいったい何人、怒らせました？　中世の領主さまにでもなったつもりで奴隷のように扱った相手はどんだけいるんですか？　ウーナの後釜に坐れって？　あたしにだって大事にしなきゃならない評判ってもんがあるんですよ、ミズ・バーク。そりゃあお気の毒だとは思いますが、おたくが巻き込まれたごたごたの尻ぬぐいをしようというほど同情しやしませんから」鼻息も荒く締めくくった。「まったく勘弁してくださいよ」

かくして追い出されたわたしは、ウーナの死とわたしからの申し出の両方に対して見せたジーノ・ベリーフィールドの反応があまりにショックだったため、歩道に立ちつくした。ほかにも仕事がはいってると言っていたのをはったりだろうと疑っていたけれど、どうやら思いちがいだったらしい――だって、彼は初版本協会の展覧会マネージャーという仕事を必要としていないのだから。じゃあ、これからどうしたらいい？

荒らされたウーナの仮事務所なみに心がすさんだ気がして、筋の通った考えひとつできず、わたしは唯一の避難場所に逃げ込んだ。〈ウェイトローズ〉のカフェに。重い足取りで階段をのぼり、注文待ちの列に並んで順番がきたところで、メニューボードで最初に目にはいったものを注文して席についた。茹で煮《ポーチド》したサーモンに空豆のサラダを添えた皿がテーブルに運ばれてくると、思わず接客係に尋ねた。「これ、わたしのですか？」

どうやらそうらしい。

食べながら、やることリストの別の項目に移り、アデルにショートメッセージを送信した。

《仕事が終わったら会おう》

五分後、返信がきた。

《ウーラクームにいるんじゃないの？》

あ、そうだった。

《ちがう。あとで説明する》

つぎの返信は早かった。

《五時に〈レイヴン〉。ちゃんとした理由があるんでしょうね》

ええ、立派な理由がある。

最後に数粒残った空豆を皿の上で追いかけまわしてから、カフェをあとにした。

ミセス・ウルガーはミドルバンク館に戻っていた。玄関ホールにはいると、彼女の執務室から話し声が聞こえてきた——一緒にいるのは協会の顧問弁護士ダンカン・レニーだ。両手が買い物袋でふさがれていたため——〈ウェイトローズ〉を出るまえに、あれやこれやを切らしているのを思い出したのだ——正面玄関のドアをお尻で押して閉めた。ここは腹を括って向き合うしかない。

わたしの姿を認めると、弁護士は立ち上がったが、事務局長はデスクのまえに坐ったままだった。

「こんにちは」わたしは執務室のドア口に立って声をかけた。「ミセス・ウルガー、戻られるなり、こんなお報《しら》せで残念です」

彼女は唇を固く閉じてうなずくと、言った。「詳細はわかっているのですか？」

「どうぞ、ミズ・バーク」ダンカンが椅子をすすめてくれた。「坐ってください」

「いいえ、けっこうです、ミスター・レニー、ミセス・ウルガーに少しご説明したいだけですので」

実際に説明を試みたものの、自分の耳で聞いても中身のない話ばかりになってしまった。こう言って締めくくった。「その……ウーナの身に起きたことは恐ろしいことですし、すべて〝平常どおり〟でいられると考えているわけでもありませんが、わたしたちはやっていくしかないと思うんです。そんなわけで、マネージャー探しを再開しました。〈シャーロット〉で押さえてある日程はキャンセルするべきではありません。後任にふさわしい人が見つかると確信しています。ウーナの専属アシスタントだったクララ・パウェルは残ると言ってくれていますし」

ミセス・ウルガーはかすかにうなずいた。「彼女なら、ミズ・アサートンが展覧会のために練っていたプランについて、詳しくご存じかもしれませんものね」

ごくわずかな希望の光が遠くで淡い光を放った。「そうおっしゃるということは、計画を進めるのに賛成なんですね？」

「そうですとも」ミセス・ウルガーが答えた。「理事たちもきっと同じ気持ちだと思いますよ。ミズ・アサートンの構想はちらりと垣間見たにすぎませんが、どんなものになるのかは見えたと思いますから」

どちらかと言えば言い争いになると思っていたのに、ミセス・ウルガーは賛成してくれている。ああ、そうか。事務局長が信頼しているのはわたしではなく、今は亡きわれらが展覧会マネージャーの人々の心をつかむ驚異的な能力なのだ。死してなおウーナ効果が続いているというわけか。

「それはよかった。ありがとうございます」自分が望んでいた結果になってうろたえてしまうなんて、われながらなんて器《うつわ》が小さいことだろう。「理事たちには話されましたか？」

「ミセス・アーバスノットには伝えてあります」

ええ、もちろんそうでしょうとも。

「それにミズ・フロストにも――短い休暇に出る直前でしたので」

休暇なんてうらやましい。

「ムーン家のおふたりには？」

「シルヴィアとオードリーのおふたりのミセス・ムーンは、あなたから話をお聞きになりたいはずですよ」

少なくともやりやすい仕事は残しておいてくれたわけか。「アデルにも説明しますね」

「どうやらそちらの話はおすみのようですね」ダンカンがほっとしたような笑みを浮かべて言った。「ミズ・バーク、十箱分の稀覯本《きこうぼん》が午後届きます。それまでわたしも残っていたほうがいいですか?」

「いいえ、大丈夫です、ミスター・レニー。図書室まで運んでもらって調査を始めますので」

「きっと見つかりますよ。あなたが発見したたいへんな値打ちものですからね」ダンカンは言った。

それはそうだけど、命を懸けるほどの値打ちなの?

言いよどんでいるうち、買い物袋の重みがどんどんこたえてきた。「ええっと、それからミセス・ウルガー——結局、週末は留守にしないことになりました」

午後はそれなりに過ぎていった。オードリーとシルヴィアのムーン〝姉妹〟とは電話で短いながらも思いやりのこもった話ができ、ふたりは「充実した人生だったんじゃないかしら?」と言ってわたしを慰めてくれた。ヴァルにショートメッセージでここまでの出来事を伝えながら、図書室の大テーブルで一度に小箱をひとつずつ開けていった。なかなか見つからないお宝を探すのだ。

本は丁寧にしまわれていた。一冊ずつ中性の薄葉紙に包まれており、背表紙を傷めないようすべて寝かされた状態で、スペースの余裕を残して箱に入れられていた。保管されていた初版本は古いもので一九二〇年代初め――レディ・ファウリングが蒐集《しゅうしゅう》を始めるずっとまえ――に出版されたもので、その多くに最初の持ち主へ贈ることばが書かれていた。《甥っ子よ、お誕生日おめでとう！》だとか、《クリスマスにクリスティを》や《アルバート・キャンピオン、お助けに参上！》……。

ふたつ目の箱を半分ほど確認したところで、心臓がドキンと高鳴った。黄色のカバーに《殺人は広告する》と印刷された書名。ヴィクター・ゴランツ社から出版されたドロシー・L・セイヤーズ作品の初版本であることを示すあらゆる証拠がそろっている――太字のアールデコ調フォントはあるけれど、今日《こんにち》の版を飾るイラストや写真はない。しかし、初版本ではあったものの、サインがなかった。この一冊を踊り場へ持っていき、レディ・ファウリングの肖像画に掲げてみせた。

「つまり、これじゃないんですね。でも、どこかにはあるんですよね？　ウーナは所在を突き止めたと思っていましたが、わたしに伝える機会がなかったんです」

肖像のレディ・ファウリングはわたしをじっと見つめた。彼女の茶色の瞳に秘密めかした光がちらりとともった気がした。探しつづけなさい――

「箱のどれにもなかったら、どうすればいいんです？」わたしはそう問いかけ、少し間をおいた。彼女に問いかけで言い返されたかのように、わたしは答えた。「いいえ、まだ最後まで読んでいませんが、必ず読みます。昨夜は忙しかったもので」

ウーナに手がかりを見つけられたんだもの、あなたも見つけられるわ。

「ミズ・バーク？」

手すりに駆け寄り、階下《した》に向かって声を張りあげた。

「はい、ミセス・ウルガー？」

「何かご入用でしたかしら？」

「いいえ、大丈夫です。わたしはただ……」

話していただけなんて、打ち明けちゃいけない。

着替えをすませて、五時には〈レイヴン〉まえの歩道に立ち、クワイエット・ストリートを見ながらアデルを待った。でも彼女は別の道からやってきたので、わたしは隙を衝《つ》かれることになった。

「海辺に行かなかったのにはちゃんとした理由があるんでしょうね」彼女は挨拶がわりに言った。「ヴァルは元気なの？」

心は殺人からさっと離れて、ゆうべの愉しかった時間へと戻っていった。愉しかったほうの時間と言うべきか。すばやく息を吸い込み、話すべきことに集中した。

「元気よ、ええ、ただ、とあることが起きてしまって。階上《うえ》へ行って、飲みものを買おう」

アデルは訝しげに横目でわたしを見つめた。「どうしたの、ヘイリー？　ウーナに逃げられたりしてないよね？」

「ウーナは死んだわ」あまりに唐突すぎたが、思わず口をついて出てしまった。まずは誰にでも《お知らせするのは残念ですが……》とでも印刷したカードを渡したほうがいいだろう。

アデルの青ざめた顔は、乱れた赤毛の巻き毛を際立たせ、ケルト神話の女神のような風貌をいっそう引き立たせた。

「えっ？　どうして？」

わたしが説明するまで、アデルは梃子《てこ》でも動こうとしなかった。彼女が地面にへたり込まないうちに店内にはいれるよう、説明を手短にすませた。彼女の腕を取ってうながした。「さあ行こう」

店の階上《うえ》に行くと、いつもの隅の席にアデルを置いて、バーカウンターで赤ワインのボトルを買った。グラスは三つ頼んだものの、ヴァルが合流する頃には二本目を買わないといけなくなりそうな気がした。

アデルはワインをぐいっとひと口飲んでから、わたしを質問攻めにした。わたしはできるだけうまく答え、最後にこう言って締めくくった。「クララは頼りになる仲間よ。プロジェクトの一員として残りたいと言っているし、勉強熱心だけど、事件が相当こたえてるのは傍《はた》から見ても明らかかね」

「それで、犯人は例の本を欲しがっている何者かだとにらんでるの？」

「たぶんね。ほかに考えられる？」

わたしはそれぞれのグラスにワインをもう少しつぎ足し、アデルにちらりと目をやった。

「ウーナとのこと、わたしに話してくれてないよね」

「わたしを容疑者だと思ってるわけ？」アデルが嚙《か》みついてきた。

「アデル！」

「あなたの警察人脈は、逮捕時の警告か何かを読みあげたうえで、わたしを尋問したがってるとか？」

「そんなこと言ってないってわかってるくせに」

「わたしに学校というアリバイがあってよかったでしょ？」アデルはむきになって言う。「放課後は女性参政権研究クラブの活動があるし。学校のそこらじゅうに防犯カメラがあるから、わたしの姿は簡単に見つかるよ」

わたしは腕を組み、長椅子にもたれかかった。「そうね、じゃあ運がよかったね。これであなたのことは容疑者リストから消してあげる、それでいい？」

アデルはひとつ息を吸い込んで、沸騰したやかんなみの勢いで吐き出してから、悲しげな笑顔を向けてきた。

「ごめん」彼女は言った。「あれほど生命力にあふれていた人が突然逝ってしまうなんて、そう思ったらただただショックで」わたしが続きを待っていると、とうとう彼女はため息混じりに白状した。「一夜かぎりの関係のことを覚えているのがむずかしいのは、ほとんどの場合、それ以上でも以下でもないから」

「展覧会は五年まえだったね」わたしは言った。「その後、彼女から連絡はなかったの？」

「なかったし、事実むしろそれでよかった。そう思わない？」

「そうね、たしかに」アデルとウーナが恋人同士になるなんて想像できない。「それじゃ、このことはポーリーンに説明するの？」

「ポーリーンはウーナとのことを知ってる――もちろん亡くなったことは別にして。彼女はわたしの過去を聞き、わたしは彼女の過去を聞いた。欠点も含めて隠しごとはなしにするのがいちばんいいって、ふたりで決めたから」

「本気なのね」

彼女の笑顔はもう悲しげではなかった。わたしは彼女の頰に軽くキスをした。「おめでとう。あなたたちふたりを引き合わせたのがわたしだって言えるなんてね」

アデルは声を立てて笑った。「あなたのところの玄関先で出会っただけじゃない。それにしても、ウーナのことが気の毒で――それに週末の旅行をキャンセルしなくちゃいけなかったあなたもかわいそう」

そのとき店の階段をのぼりきったヴァルが立ち止まり、笑顔を向けてきた。部屋の向こう側からでもその温かさが身に沁みた。アデルのほうに首をかしげて、わたしは小声で言った。

「わたしたち、すべてをキャンセルしたわけじゃないわ」

パイをふたつ――牛肉のビール煮込み入りのパイとチキンとハムのパイをひとつずつ――にソーセージとマッシュポテトの盛り合わせをひと皿。それからやっぱり二本目のワイン。三人で飲みながら、世界のいろいろな問題をほぼ解決してしまったのだが、ウーナ殺害については答が出なかった。つまるところ、それは警察の仕事なのだ。

「グリニスが理解してくれてよかったね」三人で席を立って伸びをし、コートを取ろうとしているところで、アデルが言った。

「ミセス・ウルガーと理事たち全員がウーナにすっかり心酔していただけのことで、わたしの力じゃないのよ」

「自分のことをそう過小評価するものじゃない」ヴァルが言った。

「してない――山を動かすような奇跡だって起こせるんだから」わたしは反論した。「どうだろう、山まではいかなくても、メンディップ丘陵を数百キロ動かすくらいの奇跡を起こせたら、ウーナと同じくらいミセス・ウルガーに感心してもらえるかな？」

「助けが必要なときはわたしに連絡してよね？」階段を下りながらアデルが言った。「いい、ヘイリー、まさか自分が展覧会マネージャーを引き受けようなんて思ってないよね？」

「それはわたしの仕事じゃないわ」わたしは答えた。

「そうよ、誰かに任せたほうがいい」

歩道に出ると、アデルはポーリーンがバーカウンターで働く〈ミネルヴァ〉の方向へ歩き去った。ヴァルがわたしを抱きしめた。

「ねえ……」わたしは少しためらった。ふたりの吐く息が蒸気機関車の白煙のように浮かんで見える。「いったん自宅に戻って、少し荷物を持ってうちへ来たらどうかな」

彼はにこやかに笑った。「ぼくは……ええと……厚かましいと思われたくないんだけど、実は車のトランクに荷物を入れてある」

わたしは彼の首に両腕をまわした。「よかった――海辺の週末のいちばん大切なところをふたりで過ごせる――お互いに」

「こうしたらどうかな」彼の目がきらりと輝くのが見えた。「きみはバケツとシャベルを用意して、ぼくは建材用の砂を山ほどミドルバンク館まで届けさせる。ふたりでそれを玄関ホールに敷き詰めよう」

「それはやめておいたほうがよさそう――バンターを勘違いさせたくないから」

翌朝、わたしがシャワーから出ると、ヴァルは電話で話しているところだった。

「そうだね、もちろん……いや、それではばっちりだ……いやいや、ぼくらとは――ヘイリーとも父さんとも――ほんとうになんの関係もないことだよ。警察が調べているし……ちがうよ――彼女とは一、二回会っただけで……それじゃ、おばあちゃんによろしく。明日、お姉ちゃんも一緒にぼくらと会おう。じゃあ」

「明日？」髪をタオルで拭きながら、わたしは尋ねた。

「そうだ、明日だ」ヴァルはきっぱり認めた。「ディナーで。大丈夫？」

娘さんたちとご対面。「もちろん――大丈夫」とは言ったものの、声は一オクターブ跳ねあがっていた。

「さあさあ」ヴァルはわたしをキッチンへと導きながら言った。「お茶を飲みたそうな顔をしてるよ。ぼくは一杯いただきたいね」

「娘さんたちにやっとお会いできるのはすごくうれしい」わたしはお茶のはいったマグカップにミルクをそそいだ。「心からそう思ってる。わかるでしょ？　ただその……いい印象を持ってもらいたくて」

「ふたりともきっときみのことを大好きになる。ダイナのときは問題なかったよね？」

「気をもむ時間もなかったし」わたしはあのときのことを思い出してもらおうと、あらためて言った。「ダイナに不意打ちされたわけだから」

ヴァルは声を立てて笑った。ふたりでテーブルについて坐っていると、わたしは急に寒気に襲われた。マグカップを胸の近くでしっかり握り、何が起きるかじっくり考えた。ダイナはたちまちヴァルが好きになった——彼のやさしさと、わたしがどれだけ彼を愛しているかということを、彼女はわかってくれた。それにダイナの場合は、母親の新しい恋人に会った娘の立場だった。母親と娘は一心同体だけど、父親と娘はまったくちがうものだから。ヴァルはこのことをわかっているのだろうか？

ヴァルの顔から笑みがちょっぴり薄れた。

「心配してないよね？」わたしは尋ねた。

「もちろんしてないさ」彼は急いで答えた。「きみは？」

「全然してない」

「それはよかった」彼は心ここにあらずといった風情《ふぜい》でわたしの腕を撫でた。

わたしたちはぎこちない微笑みを行儀よく交わし、細かいところの相談を始めた。ディナーの場所はもちろん彼の家――彼ら家族の家だ。だからわたしは女主人ではなく、あくまでゲスト。こういったことはゆっくり進めるのがいちばんいい。

娘さんたちは何が食べたい？

「魚の細切りフライとか？」ヴァルが提案した。「少なくとも、あの子たちが七つの頃には好物だった。十代になってからはどうだったかな」

結局ローストチキンに落ち着いた――娘たちがベジタリアンじゃないことだけは、ヴァルも知っていたから。今のところは。

朝食がすむと、ヴァルは翌日のディナーに備えて家の掃除に帰った。彼が住んでいるのは、あまり大きくはないが、居心地のいい家族向きの家で、川の南にある古びた一棟二軒の住宅《セミデタッチト・ハウス》の一軒だ。階上《うえ》にベッドルームがふた部屋、一階にはこぢんまりとしたキッチン、今ではヴァルの書斎に転用されているがかつては家族が集《つど》った部屋、それから裏庭を臨む小さなリビングルームがあった。ヴァルは手持ち式の小型草刈り機を出すなどと言いだした。何もそこまでしなくても、とわたしは思った。だって、真冬なんだから。庭にあるのは葉が落ちた枝と枯れた芝生だけなんじゃない？

一方、わたしは警察署で午前中を過ごすことにした。でもフラットを出るまえに、母に電話でウーナのことを説明した。母からは同情と〝がんばって、キュレーターさん〟という励ましとがごちゃ混ぜになって返ってきた。ヴァルの娘のベスとベッキーとのディナーのことを話すと、母は明るい面に目を向けて言った。「ふたりが素敵な女性になっていないわけがないわ——すばらしい父親がいるんですから。あなたの場合とおんなじよ」

母はまさにそのとおりという指摘をしてわたしの気を逸らす。父はわたしが十二歳のときに亡くなったけれど、わたしには父の懐かしい思い出がある……悩みは愉しい考えに変わっていた。

それから母は言い添えた。「取り越し苦労はしないこと」

それは手遅れというものだ。

通話を終える頃には、ミドルバンク館を出てマンヴァース・ストリートへ向かっていた。そのつぎにしたことは、まだ返事をもらえていないナオミにショートメッセージを送ることだった。

《日程の確認の件で。ちょっと話せますか？》

お願いだからうちを見限らないで。

ホップグッド部長刑事にわたしのかつての〝行きつけ〟とも言うべき第一取調室に通されると、テーブルの上で分厚いバインダーが三冊待っていた。彼はメモ帳をくれたほか、捜査へのご協力に洩れなくついてくるお茶を一杯わたしに押しつけて出ていった。わたしはお茶を〝実は鏡じゃない鏡〟――わたしでもそれは知っている――のまえにある小さなテーブルの上に置き、一冊目のバインダーを開いた。ウーナの仮事務所に散乱していた書類をまとめたものだ。警察は整理しようというつもりはちっともなかったようだけど、書類は一枚一枚ビニールのポケットに入れられていた。レディ・ファウリングのノートをわたしが入力し直したものを印刷した紙のほか、ウーナが描いた展覧会のスケッチもあった。ノートのプリントにはメモや印が書かれていた。書き込みはほとんど判読できなかったものの、ウーナが目を通してくれていたことがわかってうれしくなった。

ここから、つまりレディのノートのプリントのなかから、ウーナは例の稀覯本の所在を知る手がかりを見つけたのだろうか？　彼女が残した印を解読できればと願いながら、一ページずつ目を凝らして確認していく。単語は丸で、段落は四角で囲まれ、いたずら書きだろうか、余白の多くにくるくると線が描かれていた。

ちょっと待って。くるくるの書き込みはまるで……らせん階段みたい。そうよ――なかには両端にこぶがついた線が描かれているものまであり、手すりのてっぺんといちばん下についている鉄製の親柱にそっくりではないか。らせん階段と言えば、『殺人は広告する』の犯行現場。彼女は手がかりを知らせる方法として、らせん階段を利用したのだろうか？　自らの死を暗示するものになるとは知らずに。そう考えると身体が震えた。

でもわたしがどんなにがんばっても、なんのパターンも手がかりも見えてこなかった。ウーナのくるくるの書き込みに規則性はないようだった――《バンターにささげる詩》と題されたレディ・ファウリングの詩の近くに引かれていたり、一九五五年冬のディナーパーティ用にレディが書きとめた買い物リストに沿って描かれていたり。

やがて、はたと気づいた。くるくるの書き込みにはなんの意味もない――インクの出が悪くなったボールペンをまた使おうとして、ウーナがペン先を余白にすべらせただけだろう。

三冊目のバインダーの最後のページをめくった。レディ・ファウリングのメモ書きは、自身が創造した探偵フランソワ・フランボーがロゼッタ・ストーン窃盗計画を暴《あば》く、というものであった。

……わたしは椅子にぐったりと身体を預けた。二時をまわったばかりだった。取調室のドアから顔を出していちばん近くにいた制服警官に声をかけ、ホップグッド部長刑事を呼んでもらった。

戻ってきた彼にわたしは言った。「わたしは何か見落としていると思うんです――そうにちがいありません。もう一度調べさせてください。ただ、今は休憩が必要で」

「ごもっともです、ミズ・バーク。月曜日までこのままにしておきましょう、それでよろしいですか？　ところで、例のミスター・モイルのことなんですが」ホップグッドは両方の眉を上げてみせた。「前科がありまして」

「稀覯本を盗んだことがあるんですか？」

「いやいや、二年まえにメルクシャムのカーブート・セールで殴り合いの喧嘩をしましてね。その原因というのが売り買いの話ですらなく、『必携探偵案内』という本の一九五四年版の著者をめぐる口論だったそうで。とにかく、ミズ・アサートンのことで少し話をうかがわなくてはいけませんから、ミスター・モイルと連絡を取ろうとしているところなんです」

「防犯カメラの映像を確認して、〈シャーロット〉を出はいりした人物を探せないんですか?」

「そうできればいいんですが」ホップグッドは答えた。「建物のあちら側に防犯カメラはないもんですから。いちばん近くにあるのが道路をはさんだアセンブリー・ルームズのものですが、別の方向を向いてまして、そのつぎはバートレット・ストリートの商店街の端にあるものなんですよ」

「ウーナの携帯電話には何か……決め手となるような手がかりはありませんでしたか?」

ホップグッドの両眉が小刻みに上下した。それから彼は答えはじめた。「残っていたのは、仕事に関連した電話やショートメッセージのやり取りばかりでしてね。最後にミズ・パウェルがかけた電話は別にして。いや、本捜査に関して、われわれに必要なのは、人の出はいりについての目撃証言ですね。捜査員たちに周辺の聞き込みにあたらせています」

あのときは警察の到着を見ていた野次馬が大勢いた。木曜日の午後――クララがウーナを発見し通報したあとに。でもあの人たちは事件が起きたあとたまたま通りかかったにすぎない。警察は聞き込みに加えて、そのひとりひとりを捜し出そうとしているのだろうか? なんてたいへんな仕事なんだろう。

わたしは〈マークス&スペンサー〉まで行ってさっと立ち寄り、サンドウィッチを食べながら店をあとにした。クワイエット・ストリートで立ち止まり、最後のひと口を食べると、娘に電話をかけた。どうせメッセージを残すことになるのだろうと思いながら。すると奇跡的に娘が出た。

「ダイナ、元気にしてる?」

「ママ、おばあちゃんがさっき電話をかけてきて、ママのところの展覧会マネージャーのことを話してくれたよ。すごく気味の悪い亡くなり方だね。ひょっとしてママも巻き込まれちゃった? ねえ、警察はまたママに事件を解決させようとしてるの?」

「冷静になりましょう——ママは事件を解決したことはないし、今回もただ居合わせただけよ。わたしは大丈夫だって、それだけはあなたに言っておきたくて。事件は警察に解決してもらいましょう。ママは仕事で手いっぱいだから。それにしても、あなたに電話してくれたなんて、おばあちゃんもいいところあるじゃない?」

「そうだね、ママ。素敵なおばあちゃんだもの」

娘の声のトーンが気になった。「誰か一緒にいるの、ダイナ? お邪魔しちゃったかしら?」

「そんなことない」ダイナは慌てて言った。「ただパパが——今朝ちょっと来て」

「あの人が?」なんとか声にとげとげしさが出ないようにこらえた。「今もそこにいるの?」

「いるよ。一緒に朝食をとりに出かけて——愉しかった。パパが、ロンドンの高級レストランのシェフがシェフィールドにオープンした新しいお店のことを聞いて、試しにいってみるのもいいだろうって」

わたしは歯を食いしばった。一ペニーに対して一ポンド賭けてもいいけど、その高価な食事の代金を支払ったのは元夫ではなく、絶対にダイナだ。ロジャーは他人のお金を使うのがべらぼうにうまい。

「すごくいい土曜日の朝になったみたいだね」

「ママ、パパがなんて言ったかわかる？」

わたしは覚悟を決めた。年月が経つうち、娘のこの言いまわしを警告として受け止めるようになった。ロジャーが――わたしにとっては――たいていなんの役にも立たず、しばしば代償が高くつくだけのアイディアを思いついたという警告として。ダイナは父親を愛しているし、わたしはその気持ちを抑えつけるつもりはない。あの人にもたくさんいいところはあるんだし。と言っても、その長所をすぐにすらすらと挙げるのはむずかしいけれど。でもダイナも父親の欠点はわかっている。近頃は、〝パパがなんて言ったかわかる？〟を一種の合図として使っていた。

「ううん、なんて言ったの？」

「パパと仲間のひとりとで、うちの電気設備をアップグレードできるから、そうすればハウスシェアをしてる友だちもわたしも大金を節約できるぞって」

ダイナとその友だちが家を借りているだけだという事実を省《はぶ》いても、それでも信じがたいほど悪い着想だ――ロジャーに電気設備の何がわかるっていうの？　なんにも知らないくせに。

「ねえダイナ、パパを電話に出してくれないかな」娘に穏やかに頼んだ。怒りはぶつけるべき相手に取っておく。

「パパ、ママが話したいって」ロジャーの声が聞こえた。「せっかくだから、みんなで話せるようにスピーカーフォンにしたらどうかな?」

卑怯者。「ごめん、ダイナ、ママはもう行かなくちゃ」ここはひとまず退《ひ》いておくことにした。だって、元夫に大人らしく振る舞うよう求めたところでどうせ無駄なのだから。「あとで話しましょうって、パパに伝えて。ダイナのこと大好きよ、じゃあね!」

携帯電話をバッグにしまってアセンブリー・ルームズの角を曲がると、列を作ってスペイン語でにぎやかにおしゃべりをしている三十人ほどの学生の一団に出くわした。彼らを避けて歩き、道路をはさんだ〈シャーロット〉がよく見えてくると、ウーナの仮事務所へと至る出入口のまえに立つ男性が視界にはいった。坊主頭で、首に巻かれたマフラー、そして——この距離からは見えなかったけれど、首には積みあげられた本のタトゥーがあるはずだ。ステュアート・ブルドッグ・モイルがそこにいた。

11

わたしははっと息を呑んで後ろに飛びのき、学生たちにぶつかってしまった。

「ごめんなさい、ほんとうにごめんなさい」わたしは詫びながら、学生の群れのなかにどんどんはいっていった。やっとブルドッグから見えないところまで隠れると、携帯電話を取り出そうとしたものの、バッグの底のほうに埋もれてしまっていた。毒づきながらようやく探りあて、ホップグッド部長刑事に電話をかけた。

「彼がここにいます」部長刑事が応答すると、前置きもなしにひきつったささやき声で言った。「ステュアート・モイルが。ブルドッグがここにいるんです」

「どこにいるんですか、ミズ・バーク？」

「アセンブリー・ルームズのまえです。道路をはさんで向かいの〈シャーロット〉に彼はいます――ウーナの仮事務所へのぼる出入口のまえに。そこにただ立って、携帯電話を見てます！」

スペイン人学生たちが順々に建物のなかにはいっていくと、わたしを守ってくれていた目隠しはどんどん薄くなっていった。身を隠そうとエントランスの壁にぴったりと身を寄せ、ホップグッドの返事に耳を澄ました。何やらくぐもった声でのやりとりが聞こえたあとで、彼が言った。「ミズ・バーク、お願いですから彼に近づかないでください。姿を見られないように気をつけて。彼のことはわれわれにお任せいただきたい」

安堵《あんど》の波がどっと押し寄せてきた。「ああ、よかった。ありがとうございます。身動きひとつしませんから」とはいえ、それは無理だった。両手が震え、身体全体が震えていた。これでわたしの役目は終わった。あとは警察がモイルを連行し、ウーナを殺害した犯人だと証明するのに必要な証拠を見つけてくれる。そして誰もが自分の仕事ができるようになる。わたしはモイルに舌打ちをした。全部、一冊の本のためにやったっていうの？　殺人はけっして目的を達成するための手段であってはならない。殺人は……

神経の昂《たかぶ》りを抑えきれず、好奇心が自制心に勝った。張りついていた建物の角からそろりそろりと顔を出し、道路の向かいをのぞこうとした。でもちょうどそのとき、屋根なし《オープントップ》の二階建て観光バスが停まり、視界がさえぎられてしまった。バスは客を降ろしてまた別の客を乗せ、出発した。バスを降りた観光客がいつの間にか思い思いの方向へ散ってしまうと、〈シャーロット〉のまえの歩道も含めて道路から人気《ひとけ》が消えた。

誰もいなくなった。彼はどこ？　ステュアート・ブルドッグ・モイルはどこへ行ってしまったの？　ゆっくりと角まで来ると、右側のランズダウン・ロードの方向を見て、左側のザ・サーカスの方向へと目をやった。それからまた右側の道路にまっすぐ視線を向けた。この道路に防犯カメラはなかった。

ほんとうに誰もいないと確信できてから、道路を渡った。出入口にわたされていた青と白の立ち入り禁止テープはなくなっていた。警察は建物内の捜索を終えたのだろう。さて、どうしたものか？

モイルの姿は消えていた。ほんとうに彼を見たのだと警察を納得させなくてはならない。そうしたら警察は周辺一帯の捜索をするかもしれないから。ため息をつき、あきらめて待つことにした。そうしながら、〈シャーロット〉の建物を見上げていると、ふと頭のなかにこんな場面が浮かんだ。

木曜日の午後、こちらの出入口は施錠されていなかった。何者か――ステュアート・モイルだろうか？——が歩道から館内にはいり、木造の階段を上がって二階の踊り場に行く。そこでいったん立ち止まり、聞き耳を立ててから、ゆっくりと忍び足でらせん階段をぐるぐるとのぼり、踊り場にたどり着く。ウーナの仮事務所のドアは開いていて、デスクに向かって坐る彼女の姿が見える。でも彼女はその人物に気づかない——『殺人は広告する』の宝探しの謎が解けた歓びに浸りきっていたからだ。

その人物は本を要求したのだろうか？　ふたりは口論になった？　彼女は要求を撥《は》ねつけ、わたしへのメッセージを打ちながら大股で仮事務所を出ていったのか？　その人物は彼女をとらえ、頭を殴って転倒させ、階段の下へと投げ落とした。それから仮事務所へ戻ってきて、あの本を探したのだろうか？　逃走するまえに彼女が生きているかどうか確かめたのか？　自分の本棚に本を一冊増やすためだけに人命を奪えるほど冷酷なのだろうか？

「ミズ・バーク？」

くるりと振り向くと、目のまえにいたのはステュアート・ブルドッグ・モイル。警察官の姿はどこにも見あたらない。

殺人犯は犯行現場に戻ってくる——誰でも知っていることだ。

「ここで何をしてるんです？」恐怖でかすれた声で、わたしは訊いた。

自分の勝ち目を見積もった。モイルは背は高くないものの、体格はややがっしりしている。それでも、思いきり突き飛ばせば、逃げられるんじゃないだろうか。どうして通りに誰もいないの？　大声で助けを求めたとして、誰かに聞こえるんだろうか？

「アポだよ」

ことばの意味を呑み込めるまで少し時間がかかった——彼の手に携帯電話が握られているのに気づいた。

「約束があるってことですか？　誰とです？」

彼は携帯電話に視線を落とした。「ウーナ・アサートン。責任者の。おたくの展覧会の。インターネットで彼女の名前を見たんで。電話をかけたわけ。そしたら話そうって言われて」

「いつです？」弱々しい声になっていた。「その約束をしたのはいつですか？」

「水曜」彼は携帯電話を差し出した。彼の話を裏づけるウーナとのショートメッセージのやり取りがちらりと見えた。遠くからパトカーのサイレンが聞こえた。

「おれは何もしてないって！」警察官に取り囲まれ、ステュアートは文句を言った。「おたくらから今さっき聞くまで、彼女が死んだことは知らなかったんだ」

「しかしですね、われわれはずっとあなたと連絡を取ろうとしていたんですよ、ミスター・モイル」ホップグッド部長刑事が穏やかに答えた。「ミスター・フィッシュから教えてもらった電話番号にかけてたんですが、つかまらなかったので」

「それはおれのせいじゃない。たぶんアーサーはおれの新しい番号を知らなかったんだろうよ。古い携帯が盗まれちまったもんだから、知人の連絡先も全部パーになったくらいだ」

続発する携帯電話の紛失。ステュアートの携帯電話とクララの携帯電話が駆け落ちしちゃったとか？　そんな思いつきは胸にしまっておいた。警察に気づかれずに、そして誰よりもブルドッグに嗅ぎつかれずに、背後のバーストーン造りの堅固な壁のなかへ姿を消そうと必死だったから。

「それでも」部長刑事が言った。「ミズ・アサートンの身の上に起きたことをお話ししたのですから、署までお越しいただいて質問に少しお答えいただくのに異存はありませんよね」

「でも、彼女とは知り合いじゃなかったし」ブルドッグは両脇の制服警官をじろじろと見た。「会ったことすらない。起きたことは気の毒だと思うけど、おれとは関係のないことだ。会ったこともなく、メッセージをやり取りしただけのおれが、殺しについて何か知ってるわけがないだろう？」

「まあ、お時間は全然取らせませんので、かまいませんよね？」ホップグッド部長刑事は青と黄色のブロックチェック柄が車体に施《ほどこ》されたパトカーのドアを開けて押さえた。モイルは肩をすくめ、乗り込んだ。

「ミズ・バーク、のちほどご連絡します」ホップグッドは、わたしにうなずいてみせると、自分の覆面パトカーに乗り込んだ。わたしは遠ざかっていく二台の警察車両を見送った。

ブルドッグと警察との対峙でいちばん興味深かったのは、わたしが相手のときとはちがって、彼がちゃんと単語をつなげて話していたことだ。恐怖心のなせる業《わざ》なのだろうか？　ステュアート・モイルについて、ほんとうのところ何を知っているのだろう？　ほとんど知らない――でも文芸サロンの初回の講師を務めてくれたアーサー・フィッシュは彼と知り合いだった。そうそう、アーサーに電話をかけなくちゃいけない——講演のお礼を伝え、本の売れ行きについて尋ねよう。そういったことを話しておかないと。

でもまず、せっかくここにいるのだから——

建物の角をまわって〈シャーロット〉の正面玄関へ行くと、水彩画家のひとりがわたしに気づいた。「ナオミを探してるんですか？　彼女、今日は忙しそうですよ」

階段をのぼった二階では、ナオミ・フェイバーがパソコンに向かっていた。眉間に皺《しわ》を寄せ、浮かない顔をしている。

わたしはドア口の側柱をごく軽く叩いた。「こんにちは。立ち寄ったのがお邪魔でなければいいんだけど」

「いいえ、ちっとも、ヘイリー。お返事ができていなくてほんとうにごめんなさい。こちらにどうぞ」ナオミは自分のデスクに引き寄せた椅子をすすめてくれた。「お茶はいかが？」

「あ、いえけっこうです。先日起きたことについて——」

「恐ろしいことですね」ナオミが言った。「警察が立ち入る範囲は限定されているようで、あの……」彼女はウーナの仮事務所があるだいたいの方向に顔を向けた。「それで、お問い合わせの件ですね。継続していただいて問題ありませんが、ただしマネージャーを確保するのが条件です——実行委員会形式で運営する展覧会はもうこりごりなので。水彩画家たちに試しにその形式でやらせてしまったわたしがばかでした」

「わかりました、マネージャーは確実に用意しますので」ただそれはウーナではない。ジーノでもない。じゃあ誰なの？「そこで、差し支えなければですが、うちのほうの専用出入口の新しい鍵が必要なんです。ウーナのものはすべて証拠として警察が持っていってしまったので」ナオミはわたしが不安になるほど長いあいだ返事をしてくれなかった。「今後はあの出入口の鍵をかけておきますから」

ナオミはうなずき、デスクの抽斗《ひきだし》を開けた。なかには造りつけのダイヤル式の小さな金庫があった。彼女がダイヤルをまわすあいだ、わたしは顔をそむけていた。扉がポンと開くと、ナオミは束ねられていない鍵の山をあらためはじめた。金属のぶつかり合うカチャカチャという音に負けないよう、わたしは大きな声で付け加えた。「考えてみるとやはり、鍵は二本必要かと——一本はその……マネージャー用で、もう一本はわたし用に」

ナオミは鍵の山の上でしばらく手を止めてから山のなかへ突っ込むと、同じリングにつけられた二本の鍵を取り出し、わたしにくれた。これでひとつ用件が片づいた。

「クララ・パウェルが今朝、わたしに会いにきました」ナオミが言った。

「今朝ですか？」

「彼女も展覧会の開催は決定事項だと、確信ありげに言っていましたよ。彼女からは自分がマネージャーになったつもりのような印象を受けましたが。ほんとうのところ、ヘイリー、彼女はかなり若いですよね。彼女にどんな経験があるんでしょう？　すべてを任せられるとは期待できないのではありませんか」

「クララはうちの展覧会マネージャーではありません。仕事熱心なあまり、そういう印象を与えてしまったんじゃないでしょうか」

「なるほど、そういう熱意でしたか」ナオミはそう言ったけれど、したり顔の笑みを浮かべていた。いけ好かない。

「いつ頃、ウーナと一緒に仕事をしていたんです?」わたしは尋ねた。

この問いかけは効果覿面《てきめん》だった——したり顔の笑みは消え、上気した顔にかたくなな表情が刻まれる。

「一年ほどまえに。プリマスで、蒸留所がスポンサーについていたジンの展示会でです。ウーナは、〈ジン横丁〉というホガース作の版画（十八世紀半ば、安価なジンがもたらす害悪を描いた）を活人画《タブロー・ヴィヴァン》にして演出しました。扮装した人間にポーズをとらせ、その版画の情景を再現してみせたわけです。ちょっとした論争が起きたものの、結果としては大成功で」

「でもたったの一年まえなのに……ウーナはあなたのことを覚えていませんでしたよね?」

ナオミは肩をすくめ、パソコン画面に顔を戻した。「その他大勢のひとりでしたから。売れっ子マネージャーだったウーナは、仕事で一緒になる人間をひとりひとり把握してなんかいられなかったんでしょう。それでヘイリー、何か手助けが必要になったら知らせてくださいね。もちろん、展覧会のマネージャーをちゃんと確保できてからの話ですが」

一日の成果らしい成果もなく、ミドルバンク館に戻った。

展覧会の会場は確実に押さえられたけれど、それもマネージャーが見つからないとナオミに知られたらおしまいだ。どこかに勤めていてもいいから、誰かに一時的に担当してもらうのはどうだろう？　十一年まえにダイナとバースに越してくるまで勤めていたスウィンドンのグレートウェスタン鉄道博物館なら、ひょっとしたら誰かに助けてもらえるかもしれない。まあ、わたしのことを覚えている人がいたらの話だけれど。

　警察署で調べたバインダーからはなんの手がかりも見つからなかった。もう一度調べ直さなくちゃいけない。ウーナの死は例のサイン入り『殺人は広告する』の初版本となんらかの関係があるの、ないの？　ウーナ殺害事件の解決ばかりでなく、うちの展覧会の成功にとっても、あの本は鍵を握っている。稀覯本《きこうぼん》。いいえ、それじゃ言い足りない――唯一無二の一冊。ウーナに手がかりを発見できたのだから、きっとわたしにも見つけられる。

　気がかりなのはクララのことだ。月曜日までシェプトン・マレットに帰ると約束したのに、彼女は週末、バースで何をしているの？　帰ることになっていたはずよね？

　一階のミニキッチンでお茶を淹《い》れ、自分のデスクへ持っていった。バンターはウィングバックチェアの袖にしゃがんで坐り、耳レーダーをせわしなく動かしながらわたしをじっと見ていた。わたしもバンターもなんだか調子がくるっている。何がいけないのか、やっと気づいた――土曜日だから職場にいるはずじゃないってことなのね。いつもならリヴァプールの母のところに行ってるし、今週末はヴァルと海辺へ出かけているはずだったのだから。わたしの見るかぎり、週末どこにも行かなくてよかったと言えるのは、二十四時間後にディナーに来る彼の双子の娘たちに会う機会ができたことくらい。ヴァルの家の大掃除はどれくらい進んだのだろう。

「床磨きのさいちゅう?」電話に出たヴァルに、わたしは訊いた。

「リスのせいで」彼は疲れきった声で話しはじめた。「まだ掃除まで手がまわってないんだよ。娘たちの部屋で窓際の隅がかじられて穴が開いてるのに気づいて。クリスマスのあとにやられたばかりらしい。リスにとっては朝めしまえだったろうよ、まったく、ばかったれが。漆喰《しっくい》で穴を埋めてるところだ」

「じゃあ明日が大掃除ね、わたしも手伝う。修理のほうが終わったら、まっすぐこっちへ来てくれれば、わたしが食事を作るわ。あなたはお風呂にはいればいいし」

「きみもはいりたくない?」彼は明るい声で訊いてきた。

「まあ、そうねえ——あなたが自分で言うほど疲れてなかったら、でもそれだけ?」

執務室の暖炉に小さな火を熾《おこ》すと、バンターは名案だと思ってくれたらしく、身体をいっぱいに伸ばして寝転び、お腹を暖炉に向けた。わたしはその身体の下に爪先をもぐり込ませ、読みかけの『殺人は広告する』を手に取った。小説のなかで殺人犯を指し示すものはまだまったく見えていない。デス・ブリードンと身分を偽り、ピム広報社に潜入しているセイヤーズの探偵ピーター卿は、頭のなかでなんらかの仮説を立ててはいるものの、それをあまり積極的に披露しないのだ。最後に犯人が判明するのはまちがいないけれど、探偵の思考の流れを追いかけようとはせず愉しむために読むことにした。

正面玄関のブザーが鳴った。ミセス・ウルガーが地下一階《ロウアー・グラウンド・フロア》のフラット——在宅しているとして——からわざわざ上がってこなくてすむよう、わたしは読みかけの本を置き、猫の身体の下から爪先をそうっと抜いて、静かに歩いて執務室を出た。

正面玄関のドアを開けると、そこにいたのはジーノ・ベリーフィールドだった。いつもの濃い青緑のスーツを着て、粒チョコレート《スマーティーズ》柄のネクタイを結び、ぴかぴかの黒のオックスフォードシューズを履いている。その洒落《しゃれ》た装《よそお》いは、がっくりと落ちた肩としょげ返った顔つきとはまったく対照的だった。

「どうか、ミズ・バーク」彼は拳をかわそうとするかのように両手を上げ、慌てて言った。「あなたには門前払いを喰らわされても、まったくもってしかたありませんが、どうかお願いです、昨日あなたからの助けの求めに対してあたしがとった、不適切でプロ意識に欠け、思いやりのない対応について平身低頭のお詫びを申しあげるお時間を、ちょっとでいいので割《さ》いてくださいませんか」

門前払いをしないだけの礼儀はわきまえていた——最初はそうしてやりたいと思ったけれど。でも謝罪したいと言うのなら、言いたいことを言わせてあげようじゃないの。

「いいでしょう。どうぞおはいりください、ミスター・ベリーフィールド」

わたしの執務室で、ジーノは室内をじろじろと見ながら、バッグを置き、ジャケットのボタンをはずした。部屋の隅に引っ込んでいたバンターが、そっとまえに出てきてマントルピースの上に飛び上がり、前脚のまわりに尻尾を巻きつけると、黄金色の目でわたしたちをしげしげと見つめた。

「あれまあ、猫ですね」ジーノが言った。「置き物みたいにじっとしているよう仕込んだんですね――見事な芸だ」

「猫は芸をしませんよ、ミスター・ベリーフィールド」わたしはウィングバックチェアをすすめ、自分はデスクのまえに腰をおろした。「猫が自分からやりたいなら話は別ですが」

少しのあいだ、ジーノは自分を見つめるバンターを見つめ返していた。やがて人間のほうが瞬《まばた》きをして、にらめっこに勝った猫はひとつ欠伸《あくび》をすると、前足を舐めだした。

わたしは両腕をデスクに置き、やわらかく丁重だけれどビジネスライクな顔で言った。「それで」

「ええ、そうでしたね」ジーノは椅子にぐったりと腰をおろし、床に視線を落とした。それからいかにも大儀そうに、視線を上げた。そのときに初めて、泣き腫《は》らしたように彼の目が赤くなっていることに気づいた。「ええと、ミズ・バーク、自分の振る舞いに対しては心からのお詫びをするしかありません。辛辣《しんらつ》なことを言ったり、薄情な態度をとったりするのは、いつもの自分らしからぬことなんです。ああいう対応をしてしまったのは、ひとえにウーナの、あんなにも恐ろしい報《しら》せを聞いてしまったショックからのことでして。まさか死んでしまうなんて」彼はため息をついた。「まだ受け止めきれずにいるんですよ。あんなにふたりで分かち合ったのに」

展覧会で共同マネージャーを務めたことがあるとか？　その可能性はなさそう――周囲の人

間に命令するのをおおいに愉しんでいたウーナらしくない。彼女がジーノをばかにすることを言っていたのを覚えている。ひょっとしたらジーノは彼女の専属アシスタントからキャリアをスタートさせたのかもしれない。

「ウーナと一緒に働いていたんですか?」

「一緒に働く?」彼の黒い瞳が虚ろになった。「そうとも言えるでしょう——ウーナはあたしの妻でした」

12

「あなたのなんですって?」

まったくもって不適切な反応をしてしまったが、言っちゃいけないと止めるまえに口から出てしまったのだ。ウーナ・アサートンとジーノ・ベリーフィールドが結婚してた? とても理解できない。

「つまり、その」わたしは急いで続けた。「ちっとも知りませんでした。五年まえ、ウーナがジェイン・オースティン・センターで展覧会を手がけたときには、されてなかったですよね、ご結婚を。ちがいます?」

「ええ……」ジーノはうめくようにことばを絞り出した。「出会ったのはせいぜい三年まえというところで。それでも、人生をともにした時間は短かくても、それは身を焦がすような時間でした」執務室の天井を見上げ、弧を描くように片手を大きく振った。「あたしたちは明るく輝くふたつの天体みたいなもんでね、衝突して爆発し、お互いのエネルギーが尽きるまで熱く激しく燃え、地上に落下したら、お互いかつての面影を失ったただの抜け殻になってたんですよ」

わたしは関係——それがどんな関係でも——が終わったことで打ちひしがれるウーナを想像してみようとしたものの、正直言って、そんな光景は今ひとつ思い描けなかった。

「それで、ミスター・ベリーフィールド、おふたりはまだご結婚されている、というかご結婚されていたんですか、彼女が殺害されたときも？」

「いいえ」彼は肩をまわしてジャケットを整えた。「六ヵ月まえに離婚しました。あたしたちにはもう何も残っちゃいませんでしたよ——身体の関係以外はね」彼は微笑み、すばやくうなずいた。「そっちの方面はなんの問題もありませんでしたから」

しばらくのあいだ、二日連続で聞いてしまったウーナの性生活にまつわる話にどうはいっていったものかと悩んでから、そういうことは全部振り払って言った。「そうですか、ええっと、お悔やみを申しあげます。説明にお越しいただいてありがとうございました。あの報せがどんなにショックだったか、よくわかりました」

「おたくからの申し出をあんなにぶっきらぼうな態度で断ってしまったことですが」ジーノは言いかけの文章を引き継ぐような調子で言った。「まったく。とんだご無礼をしてしまって。

でもショックから立ち直れましたので、ミズ・バーク、今でしたら、おたくの展覧会についてちゃんと分別のある話ができます。〝レディ・ファウリング——ことばでたどる生涯〟。素敵なタイトルというか、実に想像力をかき立てられる」

「結局、仕事を引き受けたいとおっしゃっているんですか？」

「申しあげているのはですね」ベリーフィールドは悔しそうな笑みを浮かべてみせた。「昨日の精神状態では、あなたがお困りごとに対する迅速かつ効果的な解決策を必要とされているという点を見落としていたかもしれないので、まだ適任者を探しているのなら、ぜひとも自分のこともご考慮いただきたいということでして」彼は頭を下げた。

なんて見え透いた芝居なの。もちろん仕事が欲しいのだ——ずっと狙っていたにちがいない。どれほど仕事が欲しいのだろう？　ふと思った——事件があったあの木曜日の午後、彼がどこにいたのか調べたほうがいいと。わたしじゃなくて、警察が、という意味だけど。警察は彼を容疑者と見なすだろうか？　実際のところわたしはどう思っているのだろう？

ジーノを採用すれば、こちらの厄介な問題のいくつかは解決できる。まず、〈シャーロット〉での展覧会の予約を協会が維持するにはマネージャーを用意してほしいという、ナオミ・フェイバーからの要求。それに、展示物に関するいかれたアイディアはさておき、ジーノは、わたしが学ばなければならない展覧会マネジメントの基本を知っている。自分の目的のために彼を利用すればいい。ホップグッド部長刑事にやめろと言われるまでは、この状況を利用できない理由は見あたらない。

「ええ、ミスター・ベリーフィールド、まだ適任者を探している状況でして、ご存じのとおり時間がないものですから――とはいえ、提出いただいた照会先を確認する時間もないという意味ではありませんよ。ただしこれだけははっきりさせておきたいのですが、展覧会のプロジェクトに加わっていただく場合、あなたはわたしのもとで働くことになり、最終決定権はすべてわたしが持つことになります」

「それでけっこうです、ミズ・バーク。あなたが求めているのはクオリティだ。それをあなたに授《さず》けましょう」彼の黒い瞳に輝きが戻り、〈ウェイトローズ〉の鮮魚売り場で働いているあの気さくな男性を思わせる人物にふたたび戻っていた。有能かつ協力的な人物に。「それにあたしから申しあげるのもなんですが、あなたは初版本協会とその図書館のキュレーターとしてかなりの名声を得つつある。いい評判を聞いていますよ。お見事《ハイホー》！」

お世辞は言わなくていいのよ、ジーノ。「理事たちに知らせなくてはなりません」わたしは先を続けた。「でも、そちらのほうはわたしに任せてください。ですから、不測の事態が起こらなければ、月曜日の朝十時にこちらに来ていただくということで、いかがでしょう？」わたしは面接が終わった合図としてデスクの書類を動かしてみせた。「ああ、それからあとひとつ。ウーナは自分専属のアシスタントとして若い女性を雇っていました。彼女にはこの企画に残ってもらいます」

「専属アシスタント？」ジーノは訊き返した。「それはそれは――ウーナはさぞ鼻高々だったことでしょう」

玄関まで彼を見送りながら、わたしは尋ねた。「以前もうかがいましたが、バースにいらしたのはいつでしたかしら、ミスター・ベリーフィールド」

「ああ、二週間ほどまえですね。三週間だったかな？　なにしろ慌ただしい日々で——あれこれオファーを検討しているうちに、いつの間にかつぎの日になっているもんですから」

「こちらにいらしてから、ウーナとは会いました？」

「いいえ」彼は首を振り、声を詰まらせた。「大きな心残りになるでしょう。最後に別れたときには、もちろん万感胸に迫る思いでしたが、同時に苛立《いらだ》ちも覚えたし、何かやり残した感じもしていましたから。せめてもう一度会えていればよかったんですが」

これで展覧会マネージャーは確保できた。まがりなりにも。でも、ジーノ・ベリーフィールドには心して働いてもらわなくちゃいけない。だってこの企画に関しては、おかしな真似などいっさい許すつもりはないのだから。

「彼にウーナに会ったかどうか訊いたのは、完全に筋が通ったことだよね」執務室に戻ると、バンターに言った。猫は暖炉のまえの敷物に下りており、熾火《おきび》に背を向けて横になっていた。

「ホップグッド部長刑事は余計な穿鑿《せんさく》をしたとわたしを責められない。だって、ジーノを採用するんだから、彼が何をしてたのか知っておかないと」

ジーノについてホップグッドに伝えること、ブルドッグについてアーサー・フィッシュに尋ねること、それから理事たち全員に新しい展覧会マネージャーについて知らせることと、忘れないよう頭のなかにメモを残し、一日の仕事を終わりにした。

「それじゃ、猫ちゃん、今日の仕事はおしまい。ミセス・ウルガーが夕食をくれるんだよね?」

返事がわりにバンターは片耳をぴくぴくと動かした。わたしは読みかけの『殺人は広告する』を持って階上《うえ》のフラットに帰り、コーヒーテーブルに本を置いてソファで身体を伸ばすと、たちまち眠りに落ちた。六時に目が覚め、また伸びをして髪を梳《と》かして整えた。ヴァルがフラットのドアをノックする頃にはトマトソースで牛挽き肉を煮込んでいた。

ドアは開いているよと声を張りあげると、ヴァルがキッチンにやってきた。シャワーは浴びてきたらしく、こざっぱりとした身なりで小脇にワインのボトルを抱えている。スパゲッティ・ボロネーゼのいい香りがフラットじゅうに広がっていた。彼はわたしにキスしたものか、それともソースパンの蓋を開けてみようかと逡巡していたようだったけれど——なんて幸福なのかしら——わたしにキスするほうが勝った。ワインのボトルをテーブルに置くと、わたしを引き寄せ、裾を出して着ているシャツをめくって片手をすべり込ませ、腰のくびれたあたりをやさしくさすった。

「やあ」彼はささやいた。「今日はどうだった?」

温かくてやわらかい彼の唇が首筋を下りていき、わたしは今この瞬間以前の今日の出来事などひとつも思い出せなくなった。下のほうに手を伸ばして、彼のベルトのバックルに手をかけた。

「そうねえ——あれこれと。あなたのほうはどうだった?」

「それは……ええと……ええと？」
おしゃべりはこれくらいで。

その後、パスタを茹で、ふたりでワインを飲んだ。そうしていると、この日の詳細が記憶によみがえり、ヴァルがリスの話に乗り気ではなかったので、わたしは自分の一日を詳しく話した。

「月曜日にまた警察署へ行くわ」わたしは言った。「もう一度バインダーに目を通せば収穫があるはず――あそこに何かあるのはまちがいないんだから」

「一緒に行ってほしい？　ふたりで見てみるかい？」ヴァルが言ってくれた。

「月曜日はいい」月曜日と木曜日はヴァルが夜まで一日じゅう授業がある日だから。初版本協会のキュレーターとしての仕事がすべてのわたしとはちがって、ヴァルはバース・カレッジで創作を教える講師としてのフルタイムの勤務に加えて、協会の企画にも参加している。カレッジはこの取り決めに満足していた。この共同の企画はいい宣伝になるし、カレッジ側はコストもほとんどかからない。

「月曜日の午前中はひとりで充分なんとかなるから」わたしは彼に言った。「ミセス・ウルガーには、朝九時のミーティングで新しい展覧会マネージャーを選任したことを説明するつもり。彼女に理事たちへの連絡をお願いする――自分で伝えられるアデルを除いて。明日になったら、クララにショートメッセージで月曜日の九時半にミドルバンク館に来るように言うわ。そうすれば、ジーノが十時に来るまでに、クララと状況の確認をする時間が三十分取れる。そのあとで、一時間かけてふたりと一緒にスケジュールを立て、優先すべき仕事を洗い出す。それが終わったら、歩いてふたりを〈シャーロット〉へ連れていき、ナオミに紹介する。それもすませてから、警察署に馳《は》せ参じるというわけ」

「火曜日の文芸サロンのことはぼくに任せて」ヴァルが言った。「講師はロンドン警視庁の元刑事部の警視正だね。午後に彼女が到着したら、ぼくが出迎えにいって、準備を整えてもらうから、きみは来てくれるだけでいい。それでどうかな?」

日曜日、殺人も展覧会も初版本協会キュレーターとしての責務も考えるのはやめて、ヴァルの家の掃除を手伝った。掃除を終えると、夕食の準備をする彼を残してミドルバンク館に戻り、手土産にするアップルクランブルを作った。すると、だんだん来《きた》るべき夜のことが心配になってきた。

ヴァルとジルは、ロジャーとわたしの場合と同じく若くして結婚した。結婚してわずか一年後に双子のベスとベッキーが生まれ、彼女たちが五歳になる頃にはジルは精神的に不安定になってしまった。つらい時期を過ごしたあとで、彼女は家族——夫と娘たち——を置いて家を出て、別の男性と北のほうへ越した。数ヵ月後、細菌性髄膜炎《ずいまくえん》にかかり、二週間ほどで亡くなった。何もかもとちゅうで放り出された状態になり、ヴァルが母親の役割も担《にな》わざるをえなくなった。双子の娘たちを育てるために、作家のキャリアを断念しフルタイムの教職に就いた。

双子。どちらがどちらか、わたしに見わけられるだろうか？　もちろん写真は見たことがあったけれど、いちばん新しいもので一年まえのクリスマスの写真だった。ベスとベッキーは豊かな黒髪——母親ゆずりだと思う——で、ふたりとも肩までの長さにしていた。とはいえ、笑顔は父親ゆずりで、目尻に皺《しわ》が寄る。でもふたりはまさに瓜二つ。もしもわたしが取りちがえてしまったら、どう思われるだろう？

ふたりが着いたのは、ヴァルとわたしがテーブルをセッティングしているところだった。玄関のドアが勢いよく開き、冷たい外気とともににぎやかな笑い声とおしゃべりが屋内にはいってきた。顔立ちは瓜ふたつだけれど、それぞれに個性があることはひと目でわかった。

ベスはボブ、ベッキーはレイヤードカットという新しい髪型はふたりを見わけやすくしてくれるだろうが、ほかにも明らかなちがいがあった。わたしの見るところ、ベスは何事に対しても自信を持っている性質《たち》だ。彼女は父親にハグとキスをし、わたしを紹介されると、礼儀正しく堂々とした態度で握手を求めてきた。大丈夫、そんなふうに始まるのも悪くない。それから彼女はバッグから白ワインのボトルを取り出し、抽斗《ひきだし》を開けてコルク抜きを探しはじめた。

つぎはベッキーの番。彼女も姉と同じく父親に会えて幸せそうで、礼儀正しくわたしに挨拶をした。けれどもどこか不安そうな雰囲気をまとっていて、輪郭が姉よりほんの少しやわらかい。彼女の両手はプレゼントでふさがっていた——ヴァルにはデヴォンで借りている市民菜園で抜いてきた極太のポロ葱を二本、わたしには朝掘り出してきたというスノードロップの苗をくれた。

「お住まいに庭があるのかどうか、わからなかったんですけど」彼女は言った。

「ええあるわ、裏庭が」手入れはミセス・ウルガーがおこなっているけれど、きっとスノードロップをいやとは言わないだろう。「植えるのにちょうどいい場所があるの。きれいね、ありがとう」

食事の支度を装《よそお》いながら会話するのは簡単だった——ともかく、そのあとよりも。お天気とか、ご近所さんとか、おじいさんとおばあさんとか。ふたりが日曜日の夜に泊まっていくというのは、表面上は別になんでもないように思えるかもしれないけれど、わたしの目にはふたりの訪問にどれだけ特別な意味があるのかを示すしるしに映った。

わたしたち四人はワインのグラスを手にリビングルームに集まった。娘ふたりはソファに、ヴァルとわたしはソファの向かい側の肘掛け椅子に坐った。わたしはふたりの仕事について尋ねた。

「月曜日はかなり暇なんです」ベスが言った。オペラ団、交響楽団、劇団が本拠をおくチェルトナムのホールで、出演契約を担当しているという。

「たいへんなお仕事のようね、なんでもきちんとしておかないといけないでしょうから」わたしは受けた印象を伝えた。

「しっかりした管理が必要ですね」ベスが言った。

「ベスはわたしより三分、年上なんです」とベッキー。「整理整頓の能力は姉が全部持っていっちゃって」

「そうね、でも創造性はあなたが持っていったわよ」姉が答えた。このやり取りひとつで、ふたりのあいだにある鋼《はがね》のように堅固な絆《きずな》が見てとれた。ほんの一瞬、ダイナにも姉か妹がいたらよかったのにと思った。ただし、双子は無理――わたしの手には負えなかっただろうから。

「すばらしい作品ね、ベッキー」わたしは言った。「あのビーツ、とてもリアルだわ」

ベッキーはデヴォン州の祖父母の家の近くに住み、絵を描きながら美術を教えている。ヴァルは娘の作品を誇らしげに飾っていた。ビーツ、カリフラワー、茄子、ブロッコリーの絵は階段脇に、人参の束を描いた重厚な額縁入りの大きな絵は玄関ホールのいちばんいい場所に配置されている。

「野菜の連作は全部、父のところにあるんです」ベッキーは言った。「今、試作を始めようとしているところで――風景画をカラーブロックの配色で描いてみようかなって」

「ヘイリー、あなたの仕事は危険なんですか?」

丁寧な口ぶりで言われたものの、ベスからの質問に話の腰が折られた恰好になった。ベッキーが視線を落としたのにわたしは気づいた。

「そうでもないのよ」わたしはそう答え、笑顔を取り繕おうとした。

「ただ……殺されたあの女性はあなたのために働いていたんですよね」

「そうよ、恐ろしいことだった。でもミドルバンク館で起きたわけではないわ」

「今回はちがったんでしたね」ベスが言った。

ヴァルがもぞもぞと身体を動かしはじめたので、何か口走るまえにわたしが言った。

「わたしの仕事は本に関するもので、ほとんど危険なところはないのよ。図書室に脚立はあるけれど、たったの三段しかないし、転落しそうにないしね」ふと、クララと彼女の高所恐怖症のことが頭に浮かんだ。あの子はまだバースにいるのかしら？

「その女性は殺されたとお考えですか？」

「ベス！」ヴァルがたしなめるように言った。

「彼女が亡くなったことは気の毒だと思う」わたしは言い、ひと息ついてから先を続けた。「でもほんとうに詳しくはわからないの——警察の捜査中で」

「誰かが亡くなると、すごくいろんなことが心のなかをよぎるものですよね、ちがいます？」ベッキーがやっとワイングラスから目を上げて言った。「知っている人だった場合という意味ですが」

ベスは片方の眉を妹に向かってぴくりと上げてみせた。その仕草から、ベッキーが打ち合わせになかったことを言ったのだろうとわたしは思った。ベッキーは視線をワインに戻し、ヴァルは注意するような眼差《まなざ》しをベスに投げかけた。気を抜けない夜になりそう、そんな予感がした。

とはいえ、食事のあいだは愉しいひとときになり、この夜の唯一のハードルを乗り越えられていますようにとわたしは願った。テーブルを囲んで、ヴァルは娘たちの思い出話をし、娘たちは声をあげて笑い、顔を赤くした。「もう、パパ、わたしたちはまだ十歳だったんだから、何を期待してたの？」わたしはダイナの子供の頃の話をし、ヴァルはわたしたちの初めてのちゃんとしたデートのことを話した。十一月に一緒に行った海辺で、わたしが岩場の潮だまりでずっと遊んでいたものだから、冷たさで指の感覚がなくなってしまい、ホットチョコレートを持てなくなってしまった話を。ヴァルは、自分も冷えてしまうのもかまわずわたしの手をシャツの下に入れて温めたことは口に出さなかった。わたしは思い出で気持ちが温かくなった。

ベッキーにいちばんお気に入りのミステリ作家は誰かと尋ねられた。他意のない質問だとはわかっていたものの、痛いところを突かれた気がして、探偵小説の蔵書が詰まった図書館のキュレーターとして、自分は知識不足だということをあらためて思い出してしまった。口ごもりはじめたわたしにヴァルが助け舟を出してくれた。

「レディ・ファウリングは、言ってみれば幅広の絵筆でミステリ黄金時代を描いた人でね」彼は生徒たちに講義をするかのように娘たちに語りだした。「たとえば、彼女は、一般的にはロマンティック・サスペンスに分類されるダフネ・デュ・モーリアも含めて蒐集《しゅうしゅう》していたんだ。デュ・モーリアを加えたのはいい判断だったと思う」

「そうね、レディは女性作家を応援していたの」考える時間が少し稼げて、わたしはほっとして言った。「それに彼女自身も作家で、フランソワ・フランボーという名前の探偵を主人公にしたシリーズを生み出していて。選択肢が多すぎて、ひとりだけお気に入りを選べるかどうか自信がないわね」

「探偵というのはどうやって容疑者の目星をつけるんですか？」ベッキーが訊いた。

「そうねえ、まずは動機ね」わたしは答えた。ウーナの死の場合、誰が容疑者になるのだろう――動機があったのは誰なの？

「それから機会だね」ヴァルが言い添えた。そう――容疑者全員にアリバイはあったのかしら？

「それに方法も」わたしはすかさず付け加えた。自分にも多少なりとも知識はあるのだ。「アガサ・クリスティは毒殺をひどく好んだわ」

「お友だちもそれで亡くなったんですか？」ベッキーがさらに訊いてきた。

「いいえ、あれは暴力による死だったの」

会話はわたしの望まない方向へと向かいはじめていた。たぶんベスにとってもそうだったのだろう。最後の会話のやり取りのあいだに席を立っていた彼女は、キッチンから声を張りあげて言った。「アイスクリームはある？　いただいたアップルクランブルに添えたら、素敵じゃない？」

「ごめん――」とヴァルが答えはじめた。

「デザートはわたしの担当よね」とわたし。「ちょっと行って、買ってきましょうか？」

「いいえ、あなたが行く必要はありません」ベスはそう言って、ドアのところに戻ってきた。

「父が行きますから――パパ、いいよね？」

「アイスクリームかい？」

「お店に行ってきてよ。そんなに時間はかからないでしょ」ベスが言った。

「わかったよ、行ってこよう。時間はちょっとかかるだろうが――」ヴァルは席を立って玄関へ向かいはじめてから立ち止まり、わたしに言った。「散歩したくない？」

「いいえ、わたしはここに残る。あなたが行ってきて」一月の夜の寒空のなか、父親を外出させるベスのほんとうの理由はアイスクリームではないにちがいないと思ったから。

彼は視線を娘から娘へ、そしてわたしへと移し、状況を察したようだった。「ほんとうに？」

「ええ」わたしはそう答えて、微笑んでみせた。安心してもらえるような笑みになっていればいいのだけれど。「わたしは大丈夫よ」

ヴァルが出かけたあと、三人でテーブルの片づけをすませ、ワイングラス――ほぼ空になっていた――を持ってリビングルームへ移った。

「菜園ではほかに何を育てているの、ベッキー？」わたしは尋ねた。

ずっと姉を見つめていた彼女はわたしからの問いかけに目を瞬《しばたた》かせた。

「あの、ええっと、今はキャベツとポロ葱だけです。冬のあいだは菜園の半分に被覆作物《カバークロップ》を植えて土壌の浸食を防いで土を休ませていて、三月の末になったら――」

「父の調子はどうですか、ヘイリー？」ベスが割ってはいってきた。「わたしたちはただ父のことが心配なんです」

「とくに問題もなくやっているようよ」わたしはあえて感情を込めずに答えた。身を乗り出し、両手をしっかり握り合わせて肘を太腿に乗せている。

「父はひとりで抱え込みすぎるところがあるよね、ベッキー？　いつもそうだもの」

ベッキーはうなずいた。「でもパパはほんとうに幸せそうだよ、ベス」

「父はひとりでわたしたちを育ててくれたんです、ご存じのとおり――母が亡くなってからは。父から聞いていますよね」

「ええ、聞いてるわ」

ベスは室内にあるテーブルの上をさっと見わたし、ひととおりチェックした。「パパはママの写真を全部片づけちゃったのかな?」

困ったことに、自分の顔が赤くなるのを感じた。発言に込められた意味がわかるから――ベスは、自分たちの母親の思い出がこの家から消し去られたのはわたしのせいだと責めているのだ。

「母の写真は見たことありますか?」ベスが訊いてきた。「ベッキー、ヘイリーに見せられる写真ある?」

ベッキーは黄麻《ジュート》のバッグに手を伸ばし、重たい金属の写真立てにはいったスナップ写真を取り出した。いつも持ち歩くような代物《しろもの》ではけっしてない。差し出されるがままに、わたしはそれを手に取った。

ジルは髪が乱れていたものの幸せそうな顔をして、わたしが腰かけているまさにそのソファに坐っていた。それぞれの腕に幼い娘が抱えられており、娘たちのほうは窮屈な腕に抗《あらが》って四方八方に足を蹴り出しているかのようだ。

「とても素敵ね」わたしは言い、ふたりに対してやさしい気持ちになった。この娘たちに遺《のこ》された母親のものはこれだけしかないのだ、と自分に言い聞かせた。だから、父親がどうなるかについて必要以上に神経質になるのも無理はないんじゃない？

それに、写真は同じ年頃のダイナのことを思い出させた。抱っこをいやがるあの子の抵抗ぶりはまだ肌で覚えているし、自由になりたいという圧倒的な欲求もまざまざと記憶に残っている。「いくつくらいの頃だったの――十八ヵ月くらい？」

ベスの如才のない態度が揺らいだ。「はい、だいたいそのくらいです。問題は、ヘイリー、父があまりにも人を信じやすいことなんです。ベッキーとわたしはふたりで父のことを気にかけてあげなくちゃいけないって、経験から学びました。父にがっかりしてほしくないんです」

「パパはほんとうに幸せそうだよ」とベッキーはふたたび言った。姉に念を押すかのように。

「そういう問題じゃない」ベスはぴしゃりと言い放ち、それ以上何も言わなかった。玄関のドアが開いた。彼女はわたしから写真立てを引ったくると、ベッキーのバッグに急いで戻した。その直後にカップ入りのアイスクリームを持ったヴァルが戻ってきた。

「それじゃ」彼は少し息を切らしていた。「デザートが欲しい人は誰かな？」

13

ヴァルが車で送ってくれる道すがら、わたしはディナーと彼の娘たちの仕事について当たりさわりのない話をした。スノードロップの苗をうっとり眺め、ヒーターを調節しながら。ヴァルはずっと何も言わず、ミドルバンク館のまえに車を停めてエンジンを切ると、わたしに向き直った。

「どうだった？　ぼくが出てるあいだは？」

「大丈夫だった」わたしは言った。ほんとうは大丈夫じゃなかった――でも、どちらにしても彼のせいではない。

「娘――ベス――の態度に変わりはなかったかい？」

わたしは彼の手を取った。「娘さんたちはあなたの幸せを願ってる」

「なんてことだ、あの娘がやらかしたんだね。それともふたりそろってかい？　申し訳ない」

「ばかなこと言わないで、謝ることなんか何もないわ」

「ベスのせいだ。あの娘の向かうところにベッキーもついていく――ずっとそうなんだ。姉ってやつだね。たったの三分がどうしてあんなに大きなちがいになるんだろう？　やれやれ、ふたりにはぼくから話をするよ」

「そんなことしないで」わたしはきっぱりと告げた。

「いや、するよ。ふたりはぼくの娘だ、礼儀作法は知っている。そんなことをしないだけの分別はあるはずなんだ」

「ああ、そっか」わたしは明るい調子で言った。「前回、娘さんたちががんばったのに悪い結果に終わったとか？」

彼は赤面し、話しはじめようとして息を吐いて吸い、わたしの手をぎゅっと握りしめ、また始めた。「当時はまだふたりは子供だったし、どうでもよかったからぼくも放っておいた。でも今回はどうでもよくない」

　彼の緑色の目でじっと見据えられ、わたしは、そう、これが現実なのだと思った——お互いのあいだに存在するものを認めるほど、親しくなったのだ。今はそれで充分。両手で彼の顔を包み、その唇に軽くキスをした。

「わたしがベスとベッキーに追い払われるがままになると思ってるの?」

「まさか、そうなってほしくはない」

「この件に口出しは無用よ」わたしは言った。「あなたは、誰にとってもすべてうまくいくようにしたいと思っているでしょう。それがあなたが人生を費やして娘さんたちにしてきたこと——母親を失った埋め合わせをしてあげようとしているんだわ」あなた自身の人生を後まわしにしてね。「でも今回はあなたの手を離れてる。ベスとベッキーとわたしが自分たちだけで解決するわ。それでいいでしょう?」

　ヴァルは曖昧にうなずいた。わたしは自分が感じているよりも自信があるように聞こえていてほしいと願った。

「こちらは〈タイムレス・プロダクションズ〉です」留守番電話のメッセージは男性の声で、ロンドンからイングランド南東部にかけて話されている河口域英語《エスチュアリー》のアクセントにロンドン《コック》訛《ニー》りが微妙に混じった発音だった。「あなたの夢を披露する会社をお探し? それならここは大正解ですが、目下、絶賛空想中のため――」ここでくすくす笑う声がはいった。「さあどうぞ、どうすればいいかはおわかりですよね」

わたしは、ジーノ・ベリーフィールドから聞いた三つの照会先の最後の会社にメッセージを残した。月曜日の午前中は誰も働かないの？　時刻を確認し、どこも応答がなくてかえってよかったのだと気がついた。一日が始まろうとしているのに、万一ここでジーノに対する疑問が浮上していたら困ったことになっていた。朝のミーティングを始めるべく事務局長の執務室へ向かった。目標はただひとつ――ミセス・ウルガーに新しい展覧会マネージャーの人選に賛成してもらうこと。そうでなければ、せめて抱かれる疑念は最小限に抑えたい。

彼女は黙ってわたしの説明を聞いていた。「そんなわけで、ご存じのとおり」と言って、締めくくりにはいる。「協会にとって彼が唯一の選択肢でした。だからと言って、ジーノが悪い人選だというわけではないはずで――今裏づけをとっているところなんです。提出してもらった照会先に問い合わせ中で、折り返しの連絡で少しでも不安になることを聞いた場合には、仕事のオファーを撤回します」

わたしはデスクをはさんで事務局長の向かい側の椅子に坐り、両手を膝に置いていた。彼女の大ぶりの眼鏡はいつものように感情を隠すのに見事な働きをしている。

「ミズ・アサートンとの関係が」この点についてはぼんやりとしか伝えず、ふたりの仕事上の関係だけに絞って説明していた。「ミスター・ベリーフィールドの仕事に役立つとお考えなのですか？　彼女が始めたとおりに仕事を引き継ぐことができるんでしょうか？」

ここでもまた――ウーナ効果だ。

「彼女の遺《のこ》したメモがありますし、わたしの作成したノートへの彼女のメモ書きもあります。それに彼女が描いたスケッチも。企画を進めるあいだの道しるべになるでしょう」

わたしの作成したノートへのウーナのメモ書きというのは、レディ・ファウリングのノートを入力したデータのプリントへの彼女の書き込みのことで、これこそが自分のパソコンでファイルにただ目を通すのではなく、警察署へもう一度行く理由だった。

「ミズ・パウェルは何か役に立つのですか？」ミセス・ウルガーが訊いてきた。

「立つと思います」わたしは答えた。朝のミーティングは、予断は許さないものの、なんとか滞りなく終われそうだ。時刻の表示をちらりと盗み見た。九時二十分――クララが来るまでにあと十分しかない。「そしてこちらがわたしの立てている計画です」

八分後に正面玄関のブザーが鳴るまでに、ミセス・ウルガーは、協会の理事たちと顧問弁護士のダンカン・レニーに展覧会マネージャーの人選の件で連絡を取り、午後にお茶に招くことを了解していた。お茶に添えるティーケーキとシェリーの新しいボトルを買うのがわたしの仕事になり、肩の荷が軽くなった。

「ジーノが来たら、必ずご紹介に連れてきますね」わたしは事務局長の執務室のドアを閉め、玄関に応対に出た。

ウーナ風のスーツを着て髪をきっちりおだんごにまとめたクララは、きらきら輝く目に完璧に合った大ぶりの眼鏡に至るまで、びしっと決まっていた。小脇にタブレットを抱え、ためらいがちに瞬《まばた》きをしている。コートを着てくればよかったのに――スーツのジャケットだけでは寒そうだ。

「どうも、ヘイリー。おはようございます」

「おはよう、クララ、さあはいって。外はすごく寒いでしょう」

彼女が館内にはいろうとしていると、制服警官がふたり通りかかった。

「あら、ご苦労さまです」わたしは声をかけた。ホップグッド部長刑事が部下に見てまわらせると言っていたのを思い出した。「おはようございます」

クララは振り返って、制服警官の姿をちらりと見ると、大急ぎでなかにはいった。

制服警官たちは会釈を返してそのまま警邏《けいら》を続けた。わたしはドアを閉めて冷たい外気を締め出した。

「わたしの執務室へ行ってね、クララ。話し合うことがたくさんあるわ。いい報《しら》せになればいいなと思ってることもあるの」

「はい、わかりました」彼女はわたしより先に急いで執務室へ行き、ウィングバックチェアの端に背筋をぴんと伸ばして浅く腰かけた。

わたしはデスクのまえに腰を落ち着けた。「調子はどう、クララ？」

「元気です、ヘイリー。あなたは？」

そういうことを訊きたかったのではないのだけど。「元気よ。クララ、週末はどこで過ごしたの？　シェプトン・マレットのおばあさんの家に帰っていたの？」

クララはためらい、ことばの初めのアルファベットを唇で形にしただけで、しばらく何も発さずにいたが、軽く咳払いをして話しはじめた。

「ええっと、うちのおばあちゃんはバースにわたしの住むところは用意されてると思ってるんです。報酬の一部として用意されてるというようなことを、それとなく言ってしまったのかもしれません。この時点で、おばあちゃんを戸惑わせないのがいちばんいいと思って。それにここにはウーナが借りたフラットがあります。家賃はすべて前払いずみですし。領収書もあります」彼女は身を乗り出した。「かまいませんよね、ヘイリー？　わたしがあそこに泊まっていてもいいですよね？」

「ええ、かまわないわ。だめと言う理由がないもの。ただ、あなたがひとりでいるのが心配だっただけなのよ」

「ああ、自分のことは自分でできますから」クララはそう言うと、ひょいとうなずいた。「それで、出勤再開初日の朝の準備をしたくて——今日から展覧会の仕事に戻ると、あなたからメッセージをもらってすごくうれしかったんです」

「わたしからメッセージ」繰り返して言ってみたら、記憶が呼び覚まされた。「それで思い出したんだけど、なくしちゃった携帯電話は出てきそう？」

彼女の顔から表情が消えた。

「クララ？」

「携帯電話はなくしてしまいました」彼女は言った。

「そうだったよね、見つかったかもって思っただけで。あなたも経験があるでしょうけど、何かをなくしたって思ってると、ソファのクッションの下とか、靴のなかとかから出てきて、どうしてそんなところにあったんだろうって思うものよね」

「わたしの靴のなかからですか？」

「まあいいわ」ナオミを訪ねたことについて訊きたいと思っていたのだけれど、時間がなくなりつつあった。この件はあとで尋ねることにしよう。「ええっと、ニュースがあるの。あなたに伝えておきたいのは、マネージャーを採用したということでね。まずはお試し採用になるんだけど。説明させてね——」

ブザーが鳴った。えっ、正面玄関？　ジーノのはずはない。お願いだからジーノでありませんように。まだ早い。

執務室を出たミセス・ウルガーが、わたしよりほんの少し先に正面玄関にたどり着いた。彼女はドアを開けてジーノを見ると、一歩後ずさった。裏に分厚い毛がついたシープスキンのコートを着た彼は、スーツの上から羊の毛皮を丸ごと一頭分かぶったみたいな見た目になっていた。

「どうも、おはようございます」彼は事務局長ににこやかに微笑んだ。「こちらの来《きた》るべき展覧会のマネージャーを務めます、ジーノ・ベリーフィールドです。あなたはグリニス・ウルガー——当たりですよね？　レディ・ファウリングの長年にわたるご友人であり、ともに働いてこられた？」

ミセス・ウルガーの話をジーノにしたことはあったかしら？　なかったと思うけど、協会のウェブサイトから情報を得るのはむずかしくはないだろう。

「おはようございます、ジーノ」わたしは割ってはいった。「さあどうぞ、おはいりください」ふたりを引き合わせると、ジーノはミセス・ウルガーの手を握ったものの、彼女にさっと引っ込められた。

「初めまして、ミスター・ベリーフィールド」彼女は言った。「今朝はミズ・バークとやるべき仕事がたくさんおありでしょうから、今はお引き留めいたしません。しかしながら、ミズ・バーク、ミスター・ベリーフィールドと理事たちとのお茶会の件でお伝えしなくてはならないことがありまして。モーリーン・フロストは今日の午後はもう約束がはいっていて、ミスター・レニーも予定がはいっていて出席できないそうで。引きつづき、ほかの理事たちに連絡してしまってかまいませんか？」

「いいえ、ミセス・ウルガー、それはけっこうです……」二度手間になってしまうではないか。「明日の午後にしてみてはどうでしょう。いえ、待ってください、明日の夜は文芸サロンがあるんでしたね」

「あれまあ、良質な文芸サロンは大好きでして」ジーノが熱っぽく言った。「今季の講師の顔ぶれにはいたく感銘を受けました。今回は元ロンドン警視庁のマーガレット・レインズですか？」

「ええ、もちろんあなたもご招待します」わたしはそう言いながら、ジーノが黙っていてくれればいいのにと思った。考えをまとめたい。おや、ちょっと待って、たった今、自分で解決策を口にしていたかもしれない。「こうしてはどうでしょう、ミセス・ウルガー――理事たちは文芸サロンの夜、講師と交流するために夕方早めに到着しますから、その時間を利用してジーノの紹介もしてしまっては？　シェリーのグラスでも傾けながら」

「ええ、よろしいでしょう」彼女は答えた。「そちらのほうはわたくしに任せてください」と言うと、執務室へと歩き去り、ドアをしっかりと閉めた。

「ありがとうございます」わたしはドアの向こうに消えた彼女に声を張りあげた。「それでは、ミスター・ベリーフィールド、わたしの執務室に行きましょうか？　わたしたちのアシスタントを紹介したいので」

ここでは〝わたしたちの〟ということばが最重要だ。ジーノにクララを自分だけのものにされたくはない。

クララは、わたしたちが執務室に戻ってくると立ち上がった。ひと呼吸してから紹介しようと思っていたのに、そのまえにクララが言った。「よろしく、ミスター・ベリーフィールド。おはようございます」

「ふたりはもう会ったことがあるの？」

ふたりからの返事は同時だった。

「はい」とクララ。

「いいえ」とジーノ。

するとジーノはばつが悪そうな顔になり、片手を胸にあてた。

「あれ、ほんとにすみません。お会いしたことありました？」

クララの顔が鮮やかなピンク色に染まった。彼女はうなずいた。「ええ、ありますよ。あれは――」

「いや、ちょっと待って、まさか。カーライルでの展覧会のとき、ウーナの下で働いてた？ あのときは、あたしも挨拶に顔を出したからね。でも、ほら、ウーナは例によって他人を締め出すような雰囲気を部屋に充満させてましたから。やっぱり、ほんとうに申し訳ないんだけど――覚えてないんです。言い訳のしようもない」

クララの顔はさらに赤みを増した。「まあ、別にいいです」

「ええっと《ハイホー》、ミズ……」

「パウエル」わたしが割ってはいった。「クララ・パウエル」

「ミズ・パウエル」

「仕事を始めたほうがよくありません？」わたしが言った。「スケジュールを確認して、進捗状況をチェックしてから〈シャーロット〉へ連れていきますね。ナオミ・フェイバー――予約担当マネージャーです――には十一時にうかがうと伝えてあります。それなら時間はたっぷり取れるでしょう」

ジーノが暖炉のそばの椅子をわたしのデスクの近くへ持ってきて、三人とも椅子に坐った。

わたしは展覧会に関するすべての資料がいっぱいに詰まったファイルフォルダーを開けた。資料は朝五時にプリントアウトしたものだった。眠れないなら、仕事をしたほうがましだから。

「まず、わたしにひとこと言わせてください。わたしたち三人の職務上の関係はきっと実りあるものになるでしょうが、念のためはっきりさせておきたいのは、クララ、あなたはわたしの直属の部下になるということです」

「ええ、ヘイリー、もちろんです」

正面玄関のブザーが鳴った。

わたしは一瞬ためらったものの、ミセス・ウルガーの執務室からなんの物音も聞こえてこなかったので、彼女が午前中の来客応対は終了したのだと理解した。

「中断して申し訳ないんだけれど」クララとジーノに告げた。「応対させてくださいね」

正面玄関にダッシュして、ドアを開けると、玄関先にいたのはベッキーだった。

「ヘイリー、来ちゃいました」

その瞬間、わたしの心はふたつに引き裂かれた。執務室では仕事が待っている一方、玄関先にはまったくの別件で用があるふたりの人物のうちのひとりがいる。

わたしの一瞬の迷いが気づかれていませんようにと祈った。「ベッキー、さあ、なかにはいって。会えてすごくうれしいわ。あなたが今朝いちばんで帰らなくてすんでよかった」あなたとあなたのお姉さんはそうすると言っていたのよね。歩道に目をやったが、ベッキーの背後にベスはひそんでいなかった。

ベッキーはファスナーつきのポケットがたくさんついたよくあるコートを着ていた。そのフアスナーを開けたり閉めたり、手を忙しく動かしながら、玄関ホールを見わたした。

「いつでも来てって言ってくれたけど、今朝はお忙しそうですね」

「少しくらいおしゃべりできないほど忙しくはないわ」ほかにわたしにどうすればいいと――デヴォンへ帰るよう仕向ければよかったの？　頭のなかで、今いる人たちをチェスの駒に見立てて館内のあちこちに動かしてみようとしたけれど、どうやってもわたしが同時にふたつの場所にいる方法は考えつかなかった。

そのとき、ミセス・ウルガーが自分の執務室から出てきたので――聞き覚えのない声に興味をそそられたのだろうか――わたしはベッキーを紹介した。

「お目にかかれてうれしいです、ミズ・モファット。ミズ・バークにくださったスノードロップの苗は見事でした」

わたしがコートを預かってコート掛けのフックにかけると、ベッキーはミセス・ウルガーに答えた。「冬が見頃なんですよ」と言ってから付け加えた。「なんて素敵なドレスなんでしょう」事務局長が着ている三〇年代風のワンピースに向かってうなずいた。肩に紫のアップリケをあしらった一着だ。「ご自分で作ってらっしゃるんですか？」

ミセス・ウルガーは微笑んだ――ほんとうに微笑んだのだ。「ありがとうございます、ええ、そうなんですよ。ところでミズ・バーク、ミズ・モファットとふたりだけのお時間が取れるよう、ミスター・ベリーフィールドとミズ・パウエルを図書室にご案内しましょうか？」

誰もがこうもたやすく事務局長の心をつかめるわけじゃない。わたしはこれだけでベッキーのことが大好きになってしまいそうだった。

「ありがとうございます、ミセス・ウルガー」そのやさしさに思わず彼女をハグしたくなったが、ぐっとこらえた。自分の執務室に顔を出して「レディ・ファウリングのセンスを感じとるのに役立つ」からと、ジーノとクララに蔵書を把握することのメリットを手短に説明し、ミセス・ウルガーにふたりを頼んで、図書室に案内してもらった。それからベッキーを連れて一階をひととおり簡単に見せてまわった。

「それじゃ、わたしのフラットに上がってコーヒーでもどうかしら?」

ふたりで階段をのぼるとちゅう、二階の踊り場で一瞬立ち止まった。図書室のなかでミセス・ウルガーがこう言うのが聞こえた。「いいえ、ミスター・ベリーフィールド、グレートブリテン島最高峰のベンネヴィス山を、あなたが縮尺百二十八分の一の張り子の模型にしたことは、存じあげませんが」

まあなんてこと——ジーノが豚の血液のことを話しはじめるまえに引き継がなくては。展覧会に求められる品格、全体的な調和の必要性、初版本協会の使命に忠実な内容であるのが不可欠なこと、そして初版本図書館が持つ大きな影響力について声を大にして伝えておかなくてはならない。息が切れて、図書室に駆け込んで指示を出したい気持ちと闘った。

「素敵な人ですよね?」

ベッキーはレディ・ファウリングの全身を描いた肖像画をうっとりと眺めていた。レディはわたしを見つめ、こう言っているかのようだった——あなたがきちんと対処すべきことはこちらのほうよ。しっかり耳を傾けて。

わたしは大きく息をした。一度にできることはひとつだけで、今この瞬間にできるのは、ベッキーがデヴォンに帰らずミドルバンク館に立ち寄った理由を突き止めることだ。

「レディ・ファウリング」わたしは言った。「ええ、素敵な人よね。会ったことはないけれど、彼女のことを知っているような気がするの――レディの大勢のお友だちからすばらしい思い出を聞いているおかげでしょうね」

「彼女にご家族はいたんですか？」ベッキーが訊いた。

「甥がひとり」とわたしは答えた。「でも、ミドルバンク館にはかかわっていないわ」

「家族ってとても大切ですよね」ベッキーはまだレディ・ファウリングから目を離さずに言った。

よし、この線で進めたほうがいい。ふたりでまた階段をのぼって三階にあるわたしのフラットにはいった。わたしはお湯を沸かし、ピストン式のコーヒーポット《カフェティエール》を取り出した。ベッキーはそばに立って裏庭を見下ろしていた。ふたりでそれぞれのコーヒーを持ってソファへ行くと、バンターが小走りで部屋にはいってきてベッキーの膝の上に飛び乗った。

「バンター！」わたしは猫を叱った。

「まあ」ベッキーはやさしく話しかけた。「きみってかわいくない？」

彼女は猫の顎の下を掻《か》いてやり、尻尾を軽く引っぱった。バンターは愛情に飢えているという芝居が得意なので、こんな触れあいは際限なく続けられる。

「ゆうべはあなたとベスと一緒に過ごせて愉しかったわ」会話のきっかけになればと思い、わたしは言った。

やっと満足したバンターはぶるぶるっと身を震わせると、悠然とした足取りで窓辺へ向かった。冬の低い太陽からの陽だまりは見かけほど暖かくはないけれど。ベッキーはコーヒーがはいったマグカップを手に取った。

「うちの父は最高なんです」と彼女は切り出した。

「ええ、そうね」

ベッキーはフィンガータイプのショートブレッドを皿からつまむと、それでマグカップの縁を軽く叩いた。心ここにあらずといった様子だ。「わたしは母のことをよく覚えていません。母が家を出たとき、五歳だったんだから、記憶に残っているはずだということはわかるんですが、全然覚えていなくて。ベスはなんでも覚えてて——少なくとも本人は覚えていると言っています。でもそれがほんとうなのか、それともわたしたちが思い出をなくさないようにするために作り話をしているのか——」

階下《した》の正面玄関でまたブザーが鳴った。ベッキーは話をやめ、開けたままにしておいたフラットの玄関ドアにさっと視線を走らせた。その目は大きく見開かれていた。ミセス・ウルガーが誰かに挨拶する声がかすかに聞こえてきた。

「ちょっと階下《した》に行かせてね」ベッキーに言った。わたしには訪問者の声が誰のものかわかったし、ベッキーにもまちがいなくわかっていた。

図書室の踊り場まで下りると、ジーノが展覧会を人生の縮図にたとえて講釈を垂れているのが聞こえ、クララがタブレットでメモを取っているのが見えた。集中するのよ、ヘイリー、と自分に言い聞かせ、階下《した》の玄関に注意を向けた。

「どうも、ベス」階段をとちゅうまで下りて、彼女に声をかけた。「ミセス・ウルガーと挨拶をしたところなのね？　階上《うえ》に上がってこない？」ベスは仕立てのよいコートを脱ぐと、事務局長に礼を言いながらそれを渡し、わたしのあとについてきた。わたしはどうでもいいことをだらだらと話しつづけた。「すぐに出勤せずに、立ち寄ってくれてほんとうにうれしい。コーヒーはいかが？　淹《い》れたてよ。館内の案内はあとにしましょう、帰るまえにぜひミドルバンク館を見てもらいたいから」

フラットに戻ると、ベッキーは窓辺のバンターのそばに移動していて、姉にこう声をかけた。

「もうチェルトナムに向かってると思ってた」

「あなたこそ、トーキーでお昼の授業があったよね」

「ねえ、ベス――ヘイリーは猫を飼ってるの。バンターっていうんだって」

「初めまして、バンター」ベスはそう言って近づき、においを嗅いでもらおうと手を差し出した。猫をあいだにはさみ、ふたりは向かい合って立っていた。窓からの逆光でシルエットになったふたりは、髪型がちがっても見わけるのがむずかしい。

わたしはマグカップをもうひとつ持ってこようとキッチンへ一時退却した。ベスが聞こえよがしに言うのが聞こえてくる。「この件はわたしに任せてって言ったよね」

「彼女はわたしたちを招いてくれた――わたしも招かれてるのよ」

ふたりは子供なのだ、とわたしは自分に言い聞かせた。わたしがあの娘たちを怖がらせてしまったのだ、と。

いえ、ちょっと待って――子供というのは前言撤回。

「ママ、あたしはもう子供じゃないんだから」と、ダイナからよく言われているではないか。

「ごめん、それはわかってる――あなたは若い女性よね」というのがわたしのいつもの答だ。

ベスとベッキーは若い女性だ。それでも、これまでの人生をずっと守ってくれたヴァルに、恩返しをしなくちゃいけないと思っているのだ。そんなふたりを責められる？　いいえ、責めちゃだめ。でも、わたしが現われたからといって父親を失うことにはならないと、どうすればふたりに納得してもらえる？

「ここはとにかくわたしに任せて」ベスが妹に小声で言った。

「ベス、何それ？　どうしてあなたが――」

わたしがキッチンから出てくると、ふたりは互いに飛びのき、その場に凍りついた。

「ふたりにまた会えてすごくうれしいわ。でも、ただ挨拶に来てくれたわけじゃないという気がしてる。坐りましょうか？」

コーヒーをつがれたベスはミルクを入れてかき混ぜた。誰か――誓ってわたしではない――が口火を切るまで、いったいどれくらいのあいだ黙っていられるのだろう。わたしはそんなことを考えた。

ベスがフラットを見わたし、最初に口を開いた。

「素敵なお宅ですね。ちなみにお住まいも仕事の報酬に含まれているんですか?」

わたしは微笑んだ。「実はね、あなたのお父さんも、初めて会ったときにちょうど同じようなことを言ったのよ」あのときはひどい反応をしてしまった——今ではわたしたちの笑い話になっているけれど。

ベスは顔をしかめた。それがいいことなのか、悪いことなのか見きわめようとしているのかもしれない。「そうそう、館内に住んでいるのなら、仕事から絶対逃げられませんね」

「そのとおりね」

「ほら、うちの父ってずっと苦労してきたでしょう」ベスが急に話題を変えたので、わたしはちょっと動揺した。「ひとりでわたしたちを育ててくれて。きっとたいへんだったと思うんです」

「不満を聞いたことはないわ」

「最高の父です」ベッキーがまた言った。

ベスはさらに続けた。「だから、今、父の人生のこの段階では——」わたしは四十五歳の人間を八十歳みたいに扱っていると口をはさみたくなったが、ぐっとこらえた。「父のことをしっかり見ていてあげるのが、わたしたちの務めだと思っています」

「わたしがお父さんに何をするのを恐れているの?」わたしは尋ねた。

「いなくなってしまうこと」

ふたりはわたしが思っていたより状況がよく見えている。ヴァルとわたしが気楽な関係から一歩進んだ関係になったことについて、ひょっとしたらわたしたち以上によくわかっているのかもしれない。賢い子供たち、いえ、女性たちだ。

「なぜそう思うの？　どうしてそれが心配になるの？」

「母はわたしたちを愛していたと思いますか？」ベッキーに逆に訊かれた。

「やめて」姉がささやくように言った。

「もちろんお母さんはあなたたちを愛していたわ」わたしは急いで答えた。

「どうしてあなたにわかるの？」

「だって彼女はあなたたちの母親ですもの」わたしは答えた。目に涙があふれてきた。「それにあの写真に写っていた彼女の顔を見ればわかるわ」

「わたしたちを捨てたんですよ」ベスが言い返してきた。

「あなたたちをずっと放っておくつもりじゃなかったのよ」両手でふたりを抱き寄せたいと思ったけれど、そうしないだけの分別はあった。そうするかわりに、自分の膝で両手を握り合わせた。「たとえご両親が離婚していたとしても、彼女があなたたちふたりの母親であることに変わりはないし、ずっとふたりを愛してたと思う」

彼女たちはこれまでの人生で何回そう言われてきたのだろう？　それでもまだそう言われなくてはだめなのだ。わたしたち三人のあいだの空気が震えていた。けれどその瞬間は、少なくともこの日はいやおうなしに断ち切られた――正面玄関のブザーがまた鳴ったのだった。

14

新たな来客はわたしにではなく、ミセス・ウルガーと朝のコーヒーを飲みにやってきた理事のジェーン・アーバスノットだった。それでも、ベッキーとベスは慌ただしく退却を始めたので、わたしはあとを追って急いで階段を下りた。ふたりは礼儀正しく別れの挨拶をしてきたけれど、姉妹のあいだではひとことも話さなかった。わたしは玄関のドアを閉め、分厚いオーク材越しに何か聞こえるのではないかと期待して耳をドアにつけてみた。歩道でふたりはなんと言っているのだろう？　予定外のこの訪問の意味は？　ふたりがヴァルを守ろうという気持ちになるのは理解できたけれど、背後に別の問題がひそんでいる気がした。ベスに関係することだろうか？　ベッキーはそれを気づいてさえいないのでは？

ジーノの声が図書室のドアから洩れてきた。「いいや、ミズ・パウエル、あたしが創る展覧会は理屈抜きの体験なんですよ」

わたしは図書室を目指して駆け上がった。ベリーフィールドのご高説はもう充分――十一時を少しまわっているから、すでにナオミとの約束に遅れている。ふたりを急《せ》き立てて〈シャーロット〉へ向かい、いつも十分かかるところを五分で到着した。正面玄関でしばし立ち止まり、息を整えた。

「クララ」とわたし。「警察は仮事務所の捜索を終えているけれど、あそこで働くのに不安を感じたら教えてね。その場合はどうにかするから」

「いいえ、ヘイリー」彼女はそう答え、やる気満々といった様子で顎をまえに出した。「わたしなら平気です。なんとかやっていくしかありません。そう思いません、ミスター・ベリーフィールド？」

「そのとおりですよ、ミズ・パウエル、見上げた態度だ。ウーナはきっと、われわれにくじけず進めてもらいたいと願っているはずですからね」

〈シャーロット〉にはいると、どこもかしこも混乱していた。水彩画家たちが退去する日にあたっており、イーゼルやら絵画やらがつぎつぎと運び出されるなか、わたしたちはそのあいだをうまくくぐり抜けて部屋の隅近くの静かな一角にたどり着いた。入口の側柱には次回の展覧会の日程を告知する看板が取りつけられていた。次回の展覧会のタイトルは「ドルイド（先住民族ケルト人が信仰していた古代宗教とその司祭を指す）今昔物語」。

古い映画のように、カレンダーのページが剝がれて壁から飛んでいくのが見えたような気がした。二月になり、四月の開催予定がひたひたと迫ってきたことを実感した。まだテーマや展示の目玉や配置について何ひとつ決定できていない。展示ケースや必要な道具類をレンタルするにしても、何ひとつ手配できていなかった。どんな道具を使うのか？ 照明はどうするの？ それに看板や説明パネルも！ それから――

「ヘイリー、おはようございます。お待たせしちゃってたらごめんなさい」

ナオミがこちらに向かって歩いてきたものの、高強度アクリル製の展示ケースを運ぶ男性に「通ります!」と声をかけられ、後ろへ一歩退《さ》がった。水彩画家のひとり――以前の訪問で会った覚えのある男性――が近づいてきた。

「ねえ、ナオミ、このまえ伝えたとおり、ボックス・トンネル(バースとチッペナム間にある鉄道トンネル)のあの額装作品は梱包《こんぽう》してラベルをつけて置いていくよ。壁のくぼみ《アルコーブ》に戻したから、誰の邪魔にもならない。来週、取りに戻ってくるので、よろしく。じゃあまた」

ナオミは返事のかわりにうなずいた。人の往来が途切れるのを見計らい、わたしは言った。

「おはようございます、ナオミ、うちの展覧会マネージャーのジーノ・ベリーフィールドをご紹介させてください」

「ミスター・ベリーフィールド、どうも」ナオミは手を差し出し、短く握手を交わした。「よろしくお願いします。そちらの事務所に行きましょうか――わたしのオフィスには今、ドルイド展の関係者が来ているので」

四人で階段をのぼって二階に行き、そこから廊下を歩いて、〈シャーロット〉の改装ずみの新しいスペースと未改装の古いスペースを隔てるドアまで進んだ。そこからまた一階分の階段をのぼるとウーナの仮事務所がある。いや、ジーノの仮事務所だ。

クララは先頭に立って歩いていたが、急に立ち止まると、らせん階段をじっと見つめた。ナオミがちらりとわたしを見た。一方、ジーノはこちらのためらいなど素知らぬ顔で、剝がれかけた壁紙や積まれた段ボール箱の山をきょろきょろと見ていた。

わたしはクララのほうに身を乗り出して言った。「もしよければ――」

「いいえ!」彼女はまるでわたしにつねられたみたいに飛び上がると、小走りで階段をのぼりはじめた。必要になったら支えられるようにと、わたしもあとについていった。クララは階段を上がりきったものの、背中を壁につけて視線を床に落とした。

ナオミが仮事務所のドアを開けた。わたしは安堵《あんど》のため息を洩らした――室内の物品はできるかぎりもとの位置に戻され、きちんと整頓されていた。もっとも、紙類は一枚残らず警察が持っていったので、整頓するのはむずかしくなかっただろうが。あっ、ほんとうは警察署にいなくちゃいけない時間だった。よし、こっちはどんどん進めてしまおう。

「ありがとうございます、ナオミ、手伝っていただけて助かります。まあ、椅子も余分に用意してくれたんですね」四脚のオフィスチェアが場所を取りすぎているけれど。

「最初の打ち合わせにはまた出席したほうがいいかもしれないと思って……」ナオミは椅子をひとつ引き寄せ、腰をおろした。「〈シャーロット〉を代表して」

「オフィスにドルイド展の関係者がいるんですよね」

「あちらはあとでいいの」

それなら彼女に立ち会ってもらおう。

わたしたちは人の膝にぶつからないように、もぞもぞと椅子の位置を動かした。クララはタブレットを開き、ジーノは脚を組み、ナオミは両手を握り合わせ、わたしはバッグからファイルフォルダーを取り出した。

「それでは」とわたしが切り出す。「まず念頭に置いてほしいのは、これがまさにレディ・ファウリングと初版本図書館をテーマにした展覧会であるということです。ウーナは、言うまでもなく、優れたアイディアをたくさん持っていましたが――」

「ここのところ思い出すのは」ジーノが遠い目をして言った。「ウーナと一緒に、ケンブリッジのダリ展向けに飛び出すディスプレイを作った頃のことです。でっかく考えようと彼女を説得しましてね、マーケット・スクエアのど真ん中にシリコンでもって巨大な溶けた懐中時計を設置したんですよ。見にきた人たちが近づいて触れられるように」

「思わず引き込まれてしまいそうですね」わたしは感想を言いながら、持ってきていた議題のコピー三枚を配った。自分の分がないので、誰かの肩越しにのぞき込む羽目になった。「さて――」

ナオミが割ってはいった。「〈ジン横丁〉の活人画《タブロー・ヴィヴアン》を演出したときには、母親の膝から転落する赤ん坊をどうするか、ウーナに任されて。当然ながら、本物の赤ちゃんをそんな危険にさらすわけにはいかなかったから、わたしは――」

「ごめんなさいね」わたしはさえぎって言った。「今は目のまえの仕事に取りかからないといけなくて。別の約束があるものですから」ホップグッド部長刑事はわたしを待つあいだ、指先でこつこつ、爪先でとんとんやっているのだろうか？

「ええ、ヘイリー」クララが言った。「もちろん仕事を始めなくてはいけませんよね。打ち合わせにおける効率の重要性と目的完遂の必要性をわたしが理解していると、ウーナはわかってくれていましたから、もし必要ならわたしが――」

「ありがとう、クララ。ではみなさん、始めさせていただいていいですか？」

空気がどんよりしていたので、頭がよく働かなくなった。窓を開けはなして冬の一陣の風を入れたかったけれど、残念なことにこの部屋には窓がなかった。携帯電話で自分をあおぎながら、先を続けた。

「いくつか簡単に話し合ったアイディアもありましたが、まだ展覧会の焦点をどこに置くかは結論が出ていません」

「あの素敵なタイトルがありますよ」クララがあらためて言った。タブレットから浮かせた指が動きを止めていた。

「そうね、ありがとう。〝レディ・ファウリング――ことばでたどる生涯〟というテーマのまま進めたいと思ってはいますが、どうなるかはわたしたちでこれから一段落でまとめるコンセプトにかかっています。もちろん、それを裏づける材料にも」

「見えてきましたよ」ジーノが言った。「愛する人を失い、ひとりぼっちになったひとりの女性が、変わりゆく世界のなかで自分を活かせる場所を見つけようともがき、過ぎ去りし時代のイメージに自分自身を変えてゆくことが唯一の慰めだと気づく。そんな女性の生涯に焦点をあてる没入型展覧会」

「正確ではないだけではなく、見下した見方ですね」わたしはジーノのアイディアを撥《は》ねつけた。「レディ・ファウリングは強い女性でした。過去を作りかえることはできません」

「ウーナが向かっていた方向性としてはまちがっていないと思いますがね」ジーノが反論した。ウーナの方向性をどうやって彼が知ったのかわたしが問いただそうとしたところで、ナオミが引き継いだ。

「何がジョージアナ・ファウリングをミステリ黄金時代に惹きつけたのか。それについて、ウーナははるかに深く考えていたでしょうね。復讐。たくさんの探偵小説のなかで起きるたくさんの殺人。ウーナならそうした側面を紹介したいと願うでしょう。それはジョージアナにとってわがことのような歓びだったのか？　彼女が殺したかったのは誰だったのか？」

「ばかばかしい」わたしはぴしゃりと切り捨てた。「レディ・ファウリングは、誰かを殺したいなんて思っていませんでした。ミステリというジャンルは物語を紡《つむ》ぐ枠組みであり、伝統的な表現様式です」

「ハンティングするスリル」クララが発言し、全員の視線が彼女に集まった。「ウーナがそう言っていたんです。レディ・ファウリングはよい本、稀覯本《きこうぼん》を追いかけて幸せな長い年月《としつき》を過ごしたと。たくさんの本を蒐集《しゅうしゅう》したのはまちがいないけれど、一九三三年のディテクション・クラブ全会員のサインがはいった、『殺人は広告する』の初版本のような本はほかには一冊もなかった。だから、それを見つけられれば、展覧会を成功させるうえで大きく役に立つだろうって」

それにはわたしも同意見――どんな展覧会マネージャーにとってもお手柄になるだろう。

「その本ですが、ミズ・バーク」ジーノが椅子から身を乗り出した。「当然、安全に保管されているんですよね？」

「実はまだどこにあるのかつかめていないんですよ、ミスター・ベリーフィールド、でもそれはわたしが蔵書をちゃんと探せる時間が取れていなかっただけで」

「そうでしたか。なるほど」ジーノは室内をひとわたり見わたすと、踊り場へ目をやった。「本だったのか」

ウーナ殺害の話をするために打ち合わせを乗っ取るつもりなのか。そんなことを許すわけにはいかない。ジーノの発言は受け流すことにした。「ええと、ここからがスタートになりますが、ご存じのとおり、やるべきことは山積みなのにあまり時間はありません」この先はわたしのスタッフとわたしの展覧会を自分で取り仕切りたい。ナオミに笑顔を向けて告げた。「熱心にご協力いただき、どうもありがとうございました。でも、お待たせしているドルイド展の関係者のところへ戻られるのがいちばんかと。ジーノとクララに今日の午後取り組んでほしい仕事がいくつかあるものですから」

ナオミは立ち上がって手で軽くスカートを払い、少しむっとした口調で言った。「それはそうですね。何かあれば言ってください。念のため、仕事終わりに立ち寄らせていただこうと思っています」

「それには及びません」わたしは断り、椅子にぶつかりながら彼女の先に立ってドアへと向かった。「うかがいたいことがあったら、ショートメッセージで連絡します。それでは！」

余分になった椅子を踊り場へ出し、ナオミがらせん階段を下りて、〈シャーロット〉の別の側へ通じるドアをくぐるのを見守った。そうよ、そうだった、とわたしは自分に言い聞かせた。ウーナの仮事務所へはふたとおりの行き方がある。ひとつは、こちら側の通りに面した出入口からはいる方法。彼女が殺害された日は鍵がかけられていなかった。もうひとつは、〈シャーロット〉の正面玄関からはいって、二階へ上がり、ナオミのオフィスのまえを通りすぎて、建物を分けるドアを通る方法。そういえば、ナオミはウーナと知り合いだったことを警察に話したのだろうか。これも確認しなくては。わたしはうちのチームのところへ戻った。

「クララ、会場の広さに関するデータはタブレットに残してある？」

「ええ、あります」

「じゃあ、造りつけの展示ケースの高さと面積もわかる？」

「はい」

「ジーノ、展覧会の目玉になる展示物のアイディアを三つほど見てみたいんですが」

わたしとしては、これはテストのつもりで言った。会場の入口向けにはウーナのアイディアがあるから、会場の中央に展覧会全体をつなぐ展示物が欲しいところだ。ジーノに何ができるのかも見てみたかった。もちろん血液の演出はなしにして。時刻を確認すると、一時近くになっていた。

「これから外出しますが、そのまえにこれだけは断っておきますね——わたしたちはレディ・ファウリングご本人の人物像に忠実でなくてはなりません。彼女について作りごとをする必要はないんです。彼女は長く豊かな人生を送りました。それこそがわたしたちがフォーカスするべきことなんですから。覚えておいて、レディのノートだけじゃなく、彼女を知る人たちの証言など、すぐに利用できる一次資料が豊富に手にはいるということを」

ジーノとクララはぽかんとした表情でわたしを見た。わたしが言ったことを聞いていたのだろうか？　しかたがない。「五時に戻ってきますね」

急いで階段を下りた——気をつけてとクララがおそらく声を張りあげているだろうと思いつつ。ベネット・ストリートを急ぎ足で歩きながら、ランチのことを考えた。時間はある？　いいえ、ない。そのかわりザ・パラゴンにあるニュースエージェント（新聞雑誌のほか、食品や日用品を売る店）に駆け込み、ポテトチップスをひと袋とキャドバリーのデイリー・ミルク・チョコレートバーをつかんだ。代金を支払っていると、九歳のダイナに向かって「ねえだめよ、チョコレートはちゃんとした食事じゃないわ」とたしなめる自分の声が聞こえてきた。あとになってわかったことだけど、こうして食事になることもある。

マンヴァース・ストリートの警察署に着く頃には、ポテトチップスを食べ終え、チョコレートバーを半分まで食べていたので、歩いて署内にはいりながら残りをバッグにしまって、いつもどおり自分の名前を告げようと身がまえた。けれども、受付デスクの巡査部長に「こんにちは、ミズ・バーク。電話で呼びましょうか？」と言われて不意を衝《つ》かれた。

この際、ちょっと親しくなっておいたほうがいいかもしれない。ほんの一瞬で名札を見て、わたしは言った。「はい、お願いします、オーウェン巡査部長」

わたしを迎えにきたのはケニー・パイ刑事だった。

「ボスは今日、地域社会への参画に関する研修に出ていまして」パイはわたしを第一取調室に案内しながら説明した。

「それってどういう……」職務遂行能力の育成を目的としたワークショップとか、市民との信頼関係構築のためのミーティングとかだろうか――わたしは警察官ではないけれど、研修がどういうものかは知っている。「自主的に行かれたんですか？」

パイは声をあげて笑った。「バインダーを持ってきますね。お茶は？」

「それは遠慮しておきます。お水をいただけます？」

パイはグラスに水を一杯持ってくると、また出ていき、今度は例の三冊のバインダーを両手に抱えて戻ってきた。バインダーをテーブルに置き、立ち去ろうとして言った。「ご用の場合は大声で呼んでください」

「実はお話があって。事件に関する新しい情報があるんです」

「わかりました」ケニー・パイはテーブルの向かい側に腰をおろし、ポケットからメモ帳を取り出して、わたしがジーノについて説明するあいだ耳を傾けてくれた。

「ふたりは結婚していたと？」彼の黒い眉が勢いよく上がった――上司のげじげじ眉の貧弱なコピーにすぎないが、勇ましい努力は認めよう。

「結婚ののち離婚したそうで」わたしが言った。「土曜日に知ったんです」

「それで今は彼が彼女の仕事をしてるんですね？」パイが訊いてきた。

「そうです、わたしが彼を採用しました。実を言うと、マネージャーを確保しなければ、〈シャーロット〉としては会場を貸せないと言われてしまって。開催予定の四月まで時間はないし、もうすでに遅れているのに」

「四月なんてまだだいぶ先のことのようですが」

「いいえ、そんなに先じゃないんですよ」前途多難な予感がしてならない。

「ではその人の連絡先をうかがいましょう。このあたりに住んでいるんですか?」

わたしは、ジーノが日ぎめでスペースを借りていたホット・デスキング会社に設置されている私書箱の番号しか知らなかった。もちろん、銀行口座や携帯電話の番号はわかっていたものの、住まいがどこなのかは不明だった。「それがはっきりしないんです。彼はもう一ヵ月近くバースにいるので、短期でどこか借りているのではないかと思うんですが。でも今まさにこの瞬間でしたら、〈シャーロット〉の上階の仮事務所で仕事をしています」

「彼が、今ですか? それでは、今日の午後立ち寄って話をうかがうとしますよ。お話というのは以上ですか?」

「いいえ。ナオミ・フェイバーという、〈シャーロット〉で予約の責任者をしている女性についてもありまして。彼女と話しました?」

パイはメモ帳を数ページまえまでめくった。「うーん。彼女がどうしたんです?」

「彼女はウーナと知り合いだったことを伝えましたか?」

「いつ、どこの知り合いだったんです?」

「プリマスの展示会で。ウーナが、扮装した人間にポーズをとらせて有名な版画の情景を再現した活人画《タブロー・ヴイヴアン》を演出したときに知り合ったそうです。あの、事件とは無関係かもしれませんが、警察は細かい点まですべて知る必要がありますよね。ナオミと話したときに、ウーナが殺害されたあの日の午後、どこにいたと言っていましたか？」

「彼女はあなたに何を話したんですか？」

警察と情報交換できるなんてばかなことは期待しちゃいけない。

「そういう問いかけはしていません。それからもうひとつあります。ブルドッグ、つまり、スチュアート・モイルのことで。土曜日、彼がわたしを待ち伏せていたかのような印象を与えてしまったとしたら、申し訳ありません。でもあのとき、彼を捜しているところだったんですよね？　彼はあなたやホップグッド部長刑事に何か役立つ情報を話しましたか？」

パイは躊躇《ちゆうちよ》していた。どうすれば彼が話す気になるようあとひと押しできるのだろうと、わたしは思いめぐらせた。「わたしも知っておいたほうがいいですよね？」と尋ねた。「彼に用心しなくてはならない場合に備えて」

パイ刑事はわたしの問いかけに考えるような顔をしてから言った。「アリバイを確認中ですが、彼はわれわれにとって最重要の対象者ではないとだけ言っておきましょう」

つまり、第一容疑者ではないけれど、まだ容疑者リストからはずれたわけではないということか。

「わかりました、それじゃ」わたしは重ねられたバインダーを指で軽く叩いた。「仕事に取りかかりますね」

お粗末に実行された仕事から得られるものとは、すなわちお粗末な結果だ。もう一度レディ・ファウリングのノートのプリント――ウーナの書き込み入り――と殺人現場から回収されたそのほかの書類をじっくり調べて手がかりを探すというのがわたしに与えられた任務。この任務、展覧会そのもの、例のサイン入り『殺人は広告する』の初版本、どれがいちばん重要か、わたしの頭のなかでせめぎ合っていた。殺人、展覧会、本――この三つ全部を頭のなかに同時に入れておくことなんてできそうもない。結局、何度も繰り返し行ったり来たりする羽目になった。

頭のなかで展覧会が優勢を占めているときは、ジーノに渡せるアイディアを拾えればと期待して、ウーナが初めの頃に考えた大雑把な展示案を集中して見た。あるページでは、古いタイプライターに万年筆を添えたものとおぼしきスケッチが描かれていた。あるいは、ドーヴァー海峡の断崖を這いながら越えようとするヒメアシナシトカゲだろうか。ウーナはページの上部にタイトルを走り書きしていたが、とても判読できたものではなかった。

つづいて、彼女の殺害にまつわる手がかりを見つけようと自分に言い聞かせ、一、二度ウーナのスケッチを指先でなぞってみた。そうしているうちに事件に関するきわめて重要な情報のごくちっぽけなかけらが見つからないかと期待して。でなければ、例の本に関する手がかりでもと。何も見つからなかった。また数時間が無駄に過ぎた。ひょっとしたら何も見落としていないのかも——もしかしたら見つかってほしいと望んでいるものが、そもそもここにないだけなのかもしれない。

15

〈シャーロット〉へ歩いて戻りながら、残っていたチョコレートバーを食べ終えた。ジーノは〈シャーロット〉の人気《ひとけ》のない展示会場で、グレーのスリーピースを着た男性と立ち話をしていた。その男性は、銀髪をサイドとバックでかなり短くカットし、それ以外を頭のてっぺんで細いポニーテールにまとめた髪型をしていた。

「おれたちはストーンヘンジだけじゃない」その男性は言った。「それを証明してみせるつもりだ」

「ジーノ？」わたしは声をかけた。

「ああ、彼女が戻ってきた」ベリーフィールドは片腕をわたしのほうに差し出した。「ヘイリー・バーク、初版本図書館のキュレーターだ」

男性はわたしの手を握ると、勢いよく振った。「フォークストンのトミー・キング＝バーンズです」今はフォークストンに住んでいるのだろうけれど、アクセントはロンドン出身を告げていた。彼の声には聞き覚えがあった。「お目にかかれて実にうれしいですね。〝ドルイド今昔物語〟の主催者です。明日から搬入を始めます」

彼が、ドルイド僧のローブだとか、ドルイド教徒の装《よそお》いに身を包んだ姿を思い浮かべようとしたけど、無理だった。

彼はわたしのほうに首をかしげて、言い添えた。「今日ここに立ち寄ったのは、人間の生贄《いけにえ》をささげられるだけのスペースがあるかどうか確認したくて」それからわたしの顔に浮かんだ表情を見て、けたたましく笑いだした。

ジーノも話に加わった。「おやまあ、トミー、おまえさんがそんなにウィットに富んだ人間だったとはね」

「そこは心配ご無用、ヘイリー」トミーは言い、ベリーフィールドの腕にふざけてパンチをお見舞いした。「おれたちドルイドなんざ、こちらのジーノがおたくのために考えるプランに比べれば死ぬほど退屈ですからね」

やっと腑に落ちた。

「ちょっと待って」わたしは言った。「あなた、〈タイムレス・プロダクションズ〉の人？」

「まさしく！　うちで手がけた展覧会をご覧になったことがあるのかな？」

「ジーノがおたくを照会先に挙げていたもので。今朝、留守番電話にメッセージを残したんですが」

「あなたが？　それはたいへん失礼してしまったけれど、とにもかくにも応答する時間は全然取れなかったのでね。じゃあ、今お答えしましょう。ジーノはあなたに一生に一度の展覧会を実現してみせるまでは一秒も休まないと、喜んでお伝えしますよ。全国とは言わないまでも、バースの全市民が展覧会を話題にするでしょう。ご自身の人選に自信を持つべきですね」

トミーがジーノにウィンクした。ジーノは晴れやかな笑みを見せた。わたしは坐り込みたくなった。

「サティスファクション」を歌うミック・ジャガーのくぐもった調べが近くから聞こえはじめた。トミーはジャケットのポケットを軽く叩き、携帯電話を取り出すと、首を振った。無造作に電話をポケットに戻し、音楽が鳴りつづけるなか、別のポケットから二台目の電話を引っぱり出してまた戻し、しまいには胸の内ポケットから三台目を取り出した。その間ずっとミック・ジャガーが熱唱していた。

三度目の正直というやつか。トミーが応答した。「〈タイムレス・プロダクションズ〉です。どのようなご用件でしょうか？」

「やれやれ《ハイホー》」ジーノが小声で言った。

トミーは手を振り、電話に向かって「いや、うちで発注したのはくり抜いたデザインのマスクだが、四百枚で四千枚じゃない」と言いながら、歩き去った。

ジーノは咳払いをすると、深刻そうな顔をして、険しく狭めた目でわたしを見た。「ミズ・バーク、警察がここに来ましたよ」

非難がましく聞こえるのはなぜなんだろう？

「ふうん」わたしは淡々と答えた。

「ケニー・パイ刑事がウーナ殺害事件の捜査で話したいと。あたしと彼女の関係をどうして彼が知ってるんでしょうね」

「わたしが話したんです」

ジーノは両方の口角を下げた。「なるほど。まあ、あたしがなんと言うと、彼が思っていたのかは知りませんがね。警察がここに、あたしの職場にやってきて、そこいらの犯罪者のように尋問してくるなんて、悲しくなりますよ」

彼の職場？　尋問？

「それが警察の仕事ですからね、ジーノ——被害者についてほんの少しでも知っていたすべての人から話を訊くのは。捜査ではひとつの情報が別の情報につながり、確実に警察は——」わたしはここで話をやめた。わたしごときがどうして警察の捜査手法を語っているの？　ジーノがケニー・パイになんと言ったのか訊きたくてたまらなかったけれど、ただの穿鑿《せんさく》好きだと思われてしまうので、話題を変えることにした。「クララは——階上《うえ》にいます？」

「ミズ・パウエルは帰りましたよ」ジーノが答えた。

「帰った？　でもまだ五時になってませんよ」

ジーノは肩をすくめた。「パイ刑事が仮事務所に訪ねてきて、あたしが気づいたときにはもうミズ・パウエルは、言ってみれば逃走してましてね。地元の新聞社と接触したいというようなことを言ってました。なんでも、小説に登場する架空の探偵と彼らのバースとのゆかりについて、記事を連載してもらえないかと思ってるそうで」

「彼女は、わたしに相談せずに独断で動いてはいけないはずなのに」

ジーノはズボンのポケットに両手を突っ込んだ。「あたしはミズ・パウェルのお世話係じゃありませんよ、それはあなたからはっきり言われました。あたしたちふたりはあなたが責任を持つべきスタッフでしょう、ミズ・バーク。でもあなたのおっしゃることもごもっともです。あなたの仕事をあたしたちの側が増やしちゃいけない。この件で何か力になれることはありますか？」

「今のところはありません。彼女とちょっと話しますね。明日からは、ミドルバンク館に顔を出す必要はないので、とくにほかの指示がないかぎり、ここで仕事を始めてください。わたしは十一時までに来ますから、まず展示物のリスト作りから始めましょう」

わたしは外に出ると、冷たい空気を吸い込んだ。凍えるような霧雨が降りだしていた。アーサー・フィッシュに電話しなくては。ジーノのほかのふたつの照会先にもまた連絡してみないといけない。ベスとベッキーについてどうしたらいいかも考えなくちゃ。クララとも話さないと。例の初版本を見つけなくては。誰がウーナを殺害したのか調査しないと。でもすべて明日の午前中に片づければいいんじゃない？　いそいそと一日の仕事を終え、夜はくつろいで過ごすことに決めた。ヴァルは九時まで授業があるから、こんなときにはあの人とあの店がぴったりだ。アデルと〈ミネルヴァ〉へ――彼女はポーリーンがバーカウンターのなかで働くあいだ、ビールをちびちびやっていることも多いだろうし。アデルにわたしが店に行くとショートメッセージで知らせた。

《〈ミネルヴァ〉で会える?》

彼女からの返信はすぐにきた。

《〈レイヴン〉で》

いや、今夜はパイの気分じゃない。

《バーガーがいい。〈ミネルヴァ〉で。七時に》

《OK》

約束がまとまると、一日の仕事を終えるまえにあとひとつだけやるべきことを片づけようと心に決め、シェリーをひと瓶買った。ミドルバンク館に戻ると、ミセス・ウルガーの執務室のドアが少し開いたままになっていたので、なかをのぞいた。
「明日の準備はすみましたか?」と声をかけた。「文芸サロンのまえにジーノを紹介すると理事たちに伝えていただけました?」

事務局長はうなずいた。「モーリーン・フロストは何か演劇関係で彼の名前を聞いたことがあると思うと言っていましたが……ええと、モーリーンはなんということばを使っていたかしら？」

茶番劇とか？

「フェスティバル。サフォークのフェスティバルと言っていましたね、なんでも古代ケルトのイケニ族が話していたことばを称えるお祭りとかで」ジーノはそのイベントにいったいどんな趣向を加えたのだろうと、わたしは首をひねった。誰かをローマ人支配に反旗を翻《ひるがえ》したイケニ族の女王ブーディカに扮装させて、雄牛の背に乗せたとか？

「その件について、モーリーンはあなたとお話ししたいかもしれませんね」ミセス・ウルガーが言い添えた。

なんてありがたい。火曜日午前中の仕事をまたひとつ増やしてくれて。

事務局長はパソコンをシャットダウンして立ち上がると、スカートをさっと手で払った。

「ミセス・ウルガー、今朝はベスとベッキーに親切にしてくださってありがとうございました。ふたりに会う予定ではなかったので、助けていただいたおかげで何かとスムーズでした」

「どういたしまして、ミズ・バーク」と答えた彼女の声はいつもより二段階やさしく聞こえた。

「おふたりとも素敵な若い女性のようですね」

ほら、彼女はきちんと理解している。そう、若い女性というのが正しい。「ご自分で服を縫ってらっしゃるとは知りませんでした」

「ええ、自分で縫っているのですよ」彼女の声から二段階分のやさしさが消えていた。「わたくしの装いがどこから来たとお思いでしたの――タイムマシンを使って過去から持ってきたとでも?」彼女は両手をウエストのあたりでしっかり握り合わせた。「わたくし、若い頃は服の仕立て直しを仕事にしていましたので」分厚い眼鏡の奥で、彼女の目がきらりと光った気がした。

ここの個人情報のかけらは、わたしが協会に勤務を始めてからの半年ほどで得た情報の何よりも大きかった。せっかくなので、あともうひとかけら引き出せればと思い、言ってみた。

「お店を持っていらしたんですか?」

「店はなかった――いえ、似たようなものなら。自宅のメゾネットの居間を店がわりに」

彼女の声に混じっていたのはその誇りなのかしら?

「とても素敵ですね。それはいつの……?」

「はるか昔のことです」彼女は胸をそらせた。「ところでミズ・バーク、ミスター・ベリーフィールドがおっしゃる〝没入型展覧会〟というのはどういう意味でしょう?」

記録的な速さでの裁縫から豚の血液への話題転換。

「彼は、体感型のイベントがあったほうが展覧会への来場者数が増えると思っているんです。ご心配なさらずに。勝手なことはさせませんので」

〈ミネルヴァ〉にテーブルは六つしかない。店の外にもいくつかテーブルはあるものの、冬場そこを利用するのは寒さをものともしない喫煙者だけだ。そんなふうなので、約束より早めに着いたわたしが、アデルを見つけるのはむずかしいことではなかった。彼女はいつものビールのパイントをやりながらいつもの席にいたが、いつになく浮かない顔つきをしており、ふさふさの赤毛の巻き毛までしおれて見えた。バーカウンターのなかでは、ポーリーンがビール樽の真鍮製《しんちゅうせい》のハンドルを磨いている。ハンドルが折れてしまうのではないかと、見ているほうが心配になるほど力を入れて。

「注文しようか?」と訊くと、アデルは肩をすくめた。

わたしはバーカウンターまで行って、声をかけた。「どうも、ポーリーン」

「まあ、ヘイリー、いらっしゃい」彼女は明るく答えた。「会えてうれしい。ご注文は?」

「ハンバーガーをふたつ、チップス増量で。それから赤ワインをグラスでひとつ。大きなグラスでよろしく」アデルにちらりと目をやると、わたしたちから背を向けて、脇にあるステンドグラスの窓をじっくり眺めているようだった。「やっぱりボトルで、グラスはふたつ」

買ったワインのボトルをアデルのテーブルまで持っていき、彼女の向かい側にドンと置いた。

「いったいどうしちゃったの?」

「どうしたって、何が?」彼女らしい軽やかな口調で訊き返してきた。

「あなたたちふたりは喧嘩でもしたの?」

アデルはビールの最後のひと口を飲みほすと、空になったグラスを脇へ押しやり、ワインのボトルに手を伸ばした。

「わたしはしてない」彼女が答えた。「ポーリーンがちょっとしたことを誤解して、それにこだわってるだけ」

「それで、何をめぐってそうなったの？」

アデルはため息をついて言った。「わたしがウーナの死を悼《いた》んでると思ってる」

ウーナ――彼女を過去の人として忘れるわけにはいかない。「そうなの？」

「いいえ、そんなわけない」アデルはぴしゃりと否定した。「気になっていることがあって、上《うわ》の空《そら》になっていたのを、ポーリーンに誤解されてしまって。彼女の早とちりだって言ったら――そこからこんなふうになっちゃった」

わたしは自分の耳を疑った。五年まえのたった一夜の関係でこうなっちゃうわけ？「ポーリーンと別れるの？」

「それは彼女が言ったことよ！」アデルは声を荒らげた。「誰か、わたしの話をちゃんと聞いてくれない？」

わたしはワインのグラスを振ってみせた。「続けて」

「ちょっと神経質になっていた、ただそれだけ。そろそろ一緒に住んだらどうかなって、ポーリーンに伝えたかったから」アデルは下唇を突き出した。「でもその機会がなかったんだよね、わたしには。彼女は金曜日に飛び出していったきりで、それ以来顔を合わせてなくて。今夜、店にはいってきたわたしを見て、彼女はあんまりうれしそうじゃなかった。絶対にそうだった」

そんなのありがちな誤解にすらなってない。「あなたたちふたりはお互いに夢中なのよ」わたしは言った。「それも度が過ぎるってこと」ワインをひと口、それからもうひと口飲んだ。「ここで待ってて」

わたしはバーカウンターへつかつかと歩いていった。「ポーリーン、あなたとアデルは話さなくちゃいけない。ちゃんと向かい合って」

「なんの話かわかってる」ポーリーンは磨いているグラスから目を離さずに答えた。「あそこにいる彼女を見てよ――あの人を悼んでるんだわ」

「あれは人の死を悼んでる顔じゃないのよ、ポーリーン。話を聞こうとしないあなたに怒ってる顔なの。こうなるきっかけになったときにアデルがなんて言ったか、ちゃんと覚えてる？」

ポーリーンはわたしの問いかけに眉根を寄せた。「そろそろしてもいい……決断を……といったようなことを。別れようって言ってると思って」彼女がちらりと目をやると、アデルはすでにこっちをじっと見つめていた。「わたしがばかだったの？　ねえ、ヘイリー、彼女に訊いてもらえないかしら――」

「そうよ、ポーリーン、あなたはばかだった。質問の答はノー――今夜、仕事が終わったら、自分で彼女と話してみて。わたしはこれからあれをいただくから」わたしは厨房から出されたばかりの二枚の皿を顎で差した。「ハンバーガーを持っていくわ」

ハンバーガーを持ってテーブルに戻る頃には店内が夜の客でにぎわいはじめていた。

「ねえ、それで？」アデルが訊いてきた。

「人生相談の回答者になればよかった」わたしはさっとポーリーンのほうへ目をやると、アデルに微笑む彼女が見えた。視線を戻すと、今度は恋人に向かって目を大げさに瞠《みは》ってみせるアデルがいた。「こらこら!」わたしは指をぱちんと鳴らした。「彼女に仕事をさせてあげましょうよ。ブラウンソースを取って」

わたしたちはぐっと明るい気分になり、ハンバーガーを食べはじめた。

「金曜日から話してなかったね」アデルが言った。「何があったのか教えて」

どこから始めよう?

「新しい展覧会マネージャーを採用したの――まえにあなたに話したあの男性よ。ジーノ・ベリーフィールド」

「ずいぶんと早かったね」アデルが言った。

「ぐずぐずしてる時間はないから」わたしは答えた。

「すぐに採用と言えば、『殺人は広告する』では、被害者がらせん階段から転落した直後にデス・ブリードンがピム広報社に採用されていたね」彼女は手に持ったハンバーガー越しにわたしを見た。「あれ、読み終えたんでしょ?」

「まだよ」実はまだまだたくさん残っている。「ねえ、ジーノについて知っておいてもらいたいことがあるの。彼はウーナと結婚してたことがあるのよ」

アデルは目を大きく見開いた。「まさか」口のなかをハンバーガーでいっぱいにして、驚きを洩らした。

「土曜日に彼から聞いたばかりなの。ふたりは三年くらいまえに出会って結婚し、去年のいつだったかに離婚したんだって。結婚生活は短かったのね」

「なんて興味深い」アデルは鼻で笑いそうになるのをなんとかこらえて言った。「どんな人なの？」

「彼は……明日の文芸サロンのまえに会えるわ。六時よ。理事たちとシェリーを飲みながら」

「彼はあなたがウーナを採用したことを知っていたの？」アデルが推理をめぐらすようにたたみかけてくる。「彼がそれを知っていたと、彼女はわかっていたの？　ふたりはまだ連絡を取り合ってた？」

「展覧会マネージャーはイギリスにそう多くはいないから、お互いの近況をチェックしてたんだと思う。ひょっとしたら、ジーノはウーナが自分のものと考えていた大英図書館のポストを狙っていたのかも。ねえ、ウーナ以外の話をしようよ。レディ・ファウリングにまつわる話を聞かせて。例の初版本を見つけて展覧会で利用できるといいなと思ってるの。レディがドロシー・L・セイヤーズをどう思っていたのか教えて」

アデルはケチャップにどっぷりつけたチップスを引き抜き、半分かじった。「ジョージアナが生み出した探偵フランソワ・フランボーはピーター卿からも一部着想を得ていたのは知ってる？　彼女はセイヤーズに敬服していたの――作品も生き方も。もちろん『殺人は広告する』の要素のなかには時代遅れになっているものもあるのはわかってるけど、ウィムジイが正しい手がかりをつかむ方法は的確だった。粘り強さと度胸ね」

わたしはハンバーガーをほおばりながら、今自分の手もとにある材料――例の本を見つけるのに役立つもの——について思いめぐらせた。「レディ・ファウリングは隠し場所につながる手がかりをわたしに遺《のこ》したと思う？　いえ、ちょっと待って、〝わたしに〟って言ったのは——」

「言いたいことはわかる」アデルはそう言うと、にやりと笑った。「あなたはジョージアナと話ができるような気がしてるんでしょ？　それで、本のことだけど、ジョージアナは謎かけが大好きだった。イングリッシュ・オーク材を用いた記念品の市場を独占しようとする陰謀を、変装したフランボーが暴《あば》きにいく話があって。ストーリーの軸になるのはある数字の法則で、満月が欠けはじめる最初の晩だけに見えるインクで書かれていて……」アデルは眉根を寄せた。「ええっと、その解読はちょっと複雑なんだけど、かなり独創的だった。あの想像力をもってすれば、ジョージアナが例の本に直接つながる手がかりを謎仕かけにしても不思議はないと思う」

「わたしには見つけられないかもしれない」つい弱音が出てしまう。

アデルはわたしの手をぽんぽんと叩き、レディ・ファウリングの声を真似て言った。「もちろんあなたならできるわ」

わたしはそんな信頼を受けるのにふさわしくない。なんの手応えもなくもがいているうちは。例の初版本はウーナ殺害にまったく関係がないかもしれないけれど、見つけられれば、展覧会に求められる魅力をもたらしてくれるのはまちがいない。

その必要性は、火曜日の朝〈シャーロット〉に赴くとこれ以上ないほどはっきりした。

「おふたりとも、おはよう」わたしは声をかけた。

クララはタブレットを持って部屋の隅に坐っていた。椅子の向きのせいで、まともにわたしに顔を向けずに微笑みながら「おはようございます、ヘイリー」と答えた。

ジーノはデスクのまえに腰をおろし、ノートパソコンを開いて、膝にらせん綴《と》じのメモ帳を載せていた。服装はいつものあのひとそろい。クロゼットいっぱいに濃い青緑のスーツを持っているとか？

「ミズ・バーク」ジーノが言った。「何か新しい話は？」

「新しい話って？」

「理事たちにあたしを正式に紹介する件ですよ——準備は万端整った？」

「ああ、はい。六時ですよ」

前夜、ジーノの別の照会先から折り返しの電話をもらっていたものの、ベッドにはいってヴァルと電話で話していたので出られなかった。彼の娘たちが訪ねてきたことを、彼女たちが父親の人生の手綱《たづな》を握りたがっていると踏み込まずに伝えるには、どうしたものかと思案していたのだ。「ふたりに立ち寄ってと声をかけていたのは、覚えてるわよね」とヴァルに切り出した。「だから会えてとてもうれしかった、短い訪問だったけど。これを一歩前進と考えましょう」電話の向こうの彼は、納得していなかったとしても、気持ちはなだめられたようだった。

ジーノの照会先はメッセージを残してくれていた。夜のうちに一度聞き、朝になってもう一度聞いたけれど、要点をつかむのがやっとだった。〈エグジブ社〉の者と名乗るその女性はかすれた声で、「アン・オブ・クレーヴズ――王に嫌われた妃」という展覧会の準備のあいだ、ジーノが「非常に信頼でき、とにかく愉快な人物」だったと言った。ヘンリー八世のこの四番目の妃が斬首されなかったのはせめてもの救いだけれど、ジーノがそれをどう解釈したかは知る由もない。

「さてと、今朝は何を見せてもらえます？」部屋に漂う気だるい雰囲気を打ち消せればと願い、わたしは努めて明るく尋ねた。このままでは身体を丸めてうたた寝でもしたくなってしまいそうだった。

結局、たいしたものは出てこなかった。ジーノが出した展示物のアイディアはふたつ。ひとつは片眼鏡の歴史に関する説明パネル。もうひとつはレディ・ファウリングのフランボー作品ひとつひとつの単語数を一覧にしたリスト。

「それが文学作品の本質ですよね？」ジーノが訊いてきた。「〝レディ・ファウリング――ことばでたどる生涯〟というタイトルにばっちり合ってます」

これまでの人生で、ここまで退屈な話は聞いたことがない。

「これだけはどうしてもはっきり言わせてもらいます」わたしは食いしばった歯の隙間から絞り出すように言った。「時間はないけれど、適切かつ魅力的な展覧会のアイディアが出てこない場合、別のマネージャーを探せないほど時間がないわけではないんですからね」

クララは目を見開き、わたしからジーノにさっと視線を移してまた戻した。わたしは火がついているのかと思うほど、顔が熱くなった。ジーノはやれるものならやってみろと開き直るだろうか?

ジーノはすっくと立ち上がり、言われたことを冷静に受け止めたようだった。

「はい、ミズ・バーク、それはよくわかります。マネージャー業のなかでも創造性を求められる分野に充分に注力できておらず、申し訳ありません。でもなにぶん、われわれマネージャーには展示品に対する注意義務があるものですからね。実はレディ・ファウリングの見事なコレクションにたいへん関係のある情報を見つけたばかりでして。傷みやすい紙を展示する際の照明に関する新しい業界の勧告はご存じでしたか? われわれがいちばん避けたいのは、不適切な照明器具を使って、このうえなく大切な品々にダメージを与えてしまうことなんです。それにばっかり頭がいってしまっていましてね」

言い逃れをしようっていうの? 反応するまえに、彼は先を続けた。

「〈オン・ディスプレイ・トゥデイ〉の記事をお送りしましょう。展覧会マネジメント業界における最新の動向と問題を把握するのに役立つ専門誌でして」彼は携帯電話を取り出し、画面に指を走らせると言った。「さあどうぞ」

わたしの携帯電話が着信音を鳴らした。

「ありがとう、ジーノ、必ずちゃんと目を通しますね。ところで」形勢を逆転されたわたしは言った。「目玉となる、中心になる展示物のほうはどうです?」

「ええ」ジーノは微笑み、鼻の脇を人差し指で軽く叩いた。「アイディアはあるんですが、今のところはそっちのほうは黙っておきたいんですよ。ロックスブルック・ロードの業者と細かいところを詰めているところなので。さてと、これで打ち合わせは終わりなら、ミズ・バーク、急いで階下《した》へ行ってメインホールの天井高を確認したいんですが。ちょっと席をはずさせてください」

去っていく彼の後ろ姿を見つめた。なぜ天井の高さを知らなくちゃならない？　工業団地のあるロックスブルック・ロードにいったいなんの用があるの？

「彼が何を計画してるのか、知ってる？」クララに尋ねた。

クララはわたしたちのやり取りにずっと立ち会っていたのに、わたしに問いかけられると、まるで盗み聞きを見つかったかのようにびくりと身を震わせた。タブレットにいったん視線を落としてから、わたしに目を向けた。

「何も言っていませんでしたが、とてもわくわくしている様子でした」

「うまくいくよう願うしかないわね」とわたしが言うと、彼女からは消えいりそうな「ええまあ《ハイホー》」が返ってきた。「クララ、今夜の文芸サロンにぜひ来て。いえ、あなたのことも理事たちに紹介できるよう、六時に来てくれない？」

「ありがとうございます、ヘイリー、気をつかってくださって」

「話は変わるけど、あなたと話したいと思っていたことがあるの。クロニクル紙に行って、小説に登場する架空の探偵に関する連載記事を提案することなんだけど」期待を込めてこちらを見上げるクララに、わたしの苛立《いらだ》ちはあらかた消え去った。やさしい口調で先を続けた。「期待できそうな話だけれど、一緒に検討できるようにまずわたしに相談するべきだったわ。いい、決定はすべてわたしを通しておこなうこと」

意外そうな表情が風に流される雲のように彼女の顔に広がり、すぐに不安げな表情に変わった。「でも、思ってたんです……」彼女は話しはじめたものの、うなだれて「非難されることはないと」といったようなことをぼそぼそとつぶやいた。また顔を上げてわたしを見ると、言った。「心から謝ります、ヘイリー。許可を得ずに動いたことはプロ失格でした。あなたに承認をもらってから動くべきなのは充分わかっていたはずなのに、少しも弁解の余地はありません。お許しいただいて、引きつづきあなたのアシスタントとして働かせてもらえるよう願ってます」

「あなたを解雇するつもりはないわ」わたしは言った。かわいそうに、その場で失神してしまいそうに見えるほど、彼女の顔は青ざめていた。「ただ念のため言っておきたかったの、大切なのはきちんと手順を踏んで――」

二階の踊り場から足音が聞こえた。クララにも聞こえたらしく、彼女はさっとドアに目をやってからわたしに視線を戻した。

「ちょっと待って」わたしは言った。「わたしに相談するまえに新聞社へ行くというのは、あなたの発案？　それともジーノが言い出したの？」

錬鉄製《れんてつせい》の階段に靴音が鳴り響いた。

「いいえ、わたしです」クララは間髪を容れずに答えた。

ジーノが踊り場に現われた。

「あの」彼はドア口の柱に片肘をついて話しはじめた。「会場入口の天井はてっきり四・五メートルだとばかり思ってたんですが、いざ蓋を開けてみたら、三・五メートルしかありませんでしたよ」

わたしは椅子からさっと立ち上がった。「ジーノ、話があります。わたしと一緒に階下《した》へ下りて、歩道に出ません？」今度はクララに向かって言った。「六時に会いましょう」

彼女は口を開きかけたが、ジーノにさえぎられた。

「外で？」彼は言った。「頭、大丈夫ですか？　外は身も凍るような寒さですよ」

「長くはかかりませんから。行きましょう」

足早に出ていくわたしをよそに、ジーノは「外に出たついでにコーヒーを買ってきましょうか、ミズ・パウェル？」と声をかけた。クララが答えようとしたのに、ジーノは付け加えた。

「いいですとも。一杯持ってきましょう」

らせん階段をくだり、さらに木造の階段を下りて歩道に出た。わたしは立ち止まると、くるりと振り向いてちょっと待ってというふうに片手を上げた。ジーノは一歩後ずさり、両方の眉を上げた。「道を渡ってカフェに行きませんか？　ここよりずっと快適ですよ」

「特集記事の件でクララが新聞社に行ったのは、誰が言い出したことなんです？」

ジーノはまず怒り、つぎに困惑の色を見せ、つづいて顔を赤く染め、最終的には決まり悪そうな表情になった。まるでコマ送りの動画のように。「すべてあたしが発案したことです、ミズ・バーク。この件についてははっきりお詫び申しあげます。ミズ・パウェルにはどんなかたちでも責任を負わせないでください。彼女は若く熱意にあふれていて、実績づくりに必死になっているんです。あんな話を持ち出すなんて、あたしがまちがってました。あの熱意と意欲がどういう行動に彼女を走らせるかよく考えもせずに——」と言って首を振る。「あのときはどうも、エイヴォン・サマセット警察の刑事さんが訪ねてきたことに気を取られてしまっていたんだと思います。そうじゃなければ、自分のまちがいに気づいたはずですから。言い訳にはなりませんが」彼は頭を下げた。

ジーノはクララの軽率な行動をかばおうとしているようだけれど、彼女は自分のせいだと認めている。ふたりともどうしてこんなに熱心に責任を取りたがるの？　長い目で見てそんなに重要なことだろうか？　結局のところ、悪い考えではないわけだし。

「ヘイリー、ヘイリー、ヘイリー」

道路の向こう側にドムがいた。ウールのコートを着て顎までボタンを留め、眼鏡のフレームにかかるほどニット帽を深くかぶっている。両腕を脇にまっすぐ伸ばし、手だけをわずかにひらひらさせていた。

「こんにちは、ドム！」わたしは大声で呼びかけ、道路を渡った。ジーノがあとについてきた。

「ジーノ、こちらはドム・キルパトリック。わたしがジェイン・オースティン・センターで働いていた頃の同僚です」

「今日はぼくの来る日じゃない」ドムが言った。「火曜日の十二時にここにいちゃいけないんだ。ファッション・ミュージアムとアセンブリー・ルームズにぼくが来るのは、水曜日の十一時と木曜日の三時。ウィルス・チェックを担当してる。でも、システムのひとつがクラッシュしちゃったから、今日ここに来なくちゃならなくなった。今日はぼくの来る日じゃない」

「そう、理由がどうあれ、会えてうれしいわ」わたしは言った。「ジーノはうちの展覧会マネージャーよ」

「初めまして、ドム」ジーノが挨拶し、片手を差し出した。ドムはそれを見たものの、手を差し出さなかった。ジーノは気を悪くした様子もなく、言った。「じゃあ、ミズ・バーク、あたしは入口の展示物の仕事に戻りたいので。ここのカフェにちょっと寄って、ミズ・パウエルに約束したコーヒーを持っていってあげます。つぎにお目にかかるのは……」

「六時です。どうぞ行って」

「了解《ハイホー》」

ドムはアセンブリー・ルームズへはいっていくジーノをわたしと一緒に見送ってから、言った。「あの人はウーナと仕事をしてた」

「いいえ、実は彼は――ええと、そうだったね、でもここではしてないよ」

「彼を見たんだ」ドムが言った。「彼が〈シャーロット〉にはいっていくのを見たんだ」

16

　ドムの発言を頭のなかでさっと翻訳してから、まちがいない事実関係に合うよう解釈し直した。

「昨日、ジーノが〈シャーロット〉にはいっていくのを見たんだよね？　昨日から彼は働きはじめたから」

「昨日は月曜日。ぼくは月曜日にアセンブリー・ルームズに来ない。水曜日と――」

「そうよね、水曜日と木曜日があなたの来る日だもんね」わたしは深く息を吸って覚悟を決めた。「彼を見たのは何曜日だったの？」

「水曜日」

　水曜日はウーナが殺害される前日だ。

「ドム、これはすごく大切なことなの。水曜日にあなたが見たものについて詳しく説明してもらわないといけない。いいかしら？」

「システムのひとつがクラッシュして」ドムが言った。「火曜日はここに来る日じゃない。水曜日がぼくの来る日だ」そう言うと、アセンブリー・ルームズに向かって歩きだした。

「ドム、ちょっと待って」わたしは彼のあとを追った。「このことについて、どうしても知っておかなくちゃいけないの。ねえ、ここの仕事はどれくらいかかる？」

ドムは腕時計を見て、昼の日なかではあるけれど、竜頭《りゅうず》を押して文字盤を光らせた。「三十分だ」

「仕事が終わったらコーヒーをおごる――それでどうかな？」

「今日は火曜日」彼はそう言ったものの、言い添えた。「ぼくはコーヒーを飲みながら、ペンギン・チョコレートビスケットを食べる」

「それもつけるから。お願い――あなたがシステムの復旧をすませたら、カフェで会いましょう」

アセンブリー・ルームズのエントランスで別れ、ドムはファッション・ミュージアムへ、わたしはカフェへ向かった。カフェの出入口でコーヒーをふたつ持ったジーノに出くわした。

「おや、ミズ・バーク、いらっしゃったとは。あなたの分も買ってきましょうか？」

わたしは危険な物質でもあるかのように彼を避けて、ウーナに再会したときと同じくメニューのディスプレイ・スタンドに逃げ込んだ。「いいえ、けっこう――戻るまえにやらなくちゃいけない仕事があるので……せっかくだからここでやろうかなと。それじゃ……またあとで」後ずさりで店内にはいった。両開きのドアが閉まってからやっと安堵《あんど》のため息をついた。

警察に通報するのよ――頭のなかの声が告げた。通報するって何を？　いいえ、ここは落ち着いて事実をつかんでから、冷静かつ分別のある態度でそれを提供したほうがいい。そんなわけで、ドムを待つあいだ、できるだけくつろいで過ごすことにした。フルーツのスコーンとカプチーノを注文し、奥のほうのテーブルに坐って出入口を見つめた。三十分という時間がたまらなく長く感じられたものの、ついにドムが現われた。コートを着てニット帽をかぶり、すぐにも帰れるような恰好だった。わたしはさっと立ち上がった。

「こっちよ！　わたしが買ってくるから、さあ坐って。すぐに戻るわ」

「ぼくはフィルターで淹《い》れたコーヒーがいい」急いでカウンターへ向かうわたしに彼は言った。

「ええ、覚えてる」

ドムのコーヒー——砂糖ふたつでミルクなし——の用意が整い、チョコレートビスケットの袋を破いてあとはかじるばかりになったところで、やっと彼が見たものについてことばを引き出すことができた。

「水曜日、ぼくはいつもジェイン・オースティン・センターを十時五十分に出て、ザ・サーカスまで歩いて、角を曲がってベネット・ストリートに出る。あの日は観光バスを待っている人が大勢いたから、その人たちを避けられるようにあの道、つまりサーカス・プレイスへはいらなくちゃならなかった。そのとき、彼——ジーノ・ベリーフィールド——がやってきて脇の出入口へはいっていくのを見たんだ。あの出入口のことは覚えてる」

それは覚えているだろう。わたしたちはジェイン・オースティン・センターの展覧会を計画し、開催するあいだ、あの出入口から〈シャーロット〉に出はいりしていたのだ。

「彼はひとりだった？」

「うん」ドムはチョコレートビスケットをちらりと見た。

「彼は急いでいたとか、取り乱していたとか、満足そうだったとか、どんな様子だった?」

ドムはわたしをじっと見つめるだけだった。こんなことを訊くんじゃなかった——感情の動きを追いかけるのは彼にとって簡単なことではない。

「いえ、やっぱりいいわ。ありがとう、ドム、ご協力に感謝します。マーゴによろしくね」二歩ほど歩いたところで振り返って言った。「先週の木曜日にばったり会ったことを覚えてる? あれはウーナが亡くなった日だった。木曜日にジーノが〈シャーロット〉へはいっていくのを見たかな?」

チョコレートビスケットをひと口で半分までかじっていたドムは、口いっぱいにビスケットを含んだまま、噛《か》むのをやめた。しばらく間をおいてから、首を振った。

「ホップグッド部長刑事をお願いします、オーウェン巡査部長。きわめて重要な用件なんです」

「承知しました、ミズ・バーク」受付デスク担当の巡査部長はそう言うと、パソコンの画面に視線を向けた。

「いらっしゃらないなら、パイ刑事は?」

「今は両名とも不在のようです。通報を受けて出動してますね」

わたしはひとつ息を吸ってから言った。「ウーナ・アサートンの事件に関する捜査ですか? いえ——なんでもありません」彼の目を見て、答が得られないのはわかった。「いつ戻ってくるか、わかります?」

「わたしがパイ刑事にショートメッセージを送って、ふたりに伝言しましょうか？　折を見て連絡をくれると思いますよ」

「ありがとうございます。ではこちらで待たせてもらいますね」

わたしは行ったり来たりしては、少しだけ腰をおろし、また行ったり来たりした。ひとこと《進展あり》とヴァルへのメッセージを打ってみたものの、すぐに削除した。知っていることがこんなに少ない状況でそんな連絡を入れてなんになる？　それに彼はこれから、文芸サロンの講師を迎えにいき、ランチへ連れていくところなのだ。元刑事部の警視正で現在では警察小説を手がける作家、マーガレット・レインズが現実とフィクションにおけるロンドン警視庁について講演をしてくれることになっている。夜の講演のことはほぼ頭から抜け落ちてしまっていた。またしてもだ。自分の仕事にもっと集中しなくては。こっちの件が片づきしだい、そうするつもりだ。

ジーノは嘘をついていた。それがドムによる目撃情報から導き出される唯一の結論。なぜならドムは嘘をつかない――彼にそんな能力はないのだから。ジーノはバースでウーナに会ったことについて嘘をついた。つまり、ほかにもっとたくさんの嘘をついていた可能性があるということだ。彼が殺人者なのか。わたしは身を震わせた。

「ミズ・バーク？」

小さな悲鳴をあげて振り返ると、フロントの受付デスクにいるホップグッド部長刑事が見えた。彼の眉毛がこれ以上ないほど高く上がった。

「落ち着いて」

「出かけてたんじゃ」わたしは言った。

「帰ってきましたよ、ミズ・バーク」と彼は言った。「はいってください」

彼のすぐ後ろについてドアを抜け、廊下を進んだ。

「パイ刑事からジーノのことを聞きましたか？」わたしが尋ねた。「彼とウーナが結婚していたことを？　木曜日に彼がどこにいたのかわかっているんですか？　彼はあなたになんと言ったんです？　新しい情報があるんです。捜査全体の方向性を変えてしまうかもしれない情報をつかんでいて――」

ホップグッドが第一取調室のまえで立ち止まったため、わたしはあやうく彼の背中にぶつかりそうになった。

「ご心配の点について、なかで話しませんか？」

彼はうなずいて入室をうながした。わたしは椅子に坐ってバッグを置くと、両手をお尻の下に敷き、自分が出過ぎた真似をしませんようにと願った。

「さてと」ホップグッドが言った。「ウーナ・アサートンの別れた夫、ジーノ・ベリーフィールドのことですね。彼も職業は展覧会マネージャーで、現在はおたくの展覧会を担当している。あなたが彼を採用した。そうでしたね？」

「はい。ジーノはわたしに、バースに来てからウーナに会っていないと言っていました。彼はケニー、いえ、パイ刑事にもそう供述したんですか？」

ちょうどそのとき、パイ刑事が取調室にはいってきたので、部長刑事がわたしの質問を繰り返して聞かせた。

「会っていなかったそうで」パイが答えた。「それが心残りだったとベリーフィールドは言っていました。〝打ちのめされた〟というのが、彼が使った表現でしたね。彼は……ええと……」

「ええ、それはたしかにそうだったでしょうが」わたしが言った。「その一方で嘘をついてもいました。先週水曜日の午前十一時に〈シャーロット〉へはいっていくジーノを見たという目撃者がいるんです」まるで探偵小説の登場人物になったような口ぶりだと、われながら意識せずにはいられなかった。正しいことば遣いができていますように。

ふたりの刑事は顔を見合わせてから、わたしの言ったことを細かく吟味しはじめた。目撃者とは？　時刻は？　信頼できるのか？　ふたりはドムの連絡先を尋ねてきた。

「ですから」わたしは言った。「これだけは言わせてください、わたしはドム・キルパトリックの人柄を知っていると。彼は非常に頭がよく、嘘をつくことができず、ほんとうにすばらしい人なんです。でもちょっと繊細《せんさい》なところがあって」

「代理人が必要ですか?」ホップグッドが訊いてきた。「誰かに付き添ってもらったほうがいいでしょうか?」

「そこまでの必要はありません。彼は——ちょっと待ってください、ええ、誰か同席する必要があります。わたしに同席させてください。同席すれば、彼も安心できるでしょう。彼に電話をしましょうか?」

「ミズ・バーク、われわれのほうからあなたに追ってご連絡しますね」とホップグッドは言った。「まず、ミスター・ベリーフィールドの木曜日のアリバイを確認させてください。そのあとで、ミスター・キルパトリックに連絡しますので」

「ジーノはどこにいたと言ってたんですか？」ここに来るまえに、わたしはなぜジーノにこの質問をしなかったのだろう？

部長刑事にうなずかれて、パイ刑事が答えた。「ブリストルへ向かう列車に乗っていたと。その日はブリストルで過ごしたそうです」

「それはたしかでしょうか？」わたしが訊いた。

「嘘がつきにくいことですからね」ホップグッドは言った。「いたるところに防犯カメラがあるでしょう。しかし、もちろんしかるべき確認作業をおこない、本人がいたと言っているバース・スパ駅とブリストル・テンプル・ミーズ駅の両方でミスター・ベリーフィールドの姿を特定します。パイ、制服警官を一名、この作業にあたらせてくれ」

「そうしますが、ボス、防犯カメラ映像の確認にあたっているのはエヴァンズひとりだけで、彼は病欠しています」

「くそ」ホップグッドが毒づいた。「ええと、ミズ・バーク、こちらの件はできるかぎりすみやかに取りかかります。それまでのあいだ、行動には気をつけてくださいよ」

どういう意味だろう――わたしに危険があるということなのか、それとも警察の仕事に首を突っ込むなってこと？

「もちろんです、部長刑事。いつもどおりそうします」

今夜ジーノと同じ場にいる予定だとうっかり口をすべらすまえに帰ることにした。まわりには大勢の人がいるわけだし。木曜日のアリバイの件で、面と向かって問いただそうというわけでもない。もちろん、機会があれば、ウーナが殺害される前日に彼女と会っていたことについて彼に聞くだろうけれど、それは完全に初版本図書館キュレーターとしての権限の範囲内にはいる。

警察署の外に出ると、歩道を足早に歩いた。時刻は三時をまわったところ。つぎの動きをどうするか、葛藤《かっとう》していた。〈シャーロット〉へ戻って、ジーノが出してくるアイディアを確認するべきだし、〝かつて手がけた展覧会で自分は——〟という彼お得意の講釈からクララを救い出す必要があるかどうかも見きわめなくては。ところが、ヴァルからショートメッセージが届いた。

《〈ゲインズバラ〉でランチ。コーヒー、一緒にどう?》

文芸サロンの講師を〈ゲインズバラ〉に連れていったの? そこまでの予算はなかった——元刑事部の警視正には当然のおもてなしだったりするのだろうか?

十分後、〈ゲインズバラ〉にはいっていくと、隅のテーブルを囲んで立っている一団以外に人はほとんどいなかった。ひとりの女性の声が大きくなり、その声がわたしのほうへ流れてきた。長年にわたってシングルモルトに浸かってきたたぐいの、深みのあるしわがれ声。わたしがテーブルまで行くと、囲んでいた人々は散っていった。

ロンドン警視庁に勤務していた現役時代、彼女が大きな存在感を発揮していたのはまちがいない。背は高くはないけれど、がっしりした体格で、白髪交じりの短い髪を顔にかからないよう後ろに流している。今では警察小説を手がける作家として名が通っており、かなりの数のファンを獲得していた。そのなかには〈ゲインズバラ〉の料理長や数人の洗い場担当、三人の接客係も含まれていて、彼らはわれらが講師がサインをくれるのを待っていた。

ヴァルが立ち上がり、わたしの紹介を始めたものの、「マーガレット、こちらはヘイリー」から先は、彼女が立ち上がって自分で引き継いだ。

「マーガレット・レインズです」彼女は名乗ると、握ったわたしの手を上下に大きく振った。「あなたの素敵な街に来ることができて、すごくうれしくて。コーヒー、飲むわよね?」

「ああ、コーヒーですか、はい、でもお時間を取っていただくのも――」

「せっかくだから坐ったら」ヴァルは、午後の予定はすべてあきらめてしまったかのような口ぶりで言った。

「ランチは食べた?」マーガレットがよく響く声で言った。「みんなでコーヒーを飲みながらサンドウィッチをいただきましょう」

レストランのスタッフたちはうなずき、急いで仕事に戻った。若い女性スタッフのひとりが「彼女の作品は全部持ってる――わかってたらサインのために一冊持ってきたのに」と言うのが聞こえた。

出てきたサンドウィッチは絶品で、最高に愉しいひとときになった。マーガレットは愛されるおばあちゃんと肝の据わった警察官を足して二で割ったような人だ。彼女の体験談を聞きながら、自分が彼女の追いかけた容疑者のひとりだったらどうだろうと想像しようとした。いいえ、容疑者はごめんだ。

「利益を得るのは誰なのか?」彼女は、犯罪分析について論じているさいちゅうに問いかけた。メモを取っていればよかったのだけれど、わたしはそうするかわりにまたサンドウィッチに手を伸ばした。「そんなにはっきりしている場合ばかりじゃないわ。なかには、いちばん欲しいものはひけらかさずに、こっそり大切にしたいという人もいるから。そこは覚えておいて」わたしたちに向かって人差し指を振りながら、彼女は言った。「あるいは、地位を求めて罪を犯すこともある。とはいえ、言うまでもなく——」彼女は肩をすくめた。「暴力を振るう理由すら持たないという犯罪者もいる。じゃあどうするのか?」

五時半近くになって、両手が震えはじめた。コーヒーを三杯飲んでしまったせいではない。神経がぴりぴりしているのだ。この一時間はずっと時間の心配をしていた。ヴァルも置かれた状況を理解していた。マーガレットは実におもしろい話をしているが、自分がそれに夢中になってしまい、ほかのことはまったく眼中になかった。午後の部から夜の部に移動しようという、わたしとヴァルのはかない試みもうまくいかなかった。目配せをして、「さてと」とか「そろそろ」とかいったことばを差しはさもうとしたり、空になったコーヒーカップや皿を並べかえてみたりしたものの、まったく効果なし。理事たちは六時にミドルバンク館に到着し、講師のマーガレットだけでなく、新しい展覧会マネージャーであるジーノともシェリーを飲みながら顔合わせをする予定になっている。わたしは責任者だ。こっそりヴァルに電話できたら。携帯電話の呼び出し音はこのひとときを終わらせる恰好のきっかけになるのだけれど。

なんの前触れもなく、マーガレットが椅子からすっくと立ち上がって言った。「あら、たいへん、もうすぐ夜じゃないの——どうしてこんなことに？　急いだほうがいいわね？」

わたしたちはそれまでとは打って変わって大急ぎで動きはじめた。わたしが会計をしているあいだにヴァルとわれらが講師は車へと急いだ。ミドルバンク館に着くまでにとちゅう一度止まらなくてはならなかったのは、マーガレットが土壇場になってトワートンの親戚の家から何冊も自分の本を取ってこなくてはならないと思い出したからだ。わたしは寄り道に付き合うわけにはいかず、まっすぐ館に戻らなくてはならなかった。親睦会のあいだに出すシェリーや講演中のワインの提供についてはなんの心配もなかった。細やかな事柄はミセス・ウルガーとポーリーンのところから来てもらうワイン係の若い女性ふたりにお任せしてあったから。でも自分の身なりは自分で整えなくてはならない。あと二十分で戻れるだろうか？　ヴァルがマーガレットを助手席に乗せたのと同時に、わたしは〈ゲインズバラ〉を出た。ヴァルはわたしの手を取って言った。「もろもろ大丈夫？」

そう訊かれてもろもろ一気に思い出した。〈シャーロット〉での打ち合わせのこと——ジーノ、ナオミ、クララがウーナより優秀なところを見せようと競い合っていること。それにジーノが嘘をついていると知ったこと。そして、またも午後を警察署で過ごしてしまったこと。「それがたいへんで」といったん答えて、言い直した。「いいえ、大丈夫。でも話したいことがすごくたくさんあるの。そっちは後まわしね。じゃあまた」笑顔を彼に向け、頬に軽くキスをした。頼もしい笑顔に見えていればいいのだけれど。

最初のまっすぐの道は小走りをしたものの、〈マークス&スペンサー〉のまえまでしか行けず、そこからは早歩きにスピードを落とした。歩道の人ごみはわたしの行く手をこれでもかと邪魔してくれた。登り坂をのぼってミドルバンク館の正面玄関にたどり着く頃には息が切れてしまい、ミセス・ウルガーには挨拶がわりにうなずき、階上《うえ》を指差した。声は出さずに「着替え」と口だけ動かして伝えてから、やっとのことで二階分の階段をのぼり、自分のフラットに戻った。ベッドに倒れ込むと、足がはみ出した。片方の靴が脱げて床に落ちるコツンという音が聞こえた。

17

あやうく寝入りそうになったものの、文芸サロン用の装《よそお》いと決めているウエストにひだ飾りをあしらったゼラニウムピンクのワンピースに着替えて、なんとか六時十分までには図書室に行けた。この夜は、花柄のスカーフを合わせた——これで三週連続同じワンピースを着ていると誰にも気づかれないはずだ。ポニーテールをきれいに梳《と》かして整え、口紅も塗り直した。ぐっと気分がよくなり、これならシェリーもおいしくいただけそうだ。

　理事たちは待ってはいなかった。わたしが図書室にはいったときには、アデルが理事たちのあいだをまわって、おかわりをついでいた。ヴァルとマーガレットでさえ、わたしより先に着いていた。誰ひとりわたしに見向きもしなかった。ミセス・ウルガーがマーガレットのもてなし役を引き受けており、蔵書を紹介していた。ジーノは、一方的だったとしても、生き生きとした会話で、ジェーン・アーバスノットを引き留めていた。ミセス・オードリー・ムーンとミセス・シルヴィア・ムーンはやさしくクララの相手をしていた。ヴァルはわたしの姿を認めると、モーリーン・フロストとの会話を切りあげ、シェリーがなみなみとつがれたグラスを渡してくれた。わたしはそれをひと口飲んでから、深呼吸をした。

「こんばんは、みなさん」わたしは切り出した。「今夜の講師の方へのご挨拶はすでにおすみかもしれませんが、わたしからあらためてご紹介させてください」講師の正式な紹介を終えると、つぎの紹介に移った。「ところで、当協会の展覧会の件ですが」ジーノのほうに顔を向けると、彼は素直にわたしの横にやってきた。例の濃い青緑のスーツに身を包み、いつものように元気そうな顔をしている。

「状況については、みなさん、よくご存じだと思いますから、詳しくお話しする必要はないでしょう。とはいえ、ウーナの件がどれほど悲しくても、協会のためにレディ・ファウリングをテーマにした展覧会を推し進める必要があることは、わたしたちの誰もがわかっていると思います。その目標を達成するため、うれしいことにジーノ・ベリーフィールドをマネージャーとしてお迎えすることができました」

今、嘘つきなのは誰だろう？　わたしは微笑みながらことばを口にしたけれど、その裏ではジーノの先週の所在と彼自身の話についての疑念がふつふつと湧きあがっていた。

とはいうものの、それはひとまず脇に押しやり、目のまえの仕事に集中しなくてはいけない。まばらに拍手が起きたあと、サロンまえの親睦会はお開きになり、雑談が始まった。グラスに残っていたシェリーを一気に飲みほすと、参加者を出迎えるため正面玄関へ向かった。

最初にやってきたのは、ブルドッグ・モイルだった。

「どうも、こんばんは」わたしはどうにか言った。先週は出席しなかったので、彼が通し券を買っていたことを忘れていた。彼の背後には、別の意外な人物がいた――アーサー・フィッシュだ。

「先日、ブルドッグに電話してね」アーサーが話しはじめた。「今夜のチケットをぼくに譲ってくれないかと思って――マーガレットの話はどうしても聞き逃したくないから。そうしたらとにかく一緒に来いって彼に説得されて。迷惑じゃないといいんだけど」

「大歓迎ですよ」わたしは言った。ジーノとクララが加わり、そのうえアーサーまで来たとなると、わたしの居場所はバンターのようにマントルピースの上に坐るしかないかもと思いながら。「なんと言っても、あなたは初回の講師なんですから。さあ、階上《うえ》へどうぞ」アーサーが階段へ向かうと、わたしはブルドッグのまえに進み出た。「ちょっとお話しできますか？」

去っていく友人の後ろ姿をちらりと目で追ってから、彼は肩をすくめた。

「土曜日に警察に通報してしまったお詫びをもう一度言いたくて」わたしは説明した。「二日まえに殺人事件があったまさにその場所で、歩道で待っている人を見かけたら、どんなに不安になるかわかってくれますよね」

ブルドッグは襟がきつすぎるのか、首を横に伸ばした。本のタトゥーの上の部分がマフラーからちらりとのぞいた。

「ああ」彼は言った。「まあ、わかったよ」

「よかった。講演をお愉しみください」わたしはそう言ってから、言い添えた。「ああ、それからひとつだけ——アーサーはさっきあなたに電話をかけたと言ってましたね。携帯電話をなくしてアーサーが新しい電話番号を知らなかったと、警察に話してませんでしたっけ？」

ブルドッグは一瞬わたしをじっと見てから、開け放たれた玄関のドアからはいってくる人々へとさっと視線を移した。

「アーサーは今は知ってるよ」

階上《うえ》は人であふれかえっていたものの、講演が始まると、誰も狭苦しさなど気にならなくなったようだった。〈ゲインズバラ〉でスタッフの心を奪ったのとちょうど同じように、マーガレットはすべての出席者をロンドン警視庁の話にすっかり引き込んでしまった。実話もあれば、ミステリや犯罪小説に登場する話もあった。講演が終わると、すぐに彼女の著作を買い求める人々の列ができ、それからの四十五分間、室内のざわめきにも決して消されないマーガレットの声が聞かれることとなった。

文芸サロンでまた成功を収められたというのに、ほかのことに気を取られていて、講演の内容はほとんど記憶に残っていない。ステュアート・ブルドッグ・モイルを見つめないことにばかり力がはいってしまったのだ。アーサー・フィッシュがブルドッグの新しい携帯電話の番号を知っている——あるいは知らない——とはいったいどういうことなの？　ブルドッグがどういう種類のコレクターなのか、アーサーに訊かなくては。熱心なコレクター？　それとも熱狂的？　いちばんのお宝は秘密にしておきたいタイプとか？　美術界では、盗まれて〝個人の〟コレクションになり、完全に表舞台から消えてしまう絵画もある。ブルドッグが例の初版本を手に入れるためにウーナを殺害し、そのあとで隠してしまったとしたら？

いいえ、彼は手に入れていないはず。ウーナの最後のメッセージは、本のありかがわかったことをほのめかしているだけで、手に入れたとは言っていなかったのだから。彼は力づくでウーナから情報を聞き出したのだろうか？　そして今でも自分ひとりで本探しをするつもりなのだろうか？

ダンカン・レニーが銀行の貸金庫から送ってくれた稀覯本《きこうぼん》のはいった箱はいくつもあるけれど、わたしはまだ調べ終えていなかった。でも図書室は講演会場として使うため、午前中に箱は図書室の保管庫に移してあった。保管庫とはいうものの、羽目板の奥にある鍵のかかる戸棚にすぎない。ブルドッグに目を光らせなくては。帰るまえにミドルバンク館を下調べする素振りでも見せたら、お尻にひと蹴りお見舞いしてやるんだから。

ブルドッグのことに気をもんでいないときは、ジーノを見守った。講演が終わったあとは、近くの誰とでもおしゃべりをして充分すぎるほど愉しんでいるようだった。オードリーとシルヴィアのムーン〝姉妹〟の心をつかみ、ジェーン・アーバスノットとモーリーン・フロストでさえ少し打ち解けた態度になっていた。ミセス・ウルガーは相変わらず明らかに感心していない様子だったけれど、彼女が簡単に人になびかないのは今にわかったことではないし。アデルはどうだろう？　わたしの見るところ、彼女はジーノを見るたびに笑いをこらえていた。

来場者はぽつりぽつりと図書室を出て、ミセス・ウルガーがコートを渡す玄関ホールへ下りていった。羊の群れの番をする牧羊犬のように、わたしはアーサー・フィッシュが階段へ向かうまえに手際よくほかの人たちから引き離した。

「あら、アーサー」何食わぬ顔で話しかける。「あなたの講演、大好評でしたよ。あの、講演のことで少しお話ししたいんですが」

ブルドッグはしばらく黙っていたので、わたしも何も言わなかった。やがて、彼はアーサーに向かってうなずいた。「おれは階下《した》で待ってるよ」

彼が声の届かないところに行ってしまうと、わたしはアーサーに話の続きを始めた。「みなさん、あなたのお話を心から愉しんでいました、ほんとうに。文芸サロンにとって、なんてすばらしい滑り出しになったことでしょう。それで、ひとつだけうかがいたいことがあるんです。あなたはブルドッグの携帯電話の番号を警察に伝えたけれど、それは彼がなくしてしまった電話の番号だったようですね」

アーサーはくっくっと笑った。「彼が警察にそう言っていたんですか？　ほんとうはなくしたわけじゃなく、ぼくがまちがった番号を教えてしまったんですよ。というのも、彼が持っているのは一台だけじゃないですからね——一台はふだん使っているもの、一台は本関係、あと一台は兵隊のミニチュアフィギュア・コレクション専用でね」

「おもちゃの兵隊ですか？」

「ええ。彼は知っている電話番号でないかぎり、本関係の電話には出ないんですよ。ぼくはきっと、うっかりその電話番号を刑事さんに教えてしまったんでしょう」

ブルドッグには電話番号が警察のものだとわかったのかもしれず、それが応答しなかった理由かもしれない。

「三台も携帯電話を持っていると混乱してしまいそうですね」わたしは言った。「警察にまちがった番号を教えたことで、ブルドッグがあなたを責めないといいのですが」

「すみません、ヘイリー——」

ワイングラスのはいった箱を抱えたクララだった。彼女は自発的に残って、ワイン係の片づけを手伝っていたのだ。

「手を貸しましょうか？」アーサーはそう申し出ると、クララの箱を持ってやり、ワイン係に続いて階下《した》へ向かった。

「ありがとうございます、ミスター・フィッシュ」クララが彼の後ろ姿にお礼を言った。わたしたちもあとに続いた。階段を下りながら、わたしはクララに言った。「片づけを手伝わなくてよかったのに——今夜のあなたはゲストなんだから」

「いいんです」クララが言った。「必要に応じて手伝うのは、専属アシスタントの職務のひとつですから。わたしを招いてくださってほんとうにありがとうございます、ヘイリー。ミズ・レインズからおおいに刺激を受けました」

「あなたが来てくれてうれしいわ。ところで、あのフラットへ戻って大丈夫なの？」

「ええ、お気づかいありがとうございます」

ジーノが図書室のまえの踊り場に出てきて、階下《した》を見下ろし、大きな声で言った。「おやすみなさい、ミズ・パウエル。朝一で会いましょう」

「はい、ミスター・ベリーフィールド、おやすみなさい」クララは答えたものの、ジーノが図書室に戻ってしまっていたので小声になった。

アーサーとブルドッグはワイン係たちのすぐまえに玄関を出た。そのあとでクララが帰った。わたしは、自宅フラットのある地下一階《ロウアー・グラウンド・フロア》へ下りる階段の近くに残っていたミセス・ウルガーのほうを向いた。「ミズ・レインズは魅力的な人ですね」彼女がわたしに言った。「今夜は成功でした。お見事です」

「ありがとうございます、ミセス・ウルガー、ほんとうにありがとうございます」わたしは勇んで言った。まるでウィンブルドンでの勝利のお祝いのことばをかけられたみたい――彼女からの褒めことばはそれだけ稀少なものなのだ。「もちろん、あなたの助けなしには無理だったでしょう。では、また明日の朝に」

玄関ホールにひとりたたずんでいると、携帯電話が鳴った。電話に出ようともたついているあいだ、耳障りな呼び出し音が空間にこだました。夜遅い時間の電話は歓迎すべきものだったためしがない。発信者の名前を見てどきっとした――《ホップグッド部長刑事》。

「はい、もしもし？」電話に出ながら、執務室に駆け込みドアを閉めたが、数センチだけ開けておいた。ジーノはまだ、マーガレットとヴァルと図書室にいるのだ。

「ミズ・バーク？ ご都合の悪い時間でないといいんですが、この件はすぐにでも知りたいのではないかと思いまして。ミズ・アサートンが殺害された日のミスター・ベリーフィールドのアリバイについてです」

わたしはデスクに手をついて身体を支えた。「ええ、それで？ 彼は……その……？」

「彼がバース・スパ駅を十時三十七分に出発し、ブリストル・テンプル・ミーズ駅に十時四十九分に到着したことを突き止めました。ブリストルのテンプル・キー開発地区にある建物に行ったところまで足取りも追えています。本人が言っていた時間どおりに戻ってきてますね。十八時三十分にブリストル・テンプル・ミーズ駅を出発、十八時四十一分にバース・スパ駅に到着。彼は見つけにくい人ではないですから、それだけはたしかです」

ふさわしい応答をしなくちゃいけない――それがわかるくらいの分別はあったけれど、頭が働かなくなっていた。感情の大きなうねりから自分の身を守ろうとしているのだろうか。

「ミズ・バーク?」

「はい、部長刑事、ありがとうございます」声を詰まらせつつどうにか答えた。「そうすると、ジーノはもう容疑者ではないということですか?」

「彼のアリバイは犯行時刻のまえとあとで確認されています。駅のホームにいる彼の顔をしっかり見ることができましてね。というのも行きも帰りも改札口で立ち止まって何か尋ねていたもんですから」わたしが何も言わずにいると、ホップグッドは付け加えた。「これでひと安心でしょう」

「ええ、ほんとうにそうですね。ご連絡ありがとうございました。失礼します」

「ではこれで」

執務室のドアの隙間から外に目をやると、階段を下りてくるヴァルとマーガレットと、そのあとに続くジーノが見えた。三人が玄関ホールまで来たところで、わたしはドアを大きく開けてむしゃくしゃしながら出ていった。ジーノに対して抱いたどうにも落ち着かない恐れが、バースでウーナに会っていたことを隠していた彼への苛立《いらだ》ちとともに、心のなかで膨らんでいた。そこへホップグッドからの報《しら》せを聞いたものだから、このふたつの感情がひとつになって膨れあがって燃えるような怒りとなり、もう抑えきれなくなっていた。前者については彼を責められないけれど、後者に対しては彼を強く非難してもいいはずだ。

「今夜は大成功でしたね」三人に向かって言った。ジーノは下から二段目の階段で立ち止まっていた。今度は彼を見上げて言った。「ジーノ、あと少しだけ残ってもらえます?」自分としては愛想も感じもよいと思う声で尋ねた。

ヴァルはマーガレットがコートを着るのを手伝いながら、ジーノを、そしてわたしを見た。

「もちろんかまいませんとも、ミズ・バーク」ジーノが答えた。「経験上、展覧会マネジメント業界では自分の時間は自分だけのものじゃない、と心得ていますからね、とくに時間がなくなってくると」

「ぼくも残ろうか?」ヴァルがかすかに顔を曇らせて訊いてくれた。

「いいえ、その必要はないわ」わたしは答え、彼の申し出を振り払うように手を振った。「ジーノにちょっと訊きたいことがあるだけだから。あなたはマーガレットをご親戚の家に送っていってさしあげて」

「素敵な夜を、ヘイリー」マーガレットがよく響く声で言った。「これからも協会の情報を教えて。今度の注目すべき展覧会にはわたしも来ますからね」

「ありがとうございます、マーガレット。またお目にかかれるのを愉しみにしています」わたしはそう言い、ふたりを玄関まで見送って、ドアがちょうど閉まるときに言い添えた。「おやすみなさい」

ジーノのほうに振り向くと、彼は微笑んで言った。「あなたの執務室で話しましょうか?またずいぶん冷え込んできましたよね? 暖炉はついてます?」

おあいにくさま。これは暖炉の脇で落ち着いてするたぐいの会話じゃない。むしろ、あなたは裁判所の被告人席にいるつもりで、玄関で立っておこなうべき対決なのだ。

「長くはかかりません」わたしは静かに告げた。「ジーノ、あなたはバースに来てからウーナに会っていないと言っていましたよね」

「はい。ええと……そうです」彼は玄関ホールにちらりと視線を走らせた。

「でもそれは事実ではないですよね？」

「どういう意味です？」

「あなたが嘘をついたという意味です。ウーナが殺害された日の前日に、〈シャーロット〉へはいっていくあなたを見たという人がいるんです」

「そんなことを言うのは誰なんです？」彼は顔を真っ赤にして言い返してきた。「そんな嘘っぱち、どうして信じられるんです？」

「〝嘘っぱち〟なんかじゃありません」わたしは怒りで険しい声になった。「ほんとうのことでしょう。そして訊かれたときにあなたは嘘をついた。彼女と会ったのは一度じゃないんでしょう？　あなたは〈シャーロット〉へもう一度行ったの、どこか別の場所で会ったの、それとも彼女のフラットへ行ったの？　でもって、何度も会ったことを言うのも忘れてしまったのよね？」

しばらく固まっていた彼の顔は雪崩《なだれ》を打ったように崩れはじめた。その崩壊がやがて全身を駆けめぐり、脚まで及ぶと、彼は片手で手すりをつかんで階段にへたり込んだ。

「まことにお恥ずかしい」彼はうつむいて言った。「なんてざまだ――真実を突きつけられた今になっても、自分のあやまちを認める勇気がないなんて。そうですよ、ウーナは新しい仕事のことであたしに連絡してきていたんですよ。一度か二度会いました。彼女はたいそう誇らしげで、あたしは彼女のために喜んでやりたいと思って——それくらいの気持ちはお互いにまだ残ってましたんで。水曜日に彼女のところに行きました、いろいろと期待して。ばかな期待でしたが。お互いのちがいに折り合いをつけて、以前のようにまた同じ気持ちになれる最後の機会だろうと。たしかに万感の思いがあふれる再会にはなったが、幸せなものじゃなかった」

「それで、その再会を言い忘れてしまったのはどうしてなんです?」

「言ったところで、自分のあやまちをほじくり返す以外のなんになるんです?」

わたしに嘘をついていたことに対して、彼を殴ってやりたい衝動がどうにも抑えきれなくなってきた。それに、とんだ言いがかりと思われようと、彼が殺人犯ではなかったことにも。そんな衝動を自覚するまえに、手を握りしめて拳を作り、彼のほうへ歩きだしていた。

正面玄関を叩く、短いけれど急《せ》き立てるようなノックがして、急に現実に引き戻された。ドアを開けるとヴァルがいた。

「マーガレットはタクシーで帰った」彼は説明しながら、わたしの脇から玄関ホールをのぞき込んだ。

重大な傷害を与えた罪で逮捕されるところを救われたわたしは、ドアを大きく開けてヴァルをなかへ通した。

ジーノは階段からさっと立ち上がった。「ミズ・バーク、自分に非があることはわかりました。ほんとうに心から。今すぐ馘《くび》にされてもしかたありません。ただ願わくは、レディ・ファウリングのためにはもちろん、ウーナのためにも、そんなことはなさいませんように。どうか、彼女の誇りとなっていたであろう展覧会をあたしに担当させてください」

わたしは手持ちの選択肢を考えてみた。ジーノをこのまま雇いつづけて、本物のマネージャーを確保してほしいというナオミの要求を満たすか、あるいは自分の正気を保つほうを選ぶか。

「それに」ジーノは続けた。「今言うべきことではないかもしれないのは承知していますが、〈シャーロット〉の湿度がわりと高いことを、あなたもあたしと同じくらい心配なさっているといいんですが。レディ・ファウリングが遺《のこ》された蔵書と書類は貴重なものですから、ダメージを与えるようなことは絶対にしちゃいけません。実はちょうど、シリカゲルの種類別の特性をまとめた報告書を書いたところなので、喜んで共有させていただきますよ、われわれが……もしも〝われわれ〟と言ってよければの話ですが」

レディのお気に入りの蔵書にぽつぽつと現われるかびを想像すると、恐れと怒りは消え去った。わたしに乾燥剤について掘り下げて調べる時間はあるだろうか？　降参だ。「ええ、いいでしょう」わたしは言った。「でもこれで最後ですよ、ジーノ――もう嘘はつかないで」

彼は片手を上げ、無言で誓いの仕草をした。

わたしはため息混じりに言った。「じゃあまた明日」

彼はさっとヴァルとわたしの脇を通りすぎながら、シープスキンのコートをつかんで言った。

「ミスター・モファット、今夜はお目にかかれて光栄でした。あなたの教えてらっしゃる講座についてじっくりうかがえるのを愉しみにしています。〝場面の分析〟――作家には欠かせない技術ですからね。ミズ・バーク、恩に着ますよ。おふたりとも、おやすみなさい」

ジーノのためにこれだけは言っておこう。わたしの気が変わらないうちに帰るだけの分別は持ちあわせているらしい。彼が去ってしまうと、ふたつあるドアの鍵をどちらも締めて、警報機をセットし、倒れ込むようにドアにもたれかかった。

ヴァルはわたしの両手を取り、わたしを引き寄せた。彼の指がわたしの指と絡み合い、待ち望んでいたキスをしてくれた。

「完璧なタイミングで戻ってきてくれた」わたしはささやくように言った。「あとちょっと遅かったら、彼を殴り倒してた」

「彼に非があるってなんのことだい――自分の姿が映せるほどぴかぴかの靴を履いてることとか？」

「もっと悪いわ」わたしは言った。「彼はわたしに、ウーナとはバースに来てから会っていないと言っていたけど、でもそれは――ドムが先週の水曜日、〈シャーロット〉へはいる彼を見たって。そんな嘘をつかれたものだから、彼が殺人犯だと思い込んじゃって。そう推理するのが理にかなっていると思わない？　でも、あなたたちが階下《した》へ下りてくる直前にホップグッド部長刑事から電話をもらって、事件当日のジーノのアリバイが確認されたと聞いたの。つまり、見当ちがいだったってこと」

「彼が殺人犯であってほしかったのかい？」

「まさか。警察がウーナ殺害の容疑でジーノを逮捕してしまったら、また展覧会マネージャーがいなくなっちゃう。そうしたらどうなる?」両手をヴァルの胸にあてた。「今日はもうたくさん。泊まっていってくれるといいんだけど」

ヴァルとわたしは数えるほどしか一緒に夜を過ごしたことがなかったから、恋人同士にふさわしい気だるい朝というものを経験したことがなかった。そんな朝がいつ訪れるのか、ふたりとも想像がつかなかった——それがこの日ではなかったのはまちがいない。早朝、彼を見送ると、わたしは身支度を整えた。

〈シャーロット〉のふたりのスタッフの様子を見にいく直前、ジーノの最後の照会先にもう一度電話をかけた。〈タータン・アフェアーズ〉という会社で、名前からして経営者はスコットランド人らしい。わたしはここにもメッセージを残した。応募者というものは自分をいちばんよく見せてくれる照会先しか提出しないのはわかっていたものの、念には念を入れておきたかったのだ。正直言って、実のところ、ジーノはもう応募者とも呼べなくなっていたけれど。そうなのだ、好むと好まざるとにかかわらず、彼はうちの展覧会マネージャーなのだ。

しかし、ポストが安泰《あんたい》となったことで、彼はどうやら現状に満足してしまったらしかった。初めこそ猛スピードで走っていたものの、スピードダウンして今や徐行運転になっている。わたしは目玉となる展示物のアイディアを三案出すよう求めていたのに、ジーノはまだ使えるものをひとつも出していなかった。来場者の心をつかみ、最後まで鑑賞意欲をかき立てる原動力となるか、あるいは興味を失わせ、来場者を出口へ向かわせるかを左右する、展覧会の要《かなめ》となる展示物だというのに。

そのかわり、彼はそれ以外の展示物に関するアイディアを出しつづけていた。それも平凡すぎて興味が湧かないものばかり。いいえ、平凡より性質《たち》が悪い——眠くなるほど退屈なのだ。

水曜日の朝、ジーノはウーナの仮事務所でデスクのまえの椅子にだらしなく坐り、自分のメモを見ながら、「サー・ジョン・ファウリングと製缶市場」と題する説明パネルを添えた展示物のアイディアを出してきた。二十世紀初頭のトマトスープの缶詰を実例として挙げるという。「ミズ・バーク、あなたがおっしゃったんじゃありませんでしたっけ？　サー・ジョンが製缶業で富を築き、そのおかげでレディ・ファウリングはのちの人生で金銭を惜しまず活動できたのだと？」ジーノは、わたしのせいでこんな案になったのだと言いたいらしい。この案は不採用。

彼が「図書室の作り方」と呼ぶ案はタイトルだけはよさそうだったけれど、それも企画の真意をわたしが知るまでのことだった。彼の案は文字どおり図書室の作り方を意味していた——使用する木材や棚の奥行きと幅、棚を支える金属部品の選び方など。つぎに出してきたのは「ミドルバンク館の改装について」という案で、建設業者や宅地開発業者の展示会ならしっくりくるプランだろう。食いしばった歯の隙間から絞り出すように「建物の改装は今回の来場者にふさわしいテーマではありません。それに」と告げてから、嚙みしめをほどいて言った。「どれもどう考えても目玉となる展示物のアイディアになっていません」

「はい、ミズ・バーク、お望みなのは度肝《どぎも》を抜く展示物でしたね」ジーノが答えた。「実は準備を進めている案があるんですが」と言って、穿鑿《せんさく》はやめろと言わんばかりに人差し指で鼻の脇を叩いた。「まだあんまりお話しするわけにもいかんのですよ」

わたしは立ち上がり、椅子の背もたれにかけておいたコートを手に取った。「午後までに戻ってきます。クララはどこです?」

ジーノは坐り直すと椅子から身を乗り出し、いつになく深刻な面持ちになって言った。「それはわかりませんが、よくぞこの話題を出してくださいました。ミズ・パウェルは大丈夫なんですか。どうなってるんです?」

わたしはまた坐った。「どういう意味ですか?」

彼は頭《かぶり》を振った。「はっきり説明はできないんですが、彼女は心ここにあらずといった様子で、たまに喧嘩腰になることもあるんですよ。総じて、われわれの職業に就いたばかりの若手が持つべき精神に欠けているとでも言うんでしょうかね。それから、彼女が自分自身と言い争っているかのように、静かに、だが激しく、ひとりでぶつぶつやっているのを聞いてしまいまして」

「もしかしたら、声に出して仕事をするのが彼女のやり方かもしれませんよ」わたしは言った。

「ええ、もちろん、きっとそうですね」ジーノはあの鮮魚売り場の男性のような親切そうな笑顔になって言った。「あなたの言うとおりでしょう」

らせん階段を下りきると、〈シャーロット〉の改装されたほうへと続くドアにはいった。ナオミのオフィスのドアは開いたままになっていた。そのまえを通りかかると、クララの声が聞こえた。甲高く、不安そうな声。わたしはしばらくその場にたたずんでいたものの、彼女が何を言っているのか、ひとことも聞きわけられなかった。驚かせないよう、なかをのぞくまえに手を伸ばしてドア口の側柱を軽くノックした。

クララは椅子から飛び上がった。わたしも彼女を見て、飛び上がりそうになった――顔からは生気が失われ、おだんごにまとめた髪もほんの少し傾いている。

「お邪魔したのではないといいんですが」わたしはそこにいる無理のない理由を考えながら言った。

ナオミは少し驚いた顔をした。「いいえ、ヘイリー、大丈夫ですから、はいって」

「ミズ・フェイバーにうかがいたいことがあって」クララは慌てて言い、ほつれ髪を耳にかけた。「開幕当日の夜の記念パーティで利用できる設備を知りたくて。あなたに見てもらえるように報告書をまとめているところで、ケータリング業者三社からの見積もりも含めるつもりです」

この時点では、開催記念パーティは展覧会そのものよりはるかに遠いことのように思えた。今考えても意味がないことだろう。「ご苦労さま、クララ――それはまだ検討も始めていないことね。考えてくれたことにはお礼を言うわ」誰が彼女をこんなに怖がらせたの？　ナオミのせい？

「そろそろミスター・ベリーフィールドのところへ戻らないと」クララはそう言うと、わたしの脇をすり抜けていった。

「クララ」と声をかけると、彼女は立ち止まった。わたしはナオミのオフィスからさらに何歩か離れてから、声をひそめて訊いた。「大丈夫？」

彼女はうなずいた。「ええ、はい――絶好調です」

「あとに残された者が死から立ち直るには時間がかかるわ。一年の大半をウーナと働いてきたんだもの、あなたにはとりわけつらいことだと思う」

クララの目に涙があふれた。「いいえ、わたしは大丈夫です」彼女は言った。「ただ、彼女に最後に会ったときのことをずっと考えてしまって――二度と会えなくなるなんて夢にも思ってなくて」

そのとおりだ。クララは生きているウーナに会った最後の人物なのだ。「木曜日の朝、彼女がどんな様子だったか思い出せる？」

「えっ？」

「彼女は幸せそうだったのか、苛立っていたのか、悩んでいたのか、それとも――」

「わかりません」クララは肩をすくめて答えた。「そういう状態のすべてに当てはまるように思います。ウーナですから」

彼女が言いたいことはわかった。

「たぶん」クララはことばを選びながら言った。「あの朝、わたしがコーヒーを買って戻ってきたとき、彼女はいつもよりちょっと苛立っていました」

「木曜日のこと？　でも、わたしはてっきり、〈プレタ・マンジェ〉へランチを買いにいったのと、そのあとスケッチブックを買いにいった以外に、あなたは仮事務所を出なかったとばかり思ってたわ」

「そうじゃなくてコーヒーを買いに外出したんです。言ってませんでしたっけ？」彼女は顔をしかめた。「ミズ・フェイバーが立ち寄って、外出するかどうか訊かれました。外出するんだったら、ついでに彼女のカプチーノも買ってきてと頼まれたんです。でも、アセンブリー・ルームズのカフェはまだ開いていなかったので、アルフレッド・ストリートにある〈ボストン・ティー・パーティ〉まで行きました」

「どれくらい外出していたの？」

「十五分くらいだけだったかと。わたしが戻ってきたときも、ミズ・フェイバーはまだわたしたちの仮事務所にいましたから」

「ウーナが苛立っていたというのはそのときなの？　このことは警察に話した？」

彼女の目が大きく見開かれた。もう涙は止まっていた。「はい、話しました。そうしたはずです。きっと伝えています」

それがどういうことかはわかった——つまり、ホップグッド部長刑事に電話をかけなくてはいけないということだ。

クララがらせん階段のほうへ行ってしまうと、わたしは踵《きびす》を返してナオミのオフィスにふたたび立ち寄った。

「すべて順調でしょうか？」わたしが尋ねた。

「彼女はちょっと神経過敏になっているみたいじゃありません？」ナオミはデスクの上の書類を整理していた。

「経験したことを思えば無理もないでしょう」わたしは言った。「あんなふうにウーナを発見してしまったんですから。木曜日に彼女を見かけましたか？　彼女というのはウーナのことですが」

ナオミは鉛筆で唇を軽く叩いてから言った。「ええっと。あの日の午前中、仮事務所に顔を出しました」

「そのあとは？」

「水彩画家展のほうが最悪の事態になってしまって。事態を収めるまでに何時間もかかったせいで、ランチも食べ損ねてしまう始末でしたよ。そうしたら突然、警察がやってきて、全員に事情を尋ねだしたんです。恐ろしいことですよね、ほんとうに。それで、ヘイリー、おたくの展覧会向けに目玉となる展示物のアイディアがいくつかあるので、もしちょっと時間があったら、よければわたしが——」

「ごめんなさい」本心であるかのように言った。「行かなくちゃいけないので。あとで話しましょう。それじゃ！」

ちょっと厚かましいどころの話ではない。彼女は、ジーノではなく、自分こそがマネージャーだと言わんばかりに、うちの展覧会に首を突っ込めると思っているのだ。たしかにジーノは、使いものになるアイディアをただのひとつも出していなかったけれど。

階段を下りて展示会場へ行くと、白いつなぎを着たドルイド展関係者たちが搬入作業をしているところに出くわした。大忙しで作業をしている。そのなかのふたりが両脇に幅の広い平らな石をいくつも抱えて、わたしの横を通りすぎた。

「石塚《ケルン》は右手、支石墓《ドルメン》は左手へ」トミー・キング＝バーンズが声を張りあげ、一方へは手を、反対方向へはクリップボードを振って指示を出していた。

「あれってものすごく重いんですよね？」わたしは尋ねた。

「本物じゃなく小道具だよ」彼は言った。「素材は百パーセント再生プラスチック。ドルイドには六千年も歴史があるんだ、環境にだって配慮できるようになるさ。調子はどう、ヘイリー？」

「元気ですよ。搬入は順調？」

「楽勝だね」トミーはそう言うと、クリップボードにはさんだリストにひとつチェックを入れた。「ジーノから聞いたとおり、ナオミ・フェイバーはしっかり施設の管理ができてる。これまでおれたちが甘んじてきた失敗には信じられないようなものもあった――関係者がドルイドを真剣に受け止めないばっかりにね」

「ナオミとジーノは以前、一緒に働いたことがあったとか？」わたしは何気ない口調で尋ねたものの、内心は穏やかではなかった。

「そうだなあ、あれはたしかケント州のホップ乾燥場博物館か何かだったと思う。去年か一昨年《おととし》の話だ」

どこか近くからケルト音楽の調べが聞こえてきた。たしか、エンヤが歌う『ロード・オブ・ザ・リング』の主題歌。トミーはあちこちのポケットをぽんぽんと叩きはじめ、お目当ての携帯電話を見つけると、わたしに人差し指を上げて見せてから背を向け、かすれた小声で電話に出た。

つまり、ナオミとジーノは一度も会ったことがないふりをしていたけれど、トミーによれば、それは事実ではないのだ。彼が電話を終えたら、あと少し情報を引き出せるかもしれない。

背後から声が聞こえた。「すみませんが――」

振り向くと、ゆるやかに衣《ころも》を巻きつけられた等身より大きいマネキンが三体、宙に浮かんで見えた。胴のあたりに生きた人間の腕が見え、そのうちの一本が手を振った。

「通してもらえます?」

「ごめんなさい!」邪魔にならないよう後ろへ退がったところ、石の模造品の山に突っ込んでしまった。まるで大地が揺れたように、石の山が震えた。わたしはまた動いて、小さな保管スペースにつながる短い廊下に出た。と言っても、実際にはたたまれた椅子が何脚か立てかけられているくぼみにすぎず、椅子の奥には茶紙に包まれた平たくて大きな何かが置かれていた。それに貼られたラベルには《画家　グレッグ・レンショー》という名前が書かれており、カラフルな装飾と電話番号が添えられていた。

そういえば、額装の作品を置いていくのであとで取りにくるとナオミに言っていた画家がいたっけ。ナオミは水彩画家展にはマネージャーがいないと言っていたけれど、あの画家はまるで責任者のような口ぶりで話していた。彼なら、木曜日の午後いっぱいについてナオミのアリバイを裏づけられるかもしれない。もちろん、彼女は警察にすべてを話しただろうし、当然、警察は徹底的に確認をしただろうが、ジーノはウーナに会ったことで嘘をつき、クララはコーヒーを買いに外出したことを忘れ、ついでにナオミは展覧会のアイディアをわたしに押しつけようとしてきた——もう自分自身のアリバイすら信用するのもむずかしい。

画家の連絡先を写真に収め、その場をあとにした。

18

「ホップグッド部長刑事をお願いします。ヘイリー・バークです」

今回は電話にした。日中、刑事たちがどこへ出かけているのかわからないし、マンヴァース・ストリートの警察署のロビーで待ちたくもない。

電話に出たのはケニー・パイだった。「ミズ・バーク?」

「毎度お騒がせしてしまって」彼が否定してくれないので、先を続けた。「あなたがたがご存じかどうかわからないことがいくつかあったものですから。そちらにうかがいましょうか?」

「コーヒーでも飲みながらいかがですか？」彼が訊いてきた。

「ええ、それはかまいませんが――どこにします？」

「パルトニー橋のカフェでどうです？」

その方向に歩きだしながら、わたしは言った。「いいですね。あまり遠くない場所にいますので」

「それじゃ、十分後に」

わたしは歩くペースを速め、七分後に着いて、カフェのまえの歩道でパイ刑事を待った。彼はそれから一分もしないうちにやってきた。ふたりで窓越しに品ぞろえをチェックし、店内にはいると、注文をすませてから堰《せき》が見わたせるテーブルを押さえた。警察の聴取にしては上品な設《しつら》えになった。

「ちょくちょくうかがっているので、署のみなさんにいやがられていませんか？」わたしは尋ねた。

「第一取調室のほうがよかったということですか？」

わたしは思わず笑ってしまった。ケニー・パイは実に感じがよく、人間がよくできている。歳は二十代後半といったところだろう。警察官にして物書きでもあり、エールハウスという名前の私立探偵を主人公にした一九二〇年代が舞台の探偵小説を執筆している。結婚しているのだろうか。パートナーはいるのだろうか。ダイナをこちらに来させて、ふたりを引き合わせてはどうだろう？　わたしはそんなことに思いをめぐらせた。

わたしの頼んだロックケーキと彼のソーセージロールとともに、コーヒーが運ばれてきた。ケニーが手帳を取り出し、わたしは自分がなんのためにここにいるのか思い出した。まず、ウーナが殺害された日の午前中にクララがコーヒーを買いに外出したことから始めた。

「クララはまだショックから立ち直れていないでしょうし」わたしは言った。「あの日あったことをつぶさに警察に伝えることの重要性がわかっていないかもしれません」あれからまだ一週間ほどしか経っていないなんてとても思えなかった。もうずいぶんとまえのことのような気がする。

パイはメモを取りながら、ソーセージロールをかじった。

わたしは慎重に話を進めた。「自分がいつどこにいたか警察に話し忘れてしまったとき、その人のことを疑うものですか?」

「目撃者は、さまざまな理由で情報を提供しないものなんです」パイはそう言うと、指を立てながら理由を挙げはじめた。「関係があると思わない。関係があるのを恐れ、自分自身かほかの誰かを厄介事に巻き込みたくない。あるいはほんとうに思い出せない、少なくとも最初のうちは。一週間まえの月曜日にしたことをすべて話してと、もしも誰かに言われたら、それができますか? 細かい点までひとつ残らず、最初からすらすらと言えますか?」

わたしだったら要点すらおぼつかないだろう。ましてや細かいこととなると、とても無理だ。彼の言わんとするところがわかり、クララが困ったことにならないのにほっとした。

「それから、ナオミ・フェイバーとジーノですが――」ふたりについてつかんだ情報を提供した。

パイは手帳の前後のページを行ったり来たりしてはじっと考え、メモを取り、一度か二度うなずいた。

「すでにご存じでしたか?」わたしは尋ねた。「情報を知ったあなたがたがどう解釈するのかわからないまま提供しつづけているので。あなたとホップグッド部長刑事が知っていることばかり、わたしがくどくどお伝えしているのだとしたら、おふたりの時間を無駄にしているだけですから」

パイ刑事は手帳を閉じると、コーヒーの残りをかき混ぜてから口を開いた。「第三者、つまり警察官以外の人が質問してくれるのは、役に立つこともあります。訊き手がちがえば、答がまったくちがってくる場合もあるので」

「パイ刑事」わたしは言った。「実はわたしが捜査のお役に立てている、とおっしゃっているんですか?」

彼はにこやかに笑った。「部長刑事には内緒ですよ」

その後の二日間というものなんの進展もなく、わたしは苛立《いらだ》ちを募らせた。ふたりのどちらかでもちゃんと展覧会の仕事をしているか探ろうと、〈シャーロット〉へ行くときには事前の連絡をやめてみた。一度などは、ジーノが、ダラム州での何かのイベントでラムトンのワーム(同州の民間伝承に登場するドラゴン)を再現した話を延々と続けているところを目撃した。なんのことを話しているのかは見当もつかなかったけれど、あえて訊かなかった。彼はこれまでに二回、職務を投げ出して、階下《した》でドルイド展の準備をしているトミーとのおしゃべりに興じていたが、ほとんどの場合はウーナの仮事務所にいて探偵小説をぱらぱらとめくっていた。クララのほうはタブレットをいじっていた。

ミドルバンク館にいるあいだは、わたしは図書室で腰をおろして、銀行の貸金庫から送られてきた箱にはいっている本を調べ、展覧会での活用方法を考えながらメモを取った。まだ手つかずだった最後の数箱だ。そのなかにセイヤーズの新品同様の『学寮祭の夜』を見つけ、一行目を読んでみようとそおっと開いた。いつの間にか二章まで読んでしまい、読みたい気持ちを無理やり抑えてこの本を置き、捜索に戻った。でも、ディテクション・クラブの一九三三年の全会員がサインをした『殺人は広告する』の初版本はどの箱にも見あたらなかった。

見逃していた手がかりが見つかればと思い、ドロシー・L・セイヤーズに宛てたレディ・ファウリングの手紙の下書きをもう一度読み直してみた。アデルは、謎かけが大好きだったレディなら、手がかりとして解明すべき謎をどこかに遺《のこ》していても不思議はないと言っていた。それはどんな謎なのだろう？　図書室のまえの踊り場に出て、レディ・ファウリングとおしゃべりをした。ミセス・ウルガーはミスター・レニーとランチへ出かけて不在だった。

レディは自分の考えやわたしにさせたいことについてずばり言ってくれる場合もあるのだけれど――もちろん、肖像画なのはわかってる――今日の彼女は完黙《シュトウム》を決め込んでいた。このことばをホップグッド部長刑事が使うのを耳にしたことがあったので、わたしも意味は知っている。

「わかりました、いいですよ」わたしはいくつか突っ込んだ質問をしたあとで、彼女に告げた。

「話題を変えますね」キャンバスに実物以上の大きさで全身が描かれたレディ・ファウリングの肖像を見つめた。ホールターネックで背中があらわになったワインレッドのサテンのイブニングドレス姿。バイアスカットで生み出された優美なドレープは裾へと流れ、さらに床へと落ちている。身体を斜にかまえてポーズをとり、片手を誰も坐っていない椅子の背もたれに添え、肩越しに半ば振り返った恰好でこちらを見ている。あの謎めいた微笑みは瞼《まぶた》を閉じても目に浮かぶほどよく脳裏に刻まれていた。彼女が肖像画のためにポーズをとったのは、自分と同じくらいの歳だったのではないだろうか。正確を期すれば、立ち姿でポーズをとったと言うべきか。

「お召しになっているその素敵なドレスは取ってありますか？　というのも、わたしが何より心配しなくちゃいけないのが、初日の夜の開催記念パーティで着るための気の利いたドレスのことで。それでなんて言うか、もしも保管してあって、もしもわたしがたまたま見つけて、もしもサイズがぴったりで、もしも厚かましすぎると思わないならなんですけど……わたしが着ちゃってもかまいません？」

正面玄関のドアが閉まるカチリという音がして、冷や汗が噴き出してきた。手すりまで行って階下《した》を見下ろした。

「ミセス・ウルガー？」

「はい、ミズ・バーク。ランチからちょうど戻ったところです」彼女は素知らぬ顔で言ったけれど、コートはすでにコート掛けにかけられていたから、一、二分はそこに立っていたにちがいない。わたしは赤面してしまった。「打ち合わせを邪魔してしまっていたら申し訳ありません」事務局長は言い添えた。

わたしは咳払いをした。「ええ、まあその、大丈夫です。電話に出ていただけですから」電話は階下《した》のわたしのデスクの上にある。電話がかかってきて嘘がばれてしまいませんようにと心のなかで祈った。

〈シャーロット〉での木曜日は、またもジーノが出してきたばかげた展示物のアイディアにじっと耳を傾ける羽目になった。レディ・ファウリングの蔵書の一冊一冊について、舞台になった場所をピンで示した地図を展示するという案だ。ちょっと興味が湧いたので、作者が創り出した架空の地名はどうするのかと尋ねてみたけれど、彼はそれには答えずすぐさま、またしても本人の言うところの妙案がひらめいたと言って、密室トリックに登場したさまざまな錠前——箱錠、回転式ボルトロック、レバー式ロック、スライドロック——を展示してはどうかと提案してきた。金物類ってそんなに魅力的なの？

苛立ちをこらえきれず、立ち去ろうと持ちものをまとめたものの、ドア口でいったん立ち止まり、勇気を奮いおこした。「思うんですけど、わたしたちが——」〝わたしたち〟ということばを使ったのはせめてもの情けだ。「出しているアイディアにはある種の勢いが足りません。ちょっぴりドラマティックな要素が必要なんですよね。来場者の想像力をしっかりつかまえる何かが。今日のところはそこまでにしておきましょう。また明日の朝に」

ヴァルが夜間の授業のあと電話をかけてきて、わたしの悩みに付き合ってくれた。

「ミステリ黄金時代の主要な作家ひとりひとりに対してレディ・ファウリングがどんな愛着を持っていたのか、深く掘り下げてもいいし」わたしは電話の向こうのヴァルに言った。「蔵書をうまくグループ分けして、手紙とか献辞とか、レディに向けて個人的に書かれたメッセージからのことばを説明パネルに盛り込んでもいいでしょうし。彼女が創造した探偵を徹底的に調査するというのはどう？　題して〝フランソワ・フランボーとは何者だったのか？〟とか。それとも、よくあるようにモニター画面の半分に探偵の名前を並べ、反対側に特徴を表示して、来場者に正しい組み合わせを当ててもらうとか？　マネキンを用意して、探偵の恰好をさせてもいいし。フランボーはどんな服装をしていたのかしら？」

「どうだろうね」ヴァルが言った。「でも展覧会マネージャーのアイディアっぽく聞こえる」

「ばかなこと言わないで」そう返事をしたけれど、思わず頬がゆるんだ。けれどすぐに、デリケートな品々を傷めずに展示するむずかしさを思い出した。照明や湿気——ジーノはそういった気を配るべき事柄について知識がある。でもわたしのアイディアを伝えたら、彼はそれらをどうするだろう？

ヴァルとわたしは黙り込んだ。電話越しの彼の息づかいに耳を傾けると心がなごんだ。火曜日以来、一緒に過ごせた時間はほんの少しだけだったから。今週はそれでしかたがないだろう。金曜日の彼の予定は一日じゅう学校での会議でびっしり埋まっているし、わたしはわたしで土曜日の朝早く出て母に会いにいってしまうし。ふたりで過ごせる時間が必要なのに、何かの予定を動かさないかぎり時間なんて取れっこない。

「娘さんたちから連絡はあった？」わたしが訊いた。

「ベスにははぐらかされてばかりなんだよ、どういうわけか。ベッキーは今週末、ドーセットの丘の上に鉄器時代に築かれた砦の遺跡に行って、野外で絵を描くんだそうだ」

「冬場に野外で？」わたしは言った。「あなたゆずりね」

「十一月に海辺の岩場で半日もぶらぶらするような人にそう言われるなんてね」彼が切り返した。

わたしは声を立てて笑った。「だって、あとであなたが温めてくれるのがわかってたから」

「今もそうしたいよ」わたしたちはお互いを恋しく思う気持ちでしばらくことばをなくし、ときおりわたしが洩らす深いため息だけが沈黙を破った。

金曜日の朝、〈シャーロット〉へ行くと、クララが仮事務所にひとりで坐っていた。

「ミスター・ベリーフィールドは会場入口の寸法をまた測りにいってます」彼女が事情を教えてくれた。「何かアイディアがあるみたいで」

やっときたか。

「よかった。ところでクララ、差し支えがなければ教えてほしいんだけど、今週末はシェプトン・マレットへ帰るつもり？　きっとおばあさんは、あなたの仕事がどうなってるのか、とっても聞きたいと思ってるでしょうね」

彼女が答えるまえに、らせん階段からカンカンというやかましい足音がした。ジーノが急ぎ足で上がってきた。

「ミズ・バーク――ちょうどよかった。いらしてくださってうれしいです。ちょっといいですか？」

彼が差し出した巻き尺をわたしは受け取った。

「何を測るんです？」

「階段ですよ」ジーノが言った。「さあ、部屋から出てください。あたしが階下《した》の踊り場に行きますから、巻き尺を下に垂らしてもらいたいんです」

わたしもあとに続いて仮事務所を出た。ジーノは駆け足でぐるぐるとらせん階段を下りていき、階下《した》の踊り場に着くと、こちらを見上げて言った。「さあどうぞ」

わたしは言われたとおりにしたものの、尋ねずにいられなかった。「ミスター・ベリーフィールド、寸法を測る必要があるのはどうしてなんです？」

「確認ですよ、ミズ・バーク――あとで教えますから！　手すりのてっぺんまでで何センチですか？」

「四メートル五十――」

「はい、それでけっこうです。やはり予想どおりでした」彼はつぶやくように言うと、巻き尺から手を離し、階段を走ってのぼり、仮事務所にはいってきた。「戻りました」

クララは片隅の椅子にじっと坐ったままでいた。ジーノはデスクの後ろからフリップチャート——イーゼルに置いて使うような大きな紙を綴《と》じたもの——を取り出すと、目を輝かせてわたしたちを見た。

「発表します」彼は高らかに告げた。「目玉となる展示物——ピム広報社のオフィスです」

フリップチャートを麗々しくめくり、胸のまえに掲げた。宣伝用の看板を胴にかけたサンドウィッチマンみたいに。鉛筆で陰影と鮮明な線とで描かれた大きなスケッチが見えた。ジーノは製図技術者か設計士としてキャリアをスタートさせたのだろうか。まずそんなことを思ったが、それはすぐに消え去った。スケッチの題材があまりに胸にこたえたのだ。らせん階段とその上方の踊り場が描かれ、踊り場の手すりから何人かの人物が身を乗り出して、階下《した》を見下ろしている。そのほかにふたりの人物が、恐怖のあまり後ずさりしたかのように壁に後ろ手をついて立っていた。階段の下には三人の人物の足もとに手足を伸ばして横たわる死体の輪郭がチョークで引かれている。

わたしはことばを失った。ジーノは熱意に顔を輝かせ、わたしをちらりと見てからクララに視線を移し、またわたしを見た。「わかりません？　『殺人は広告する』に登場する鉄製の階段を展覧会の入口に再現するんですよ。大きさは実物大にして、中央に設置すれば、会場のどこからでもよく見えるでしょうから、来場者を惹きつけられます。まさに殺人現場に歩いてはいってきた、そんな気分を味わえるんです！」

わたしの横でクララが泣いていた。

「そんなもの片づけて」わたしはジーノに小声でぴしゃりと伝えた。彼が動かずにいたので、さらに言った。「今すぐに！」

ジーノはフリップチャートを閉じた。

「ミズ・バーク」ジーノは傷ついた口調で言った。「展覧会でいちばんの目玉になる展示物のアイディアを出してほしいってあなたが言ったから、それを提出したまでですよ。殺人事件の謎を形にしただけではなく、探偵小説史上において最も重要な発見だとあなたがおっしゃるものとも連動させたビジュアルなんですから、ほんとうのところ、ちがう反応を期待してました。ああ、現時点では未発見ですがね。あたしが何をまちがえたって言うんです？」

「クララ」わたしは彼女の腕に手を置いて声をかけた。彼女の震えが伝わってきた。「今日は展覧会の準備から離れてもらってもいいかしら？　ミセス・ウルガーとわたしが手いっぱいになっているものだから。協会の会報を出そうとしてるところで……そのほかにもあれやこれや手助けが必要な仕事がどっさりあるの。だから、わたしと一緒にミドルバンク館に戻ってもらう。それでいい？　階下《した》に行って、不在にする旨をナオミに伝えましょう、わたしもあとからすぐに行くので」

クララが働く場所をナオミが少しでも気にするとは思わなかったけれど、ジーノと少し話ができるよう、彼女を仮事務所から遠ざけたかった。

「はい、もちろんです、ヘイリー」クララは椅子からさっと立ち上がると、コートとバッグ、タブレットを急いでつかんで逃げ出した。

わたしはドアを閉めた。クララはらせん階段を下りるときにはいつも余計に時間がかかる。ましてやジーノにあんなものを見せられたばかりなのだから、わたしが話を終えてもまだ踊り場でぐずぐずしているかもしれない。わたしが顔を向けると、ジーノはデスクの後ろにフリップチャートを置いた。

「ミズ・パウエルはどこか具合でも悪いんですか?」

「気づかなかったんですか――」クララの震えがわたしにも伝染《うつ》っていた。咽喉《のど》もとまで迫《せ》りあがってきた震えを咳払いで押さえ込み、初めから言い直した。「気づかなかったんですか、あなたのスケッチがウーナの殺された状況を描いているってことに? 階段から突き落とされたウーナを最初に発見したのはクララだったんですよ? スケッチのせいで、あの恐ろしい瞬間を彼女が思い出してしまうとは思わなかったんですか? いったいどうして、それが展覧会にふさわしい展示物だと考えられるんです? そんなの、殺人――本に書かれた小説じゃなくて本物の殺人事件――を宣伝する広告だと思われてしまいます! あんな暴力を容認するなんて、協会がどう思われることか!」

耳鳴りがした。深く息を吸った。

ジーノは顔面蒼白になり、両手を震わせていた。「でもあれはただの小説で――それだけのことですよ。例の初版本の胸躍る発見と連動させたいと思い……ああ、まったく、あたしはなんてことをしてしまったんだ?」椅子にへなへなとくずおれた。「ウーナの死を軽く考えたりはしてません、それは信じてください、ミズ・バーク。ほんとうに、今回の展覧会はあたしにとって一世一代の仕事なんです。自分が失ってしまったものを振り返り、将来に目を向ける、人生の分岐点。過去の自分のあやまちを受け止めたうえで、これからの行動がそのつぐないになればと」

この人がここまで無神経になれるとは信じられなかった。しかし、現実はこうなのだ。

「もちろん、今はわかってます」彼はうなずいた。「でも、あたしの大胆なアイディアは殺人犯にもショックを与えるでしょうね、ちがいますか？」と言って、閉じられたドアに視線を向けた。「とにかく、ほんとうに申し訳なく思います」

「いずれにせよ、クララにはいったん、ここから離れてもらわなくてはなりません。ミドルバンク館には彼女向きの仕事がたっぷりあります。どう考えても、さっきのアイディアはうまくいきませんので、また案を出してください。今日の終業時刻頃に必ず顔を出しますから、そのときほかにアイディアが出ていない場合、もっと技術寄りの仕事に移ってもらわざるをえないかも」

ナオミはそれで納得してくれるだろうか？　彼女は自分が展覧会マネージャーになると言うかもしれない。ウーナが亡くなって初めてのミーティングのとき、ナオミはそう強く望んでいるのが傍目《はため》にもわかったから。それはごめんこうむりたい。ジーノには名ばかりにせよ、マネージャーにとどまってもらう必要がありそうだ。ナオミにも当人にも、ジーノは降格したと悟られないようにしなくては。

「そのときは、わたしと協力してひとつずつ展示物に取り組んでいきましょう」と先を続けた。

ジーノと何時間も一緒に過ごすと考えると、自分で自分に罰を与えたような気がしてげんなりした。「まだ時間の余裕はあるし、テーマもはっきりしている。女性作家たちとレディ・ファウリングをつなぐ何かを見つけるの――本質的で情熱に満ちたものを」

ジーノはなんの感情も見せず、ただ何やらつぶやいただけだった。聞き取れなかったけれど、聞き返さないほうがいいと思った。わたしはらせん階段のてっぺんでいったん立ち止まり、手すりから身を乗り出して階下《した》を見下ろした。胃のあたりにむかつきを覚えつつ、ウーナが転落していくさまを想像してみた。クララの注意はなくても、手すりをしっかりつかんでいた。

ナオミのオフィスのドアは閉まっていたが、階下《した》から設営作業の音が聞こえた。音の発信源へ行ってみると、クララがドルイド展の関係者と一緒にいた。いたって元気そうだ。

「ミズ・フェイバーはオフィスにいませんでした」クララは事情を説明した。「ミスター・キング＝バーンズが搬入作業を見学してもかまわないと言ってくれたんです。ご存じでしたか、ヘイリー、ドルイドは何も文字に書き残さなかったって？」

「そうなると、説明パネルを考えるのはひと苦労でしょうね」わたしはトミーに言った。

「当時の資料はあるし」トミーが答えた。「そのあとの時代の、博物学者の大プリニウスとかいったやつらが遺した文献が少し役に立ったよ。はるかに多くの資料があったはずなんだ。あのいまいましいローマの連中が攻めてこなきゃね」彼は頭《かぶり》を振った。

クララが声をあげて笑った。「ほんとうはミスター・キング＝バーンズはローマ人が好きなんです。フォス街道にまつわる展覧会を手がけたくらいですから」

「実際に、フォス街道沿いの会場で開いたんですよ」トミーはにやりと笑った。「イースト・ミッドランズでは、フォス街道は今のA四十六号線にあたる。その道路沿いの退避所《インス》に空間的な展示作品《タレーション》を設置して、ローマ人の外衣《トーガ》を着た役者たちを配置して」道路脇の看板を想像させるような仕草で両手をさっと広げてみせた。「〝皇帝とお茶を一杯どうぞ！〟ってね。大好評だったよ」

そのイベントにジーノは絡んでいたんだろうか？　わたしはそんなことを思った。

不意にミック・ジャガーが歌いはじめた。トミーはいくつもあるポケットを軽く叩いて発信源の携帯電話を見つけると、電話に出ながら遠ざかっていった。その声はちょっと聞き覚えがあるような――

「ヘイリー」クララが目のまえに立っていた。胸を張っている。「心配しないでください。ミスター・ベリーフィールドのアイディアへのわたしの反応はほんの一時的なことです。彼は悪くありません。どんなことも人のせいにしてはだめです――チームとして弱腰になってしまいます。たとえ何があろうと、わたしたちは自らの行動に責任を持つべきです。わたしはもう大丈夫ですから、ここに残って仕事を続けられます。わたしを別の場所に移す必要はありません」

「ばかなこと言わないで」わたしは言った。「ミドルバンク館のほうであなたが必要なのよ」彼女にしてもらうべき仕事はきっと見つかる。

19

土曜日の朝早く、ブリストル・テンプル・ミーズ行きの列車に乗って二十分、バーミンガム・ニュー・ストリート行きの列車に乗り換え、そこからまた乗り換えてリヴァプールへ向かう。母を訪ねる週末のいつものルートだ。最後の区間でお茶とロールパンをおともに腰を落ち着け、ヴァルにショートメッセージを送った。

《ここに一緒にいてくれたらよかったのに》

すると彼は電話をかけてきて、わたしが出るとこう言った。「ぼくもきみがここにいてくれたらって思ってる。きみのお母さんに会いにリヴァプールへ行くのはすごく愉しみだけどね」

わたしたちにはまだ乗り越えていないハードルがあった。親への紹介。この歳になってもこれは大事なことなのだ。

「今日、ベスが寄ってくれることになっていてね」電話の向こうのヴァルが言った。

胸騒ぎがした。「そうなの？　そっちにいられなくてごめん」

「古い箱をいくつか調べたいって言うんだが、ちょっと変なんだ。何を探しているんだか」

母親関連のものにちがいない。

「彼女によろしく伝えて」

ことば足らずな気がしたけれど、とりあえずはいいだろう。と思ったのに、それからの道中、ほかに言いようがあったのではないかとぐずぐず悩んでしまった。「よろしく」なんてよそよそしい――ベスにそう思われてしまうだろうか？　この問題を心配しつくした挙句、持ってきた『殺人は広告する』のペーパーバックの古本を手に取った。


母のフラットに着いて荷物を置くと、担当の訪問看護師に報酬のはいった封筒を渡した。母は、看護師が帰るとすぐに歩行器の座面にフィンガータイプのショートブレッドが載った皿を置き、キッチンのテーブルまで押していった。わたしはやかんを火にかけ、ふたりで一週間の出来事を詳しく話しはじめた。

「手術の日取りについて、何か進展はあった?」わたしが尋ねた。

「いいえ、まだ順番待ち。けれどそれでかまわないわ」母が言った。「あなたの展覧会の日程と重なるのが心配なの。だって、ダイナと観にいくんだから」

「まあ、お母さん、無理しないで。でもそうしてくれるならすごくうれしい。ダイナはいい旅のおともになると思うし、鉄道会社の職員も親切にしてくれるでしょう」コーヒー粉を量って、ピストン式のコーヒーポット《カフェティエール》に入れ、沸いたお湯をそそいだ。母が展覧会を観にきてくれるのは心からうれしいことだった。母はわたしが初版本協会で仕事を始めてからバースに来たことがなかったので、働いている姿や場所を見せられると思うと誇らしい。それにヴァルに紹介もしたい。自分がミドルバンク館の三階に住んでいることを忘れたわけではない。二階分の階段をのぼってもらわなくてはならないけれど、何かいい方法を考えよう。

「ヴァルの娘さんたちのこと、詳しく教えて」母はカウンターからマグカップを取り、ミルクピッチャーの蓋をはずした。今週は平日にほんの少ししか母と話せていなかった。ヴァルの家での夕食会と翌朝の娘たちの訪問について洩らさず伝えようとはしたのだけれど、やっぱり話し足りなかった。やっとじっくり話せる。

「だから」母から質問攻めに遭ったあと、わたしは言った。「こういうことだと思うの。娘さんたちは、わたしに捨てられて彼が傷つくことを心配してるのよ。そうならないようにするのが、自分たちの務めだって思ってるんじゃないかな。少なくともベスが心配しているのはそのことね。ベッキーの考えはちがうかもしれないけれど、この件を取り仕切っているのはベスのほうだから」わたしは顔をしかめた。「それでも、どこか腑に落ちないというか」

「ふうん」母は言った。「ちょっとしっくりこないわね。まるでベスは……」ショートブレッドをまた一本つまんで、自分の取り皿を軽く叩く。「そうじゃない」今度は小声でささやくように言った。「ほかに何か理由があるのかもしれない」

ふたりで黙って残りのコーヒーを飲み、わたしは自分のショートブレッドを食べた。やがて母がまったく関係なく思えることを話しはじめた。

「覚えてるかしら？　数年まえ、わたしが家を売るのに、ダイナが猛烈に反対したときのことを」

あれはわたしたち家族にとって中途半端な時期だった。父が亡くなって何年も経ち、母はすでに再婚してロス・オン・ワイからリヴァプールに引っ越していた。それからほどなくして、夫が母の年金の一部をくすねてスコットランドに逃げてしまい、母は再婚がよくあるまちがいだったと悟るに至った。その頃のわたしはと言えば、結婚生活が破綻するという修羅場の真っただ中でダイナを守ろうと必死になっていて、気づけば、母は離婚していたのだった。母は離婚後もリヴァプールに残ると決め、その数年後、ダイナが十七歳になった頃、ロス・オン・ワイの家を売ったのだ。そのことにダイナは猛烈に腹をたてた。

「あのときのことはよーく覚えてる」わたしは母に言った。「ダイナは、お母さんが一生分の思い出と自立した生活を手放そうとしてるって、ずっと大騒ぎして――まあ、なんて言っていたかまではよく覚えてないけど」

「ダイナは、夏休みのたびに過ごしていたからあの小さな家のことをよく覚えていたのね。わたしたちはてっきり思い出がなくなるのがいやなんだろうって思ってたけど、実はそういうことじゃなかった」

「そうね――ダイナの苛立《いらだ》ちのいちばんの原因は、大学進学まえのギャップイヤーを取って、スコットランドのマル島のパブで働きながら、人生をどうしたいか考える時間を取りたいってことだったんだもの」

「でもあの子は、それをあなたになんて伝えればいいのかわからなかった」母が言った。「だから苛立ちをぶつけられるものに矛先を向けたのね。あの子がどうしてもいやだと言って聞かなかったのを思い出すわ。〝おばあちゃん、どうしてあたしたちにそんな仕打ちができるの？〟ってね」

わたしはショートブレッドの皿をじっと見つめた。「ベスが苛立ってるのは、ヴァルとわたしとは関係ないってこと？」

「わたしが言ってるのはね、推理する力をしっかり働かせて、見つかったものを吟味してみたらってこと」

わたしは鼻を鳴らして笑った。返事をするまでに何分もかかった。「推理する力って、冗談でしょ、お母さん。わたしにそういう力があったら、ウーナを殺した犯人を突き止めて、みんなの手間をおおいに省《はぶ》けるんじゃない？」

「そう結論を急がないの」母はにやりと笑って答えた。「で、その本のほうはどう？」と言って、わたしのペーパーバックを顎で示す。

「あと少しよ」わたしは言った。朝までには読み終えるはずだから、ちゃんと感想を伝えられるだろう。

翌日の日曜日、遅い朝食——昼食と言ってもいいほど遅い時間に——をとりながら、母とふたりでピーター・ウィムジイ卿について話し合った。

「すごくよかった！」『殺人は広告する』の感想を話しながら、トーストにバターを塗った。

「ウーナの事件でも警察が真っ先に考えたのは、事故の可能性のはず。でも、〝事故《アクシデント》にしては偶然《アクシデント》の度合いが過ぎる事故もあるんだ（浅羽莢子訳）〟ってピーター卿が言ってるとおりだと思う。ウーナの場合もそう。事故にしてはできすぎだわ」

「ピーター卿にはパーカー首席警部がいるし、あなたにはホップグッド部長刑事がいるわね」

「それからケニー・パイ刑事も」わたしはそう言い添えた。彼をダイナに紹介すると思いついたことも話したほうがいい？

「ことば遊びのほうはどうだった？」母が訊いてきた。

「ウィットが利いてた」わたしは言った。「ピーター卿は優秀なコピーライターになったよね？」

「セイヤーズ自身がそうだったから。それにミステリ作家がことばを使ってできることってすごくたくさんあるじゃない？」母が言った。「暗号とか、文字の並べかえ《アナグラム》とか」

「まさか、あれを始めるつもりじゃないよね？」

母はこの日の朝、キッチンのテーブルで携帯電話のことば遊びアプリを開いていた。アナグラムが彼女の最新のマイブームになっていたのだ。

「SILENT（無言）」母がさっそくお題を出してきた。解けるものなら解いてみろというわけか。

「Sでしょ……ちょっと待って、書かなくちゃ」わたしは一度か二度書いて並べかえてから答えた。「LISTEN（拝聴）！」

「TOSSER（愚か者）は？」

わたしは単語を書きとめ、文字を並べ替えて、鉛筆の先で答をぐいっとついた。「STORES（店舗）！」

「REPETITIVE MOLE ROLLS（反復するモグラが転がる）」

「えっ？　もう、お母さんってば、これはからかってるんでしょ？」

「灰色の脳細胞を働かせなくちゃだめよ」

「やるじゃない、ミズ・ポワロ。REPETITIVE MOLE ROLLSね」わたしは書きとめると、いかにも集中しているように額に皺《しわ》を寄せてみせた。「もう無理。答は何？」

「LIVERPOOL LIME STREET（リヴァプール・ライム・ストリート）」

「ほんとうに？」わたしはそれも書きとって、一文字ずつ照らしあわせながら印をつけてから負けを認めた。「でもセイヤーズはアナグラムを使わなかったよね？　彼女が使ったのは――」

頭のなかで扉がぱっと開いた。小説のなかの本物の探偵と同じように、目もくらむような天啓を得たのだ。突然、真相解明の鍵がなんなのか、驚くほどくっきりと浮かびあがってくる、あの天啓を。

「そうだったのね――そうだったのよ！　ずっとすぐ目のまえにあったのに、わたしには見えていなかった。ウーナに、一九五〇年代からのレディ・ファウリングのノートに書かれた内容を入力させられたって話したのを覚えてる？」

「よく覚えてるわ。中身のない仕事をさせられてるって、あなた、あんまりうれしそうじゃなかったわね」

「そのとおり。最初はちょっと無駄な仕事のように思えたけど、なんだかんだ言っても彼女は展覧会マネージャーだし」

「〝だった〟でしょ」母が言い直してくれた。

「そうだった。ええと、レディが書いた、奇妙な言いまわしの羅列にしか見えない一節も見つけて律儀に入力したの。どういう意味かはまったくわからなかったけど。彼女のノートは話が脱線しがちで、つぎつぎに話題が変わっていって。同じページなのに、探偵小説に料理のレシピ、買い物リストが書かれていたり。ややこしいけど、おもしろい読みものにはなる。それで、パソコンで打ち直したものをプリントしてウーナに渡したの。ウーナはそれに目を通しながら、コメントを書き込んだり、展覧会のアイディアを書きとめたりしてた」

「そういう奇妙な言いまわしをウーナはどう解釈していたの？」

わたしは片手でテーブルをぴしゃりと叩いた。「こっちが訊きたいくらい！　彼女が亡くなった状態で発見されたとき、プリントした紙がそこらじゅうに散らばってて、警察が証拠物件として押収したわ。ホップグッド部長刑事はわたしにそれに目を通すよう頼んできた。わたしなら彼女を殺した犯人の手がかりを見つけられるんじゃないかと期待して。でも二回確認しても手がかりは何ひとつ見つからなかった。それがなぜだかわかる？」

母は身を乗り出してきた。「教えて」

「なぜかって言うと、レディ・ファウリングの奇妙な一節が書かれたページが抜けていたから。

なくなってたのよ！　『殺人は広告する』を最後まで読んだから、その理由がわかる。あの一節は、レディがこしらえたワードパズルにちがいない。その暗号をウーナはきっと解読したんだわ」

「それってどういうことなの？」

急に目に浮かんだ光景にすっかり気力を失い、わたしは椅子にぐったりと背をもたせかけた。

「あの本、サイン入りのあの初版本がどこにあるのか、ウーナは暗号から突き止めたんだと思う。誰かに階段から突き落とされる直前に、わたしにショートメッセージを送ってきていたんだもの。ここにあるから、ちょっと探させて」携帯電話をつかみ、ウーナからの最後のメッセージを表示した。


《どこにあるかわかった！　死《デス》が手がかり。殺人は》

母はメッセージをじっくり読むと、ゆっくりうなずいた。「手がかりはデス・ブリードンね――それはわかるわ。そうよ、彼女はあの本のありかを突き止めていたのね」

「わたしは何かを見落としてる、ずっとそんな気がしてた」

母ははっと息を呑んだ。「あなたが手がかりを見落としてたんじゃない――手がかり自体がなくなっていたのよ！」

わたしたちはしばらく無言で坐っていた。最初からずっとあの本が鍵だったのだ。殺人者はあの初版本を探す手がかりを持ち去っていて、そのせいでわたしたちは……「だったら」母は明るく言って、わたしの手をぽんぽんと軽く叩いた。「レディのノートに戻って、自分で暗号を解く必要がありそうね。ちがう？　覚えておいて、最初の文字以外にもあらゆる種類のことば遊びの可能性があるってことを」

アナグラムで地元の駅の名前すら思いつかなかったというのに、わたしにいったいどうやって――

携帯電話のショートメッセージの受信を知らせる音が鳴った。ダイナからだった――どんな母親だって恐怖に打ち震える短い文章が目に飛び込んできた。

《あたしは無事よ》

20

「ダイナ、ママよ」

「あ、ママ。そういうつもりじゃなかったんだけど……心配をかけたくなくて。もう火も消えたし」

「家が火事になったの？」わたしは息をするのもやっとの思いで言った。

「ううん、電気設備がある勝手口だけ……それからキッチンもちょっと」

〝電気設備〟という単語に何か思いあたる節があるような――低く不吉な鐘の音が頭のなかで鳴り響いた。

「何があったの、ダイナ？」

「あれは事故だったの」震える娘の声に胸が痛んだ。「消防隊にそう伝えたし。ふたりはそんなつもりはなくて、ただ――」

「ふたり？　ふたりって誰なの？」放火犯？　怨みを持った元カレとか？　老朽化したヴィクトリア朝様式の一棟二軒《セミデタッチト・ハウス》の住宅を狙った強盗の一味とか？

「パパとその友だちのクラウディのこと。電気設備のアップグレードをしてくれるってパパが言ってたの覚えてるでしょ、ママはちゃんと電気工事士の資格を持った人じゃないとだめだって言ってたよね。でもパパは、クラウディは電気工事の経験が豊富だからって言って、それで今日ちょっとうちに来て工事を始めてくれたの」

〝パパ〟と聞いた瞬間にわたしの腹は決まっていた。携帯電話をキッチンテーブルの上に置き、震える指でボタンを押した。

「ダイナ、今おばあちゃんのところにいるから、スピーカーフォンにしたわよ。おばあちゃんもあなたの声が聞きたいでしょうから。さあ話して」

「こんにちは、おばあちゃん」振りしぼるような声でダイナが言った。「ええっと、何が起きたのか、実ははっきりしないんだ。あたしはジニーと階上《うえ》にいたから。でもポンっていう大きな音がして、それから数分後には煙のにおいがしてきて……」

わたしは聞くだけにして、こちら側から話すのは母に任せた。ダイナが事情を話しているあいだに、客間に急いで戻って持ちものを旅行かばんに押し込み、バスルームから自分の歯ブラシを持ってきた。キッチンに戻ったときにはダイナが災難の締めくくりにはいっていた。

「……来てくれた消防隊の人たちによると、ほとんど火は出なかったんだって。でもとにかくすごい煙で、通りのうちと同じ側にある家四軒が停電しちゃって」

「あなたとジニーは無事なの？」

「うん、あたしたちは大丈夫」ダイナは弱々しい声で答えた。

「ねえダイナ、これからそっちへ行く。シェフィールドには列車で二時間もかからないから、今日は一緒に片づけをしましょう。わたしが着くまで待っていてくれれば、大家さんに一緒に電話ができるし。それから――」ここでひと息ついてから続けた。「あなたのパパはまだそこにいるの？」

「うん、ふたりして階下《した》で仕事道具をまとめてたけど、あたしはママに電話しに自分の部屋に戻ってきちゃった。パパは自分で全部片づけるから、ママに言う必要はないって。あたしはただ――」

「気にすることないわ」わたしはなだめるような声で言った。「もちろん、あなたが電話をかけてきたのは正しいことよ。これからすぐ、あなたのパパに電話するわね。ちょっとおしゃべりするだけだから。それと、ねえ、消防隊はもう引きあげたの？」

「まだじゃないかな。階下《した》はひどいありさまだから——どこもかしこも水浸しで泡だらけだし」

「もうすぐそっちへ行くから、一緒に片づけましょう」わたしは言った。「どの列車に乗るか、ショートメッセージを送るね。家まではタクシーで行くわ。じゃああとで」

母が玄関まで送ってくれた。「ダイナに伝えてちょうだい、何日かうちに来て泊まっていけばって。もうすぐ学期の中間休みでしょうし」

わたしは母の頬にキスをした。「ありがとう、お母さん。あとで電話するね」

玄関のドアを閉めるとすぐに急いで駅に向かいつつ、元夫に電話をかけた。呼び出し音を鳴らしつづけ、やっと出たと思ったら応答したのは留守番電話。いったん切ってかけ直したものの、結局同じだった。三度目にして、わたしがあきらめないとあの人も観念したのだろう、本人が電話に出た。

「なあ、ヘイ」わたしがその愛称を嫌っているのを知っているくせに。「ダイナが電話したのか？　クラウディとおれとでちゃんともとどおりにするから——」

「その家から出てって」わたしは強い口調で言った。声がかすれていた。「聞いてる？　今すぐよ！　自分の娘にたった一日でそれだけの迷惑をかければもう充分なんじゃない？　インチキ電気整備士のお友だちを連れて、さっさと出ていきなさいよ。どうしてまたそんなことを思いついたわけ？　電気工事？　あなたが引き起こした損害のせいで娘が家から閉め出されるまえに、やめたらどうなの？」

大股で歩いて駅にはいったところで、ロジャーが説得力のない抗議をしてきた。「黙りなさいよ！」ぴしゃりと言ってやった。「修理にいくらかかるか、そのうちいくらを大家があの子たちに支払えと言ってくるのか、見当もつかない。でもこれは覚えといて――責任を負うべきはあなただっていうことと、その費用はあなたが用意するってことだけは。絶対逃がさないから。あなたが稼ぐお金を一ペニー残らず取ってやる。たとえ無理やりにだって――」

駅の警備員が両手を腰のあたりにまわして近づいてきて、自分が大声を出していたと気づいた。まるで暴力を振るう乗客に警棒を使おうとせんばかりに。ホームドア近くにいた大勢の視線がわたしにそそがれた。

「費用のことはあとで連絡する」小声で伝えて電話を切った。警備員に笑顔を向け、おずおずといちばん近くの券売機に急いだ。

シェフィールドへ向かうあいだじゅう、ロジャーに腹が立ってしかたがなかった。その怒りは駅からタクシーに乗ってもくすぶりつづけた。あの人がこういうことをするたびに――毎度、キッチンで火事を起こすわけではなかったものの――わたしは脅したり怒鳴ったりしたけれど、あの人ときたら毎度、責任を取らなくてすむ方法を見つける能力を発揮するようなのだ。しらじらしい言い訳や考えなしの解決策を出してきては、こっちの精魂を尽き果てさせて戦意を喪失させてしまう。うまいやり方とは思えないけれど、わたしにそのパターンを打ちやぶるだけの気力があったためしがなかった。

顔に平手打ちを喰らったように、はっとわかったことがある。ジーノとの関係はまるで元夫とのそれを鏡に映したようではないか。ジーノが混乱を引き起こしてわたしが爆発し、彼がまたやらかす。その繰り返しじゃないの。どうして今まで気づけずにいたのだろう？

タクシーが停まると、あれやこれやの考えはひとまず脇に置いて娘のことに神経を集中させた。ダイナとジニーがハウスシェアをする古いヴィクトリア朝様式の煉瓦造りの家はだいぶ老朽化していたが、大学生ふたりが住むのにぴったりの家だったし、なんと言っても二十二歳の頃はだいたいなんだって我慢できるものなのだ。一時的に三人目のハウスメイトがいたこともあったけれど、その人はロンドンへ引っ越してしまった。今はダイナとジニーふたりで力を合わせてがんばっていて、ほとんどの週は生活するのがやっとの金額にしかならない臨時のアルバイトでしのいでいる。もちろんわたしはダイナを金銭的に助けていたし、ニュージーランドに住むジニーのご両親もできるかぎりのことをしていた。

タクシーを降りると、目にはいってきた家はいつもより傷んで見えるように思えたけれど、それはわたしの思いすごしというものだろう。火事の被害を受けたのは家の裏手なのだから。玄関で出迎えてくれたダイナは目が落ちくぼみ、髪はぼさぼさ、こんなに寒い日だというのに丈の短いパジャマに型崩れしたカーディガンを羽織っただけの姿だった。

「ダイナ」抱きしめると、わたしにもたれた娘の身体の緊張がほぐれていくのを感じた。玄関でさえ、煙のにおいがした。玄関ホールに洩れてきた煙がまだ空気中に強く残っていた。

「ちょっと散らかってるけど」ダイナは言うと、火事のあった裏手へとまっすぐわたしを連れていった。勝手口とキッチンの半分は『ゴーストバスターズ』のマシュマロマンが融けて飛び散ったような惨状で、床のあちこちに水たまりができ、ミニチュアの沼地さながらの様相を呈していた。消防隊はすでに引きあげていたが、彼らのブーツについていた泥混じりの、消火作業をうかがわせる泡だらけの汚れた足跡が残されていた。これが事件の現場だったなら、物証の宝庫だったことだろう。

勝手口のヒューズボックスのまえに男性がひとり立っていた。脇のカウンターに道具箱を広げ、鼻唄を歌っている。わたしは一瞬これが件《くだん》のクラウディかもしれないと思い、とっちめてやろうと身がまえたのだけど、ダイナに腕をつかまれた。「ママ、この人は電気工事の人だよ――本物の。お隣さんから電話をもらったうちの大家さんが、すぐにこの人を呼んでくれたんだ。代金のほうはあとで精算するから、心配要らないって」

日曜日の午後に緊急で修理に呼び出された電気工事士なのに心配要らない？　請求書を想像すると身体に震えが走った。だって、精いっぱいロジャーを脅してみたものの、たとえあの人からいくらか取れたとしてもどうせ雀の涙に決まっているのだから。

電気工事士はヒューズボックスの金属の扉をバタンと閉めた。「さあこれで」うれしそうに話しかけてきた。「電気は復旧しましたよ」

「よかった」ダイナが言った。「階上《うえ》へ急いでいってジニーに伝えてくるね」

「ということは」わたしは切り出した。「あまり手間のかかる修理ではなかったんですか？　つまりその、被害のわりにはってことですが」

「問題はですね」電気工事士は道具箱のなかを整えながら答えた。「コードの色を入れ替えたもんだから、配線がよくわからなくなってて――」

そこからは電気の基本的な仕組みが事細かに語られた。わたしにも理解できればよかったのだけれど、そうはいかず。彼は電圧やらブレーカーやら残留電流やらアースやらについて延々と話を続け、わたしは微笑んだりうなずいたりした。

「……というわけで」いよいよ締めくくりにはいってくれた。「まあ、もう大丈夫ですよ」

「あの子たちのために日曜日の午後に来てくださって、どんなにお礼を言っても足りないくらいです」わたしは言った。もっとも、金銭的なお礼のかわりにはならないでしょうけど。

電気工事士を玄関まで見送り、別れの挨拶をすると、側柱に額をしばらくあずけて気力を奮い立たせていた。背後で衣擦れの音が聞こえた。部屋に引き取っていた娘たちが階段の下まで出てきていた。

「こんにちは、ミズ・バーク」ジニーが片袖を引っぱり下げながら声をかけてきた。かろうじて服の体裁を保っている、やけに大きいウールのセーターを着ている。「助けにきてくれてほんとうにありがとうございます。お茶でもいかがですか?」

「ぜひいただくわ」わたしは言った。「ちょうど飲みたいなって思ってたところ」

「それじゃ」ダイナが言った。「近所の店にちょっと行って、ミルクを買ってくるね」

「うれしいけど、まず何か着てってね」

こすってモップをかけ、拭いて磨く。それを繰り返した。三人でキッチンと勝手口をもとの状態に戻すと、わたしは居間へと移り、階段、バスルームへと掃除を続けた。だって、せっかくだったから。ダイナとジニーは一階の片づけを終えると早々に姿を消したけれど、掃除を五時間続けて、人間で言えばおばあちゃんにあたるこの古い家を火事のまえよりいい状態にできた気がした。火事を思わせるものは、ヒューズボックスまわりの黒ずんだ壁とキッチンのコンセントだけになった。仕上がりをうっとり眺めていると大家がやってきた。

「たいしたことはなさそうですね？」大家は言った。「でも煙のにおいがこびりついちゃってますよね？　壁とかに」

「ペンキを塗り直せば、だいぶにおいが取れると思いますよ」わたしはそう言ってから、電気系統の修理代金の足しになるよう、ダイナとジニーにペンキの塗り直しをさせてはどうかと申し出てみた。

　大家が打ち明けてくれたところによると、電気工事士は義理の弟なので、たっぷり値引きをしてくれそうだという。「それにふたりは——」大家はいつの間にか戻ってきていた娘たちのほうを顎で差した。「ここ何年ものあいだで最高の借り手ですからね。ほかの誰かの失敗のせいで、ふたりを失いたくはないんです。だから、ええ、きっとなんとかできると思いますよ」

　それはちょっとお祝いしなくては。大家が帰ると、わたしは言った。「それじゃあ、お嬢さんたち、食事でも作りましょうか？」

「ママ、子供扱いはやめて」ダイナが噛《か》みついてきた。

「おふたりさん、ね」わたしは言い直した。

ふたりが子供であれ大人であれ、冷蔵庫にあったのは牛乳の小さなボトル一本だけだったので、近所の店へ買い物に歩いて、ハンバーガー用の冷凍パテにトマトの缶詰、たまねぎ、ホットソースの一種――ラベルが外国語だ――ひと瓶を仕入れてきて、即席のチリコンカルネを作った。それと食後のデザートに箱で用意したマグナムのダブルキャラメル・アイスクリームバーが功を奏したらしい――ふたりはすっかり元気を取り戻すと、わたしも交えてすぐに三人で検討にはいった。議題はキッチンの壁は何色がいいかだ。ジニーはオレンジがよさそうだと言い、ダイナはダークブルーを推した。白がいいだろうというわたしの提案にふたりは耳を貸さなかった。

みんなでテーブルを片づけながら、わたしは時刻を確認した。

「泊まっていけば、ママ」ダイナが言った。

「そうしたいのはやまやまなんだけど、朝いちばんに出勤していないといけないの」

タクシーが到着すると、ダイナとジニーは玄関までついてきて何度もお礼を言って見送ってくれた。駅に着き、八時直前に出る列車に飛び乗った。やっとほっとひと息つける――ブリストル・テンプル・ミーズ駅まで乗り換えはない。ヴァルにショートメッセージを打とうと携帯電話を取り出したものの、画面の文字を読むのもつらかった。それほど疲れていたのだ。

シェフィールドへ向かうとちゅうで送ったメッセージでは火事については最低限のことしか伝えておらず、ヴァルからはダイナとジニーが無事でよかったと返信をもらっていた。精いっぱいの力を振りしぼってメッセージを打った。

《シェフィールドを出発。帰りは遅くなる。明日会いましょう》

送信してすぐ、自分のまちがいに気づいた。明日は月曜日。ヴァルが夜まで一日じゅう授業のある日だった。でも訂正を送る元気はもう残っていなかったので、携帯電話を脇に押しやり、目のまえのテーブルにバッグを置いてその上に突っ伏した。でこぼこして寝心地はよくなかったけれど、これで我慢するしかない。

列車が急停車して目が覚めた。頰を引き剝がすようにして顔を上げ、バッグでついた跡をさする。眠気を覚まそうと瞬《まばた》きをした。ここはどこ？ 車内に残っているわずかな乗客は立ち上がって頭上の荷物をおろすと、出口へ向かった。あとには空のティーカップとサンドウィッチの包装紙が残された。

アナウンスが告げる。「ブリストル・テンプル・ミーズです。この列車は当駅止まりです。手荷物などを忘れませんよう……」

そうだった、ここで乗り換えをしなければ。急いで席を離れ、重たいかばんを肩にかけると、車窓に映る自分の姿がちらりと目にはいった。ポニーテールのヘアゴムは取れかけ、コートのボタンをかけちがえていて、片方の襟が顎の下に突き出ている。まさかこんな恰好をしていたなんて。重い足を引きずって車両からホームに降りたち、時刻表掲示板にじっと目を凝らしたものの、目の焦点が合わず、バース行きのつぎの列車がどのホームから出るのか読めなかった。

「あそこにいます！」

その声のほうに振り向いた拍子に、バランスを崩してよろめいてしまった。思いもよらないことだったのだ。

「ヘイリー！」

改札口に立つヴァルが、警備員に何やら話しながらわたしのほうを指差していた。警備員はうなずき、ヴァルをなかに通してくれた。彼が駆け寄ってきた。わたしは不安でその場に凍りついた。

「どうしたの？」泣きたい気持ちで咽喉《のど》が詰まりそうになりながら、わたしは訊いた。「何があったの？」

彼の顔に浮かんでいた笑みが消え去った。「何も起きちゃいないよ。長旅の最後は楽をしてもらいたくて車で迎えにきたんだ。メッセージを送っておいたはずだけど」

頭がまだ朦朧《もうろう》としていた。「やだ、列車で寝ちゃってたから」携帯電話を取り出して彼からのメッセージをチェックした。

《BTM《ブリストル・テンプル・ミーズ》でぼくを探して》

「あんな一日を過ごしたあとなんだから、きみにはどうしてもひと息ついてほしくてね」

しばらくのあいだ、彼をじっと見つめるしかなかった。心配からか、額に皺《しわ》が寄っている。何か言いたげに見えたけれど、ヴァルが口を開くまえにわたしはかばんをホームにおろすと、彼を突き倒さんばかりの勢いで腕のなかに飛び込んだ。しっかり抱きしめられながら、彼の首に頭を預けた。「こんなにうれしいことをしてもらったのは生まれて初めて」口もとが彼のコートにあたり、声がくぐもっていた。「ほんとうに」

「そうなの？」彼を見上げて言った。「愛してる」

微笑む彼の目尻に皺が寄る。「三十分の運転でそう言ってもらえるって、早くわかってたらよかったな」わたしの顔にかかる髪の毛を払いのけた。「ぼくも愛してる、知ってると思うけど」

「もちろん知ってる」

列車での三時間のうたた寝ほど、疲労回復に効き目のあるものはない。バースまで車で帰る道すがら、シェフィールドでの騒動とその後始末、それから費用を全額払うまでどうやってロジャーを逃がさないようにするつもりかについてヴァルに詳しく語った。とちゅうで車内の空気のにおいを嗅いで訊いてみた。

「煙のにおいがしない？」

「ああ、それはするさ」ヴァルが答えた。「気の毒だけど、きみから」

「ええ、それはもちろんそうね。でもともかく、ダイナとジニーの家をきれいにできたし。それと、娘と言えば、ベスはどうしてる？」

ヴァルはウェストン・ロードのカーブを曲がり、ため息をついた。「きみに自分が原因だと思ってほしくないんだ」と話しはじめた。

「ええ、それはわかってる」わたしは答えた。「母に相談してみたの――かまわなかったわよね？」

「もちろんだよ。きみのお母さんのことは好きだし」

ふたりはこれまで二回電話で短くことばを交わしたことがあるだけだった。わたしの具合がよくなかったとき、ヴァルにかわりに電話に出てもらったのだ。でも、ほんとうに不思議なのだけど、母も彼について同じことを言っていた。

「きみに自分でなんとかしなくちゃと思ってほしくなくて……」ヴァルはそこでいったん黙ってから、また口を開いた。「ぼくが突き止められるはず……ただベスは何か抱えてるのに話そうとはしてくれなかった……」わたしの手を少しのあいだ、しっかりと握った。

「わたしがベスと話をしてみてもかまわない？」ちょっと不安に思いつつ、訊いてみた。彼女にうるさがられるのも、でしゃばった真似をして父親である彼の気分を害するのも望むところではない。「どうかしら？」

「そうしてくれる？」

ヴァルはミドルバンク館から数軒手前で車を歩道に寄せて停め、エンジンを切った。

「泊まっていくなら、明日の最初の授業に間に合うように送り出すって約束する」

彼はこちらに身を乗り出してわたしにキスをした。「決まりだね。それじゃ、かばんを持つよ」

かばんを手渡したものの、玄関のドアを開けるとすぐに返してもらわなければいけなくなった。バンターがマホガニー製のコート掛けの小抽斗《こひきだし》の上に不愉快そうな顔で坐っていた。そこで何時間もずっと待っていたのだとわたしに思わせたいからにちがいない。

「はいはい、猫ちゃん、大丈夫、忘れたりしてないから」かばんのなかを引っかきまわし、仲直りのための贈り物を探しあてた。新品の西洋マタタビ入りのネズミのおもちゃ。バンターは床に飛び降り、わたしとヴァルの脚のまわりを8の字を描くようにぐるぐるまわりはじめた。ネズミのおもちゃをぶら下げてみせると、何度かバシっと叩いてきて、いつもの儀式が完了したので、今度はネズミを玄関ホールのほうに放った。ネズミはわたしの執務室をはいってすぐの見えないところに着地した。バンターはさっそく狩りを始めた。

フラットに帰ると、わたしはシャワーを浴びて、髪を乾かしながら、ヴァルとふたりでホットココアを飲み、お互いの指を絡ませ、微笑んだ。でも盛り返していたわたしの元気は長く続かなかった。なんだかんだ言っても午前二時近くになっていたのだから。ココアを飲みほすまえにベッドにはいった。

翌朝、約束どおり、お茶とトーストとキスのあと、九時から始まる授業に充分間に合うようヴァルを送り出した。彼が行ってから十分後、ダイナの家の火事のせいですっかり頭から追い出されていた件を思い出した。二杯目のお茶を飲みながら、例の件についてじっくり考え、これからの動き方を決めた。

レディ・ファウリングのノートをプリントしたものから、不可解なことに例の一ページは消え失せてしまっていた。警察は事件現場に散乱していた紙をすべて回収し、三冊の分厚いバインダーにまとめていたのに。興味を惹かれてスクラップブックに蒐集《しゅうしゅう》したものの、すぐに関心が薄らいでしまう記念品みたいだ。でも、問題の『殺人は広告する』サイン入り初版本のありかを特定する鍵を握る、あの一枚だけはそこになかった。ウーナはレディ・ファウリングが遺《のこ》した手がかりを見つけて暗号を解読し、わたし宛のショートメッセージでそれを得意げに告げていた。そのなかで触れられていた《死《デス》》とは、ピーター卿が潜入調査で名乗っていた名前、デス・ブリードンのことにちがいない。

誰かほかにもあの本の価値——唯一無二の一冊——を知る人間がいて、その人物が本の所在を知る手がかり欲しさにウーナを殺害した。それならしっくりくる。あの一枚がウーナの握っていた手から離れたところで、殺人犯が奪い去ったのだ。手がかりを手に入れて本のありかを知ったとするなら、すでに犯人が探し出して持ち去ったのではないか？　それはありえない——本がどこにあるにせよ、ミドルバンク館と協会の管理下にあることはまちがいないのだから。

ウーナがどうやって答にたどり着いたのか、わたしにはまったくわからなかったので、そもその手がかり――奇妙なフレーズが並んだレディ・ファウリングのノートの一ページ――に戻り、自力で解読することにした。展覧会の開催記念パーティのメニューについてミセス・ウルガーと意見がまとまりしだい、謎解きに取りかかろう。

ふたりで意見が一致するまでに朝のミーティングの大部分を要した。ドリンクや軽食のメニュー、確実に動員できるようイベントあたりの人数に制限を設ける方法を話し合ったものの、わたしは坐っているのがやっとだった。一瞬、自分の推理をつい話《もう》してしまいたくなったが、すぐさま用心するに越したことはないと思い直し、黙っていることにした。

「立ってスープをいただくのはいやですね」ミセス・ウルガーがケータリング業者からの提案をじっくりあらためながら言った。「不運な事故が起きる確率が高すぎますもの」

内心では葛藤《かっとう》を続けながら、つまんで食べられるタイプの軽食の候補リストに目をやった。

「まあ、イタリアンのアランチーニ――ああいう小さなライスコロッケなら食べやすいですね。ところで、今決めないといけませんか?」

「ミズ・パウエルが自発的に三つのケータリング業者から情報を集めたのですから、多少関心を示してあげなくては」

「もちろん、そうですね。クララと最後に話したのはいつですか?」

「先週の金曜日、理事たちの連絡先を教えてほしいと電話がありまして。彼女はレディについて理事たちに取材をするつもりだと言っていました。ジェーン・アーバスノットとモーリーン・フロスト、それからムーン〝姉妹〟にはもう話を聞いたでしょうね。ミズ・バベッジは、週末、不在にされていましたから、まだでしょうが」

クララはキャリアアップを目指しているらしい。それはまちがいないだろう。ウーナのフラットをひとりで使いはじめ、広報にまつわる責任を引き受け、今度はわたしに相談もせずに理事たちと接触している。ちょっと出すぎた真似じゃないだろうか。どこまでやるつもりなの
——

「わたくしはいい考えのように思いました」ミセス・ウルガーが先を続けた。

「ええ、もちろんそうですね」

わたしはひとり赤面した。キャリアアップを願っている人を挙げるならば、まずナオミではないか？　つぎにジーノか？　とにかく、クララじゃない。

事務局長は自分のメモをちらりと見た。「それで、展示物の進捗状況はどうなっていますかしら？」

入口にらせん階段を設置するという、ジーノの無神経で醜悪な提案は、週末は状況が状況だっただけにうまく忘れることができていた。なのにまた、あのおぞましさが容赦なくよみがえってくる。

「引きつづき、アイディアを練っているところでして」わたしは答えた。

「それでは、今朝はほかに何かございますか？」ミセス・ウルガーが尋ねた。

ウーナが例の稀覯本《きこうぼん》のありかを突き止めたかどうかにかかわらず、彼女の発見についてはひとことも話したくない。突然、そう心を決めた。だってたしかな証拠はひとつもないのだから。

「ええ、以上です」

すぐにも腰を落ち着けて暗号の解読に取りかかりたいけれど、まずは〈シャーロット〉の状況を確認しなくては。


ジーノは、ウーナの仮事務所で坐ってノートパソコンの上にかがみ込んでいた。わたしは、デスクの後ろにしまわれているフリップチャートを見つめ、らせん階段のスケッチのことに思いをめぐらせた。ジーノの足もとには手袋が放り出されていて、まるでわたしが来る直前に駆け込み、冬のコートを脱いだばかりかのようだった。彼は何喰わぬ顔でわたしに顔を向けると、書類の山に片肘をついて柔和で人なつっこい笑みを向けてきた。

「おや、ミズ・バーク。いい週末でしたか？　リヴァプールへ行ってお母さんのところを訪ねるとおっしゃってましたよね？　あたしもちょっとあそこには滞在したことがありまして。お母さんは市のどちらにお住まいで？」

「おかげさまで、ええ。母はフラットに……ジーノ、それで思い出したんですけど、あなたの家の住所は聞いていないような。事務手続きをすませるのに教えてもらわないといけなくて」

「それはこちらのほうの落ち度です、ミズ・バーク、申し訳ありません。詳細はメールで送りますね。それでかまいませんか？」

「いいでしょう」

「やれやれ《ハイホー》」

「えぇっと。ところで――」

「ご質問を受けるまえに、ちょっとお伝えしておきたいんですが、ミズ・パウェルは今回は大切な用事があって外出しています。背景資料のたぐいのプリントアウトでして、あなたにとってだけではなくて、その……ほかの人たちにとっても使い勝手がいいように。あなたにとってしかるべきときがきたら、それを……活用できるようにと」

別の言い方をすれば、彼はクララが何をしているのかさっぱりわからないということだ。

「それで、今日はどんな提案をしてくれるんですか、ジーノ？」

彼は指を一本立ててみせた。「本ですよ、ミズ・バーク」

「はい、本ですね」

ジーノは書類の山のいちばん上の一枚を持ちあげ、ざっと目を通した。

「本一冊を作るにはいくらかかるのか？」

答を求める問いかけではないように思ったので、わたしは黙っていた。

「もっと端的に言えば、一九三〇年代の一冊のコストや戦時中の版の費用はいくらだったのか？　あのですね、あたしが想定しているのは表なんですよ」彼は手に持っていた書類をわたしのほうに向けた。四角形を縦列と横列に区切ったものが描かれており、ひとつひとつの欄に走り書きがしてあった。「この表を見れば、一冊の本を作るのにいくらかかって、それがいくらで売られたか一目瞭然というわけでして。と言いますのも――本ですから。うちのテーマは本ですからね」

せめてひとつだけでもすぐに展示物を決めなければ、気が変になりそうだった。今回の提案はこれまでのものほど退屈ではないし、入口の展示物のアイディアほど生々しくないのはまちがいない――そういう目で見てみることにしよう。

「ジャンルはミステリに絞るんですよね？」わたしは言った。「そうしたら、実例として出版社を出してみてはどうかしら？　ヴィクター・ゴランツ社なんかいいんじゃない。なんと言っても、イギリスでのセイヤーズ作品のほとんどを出版していた会社ですもの。それから、比較する視点が必要でしょうね。一九三〇年代の本の値段は大金だったのか、それともポケットの小銭程度だったのか？　本の購入者といろんな職業の収入例も紹介してほしいわね。もしかしたら――」

「すばらしいですね、ミズ・バーク」ジーノが言った。「まったくもってすばらしい」

すばらしくはないけれど、小さな展示物ならなんとなく興味を惹く情報にはなるかもしれない。

「それから、連動企画もいいかも」わたしは言った。「当時は数シリングだった本が、現在ではいくらの価値があるのか、とか」

「そうそう」ジーノはうなずいた。「ほらやっぱり、例の本の話になりますね。ちょうど今朝、ミズ・パウェルがその話を持ち出したところでして。あのサイン本は今どのくらいの価値なんでしょうか？」

見つけられなければゼロよ、と思ったものの、クララが帰ってきたので答えずにすんだ。

「どうも、ヘイリー、おはようございます。週末はいかがでした？」クララは部屋の隅にショルダーバッグを置くと、ドア内側のフックにかかっているわたしのコートの上に自分のを重ねながら言った。

「じゃあ、その件はおふたりにお任せしてよろしいですか？」ジーノは立ち上がると、コートを着て、床から手袋を拾った。手袋をはめながら言う。「ちょっとコーヒーを買ってこようと思います。おふたりの分も買ってきましょうか？」

「わたしはいいわ、ありがとう」とわたしは断り、クララも辞退した。

ジーノは書類の束を指でこつこつと叩いてからつかむと、クララの手に押しつけた。「さあどうぞ、ミズ・パウエル。知っておくべき基礎知識と、あたしがウーナと共同で手がけたバラ戦争展に関するさらに詳しい資料ですよ。あのときは、来場者が赤か白のバラの花びらをぶつけ合う模擬戦を開いてね」わたしの眉毛が片方吊り上がっているのを見ると、ジーノは慌てて言った。「ミズ・パウエルから詳細を訊かれていたもんですから。でももちろん、ごもっともなご判断ですよ、ミズ・バーク。今はこんなことをしている場合ではありません」彼は書類の束を引っ込め、自分のショルダーバッグに入れて、肩にかけた。

ジーノがコーヒーを買いに出ていってしまうと、わたしはクララの問いかけに答えた。「母と愉しい週末を過ごしてから、昨日の午後、娘に会いに列車でシェフィールドへ行ったの。あなたの週末はどうだった？」

「ええまあ、それは――」クララはショルダーバッグを膝に載せ、ファイルフォルダーを引っぱり出した。一枚の紙がすべり落ちた。わたしは床に落ちるまえに取ろうと身をかがめたものの、クララのほうが早かった。彼女はその紙をバッグに押し込んだ。「よかったですよ。週末は快適でした」

「でも、シェプトン・マレットのおばあさんの家には行かなかったんでしょ？」

彼女の手が止まり、顔が赤く染まった。「おばあちゃんはわたしにすごく期待してるんです。だからがっかりさせるわけにはいきません」それからうれしそうに顔を上げた。「それに、もう二月なんです。二月ですよ、ヘイリー。つまり、レディ・ファウリングの展覧会まであと三ヵ月を切ったということです。ミスター・キング＝バーンズから聞いた話では、ドルイド展の準備は去年から始めていたんですって。もうぐずぐずしている時間はありません。だから週末は初版本協会の理事たちに取材しようと、こっちに泊まったんです。ミセス・アーバスノットとミズ・フロストから始めて、つぎにふたりのミセス・ムーンとお話をして――」

「ええ、その件は聞いてるわ。クララ、いろいろとアイディアを出してくれてすごくうれしいけれど、勝手に進めてもらっては困るのよ。まずわたしに相談してくれないと」

「でも、ヘイリー、あれはもともと、あなたのアイディアだったんですよ」

「そうだった？」

「はい、あなたが言ったんじゃないですか、一次資料を活用したほうがいい、それにはレディ・ファウリングを直接知っていた人たちの証言も含まれるって。それから、金曜日の午後、図書を出版年順に並べ直してもいいかもしれないからと、図書の配置を記録するのを手伝ったときには――」

クララをジーノから引き離したいと考えたものの、思いついた仕事がそれしかなかったのだ。もちろん、形ばかりの仕事だけど。

「――レディ・ファウリングとそのご友人たちが〈ロイヤル・クレセント・ホテル〉でどんなふうにお茶会を開いていたかについて、わたしに話してくれましたよね。だから、そういうご友人たちから話を聞くのはいいアイディアだろうと思ったんです」

そうだった、やっと思い出した。あれはわたしの発案だったのだ。驚いたのは、それにちゃんと耳を傾けてくれた人がいたことだった。

「ええと、少しは興味深い話を聞けたといいんだけど」

「それはまあ、もちろんです」クララが言った。「たくさんのお茶に――かなりの量のシェリーもいただきました」

わたしは思わず笑ってしまった。「それはミセス・ムーンたちのところでしょ」

クララはくすくす笑った。「ええ、ミセス・シルヴィア・ムーンとミセス・オードリー・ムーンのところです。直接うかがうのは差し控えたんですが、おふたりはどういうご関係なんです?」

「ふたりが結婚した相手が兄弟だったのよ。お互い夫に先立たれたので、一緒に住むことにしたんですって」

「ふうん。ええと、わたしが書いたものをレディ・ファウリングのご友人たちに目を通してほしいと思ったので、みなさんにメールで送るとお伝えしたんです」

「配慮がいきとどいているのね」

クララは目を伏せたままだった。「実はミセス・アーバスノットのアイディアなんです。聞きとった話を展覧会で使用するにはいずれ許諾を出さなくちゃいけないけど、それには文字になったものを読まなくちゃならないって言うので」

「彼女らしいわねえ――ジェーン・アーバスノットはちょっとへそ曲がりなところがあるのよ」

「ミズ・バベッジともお話ししたいんですが」クララが言った。

「アデルは女子校で教師をしていてね。彼女なら、レディ・ファウリングのまったくちがう面を語ってくれるでしょう、ほかの理事たちより若い人の視点で。なにしろ、レディはアデルの受け持つクラスをときどき訪れていたらしいから。生徒たちのなかにはフランソワ・フランボーのファンクラブを結成した子もいたんじゃないかな。そういえば、レディが創造した探偵はあんな名前なのにフランスじゃなくて、ドーセットの出身だったわね」

ふたりで声をあげて笑った。ちょうどそのとき、仮事務所のドアが急に開き、その勢いでクララのコートがフックからはずれて床に落ちた。ジーノはわたしたちふたりを見ると、笑顔を凍りつかせて言った。「ありゃりゃ《ハイホー》、おふたりさん――あたし抜きで大はしゃぎってことですか？　トミーが、開催記念パーティのまえに展覧会を見ないかって誘ってくれているんですけど、ご興味あります？」

21

ドルイド展を見学したいかって？　それはもちろん――展覧会に役立つヒントのひとつも得られるかもしれない。

クララとジーノと連れだってらせん階段を下り、ドアを抜けて〈シャーロット〉の反対側のスペースにはいった。展示会場へと続く階段の踊り場まで来ると、グラスを片手にうろついている人が十人ほど見えた。そのなかにはナオミもいた。

「下りてきて」トミーが手招きしながら、声をかけてきた。「内輪のお祝いでね」わたしたちが一階に下りると、スパークリングワインがはいったフルートグラスを半ば強引に渡してきた。「自由にあちこち見てって。感想を聞かせてほしい」

わたしはスパークリングワインを飲みながら、ひとつひとつじっくり見てまわった。まずは展覧会名《ドルイド今昔物語》と印刷された、入口に掲げられた横断幕から。横断幕の下側の隅には、展覧会名ほど大きくはないもののちゃんと読める大きさで《製作／タイムレス・プロダクションズ》と印字されていた。うちも《レディ・ファウリング――ことばでたどる生涯》と入れた横断幕を作るなら、ジーノは《製作／〝見せ物になろう！〟展示サービス社》と添えるよう主張するだろうか？　考えただけで、ぞっとした。

横断幕を見たあとは会場内を歩いてまわり、案内表示などの書体、展示物の大きさ、そして見せ方の角度についてじっくり観察した。会場内のいろいろな場所で立ち止まり、何が見えて、何が隠れているのかを確認し、背の高い展示物、つまりゆるやかに衣《ころも》を巻きつけたドルイドのマネキンのまわりを歩いてみて、つぎの展示物がどういうふうに見えてくるのかを確かめた。そのとちゅう、わたしのグラスには何度もおかわりがそそがれた。

壁のコンセントから床に張りめぐらされた配線は、さすがにここで雑な仕事をする輩《やから》はいないらしく、安全規則に従って入念にカバーされていた。コンセントの数とその位置をメモする。これをとっかかりにして、展覧会に欠かせない照明をどう工夫するか、おおまかに組み立てていった。高強度アクリル製ケースのなかに設置されたハロゲンランプの光の強さにわたしは目をぱちくりさせた。どのくらいから照明が明るすぎると言われるのだろう？　ナオミなら、そういったことが細かく書かれた〈シャーロット〉のガイドラインを持っているにちがいない。

会場内に彼女の姿を目で探していると、ずいぶん人が増えたことに気づいた。かなり本物に近いオークの巨木の幹のまわりを歩いているとき、会場奥のキッチンのそばで話しているナオミとジーノが目にはいった。それぞれグラスを片手に会場内を眺めている。ナオミはわたしに気づくと何か言い、ジーノもこちらに目を向けた。ふたりが微笑みかけてきた。

わたしはそれに手を振って応えた。ふたりをこそこそ見張っていたように見えちゃった？　ふたりはなんの話をしていたの？　ウーナの殺害を共謀した可能性はある？　ふたりから顔を逸《そ》らすと、目のまえにいた係の男性がわたしのグラスにおかわりをついでくれた。何かつまむものも欲しい。

でも、擬岩で組んだ支石墓《ドルメン》の下に設けた入口で何人かに囲まれたトミーが、展覧会における連続性の大切さについて即席の講義を始めたので、わたしもその場にとどまって拝聴することにした。それが終わり、集まっていた人たちが場を離れると、わたしはトミーに近づき、声をかけた。「先に見せていただいてありがとうございます」

「いつでも寄ってくれよ、ヘイリー」トミーが言った。「おれたち展覧会マネージャーっていうのはさ、お互いに協力し合う必要があるんだよ、いがみ合うんじゃなくて。おれたちは仲間だからね、兄弟、それに姉妹みたいな」急いで付け足した。

「あのお、実はわたしはそんなに――」

トミーはわたしのことばを聞かず、背を向け、新たにやってきた客たちを出迎えた。わたしはあたりを見まわした。これが事前イベントだというなら、本番のパーティはどんな感じになるんだろう?

そろそろ行かなくちゃいけない時間になったものの――スパークリングワインで頭がぼーっとしていて、どこへ行くのかもよくわからなくなっていた。

テーブルに置かれていたグラスの隣に空になった自分のグラスを置いた。その横には《二十一世紀のドルイド――ぜひご加入を》と題されたリーフレットの山があった。自分のバッグを取りにウーナの仮事務所に戻ろうと、鉄でできた手すりをしっかりつかんでらせん階段をぐるぐるとのぼっていった。仮事務所のドアを開けると、どさっという音がして、ドアのフックからはずれたクララのコートが床に落ちた。

デスクのそばに立っていたジーノが振り向きながら、手袋をはずし、放り出すように脇に置いた。

「あたしをお捜しですか、ミズ・バーク？　実を言うと、どうしてもコーヒーが飲みたくて抜け出してきちゃいました。午前中に人間が飲めるスパークリングワインの量にはかぎりってもんがある、そう思いません？」

わたしのあとにクララが戻ってきたので、わたしはフックから自分のコートをはずして彼女のをかけてあげた。「すごく魅力的な人たちじゃありません？」彼女は感想を口にした。「ミスター・キング＝バーンズはドルイドだけじゃなく、たくさんの分野の展示を手がけた経験があるんですって。誰かからヘンリー八世について質問されるのを耳にしました」

「そうですね、ミズ・パウェル」ジーノが口をはさんだ。「でも、われわれには開催にこぎつけなくちゃいけない展覧会があるのを忘れないようにしないと。仕事に戻ったほうがいいでしょう」

「わたしはミドルバンク館で仕事があるので」わたしは言った。「クララ、アデルとのミーティングをセッティングしようと思うんだけど、今晩でどうかしら？」

「あら、はい、ヘイリー、ぜひお願いします」

携帯電話を取り出してアデルにショートメッセージを打ちながら、ジーノに言った。「クララは理事たちに取材をしているところなんですよ、理事たちはみんなレディ・ファウリングの仲のいいお友だちでしたから。きっと、取材から活用できる材料がいろいろ手にはいるはずです。それに写真もたくさんあるし」

「冴えてますね、ミズ・パウェル」ジーノが褒めた。

「いえ、わたしじゃなく――」クララが説明を始めた。

わたしはそれをさえぎって言った。「アデルから返信があったわ。〈ミネルヴァ〉で七時ですって。このお店は知ってる？　ノーサンバーランド・プレイスよ。ユニオン・ストリートをちょっとはいったところの」

「わかりました！　ミズ・バベッジは録音を許可してくれるでしょうか？」

「もちろん大丈夫。それから、彼女のことはアデルって呼んでね」

わたしは仮事務所を出て〈ウェイトローズ〉のカフェに行き、チキンと詰め物《スタッフィング》のサンドウィッチとポット入りのお茶で酔いを醒ました。アイシングのかかったカップケーキもひとつ添えたのは、その――ただなんとなく。元気を取り戻して、待ちに待ったとも言えるが恐ろしくもある課題が待つミドルバンク館に戻った。レディ・ファウリングの遺《のこ》した暗号を解読するのだ。

レディのノートを打ち込んだテキストのうち、例の一節のページを自分用に印刷した。テキスト化に際してはページ上の見出しに年月を入れ、レディが日まで書いていた場合にはそれも入力するようにしていた。問題のページのプリントアウトは一九五〇年九月という日付と、例の一節のほかには何もない。レディのノートのそのページに書かれているのがそれだけだったことを再現できているというわけだ。

静かな期待、にもかかわらず（Quiet Anticipation Despite）
ワイリーの探偵は死を招く（Wiley Detective Beckons Death）
典型的な鑑定と見なされる裏切り（Betrayal Deemed Quintessential Appraisal）
すばらしい商人はひそかに本物の戦略をわがものとする（Marvelous Merchants Appropriate Quietly Authentic Deception）

バンターはウィングバックチェアに陣取ってわたしにずっと付き合ってくれた。わたしが思うに、探偵の仕事で大切なのは、重要な手がかりを見逃さないよう、系統だった手法でじっくり物事を理解していくことだ。まず第一段階は、書いてあるとおりに理解すること。そこで、この一節を何度も繰り返し声に出して読んでみた。まえから読んだり、後ろから読んだり、声の抑揚《よくよう》を変えてみたり。バンターはたまに耳をぴくりと動かしたり、伸びをしたり、毛づくろいをしたりしたけれど、そういう仕草以外にはなんの反応も示さなかった。一時間ほどすると、目の焦点は合わなくなり、声に疲れが出てきたので、第二段階に進むことにした。単語の最初の文字だけをつなげてみるのだ。

QAD. WDBD. BDQA. MMAQAD.

さっぱり訳がわからない。

よし、つぎに移ろう——アナグラムだ。

DETECTIVE（探偵）からはどんな単語ができるだろう？　CEDE（譲渡する）。DECK（甲板）にするにはKが足りない。VIDEO（ビデオ）だとOがない。文字に裏切られた気分だった——必要なときにどこにいっちゃうわけ？　いいわよ、つぎは一行丸ごとでやってみる。ノートパソコンを出して、アナグラム専門のウェブサイトを検索し、一行目Quiet Anticipation Despiteを入力してみた。いちばん上に出てきた結果は理解不能だったたし、それに続く十あまりの結果も同じく役に立たなかった。

アナグラムの女王が何か見つけてくれればと期待し、母にこの一節をメールで送った。母は翌朝いちばんに取りかかると約束してくれた。この日は〈猫レスキュー隊〉の委員会があって、そのあとは地域の図書館協会の表彰夕食会が控えているのだそうだ。

ちょっと気分転換をするといいかもしれない。バンターをともない、執務室から図書室へ場所を変えた。バンターはテーブルに飛び乗ると隅っこで陶磁器製の猫の置き物になりきり、目を糸のように細くした。わたしはフランソワ・フランボーの本をすべて書架から持ってきて、『フランボーと盗まれた毒』と題された一冊から手をつけた。あの一節の言いまわしはレディ・ファウリングが書いた本と直接関係があるのではないか。しかし、それから一時間経ってもまったく先に進まず、それどころか、レディの紡《つむ》ぐ美文調の文章に圧倒されてしまった。

フランボーが絶望的な恐怖に襲われながら見つめるなか、殺人者の胸が大きく波打ち、六月の毎日の夜明けに勇敢に線路を走る、蒸気機関車の耳をつんざく汽笛にも似た苦悶の息が洩れた。ケントの畑から摘《つ》まれたばかりの珠《たま》のごとき苺をロンドンは〈リッツ・ホテル〉の厨房へと運ぶあの蒸気機関車の。

猫が欠伸《あくび》をして、それがわたしにも伝染《うつ》った。もう一度場所を変えることにして、もう一階上の自分のフラットへ行き、猫とふたりでソファの上に寝そべった。

うたた寝から目覚めると、服を後ろまえに着ているような気がした。スカートにジャケット、タイツなんかで眠るものじゃないと自分に言い聞かせる。デニムとセーターに着替えて、お茶のはいったカップを片手に、ヴァルにショートメッセージを打った。つぎの授業が始まるまえの短い休憩時間中だった彼はすぐに電話をくれた。サンドウィッチを食べている彼に、まえの晩に言い忘れたことをすべて話してから、この日の出来事を話して聞かせた。最後はレディ・ファウリングと、彼女のいわば暗号と、ウーナが成し遂げたであろう解読について、泣きごとを言って終わった。

「その前後にはなんと書かれていたんだい？」ヴァルが訊いてきた。

「ウーナの書き込みの前後？」

「いや、レディ・ファウリングのノートのさ。暗号そのものだけじゃなくて、全体のなかでそれがどこにあるかが重要なこともあるからね」

「それは原本のノートを見ないと。あなたってどうしてそんなに賢くなれたの?」わたしが訊いた。

「長年の鍛錬だね」

わたしは電話に向かって微笑みかけ、ほんの一瞬、心地よさに探偵や暗号のことを忘れた。

「明日の午後なら一緒に見ることもできるよ」ヴァルが言い添える。明日の午後、わたしのフラット、ワインのボトル。「つぎの講師が到着するまでのあいだに」

「ああ、そうだった、火曜日ね。夜に文芸サロンがあるんだった」わたしはため息をついた。

「泊まった翌朝のコーヒーは飲みたくなくて?」

わたしたちは切なげに通話を終えた。それからわたしは、水彩画家に電話をかけた。あとで取りにくるからと〈シャーロット〉に残されていた水彩画の包装にあった連絡先を控えておいたのだ。

以前、ナオミは、水彩画展では展覧会マネージャーをおかず、そのかわり実行委員会が運営を担《にな》っていると話していた。それが頭痛の種になっているのだと。物事を反対の視点からとらえるのはいつだって有益だ。初版本協会は展覧会のために〈シャーロット〉を利用するのであり、そして契約当事者は相手に問題があるならそれを把握しておかなくてはいけない。これは水彩画家に電話をかける充分な理由になる。

話をするなかで、ウーナが殺害された日の午後にナオミがどこにいたのかはっきりわかればしめたものだ。もちろん、これは警察の仕事だし、パイ刑事はナオミとジーノに関してわたしが提供した情報をさらに調べているのはまちがいないという気がしていたものの、パイ刑事やホップグッド部長刑事が警察でつかんだ情報を教えてくれるとは思えない。わたしにも教えてくれたっていいのに。

水彩画家が電話に出ると、自分の身元を詳しく伝えてから、〈シャーロット〉で展覧会を開催するにあたっての一般的なことをいくつか質問した。ナオミの話に移るのにたいして時間はかからなかった。

「彼女、ちょっと張りつきがちで」彼は言った。「ぼくらのことを信用してなかったんじゃないかな」

「ということは、午後ずっとあなたがたと一緒にいたということでしょうか――殺人があった日も？　彼女は最悪の事態が起きたので対処しなくてはいけなかったと言っていました。どんな問題だったんですか？」

「それはちょっとずいぶんだな、あれを〝最悪の事態〟とは言いませんよ。イーゼルの不具合です。誰かがつまずいてその上に倒れ込んでしまい、脚が一本折れたんです。ぽっきり真っぷたつに。人じゃなくてイーゼルの脚がですよ」

「それはひどい。絵にダメージはなかったんですか？」

「額縁の角が割れてしまったんですが、修復できるくらいですみました。だから、ナオミに訊いたんです、一時的に代用できるスタンドか何かはないかって。彼女を追い払えればなんでもよかったんですけどね。彼女はイーゼルが倉庫に保管してあるかもしれないって言って、一時間以上、その場を離れていました」

「それはいつ頃でした？」

「重要なことなんですか？」

無理強《じ》いしてはだめよ、ヘイリー。自分に言い聞かせた。「ただ、彼女は到着した警察官に聴取されたせいで展示会場に戻れなかったのかなって」

「いや」画家が答えた。「警察が到着するまえのことでしたから。彼女は倉庫に探しにいっただけなのに、やっと戻ってきたのは正面玄関からでした。ちょっとコーヒーを買いに出ていたって言ってましたね。神経が図太いんですよ。だってそのあいだずっと、画家はイーゼルのかわりになってその場で立ちっぱなしだったんですから」

「もちろん警察にそのことは話したんですよね」わたしは穿鑿《せんさく》した言い訳のつもりで言った。「ナオミのことは」

「警察にはナオミのことを訊かれませんでしたよ」

わたしが〈ミネルヴァ〉に着いたとき、アデルはバーカウンターの端に立ち、ポーリーンとおしゃべりしながら、ラミネート加工されたメニュー表をタオルと消毒液で拭いていた。

「あら、新しい仕事を見つけたのね」わたしは声をかけた。「どうも、ポーリーン、調子はどう？」

「順調よ！　ええ、ほんとうに」彼女はアデルを顎で差した。「わたしたちが一緒に住むことになったって、この人から聞いてる？」

「そういう噂は聞いたかも」わたしは答えた。「もし必要だったら、空の段ボール箱がいくつかあるわよ」

「ありがとう。ただ、あなたのワインコルク・コレクションのプレゼントは遠慮しとくから」アデルはわたしに言い返し、ポーリーンに向けて指を振ってみせた。

ポーリーンは声を立てて笑った。「でも、ワインコルクでランプシェードを作ってもいいかも」

店のドアが開き、クララがはいってきた。夜用にいくぶんラフな恰好に着替えていたけれど、髪はいっぱしの展覧会マネージャーらしく見えるウーナ風のおだんごにまとめたままだった。ひととおり紹介が終わったところで食べものと飲みものを注文し、かなり長いあいだ三人で店の隅に腰を落ち着けた。

食べものが運ばれてきても話は止まらず――アデルはレディ・ファウリングだけではなく、ほかの理事たちのこともよく知っていた。「ジェーン・アーバスノットは今もそのことは絶対話そうとしない」アデルが言う。「証拠になる写真だってあるんだけど。ところで、このことはいっさい彼女には言わないよね？」問いかけられたクララは、フクロウのように大きく目を見開いて首を振った。

わたしも自分の持っている話をひとつふたつ披露した。アデル自身について、それから七年ほどまえの初めての出会いについて。その頃の彼女は今のようなふさふさの赤毛の巻き毛を長く伸ばしてはおらず、剃りあげられた頭に立派なタトゥーがはいっていた。「まだ髪の下にあるんだよね？」

アデルが髪を分けてみせると、頭皮に描かれた緑の筋が一本のぞいた。「ケルト文様の結び目をデザインしたものなんだ」彼女が説明した。

「ステュアート・モイルの首には積みあげられた本のタトゥーがあるわ」わたしはふとブルドッグのタトゥーを思い出して、言った。

「例のコレクターの？」アデルが訊いた。

「そうよ。クララ、先週のサロンで彼に会ったことを覚えてる？」

クララはうなずいた。「〈オックスファム〉のチャリティショップで二ポンドで見つけたアントニイ・バークリーの初版本のことを話してくれた人ですね」

「ええ、その人よ。ねえ、〈シャーロット〉の近くで彼を見かけてないかしら……ウーナがまだ生きていた頃に？」

「残念ですけど、そういう記憶はないですね。あの人はどういう種類のコレクターなんでしょう――自分で本屋さんを持っているとか？」

「いいえ、コレクションを人と分かち合うタイプじゃないわね」

「ジョージアナの初版本を見つけたいと思っている人は彼ひとりじゃないよね、ちがう？」アデルが訊いた。

ひと晩でも殺人の話を持ち出さずにはいられないんだろうか？

「アデル、レディ・ファウリングとあなたが一緒にグリーンウェイ（デヴォン州にあるクリスティの別荘）へ行ったときのことをクララに話してあげて。あの急勾配の土手を泥だらけになって歩いていたら、あなたが足をすべらせて足首をくじいちゃったもんだから、レディが残りの道をひとりで歩いて助けを呼びにいく羽目になったのよね。結局ふたりでアガサ・クリスティが実際に使っていた図書室でお茶を飲むことになったんだっけ」

〈ミネルヴァ〉を出ると、わたしはパルトニー橋まで歩いてクララを送っていった。「あのフラットにいて大丈夫？」と彼女に訊いた。「警察はウーナの私物を送るあてもないんでしょうけど、あなたはあそこにいちゃいけないような気がするの」

「まあ、わたしは気になりません。すべてそのままにしてあります」

「まだ折りたたみ式ベッドで寝てるの？」わたしは訊いた。

「とても寝心地はいいですよ」

それでは、あの寝室がひとつだけの短期契約のフラットがウーナを祀《まつ》る霊廟《れいびょう》になってしまったみたいだ。「ねえ聞いて。今度、段ボール箱を持っていくから、ふたりでウーナの遺品を全部箱に入れてはどうかしら？　そうしておいてパイ刑事に相談に乗ってもらいましょう」

「そうしていただけるとありがたいです、ヘイリー、ほんとうにありがとうございます」彼女の声ににじむ感謝の気持ちに触れて、目頭が熱くなった。かわいそうな女の子。じゃなくて、若い女性と言わなきゃね。

わたしはミドルバンク館と自分のベッドを目指した。あたりは暗かったけれど、人どおりはあったのでひとりきりにはならなかった。それでも、周囲にはいつも気をつけなければならない。そこで歩道や建物の出入口を見わたすと、街灯の明かりを受けて、型崩れした帽子をかぶった図体の大きい男の人影がシルエットに浮かびあがった。〈ミネルヴァ〉を出たときにこの男を見かけなかっただろうか？　男は〈オールド・グリーン・ツリー〉の戸口にすばやく身を隠した。わたしは立ち止まって薄暗がりに目を凝らした。パブのドアが開いて閉まる音が聞こえ、数人の客が一度に道路へ出てきた。さっきの男はどうやら、ひとりでパブのはしごをしていたらしい。

火曜日の朝は、展覧会のための種々雑多な仕事をリストにすることから始めた。整理せずに必要な項目をただ羅列していく——人員の配置、コート掛け、名札、運送サービス。最後の項目を入れたのは、レディ・ファウリングの肖像画は正面玄関を封鎖してでもミドルバンク館から運び出されないようにするけれど、展覧会にある種の雰囲気を演出するため家具を何点か移すことに異存はなかったからだ。たとえば、レディのデスクとか。そうだ、それもやらなきゃならないことだった——地下室に保管されている家具を調べておかなくちゃ。これもリストに加えた。

つぎの二十分は、ベスに送るショートメッセージの文面をあてでもないこうでもないと悩むのに費やした。

《こんにちは、こちらはヘイリー・バークです》まるで慈善団体への寄付金を求めるような出だしだけれど、ベスはわたしの電話番号を知らないんだから、ほかに連絡のしようがない。

《今度バースの近くに来たときには、ぜひコーヒーを一緒に飲みましょう。じゃなかったら、ランチでも一緒にどうかしら？　いつでもかまわないので、連絡ください》

気さくで厚かましくないはず。やっぱり、押しつけがましいかな？　彼女、追い詰められたような気分になる？　激しく後悔しないうちに送ってしまった。それからベッキーにも。姉妹で見せ合うことも考えて、文面は同じにした。

自分の執務室で暖炉に火をともし、電気ケトルでお湯を沸かすと、すぐにヴァルがピンク色の箱を持ってやってきた。ベーカリーの《バーティネイ》に立ち寄ってくれていたのだ。

「コーヒーはいかがです？」玄関に応対に出てきていたミセス・ウルガーにわたしはすすめた。

「ヴァルとふたりでこれから、レディ・ファウリングのノートを調べて、例の『殺人は広告する』の手がかりを探すことにしているんです。ご一緒しませんか。彼がペイストリーを持ってきてくれていますし」

「いいえ、せっかくですけれど、ミズ・バーク、わたくしにはほかにやらなくてはいけないことがありますので」彼女は自分の執務室という聖域に引っ込み、ドアを閉めた。

ミセス・ウルガーは午前中に自分でノートを見ていたものの、ちょっと見ただけですぐに返してきていた。「レディの頭脳は、わたくしには理解の及ばない挑戦を常に続ける、複雑精緻な機械のようなものでした。いっときなどはモールス信号にすっかり夢中になられて、わたくしとふたりで勉強するとお決めになり、符号を叩く送受信機をそれぞれの執務室に設置したこともありましてね。トンツーという音の並びをレディがどうやって文字として理解できるのか、わたくしにはさっぱり理解できませんでした」

　レディ・ファウリングが例の本の存在と所在について話してくれなかったことをほんのちょっと心外に思っているのかもしれない。わたしはそう考えずにはいられなかった。とはいえ、隠されたのが何十年もまえだったとしたなら、当のレディでさえすっかり忘れてしまっていたのかも。

「わかりました。何かありましたら、ふたりで執務室にいますので」

　わたしたちはまずコーヒーとクロワッサンで腹ごしらえを手早くすませた。わたしはクロワッサンから落ちたかけらをデスクから払い、トレーをミニキッチンに運んだ。戻ってくると、ふたりしてノートの実物とそのコピーをじっくり調べはじめた。

「この部分を聞いて」ヴァルが言った。

「《家政婦は片手にさび止め油の瓶、片手にぼろきれを持ち、デスクに忍び寄った。肩越しにちらりと振り返り、ほかに誰もいないことを確かめると、ぼろきれに油をさし、どんどん近づいていく……〝やめろ！〟フランボーが呼ばわった。〝木製の家具に油は絶対に使うな！　上等のペースト状のワックスをつけて磨け、そうすれば何世代にもわたっていい状態を保てる〟》」ヴァルは目を上げた。「家の掃除の物語に主人公を登場させる作家はそう多くないだろうね」

「食料品の買い物リストから作った物語も忘れないで」わたしが言った。

「レディは彼女の探偵を広告に使わせてやればよかったのに。〝手がかり整理にはブリクストンのほうき、フランボーのおススメ〟とか」

フランソワ曰く、〝テーブル・セッティングには必ずノーフォーク産の銀食器を――窃盗防止対応ずみ！〟」

一時間ほど愉しい時間を過ごしたが、何も新しいことは見つけられなかった。

「授業に行かないと」ヴァルは立ち上がりながら言い、伸びをした。「あまり役に立てなかったよね？　でも答はすぐ足もとにあるような気がしてるでしょう？」

「どっちかって言えば、目と鼻の先かな」

散らばったページをふたりで集めていると、ヴァルは一枚の紙を手に取って言った。「暗号を解読しようとしてるのかい？」

わたしは単語を省略して書いたメモに目をやった。「ううん、それはただのリスト。展覧会用にやらなくちゃいけない、こまごまとした雑用」

「それじゃ」ヴァルが言った。「ぼくは一時に講師を迎えにいく。あとで、ぼくらのランチに合流する？」

今回の文芸サロンのタイトル「チャールズ・ディケンズとウィルキー・コリンズは同一人物

だったのか？」には、あまり興味をそそられていなかった。この講師に頼んだのは、同時代のふたりの作家についてそのように主張する本を立てつづけに出し、それがあたっていたから。加えて、その演劇プロデューサーの彼が、モーリーン・フロストに推薦されたためでもあった。わたしが選んだわけじゃない。

「いいえ、わたしは深入りしないほうがいいと思う。でも、モーリーンは同席しないの？　ふたりには芝居の話でもしてもらったらいいわ。午後わたしは〈シャーロット〉でうちのスタッフたちと一緒にいないといけないし」

うちのスタッフたちはランチの休憩にはいろうとしているところだった。

「おや、ミズ・バーク、もっとお早くいらっしゃるものと思っていました」ジーノが言った。わたしに自分が怠け者だと思わせようというのだろう。「われわれはここに残りましょうか？　あたしはランチの約束を変更できますし、ミズ・パウエルも——」

「わたしは外に行く必要がありませんので」クララが口をはさんだ。「残ります」ジーノはショルダーバッグをおろした。「それじゃあたしも」

「いえ、おふたりともどうぞランチへ」わたしは手を振り、ふたりに出かけるよううながした。「二時間後にここで会いましょう」

まだ昼食は食べたくなかったので、足の向くまま階下《した》に下り、ドルイド展の初日をのぞきにいった。来場者は二十数人といったところだろうか。二月初旬の昼間の入りとしては悪くない。

当の展覧会マネージャーはというと、入口のチケット売り場のテーブルに寄りかかり、販売担当の女性とおしゃべりをしていた。

「こんにちは、トミー」わたしは声をかけた。

「ヘイリー」彼は両手を大きく広げてみせた。「やっと開幕したよ！　子を産み落とすようなもんだよね？」

「ある意味そうかも」わたしは愛想よく答えた。「それでね、トミー、ちょっとだけお時間があったら、またジーノとナオミのことを訊きたいんですが。ふたりは一緒に仕事をしてたことがあるって言ってましたよね、あの……ええっと……ホップ乾燥場博物館の展覧会で。ふたりはうまくいってなかった？」

「そこまでは言わないけど」トミーが答えた。「ふたりとも野心家だから、ちょっとしたライバル心はあっただろうね。あんたにもわかるよな。仲間と一緒に働きたいが、キャリアアップしたいんだったら、そいつらよりほんの少しだけ優秀じゃなくちゃならない。あのふたりもきっと、そんな感じだったんだよ」

すると、バグパイプの楽隊が演奏する「勇敢なるスコットランド」が聞こえはじめ、トミーは服の上から軽く叩いて、たったの二回で正しい携帯電話を探りあてた。わたしから離れていってしまったので、はっきり聞こえたわけではないけれど、彼が「〈タイムレス・プロダクションズ〉」と応答しているようには聞こえなかった。ロンドン訛《なま》りにスコットランド訛りの心地よい抑揚をかぶせているようなしゃべり方だった。別の電話で、別の……ある考えがふと頭をよぎった。

トミー・キング＝バーンズは携帯電話を三台持っている。世の中には一台だって管理がおぼつかない人もいるというのに。たとえば自分の携帯電話をなくしてしまったクララ。ブルドッグも自分のをなくしたと言っていた。もっともそれは嘘だったわけだけど。アーサー・フィッシュによれば、ブルドッグは二台以上の携帯電話を持っていて、用途ごとに使いわけているという。じゃあトミーが三台持っているのはなぜなんだろう？

彼は背を向けていたので、わたしはそうっと近づき、自分の携帯電話を出して最近の通話履歴をスクロールしてそのひとつにかけてみた。トミーが通話を終えたところで、エンヤが歌う『ロード・オブ・ザ・リング』の主題歌が流れはじめた。彼はポケットに手を入れて別の携帯電話を取り出すと、ささやきに近い、かすれた甲高い声で応答した。部屋のなかでだけではなく、わたしの携帯電話を通しても聞こえていた。

「〈エグジブ社〉です」

「もしもし、トミー」わたしは携帯電話に言った。「つかまえたわよ」

22

トミーはさっと振り向き、たくらみが露見したと知ると、口をあんぐりと開けて携帯電話を耳につけたまま、その場に立ちつくした。彼は〈タイムレス・プロダクションズ〉だけではなく、名称のちがう展示会社二社もそれぞれ声色を使いわけて、ジーノの照会先と称していたのだ。

否定されるか、怒鳴られるか、はたまた怒ったふりをされるか、わたしは身がまえた。なのにトミーは笑いだしたのだった。

「これは冗談なの？」わたしは彼に声を張りあげ、居合わせた来場者がドルイドのマネキンのあたりを見まわした。

「いや、冗談じゃないよ」トミーはすぐに真顔になって言った。「こっちへ来て」

彼のあとについて廊下を歩いたが、展示エリアといちばん近い出口のどちらもよく見えるよう、背中はずっと壁に向けていた。

「たいしたペテンを働いてくれたものね！」わたしは怒りを込めてささやいた。

「ペテンでも冗談でもないんだよ」彼はポケットから三台の携帯電話をすべて取り出し、自分の手のひらに置いた。「おれは展示会の運営会社を三つ経営していて、それぞれちがう客層を相手にしてる」

すぐにこの説明が穴だらけなのに気づいた。

「あなたがたとえ二十社経営していたって、そんなのはどうでもいい。わたしが問題にしているのは、ジーノに嘘をつかれたこと。しかも初めてのことじゃないわ」わたしは不満をぶつけた。「その嘘っていうのは、彼は三ヵ所の照会先を提出しておきながら、実はそれが全部同じ

——あなただったってことよ」

「けどさ、それぞれ全然関連のない仕事だよ」トミーが反論した。

「それがなんだと言うの？」

「つまりそれぞれの展示会の製作には、まったく異なる技能が必要なんだ」

「それじゃ、どうして最初にそう言わなかったの？」わたしは食いさがった。

「そいつはおれが明かすべき秘密じゃなかったからね」

「ああ、そう——ほらね、あなただって秘密だったと思ってるじゃない」

「おれがジーノについて話したことは事実だ。どの会社の経営者もおれだって伝えたほうがよかったんだろうが、そうしなかった」三台の携帯電話をすべて片手に収めると、空《あ》いたほうの手を胸にあてた。「わが過失なり《メア・クルパ》」

ドルイド流のお詫びらしい。


トミーと言い争ってもなんの意味もない。いいえ、怒りは取っておいて別のところにぶつけたほうがいい。それで、ジーノを待ち伏せすることにした。

ナオミのオフィスのまえを通りかかると、彼女はパソコンの画面から顔を上げ、こちらに向かって軽くうなずいた。階段を三段か四段のぼったところで、わたしは立ち止まった。わたしには各方面に行きわたるだけの怒りがあるが、ふさわしい標的がすぐそばにいるではないか。ふとそんな考えが頭に浮かんだのだ。来た道を引き返し、オフィスにはいったところでいったん立ち止まると、ナオミがキーボードを打つ手を止めた。冷静さを保つよう自分に言い聞かせたものの、身体が震えた。

彼女はキーボードの上で指を止めたまま、わたしをちらりと見た。

「こんにちは、ナオミ」わたしは言った。「お邪魔じゃないといいんだけど。昨日、開幕まえにドルイド展を見学したのは知ってるけれど、夜の開催記念パーティにも出席した？　たいへんな盛り上がりだったんでしょうね、今日のトミーの目は充血してるし。ねえ、ナオミ、ちょっと腑に落ちないことがあるの。あなたはジーノとは面識がないかのように振る舞ってたのに、トミーによると、あなたとジーノはケントの展覧会で一緒に仕事をしてたんですってね。ホップ乾燥場博物館だったっけ？」

ナオミは身動きひとつせずにいたが、わたしが話し終えると両手を膝におろした。彼女の頬が紅潮し、顎がわなわなと震えるのが見えた。

「〝一緒に仕事をしてた〟？」彼女はばかにしたように繰り返した。「とてもそんなものじゃなかった。わたしなんて名もない存在だわ、ちがいます？　ウーナはけっしてわたしのことを覚えなかった──ジーノも。わたしはそんなに記憶に残らない人間なのかしら？　あの展覧会で、ほかの専門家と同じくらいちゃんとわたしが仕事に取り組んでいなかったとでも？」

「あなたの仕事はなんだったの？」

「なるほど」彼女はむっとした様子で言った。「あなたもあの人たちと同じなのね、そうなんでしょう？　わたしはなんの貢献もしていなかったと言っているんでしょう？」

「ちがう、わたしが訊いてるのは、あなたが何を担当していたのかってこと。デザイン？　それとも設営？　広報や宣伝とか？　チケット業務？　乾燥ホップのサンプルを持ってまわって、来場者ににおいを嗅いでもらっていたとか？　何をしていたの？」

「人流の管理」顎をまえに突き出し、彼女は言った。「一般公開型のイベントには欠かせないものだけれど、正当に評価されない仕事。来場者が歩くのに充分な通り道を確保するだけじゃなく、安全衛生基準に従ってトラブルを防ぎながら、来場体験がさらに生き生きと豊かなものになるように通路を管理するんです」

「人流の管理」わたしは繰り返した。このことはいったん脇へ置き、うちの展覧会でもあとで検討するとしよう。ナオミにもう一度注意を集中させた。「ウーナが殺された日の午後、水彩画家たちに対してあなたがあんなに苛立《いらだ》っていたのは、そのせいなの？」

ナオミはあきれたように目をまわした。「どこから始めればいいかしら？　あの愚かな人たちについて。あの人たちは、よりにもよって会場のまんなか、来場者が右か左に急に曲がりたくなる位置に、薄っぺらでぐらぐらしたイーゼルを配置した。自業自得《じごう》だわ——もっと早く事故が起きなかったのが不思議なくらい」

「あなたは彼らをおいて出ていった」わたしは情報の出どころを言わなくてすみますようにと願いながら言った。「あなたは警察が到着するまで、あの日の午後ずっと水彩画家たちと一緒にいたと言っていた。けれどそれは事実ではなかった」

「何よ、ちょっとした探偵気取りってわけ？」ナオミがぴしゃりと言った。

ピーター卿は、関係者がいつ、どこにいたかを知ることの重要性を理解していた。それにケニー・パイは、人というものは何か質問されて最初からほんとうのことを洗いざらい話すとはかぎらないと言っていた。目撃者かもしれない人物に、警察が同じことを何度も繰り返し確認しなくてはならないのも無理はない。あるいは容疑者候補に対しても。こつこつと粘り強く続けていく――これが犯罪捜査の現実なのだ。

「警察が気づかないと思ったの？」わたしは尋ねた。

「それが重要なことだとは思わなかった」ナオミは答え、椅子にかけたまま居心地悪そうに身じろぎした。「あとになってからでは、ほんとうのことを言わなかったのが恥ずかしくて認められなくて。あの日の午後、水彩画家たちと一緒にここまで上がってきて、もしかしたら代用できるイーゼルがあるかもしれないから、見にいってくるって言ったの。でもほんとうは、バートレット・ストリートの端にあるあのカフェまでまっすぐ行って、ひと息入れてた。一時間かそこらはカフェにいたはず。戻ってきたときには、そこらじゅうに警察官がいたわ。つまりそういうこと――これで満足？　自分の行動が自慢できるとは思わない。うんざりして逃げ出すなんて、そんな展覧会マネージャーいる？　わたしがここで予約業務しかできないのも当然ね」

「予約担当マネージャーは一般公開型のイベントには欠かせない役割だわ」わたしは熱を込めて言った。ふとベスのことを思い出したからだ。「だって、どんな展覧会や公演だって、案内がなければ混乱してしまうでしょう」チェルトナムのホールで楽団や劇団、三つの団体の出演契約を担当するという仕事は、ベスには荷が重すぎたのだろうか？　うまくいっていなかったのはそのことなの？　彼女はまだショートメッセージに返事をくれていなかった――双子の姉妹のどちらも。

「それじゃ」ナオミは袖に入れておいたティッシュを探しながら言った。「わたしが過去にジーノとウーナの両方にかかわりがあったことを洗いざらい警察に話せば、あなたは満足するわけね」

でも、自分から進んでそうするのではない。

クララはタブレットを小脇に抱え、片手で手すりをしっかりつかみ、らせん階段を下りてきた。

「ちょっと早めに戻りました、ヘイリー」彼女は言った。「もしかしたらあなたがドルイド展を見学しているかもしれないから、会場を見てみようと思って。いつでも見にきていいなんて、ミスター・キング＝バーンズってすごくやさしいですよね。事務所に戻って仕事に取りかかりましょうか？」

そう言い終える頃には踊り場まで出ていたので、わたしの姿が見えたのだろう。彼女にどういう仕事をさせられるか考えて、ふたりで簡単な展示物の準備に取りかかるのがいいだろうと思った。ジーノが出してきた案のほとんどが使いものにならないのだから。でもふと別の考えが浮かんだ。

「そろそろレイアウトをチェックしたほうがよさそうね――造りつけの展示ケースの位置を確認しないと。自立型のケースは手配しなくちゃいけないし。必要な数はいくつかわからないけれど、ドルイド展で使われている数を数えて、だいたいのところを見積もることはできるわね。それから、来場者のさばき方はどうするのがいちばんいいのかも検討しないと。展示物やデザインがまだ決まっていなくても、展覧会では必ず念頭に置かなくちゃいけないことだから。人の流れ――それがナオミの専門分野だったって知ってた？　彼女にちょっと時間を取ってもらえるか訊いてみましょう」

何もひらめかない以上、実務的な仕事に集中したほうがいい。それに、そう、ナオミと彼女が受けてきた扱いをちょっと気の毒に思ったのだ。だから、これで彼女を元気づけたかった。

「喜んでお手伝いします」わたしの頼みをナオミは快諾し、すぐに人流の理論と仕組みの説明にはいってくれた。クララは椅子を持ってきてタブレットにさかんに打ち込みはじめ、その横でナオミは「足跡の研究」と題された論文を検索して見せてくれた。足跡と言っても、探偵ではなく人流に関する研究だ。

わたしはふたりに仕事を任せて、コンセントの数を数えに階下《した》の展示会場へ下りた。一度カウントしてから、念のためもう一度数えたところ、数字が合わない。床に視線を落として三度目のカウントを始めると、ぴかぴかの黒のオックスフォードシューズが視界に現われた。

「ええと、ミズ・バーク」

ジーノがわたしを見下ろすように立っていた。顔にはなんの感情も出ていなかったけれど、小さな黒い目はわたしが見破ったことを知っていると告げていた。わたしはコンセントを数えるのをやめた。目の端にトミーの姿をとらえたが、彼はゆっくりと奥へ引っ込んで視界から消えた。

「わたしがあなたのしたことを見破ったって、誰から聞いたの?」わたしは尋ねた。「〈エグジブ社〉か、それとも〈タータン・アフェアーズ〉? そうでなければ、〈タイムレス・プロダクションズ〉のトミー本人から?」

「釈明する機会を与えてくださるといいのですが。仮事務所のほうに戻りましょうか?」

クララには見られたくなかった。「いいえ、向かいのカフェに行きましょう」

ジーノはウーナの仮事務所のほうをちらりと見てから、視線を外へ、道路の向こう側のアセンブリー・ルームズのほうへ向けた。「人がいるところでですか、ミズ・バーク?」

「むち打ちの刑に処すわけじゃないのよ、ジーノ。さあ行きましょう」

わたしはジーノにコーヒーまで買ってあげた。彼はあまりにややこしい注文をしたので、注文を二度繰り返さなければならなかったけれど。それを見て、わたしはウーナが好きだったアールグレイの飲み方を思い出した。

ふたりで窓際に腰かけ、わたしは何気なくカプチーノをかき混ぜながら、彼が口を開くのを待った。彼はテーブルの上の塩、コショウ、砂糖、甘味料を並べかえ、粒チョコレート《スマーティーズ》柄のネクタイを撫でつけ、カップを右に四分の一回転させ、それをまたもとに戻した。すぐに話しはじめなかったなら、わたしは彼にカプチーノを投げつけていたところだ。

「あたしが提出した照会先にご立腹なんですよね」

「ええ、そうですよ。だって、あなたは三つのそれぞれ別の照会先と言っていたけれど、すべて同じ人だったんですから」

ジーノは肩をいからせ、眉を吊り上げた。「ミズ・バーク、この点については自分のあやまちがわかりかねます。たしかに、トミーは三つの会社をやっていますけど、その三つでわたしはまっとうな仕事をしたんですよ。それぞれに独立したプロジェクトで、そのプロジェクトならではの試練と苦労、それに喜びがありました。あたしは、トミーに会社はひとつだけにしろと言う立場にはないし、あるいはどのプロジェクトも似たりよったりだと言うこともできません。なぜなら、実際同じではないからです。いずれにせよ、あたしの職歴をよく見ればわかることでした」

「ジーノ、あなたは嘘をついた」わたしは言った。また同じことを言うなんて、壊れたレコードみたいだ。

「でも正当な理由があってのことです」ジーノが反論した。

「正当な理由？　報酬がどうしても必要だったとでも言いたいの？」

「いえ、ウーナのために何かを創造したかったのです」

店の向こう側では、皿がぶつかるかたかたという音とエスプレッソ・マシンがあげるシューッというスチーム音がしていた。あたりを見まわして気づいた。わたしたちがついているのは、ウーナと再会したあの日と同じテーブルではないか。わたしが何も言わないでいると、ジーノは先を続けた。

「彼女が亡くなったあとで、あなたがあたしのところへ来て」彼女が殺害されたあと、という意味だろう。「このポストをオファーしてくれた時点では、それはあたしがいちばんしたくないことでした。機会に恵まれた彼女が創り出したはずのものなど、あたしにはとうてい創れやしないんですから。本音では尻尾を巻いて逃げ出したかったんですが、そうしなかった。彼女のためにやらなくちゃいけないとわかっていたから。だから、自分の悲しみを隠して平静を装《よそお》い、自分の才能の幅広さと文学への造詣《ぞうけい》が深いことをわかってもらえる照会先を提出したんです」

文学? ああ、そうだった――トミーがスコットランド人を装っている会社で、ジーノは作家ロバート・ルイス・スティーブンソンをテーマにした「ジキル博士とハイド氏とわたし」と呼ばれるイベントに携わっていた。

「ほかには何を隠しているの?」

「ミズ・バーク」ジーノのその声は自信が戻っているように聞こえた。わたしの怒りが収まりつつあるのに気づいたらしい。「あたしの人生にはなんの秘密もありゃしません」にやりと笑って言う。「やれやれ《ハイホー》」

まったく、わかったわよ。

ジーノは、〝重要なイメージを追求する〟ために約束していることがあるとかでアセンブリー・ルームズを出ていった。ランチタイムはとうに過ぎていたので、わたしはお腹が空《す》きすぎてさらに問いただす気力はなかった。カフェの冷蔵ケースにあったサンドウィッチを買い、〈シャーロット〉の脇の出入口へ向かいながら食べた。

二階の踊り場で、ナオミのオフィスから戻ってきたクララに会った。人流について知っておくべきことをすっかり学んできたことだろう。わたしは彼女の先に立ってらせん階段をのぼりはじめた。

「彼女は人流の操作と呼びましたが、ほんとうは人の流れの誘導で」クララが説明する。「ミズ・フェイバーは、室内で人間が向かう方向を予測するには、ただ――」

クララはそこで話をやめた。わたしが仮事務所のドアを開けたはずみに、フックから彼女のコートがはずれ、バサリと音を立てて床に落ちたのだ。皺《しわ》くちゃに丸められた紙がポケットから転げ落ちた。わたしはサンドウィッチをデスクの隅に置き、それを拾おうと身をかがめた。

「だめ、やめて！」クララが叫んだ。わたしを押しのけ、引ったくるように紙をつかんでしっかりと胸に抱えた。でもそれは遅すぎた。わたしには紙の片隅に印刷された年月――一九五〇年九月――が見えた。それはレディ・ファウリングのノートを打ち込んだデータをプリントアウトしたものの一ページだった。

23

「クララ、そこにあるのは何？」わたしは尋ねた。

彼女の顔がところどころ赤みを帯び、息遣いは乱れていた。

「別に。すみません、わたしの個人的なメモです」

「いいえ、そうじゃないわね」

心臓が胸のなかで激しく脈打ち、持てる力を振りしぼって平静を保った。

わたしは手を差し出した。「見せて」

「でもこれはわたしのですから」彼女は抵抗する素振りを見せたものの、結局わたしに勢いよく差し出した。「まあ、わかりました。どうぞ」

受け取った紙の皺《しわ》を伸ばすと、レディ・ファウリングの暗号めいた一節が書かれた例のページのデータを印刷したものだとわかった——乱暴な走り書きやいたずら書きなど、ウーナの書き込みが加えられている。

一瞬、ただひたすらほっとした。なくなっていた一枚がついに手にはいったのだ！　これであの本が、あの幻のサイン入り『殺人は広告する』の初版本が見つかるだろう。ウーナは暗号を解読していたのだから、彼女の書き込みがあの本へと導いてくれるはずだ。

でも有頂天になったのもつかの間のことだった。だって、問題のページは、殺人事件の被害者が最後に持っていたと考えられて、ずっと探し求められてきたものだ――それが被害者の専属アシスタントのコートのポケットにあっただなんて。

「クララ……」わたしは紙を差し出したものの、尋ねるべき質問を口にすることができなかった。

クララは首を伸ばして紙を見ると、眼鏡の奥で目を大きく見開いた。「なんですか、それ?」

「知ってるはずよ――あなたのコートのポケットにはいっていたんだから」

「いいえ、知りま――」

「わたしの手から引ったくったでしょ。クララ、これをどこで手に入れたの?」

「わかりません――わたしのじゃないので」

「これはレディ・ファウリングのノートを打ち直したものの一ページよ。わたしがウーナに渡していたのを覚えてるでしょ。彼女は殺される直前にわたしにショートメッセージを送ってきた。あの貴重な初版本がどこに保管されているかを突き止めてね。彼女はこの一節を見て、レディ・ファウリングが本のありかを伝えるために暗号を利用したと考えたんだと思う」

「ウーナは、わたしにはそんなこと何も言いませんでした」

「彼女にはそうする機会がなかったんじゃない? 何者かに頭を殴られ階段から突き落とされて、亡くなってしまったから。警察はこの事務所の床と踊り場に散らばっていた書類を集めて、証拠として押収したの。ただしこの一ページだけは押収されなかった――どこかにいってしまっていたから。盗まれたんだわ」

クララはわたしからの暗黙の非難にたじろぎ、壁際まで後ずさった。顔は透きとおるほど蒼白になっていた。「ちがう、そんなこと知りません」声が震え、目には涙が浮かんでいた。「どういう意味なんですか？　まさかわたしがやったと……あの件とはまったく無関係です。わたしはやってません」

彼女は気を失って床に倒れ込んでしまった。

どうしてお茶って必要なときにないの？

片腕を彼女の肩にまわして支えると、クララはなんとか床から立ち上がって椅子に坐ることができた。でもうつむいたまま、紙から顔をそむけている。わたしは紙をじっくり調べたくてしかたがなかったけれど、彼女の気を散らしたくなかったので、紙をたたんで自分のバッグにしまった。問題の紙が視界から消えてしまうと、彼女の顔色が少し戻った。わたしは彼女と膝を突き合わせて坐った。

「ねえ、クララ」わたしは母親が子供をなだめるような声で切り出した。「あれは考えていたのとはちがう紙だったんでしょう」

彼女は首を縦に振った。

「ウーナが亡くなった日の午後、自分の紙だと思ってたまたま拾った、というわけではないのね？」

また首を振る。

「でもそれじゃどうしてあなたのコートのポケットにはいっていたの？」

クララは肩をすくめた。

「このことは警察に説明しなくちゃならなくなるって、あなたもわかってるよね？」

「はい」彼女はそう言うと、ごくりと唾を呑み込んだ。「どうしてポケットにはいったのかはわからないと、警察には説明します」顔を上げた。「わたし、刑務所に入れられちゃうんでしょうか？」

「クララ、誰もあなたのことを何かで責めたりしないわ」とはいえ、だ。「でもね、これは証拠品なの。ねえ、わたしも一緒にいくから」

警察はまだこの紙の存在をつかんでいなかった。二日まえまでこれが紛失していると気づいていなかったことを説明しなくちゃいけない。証拠物件としてどれほどの重要性を持ちうるのかについても理解してもらう必要がある。

わたしたちはコートを着た。わたしは留め金をしっかりかけたバッグを胸に抱えた。まるで、あのページがひとりでに紙飛行機になって、ここから飛んでいくかもというように。まだちらりとしか見られていなかった――これって証拠になるの？　それともなんにもならない？　もう一度見たくてたまらない。クララは背を向けておだんごを直している。わたしは顔をそむけてバッグを開け、問題の紙をそうっと取り出した。

ウーナはごちゃごちゃとことばを書き込んでいた――ことばというか、シンボルマークやスケッチを。それらがなんであれ、わたしの目には象形文字のようで意味がわからなかった。フレーズが並んだこの一節全体がひとつの丸で囲まれており、各単語に引かれた線が余白へと引っぱられている。スポークの多すぎる、がたがたの車輪のような絵とでも言えばいいのだろうか。その横には正方形の箱が浮かんでいて、さらにそのなかには小箱がいくつか描かれ、小箱のそれぞれに点が打たれている。正方形の箱には四本の脚があった。このページの書き込みで、わりとはっきり読めたのはふたつの名前だった。ひとつは『殺人は広告する』の《デス・ブリードン》。

もうひとつは、わたしの名前だった。

わたしたちは口も利かずまっしぐらに警察署へ向かった。わたしの頭は憶測と混乱でいっぱいで、クララは——まあ、彼女の頭がなんでいっぱいかなんて他人にはわかりっこないか。

「こんにちは、オーウェン巡査部長」わたしは声をかけた。

「ミズ・バーク、ご機嫌いかがですか？」彼が言った。

じきにお互いの子供の様子を尋ね合うようになりそう。

「元気ですよ、ありがとうございます。あなたもそうだといいのですが。ここにうかがったのは、ホップグッド部長刑事かパイ刑事にお会いしたいからで——どちらでもけっこうです。でも、とても重要な用件で」

運がよかったらしい——ふたりともロビーに出てきてくれた。

「それで、ミズ・バーク、ミズ・パウェル」ホップグッド部長刑事が言った。「われわれにどんなお話かな?」

わたしはバッグから例の紙を取り出して広げて手渡した。説明を始めるまえに、クララに割ってはいられた。

「わたしのコートのポケットにはいってたんです。どうしてそんなところにあったのかはわかりません。覚えているかぎり、それを見るのは初めてなので」彼女は顔をしかめ、わたしをちらりと見た。「でも、ウーナが亡くなるまえに見ているはずなんです。ヘイリーが〈シャーロット〉にいるわたしたちに持ってきてくれたんですから」

ホップグッドは眉毛を動かさなかったものの、わたしにさっと視線を向けた。

「レディ・ファウリングのノートを打ち込んだものの一ページです」わたしは言った。「データはパソコンにはいっていますが、全部プリントアウトしてウーナに渡しました。それが、あなたがたが現場から押収してバインダーに入れたものです。手がかりが見つかればと目を通しましたが、今日までこのページは抜けていて。ひょっとしたらこんな可能性もあるかもしれないと思うんです」わたしも何か断言するときにはずいぶんと用心するようになった。「例の稀少な初版本と関係があるのではと」

「わたしのコートのポケットにはいってたんです」クララは繰り返した。「どうしてそんなところにあったのかはわかりません」

〝携帯電話をなくしてしまいました〟の新バージョンだろうか。今になって、彼女がほんとうのことを言っていたのか怪しい気がしてきた。

「なるほど」ホップグッドは言った。「パイ、ミズ・パウェルとおしゃべりしてはどうかな。そのあいだにわたしはミズ・バークといくつか話し合うことがあるのでね」

クララは身をすくめた。「でもヘイリー――」

「心配しないで」わたしはすかさず言った。「クララ、すぐにまた会えるわ。わたしが終わるまで待っていて――じゃなければ、わたしがあなたを待ってるから」

彼女は、動いたのがかすかにわかる程度にうなずいた。わたしたちはそれぞれの案内役に続いて受付デスクの奥へ行き、われら選ばれしごく少数の人間しか立ち入りを許されないドアを通り抜けた。ホップグッドは第一取調室のまえで立ち止まり、証拠品をパイに渡すと、脇に寄ってふたりをなかに通し、第二取調室へと向かった。

パイ刑事がクララにお茶をすすめて、彼女が「はい、いただきます。ありがとうございます。お砂糖はふたつで」と答えるのが聞こえた。

ホップグッドが開けておいてくれたドアからなかにはいり、気まずいながらも打ち解けた態度で彼とわたしはテーブルに向かい合って坐った。

「さてとミズ・バーク――なくなっていたページのことは、なぜわれわれに教えてくれなかったんですか?」

「なくなっていたとは思いもしなかったので。日曜日になってやっと気づいたんです」それから二日間は情報を伝えなかったことになる。ただし自分の弁護のために言うと、それどころではなかったのだ。それでもやはり、わたしもパイ刑事の言う〝情報の提供を控える〟人のひとりにはちがいない。とはいえ、意図的にしたことじゃない。

「それに」わたしは先を続けた。「わたしがあれについてお伝えすることが、お役に立つのかどうかよくわからなかったので。そこで、昨日の午後はあの一節の解読に挑んでいたんです。でも、今はウーナの書き込みがわたしたちの手にはいったから、もっとよくわかるでしょうね」

自分を含めて〝わたしたち〟と言ったことに対して彼がなんらかの反応をするまえに、ドアをノックする音がした。パイ刑事がなかにはいってきてホップグッドに一枚の紙を渡し、また出ていった。証拠品のコピーだ。

「わたしにもコピーをいただけますか？」と頼むと、彼の片方の眉が飛び上がった。「本を探すのに役立つので。それはまちがいありません」

「つまり、これに印刷されている言いまわしの意味がわかるとおっしゃるのかな？」ホップグッドはページのコピーをじっくりあらためながら尋ねた。「わたしには何が言いたいのかさっぱり。ここに書かれているあなたの名前以外はってことですが、ミズ・バーク」と言って、紙をとんとんと叩く。「それからこのもうひとつの名前以外は。もちろん《死》《デス》という単語もわかりますがね」

「デス・ブリードン。ドロシー・L・セイヤーズの『殺人は広告する』に登場する人物の名前です」

「彼女が登場人物にデスと名づけたんですか？　ちょっとひねりがないと思いませんか？」彼

が訊いた。

「ピーター・ウィムジイ卿のミドルネームなんです」

「ああ、彼か」ホップグッドはぼそりとつぶやいた。「ほかにやることがないオックスフォード出の探偵でしたね」紙をわたしのほうに押してよこした。「それで、ミズ・バーク、解読できますか?」

全体をじっと眺めてから、それぞれの部分を指でなぞった。ばかげた言いまわし、走り書き、箱。それにわたしの名前。

「ウーナは直前にショートメッセージを送ってきて——そうだ、それはご存じでしたよね。彼女の携帯電話を見ているんですもの。彼女はこんなふうに書き込みながらアイディア出しをしていたにちがいありません。わたしの名前を書いたのは、わたしにそのことを伝えたかったからでしょう」

「死亡した女性の手からこの紙を奪って得をする可能性があるのは誰ですかね?」

有能だ、このホップグッドという人は——話題を変えることで、目撃者の気を引きしめる方法を知っているのだ。

「ブルドッグがいちばん可能性が高いと思ってました。稀覯本《きこうぼん》の蒐集《しゅうしゅう》家ですから。ディテクション・クラブの会員だった作家全員のサインがはいった初版本は、かなりのお宝でしょう」

わたしはここで間をおき、ホップグッドにうながすような視線を送った。さあ、彼のアリバイを教えて。

「コルチェスターのカーブート・セールにいたそうで」彼が言った。「ミスター・モイルはご自身の所在について非常に協力的で、われわれのほうでも裏がとれています」

今度はホップグッドが待つほうだった。わたしは時間をかけて考えをまとめて言った。「クララとナオミとジーノについてお知りになりたいのでしょう」

「あなたは彼らのすぐ近くで働いていますね、ミズ・バーク。彼らについて、警察の捜査の助けになるような情報をご存じでしょうか？」

「クララはこれから実社会に出ようという女の子――」わたしはため息をつき、言い直した。「若い女性です。そんな彼女がウーナを殺害したところで、なんの得があるでしょう？　仕事を失うだけです」

「ですが、ミズ・アサートンが亡くなったあと、彼女は失業しませんでしたね」ホップグッドが指摘した。「あなたが彼女を雇いつづけている」

「ええ、そのとおりです」

「それに彼女は、バースにいるあいだ使っていいとミズ・アサートンに言われたフラットに住んでいるそうですね」

「彼女はシェプトン・マレットから通勤したくないらしく、ウーナはフラットの賃貸契約を結んで、家賃を前払いしていたんです……いつまでかははっきりわかりませんが。たしか五月までだったと思います。でも、部長刑事、クララは小柄です。ウーナを階段から投げ落とせるようにはとても見えません」

「あの階段は危険ですよ――たいして強く押さなくても落とせますから。ミズ・アサートンが先に頭を割られていたとしたらなおさら」

「ナオミとジーノはそれぞれ、ウーナと過去にいろいろあったんです」わたしは言った。話題を変えられてほっとしつつも、非難の矛先《ほこさき》をほかに向ける後ろめたさを感じた。「ナオミは仕事の面で軽く扱われたと感じています。事件のあった日の午後、彼女は自分で言ったとおりの場所にはいませんでした」

「さすがですね、ミズ・バーク――ミズ・フェイバーの動きを突き止めるとは。しかしながら」わたしには褒められた歓びに浸る時間は一秒すらなかった。「あなたは容疑者を聴取する役目を買ってでるのではなく、われわれに相談するべきでしたね」

わたしはしかるべく叱責を受けたという顔をしてみせた。「ごもっともです」

「ミズ・フェイバーによる供述の訂正を受けて水彩画家のひとりに話を聞くと、すぐに彼女があの時間にバートレット・ストリートの端にあるカフェにいたことが確認できました」

「すると、彼女にはアリバイがあった?」

ホップグッドの眉毛がダンスを踊った。「そうなんですか?」

「そうじゃないんですか?」わたしは小声で訊き返した。

「〈シャーロット〉からあのカフェまでは歩いて三分かかります。彼女が〈シャーロット〉を出たと言っている時刻と、水彩画家による証言、さらにはバートレット・ストリート沿いの防犯カメラがとらえた彼女の足取りも加味して総合的に考えると、彼女には空白の時間がゆうに十分間はあったことがわかっています」

心臓が咽喉《のど》もとまで迫《せ》りあがってきた気がした。「彼女を逮捕するんですか?」

「再度、聴取する予定です」

そしてきっと何度もそれを繰り返すのだろう。わたしは冷静さを取り戻した。

「ジーノの話も、すでに確認されているんですよね」わたしは言った。

「ええ、ブリストルにいたそうです。ミスター・ベリーフィールドは列車で往復していました」

これでわたしの容疑者リストは片づいたことになるけれど、なんだかすっきりしなかった。

「もちろん、防犯カメラは嘘をつきませんものね。でもこれまでに二回——いえ、三回かもしれない——ジーノは何かしらでわたしに嘘をついてきたんです。バースでウーナに会っていないと言っていたのに、会っていました。照会先を三つ提出してくれましたが、三つとも同じ人物だとあとになってわかりました。ウーナと結婚していたことを隠していました——もっともこの件は仕事とは関係ないでしょうが。そうだとしても気にはなります」

「ミスター・ベリーフィールドを今のポストからはずす理由をお探しなのかな?」ホップグッドが訊いてきた。

「また展覧会マネージャーを失うわけにはいきません。〈シャーロット〉を予約するにあたってナオミが出した条件のひとつが、展覧会マネージャーをおくというものだったので。どんなにいらいらさせられる人物であろうと、もう彼でいくしかないんです。でも彼の人となりはわかりましたから、こちらの指示どおりにしてもらいます」ロジャーについても同じことを何回言ったたろう？「あの日、彼はブリストルのどこへ行ったとおっしゃいましたっけ？」

「記録があるので、パイに確認するとしましょう。ところで、ミズ・バーク、展覧会のほうはどうですか？」

どんどん時間が過ぎていく。


警察署のロビーでクララを待ちながら、携帯電話をチェックした。ヴァルが送ってきたショートメッセージによると、今日の文芸サロンの講師は事実に即していないことを口にするかもしれないけれど、すべての参加者の興味を惹きつけることはまちがいないという。夜のあいだ、モーリーン・フロストをシェリーのはいったデカンタに近づけないほうがいいかもしれない。

「待っててくれてありがとうございます」クララは出てくると礼を言った。「でもわざわざ歩いて送ってくれなくても大丈夫です」

「橋のところまで」わたしは言った。「ほとんど帰り道のようなものだし」

コートを着て警察署を出ると、グランド・パレードにはいるまでお互い口を開かなかった。

「パイ刑事とは何も問題はなかった？」わたしは尋ねた。一陣の風が川から吹き上がってきて、凍てつくような冷気が首筋を伝った。

「だと思いますが。あの紙は警察の手もとに？」

「そうよ、指紋を調べてるわ」

「わたしのを見つけますよね、ちがいます？」

わたしは身震いした。「わたしのもね。たぶんウーナの指紋と一緒に。それにひょっとしたら……ほかの人たちのも」

「パイ刑事に、ウーナの書き込みが読めるかどうか訊かれました」

「わたしの名前とデス・ブリードン以外に、ってこと？　ことばらしきものは、ほかになかったように見えたんだけど」

「うちのおばあちゃんの言う筆記体というやつのうえ、ウーナ独特の書き方も混じってて。あなたの名前の隣に――」

「ちょっと待って」わたしは、パレード・ガーデンズへ下りる階段を通りすぎたところで足を止め、ホップグッドにもらったコピーを取り出した。「ここの走り書きのこと？」

「そうです」クララが答えた。「〝言った〟と〝それ〟ですね。《ヘイリーがそれを言った》と彼女は書いたんです」

「ヘイリーがなんて言ったと？」わたしはさらに訊いた。

クララは肩をすくめた。

「クララ、あの紙があなたのコートのポケットから落ちたとき、あなたは何か別のものだと思っていたわよね。それはなんだったの？」

彼女はわたしをちらりと見ると、目を逸《そ》らし、コートの第一ボタンをいじりはじめた。「ああ、あれはなんでもないんです。ひとつかふたつのアイディアのメモです。役に立つようなものではありません。それにもうなくなってしまいましたし」

「なくなった——なくしたの？　紙が一枚出てきて、別の一枚はなくなっている——まるでわたしたちのなかにポルターガイストがいるみたいね」

パルトニー橋まで来ていた。クララは背筋をぴんと伸ばした。「今夜は文芸サロンに参加しません、ヘイリー。みなさんの気を逸らしたくないので」

「ばかなこと言わないで」わたしが言った。「もちろんあなたにもいてもらわないと。わたしたちは仕事を続けていかなくちゃいけないし、文芸サロンにあなたが参加するのはごくあたりまえのことなんだから」

「わたしは彼女を殺してません」

眼鏡の上の額に皺が寄った。唇を固く結んでも、顎の震えを止められはしなかった。

「ええ、クララ」わたしは彼女の腕をぽんぽんと叩きながら言った。「それはわかってるわ」

でも誰かがやったのだ。ただ、怪しい人物には全員、鉄壁のアリバイがあるというだけのことで。

われらが文芸サロンの講師は、講演でチャールズ・ディケンズとウィルキー・コリンズが同一人物だったと強く主張はしなかったが、かといってそんな突飛《とっぴ》な説を唱えた釈明をすることもなかった。そのかわり、ふたりの作家の文体を比較し、議論をうながした。「コリンズが実はディケンズの死後に『エドウィン・ドルードの謎』を書きあげていたとしたらどうでしょう？」講師が問いかけた。「いくつか証拠がありまして……」実はなんの証拠もなかったようだけれど、これがきっかけとなって活発な議論が繰り広げられた。

文芸サロンのあいだじゅう、わたしは心配でクララを見守りつづけた。彼女は物憂げで心ここにあらずといった風情《ふぜい》だった。アデルがオードリーとシルヴィアのムーン〝姉妹〟を車で家まで送ると言ったとき、わたしはクララも一緒に乗せていってもらうよう頼んだ。

「ご親切にありがとうございます、ミズ・バベッジ」クララはそう言い、ほかのみんなと一緒に帰り支度をして館を出た。

アデルは振り返って、訊いてきた。「彼女、大丈夫なの？」

「疲れてるだけだと思う」

ジーノがシープスキンのコートを着ると、たちまちいつもの三倍もふくれて見えた。正面玄関から外に目をやり、アデルとその一行が去っていくのを眺めた。

「ミズ・パウエルは大丈夫ですか？」彼が訊いてきた。「今夜はちょっと何かに気を取られているように見えましたが。彼女やあなたを煩わせてはいないんですよね、その……捜査で」

「捜査は警察の仕事ですよ」わたしは言った。「それはそうと、捜査が急展開しているらしくて」はい、これは嘘。でもこの日わたしたちがほんとうは何をしていたのか、彼に話すつもりはなかった――犯行を示す証拠がコートのポケットにはいっていたせいで、クララが聴取を受けていたなんて。「クララはすばらしい展覧会のアイディアに取り組んでいるところです」

「今、彼女がですか？　それは何よりだ」

ジーノが帰ると、今度はステュアート・モイルがやってきた。

「教えて、ブルドッグ」わたしは言った。「もしも例のサイン入り『殺人は広告する』の初版本が手にはいったとしたら、あなたならどうする？」

「そうだねえ、なくさないようにするね」

「なくしたわけじゃないから」わたしはむっとして答えた。

「彼女が殺害されたのは――例の本のせいなのかい？」

「警察は捜査状況について詳しいことを教えてくれないの。でも真相に迫りつつある……と思う」

つい前向きなことを――まったくの嘘なのに――言ってしまって、頭が痛んだ。

「もちろん、サウスエンド＝オン＝シーにはイギリス最長の桟橋があるわ」わたしは言った。

「でも桟橋を散歩するためだけに、エセックスまでわざわざ行くこともないんじゃない」

ヴァルとわたしはベッドで掛け布団にくるまっていた。わたしは彼の胸に頭を載せ、彼の腕のなかにいた。

「またクラクトンに行ってみたくない？」

クラクトン＝オン＝シーはわたしが子供の頃、休暇で訪れた場所――母と父とわたしでヘレフォードから東へまっすぐエセックスまでイングランドを横断したのだ。わたしがずっと海辺好きでいるのは、あの頃の幸せな時間があったから。

「がっかりしちゃうかもしれない」わたしは言った。「だって、前回あの景色を見たのは十二のときだもの」

彼は掛け布団をわたしたちの顎まで引っぱりあげ、わたしのこめかみにキスをした。

「こういうのはどうかな？　ウーラクームから出発して、イングランドの各地を時計まわりに訪れてみるっていうのは。お望みなら、反対側のマーゲイトから始めてもいい」

わたしは彼を見つめた。ヴァルはイングランド南東部の海辺の街マーゲイトで育った。彼がこう言ってくれるのは、彼が自分の子供時代の思い出を分かち合いたいからだろう。わたしはそう受け止め、この提案を受け入れた。

「貝殻の洞窟《シェル・グロット》に案内してくれてもいいし」わたしは言った。「マーゲイトからブロードステアーズまで、一緒に崖を歩いてもいい。でも展覧会が終わるまで先延ばしにしないといけなさそう。五月ね――とにかく今より暖かくなってるのは助かるわ」

「それはそうだけど」

ふたりで黙り込んだ。眠気がすっかり消えたように感じて、ベッドから起き上がってお茶を淹《い》れようかと思ったけれど、掛け布団から出ると寒いだろう。このままこうしていれば、寒くない。

「クララにこれからもいてもらって大丈夫なの？」ヴァルが訊いてきた。

「彼女のコートのポケットにあの紙を入れたのは誰なんだろう？」わたしは質問で返した。「彼女が自分で入れたのがはっきりしてるとは思わないのかい？」

わたしは顔をしかめた。二十歳かそこらの若い女性に疑うかわりに同情を抱かせられるほど、自分はだまされやすいのだろうか？

「あの紙がほんとうはなんだったのかを知ったとき、彼女は心から驚いたんだと思う。自分が書いたメモ――たしか展覧会用のアイディア――だと思っていたんだし。なんなのかわかったとき、彼女はショックを受けていたもの」わたしは自分の額に片手をあてた。「でもひょっとしたら、彼女がショックだったのはポケットからメモが見つかったこと自体だったのかもしれない」

ヴァルはわたしの手を取り、それに口づけをした。「クララが自分で入れたんじゃないとしたら、ほかには誰にチャンスがあった？」

実は警察署からの帰りぎわに、ホップグッド部長刑事からも同じ問いを投げかけられていた。

「〈シャーロット〉にまえからいた人たちが最も可能性が高いでしょうね」わたしは言った。「サーカス・プレイスに面した出入口のほうは今では鍵をかけているから、正面玄関からはいってくる人は必ず防犯カメラに映っているはず。ジーノ、ナオミ、ドルイド展の関係者が考えられるわね。でもクララは今日の午前中は外出してた。コピーを取りにジョージ・ストリートへ行っていたから。もちろん、彼女がこれまで自分の行動を報告し忘れてきた前例から判断すると、とちゅうでコーヒーを飲みにどこかへ立ち寄ったり、ミルソム・ストリートへ買い物にいったり、コインランドリーに洗濯物を持っていったりした可能性もある。だから誰かが、彼女のコートのポケットに紙をこっそり入れるチャンスはたっぷりあったでしょうね」

「ということは」ヴァルが言う。「〝誰がウーナを殺したのか？〟だけじゃなく、〝あの本はどこにある？〟〝誰が紙を持ち去ったのか？〟〝誰がそれを戻したのか？〟という問題もあるということだね。これらの問題のあいだには、何か関係があるんだろうか？」

「ひとつに答えると、別の問題に対しても答が出せるとか？　そうしないと、問題がどんどん増えつづけて、わたしの頭が爆発しちゃうとか？」


「今朝は地下室へ行ってくるね」水曜日の朝、正面玄関まで送りながら、わたしはヴァルに告げた。丈の短いシルクのローブしか着ていなかったので、ミセス・ウルガーがいつもより二時間早く階上《うえ》に上がってみようなんて思いませんようにと願いながら。

「行方不明にならない？」ヴァルが言った。これはちょっとしたジョーク。去年の秋のある午後のこと、バースじゅうの誰もが――と思えるほど大勢が――わたしが誘拐でもされたと勘違いして大騒ぎしていたのに、当のわたしはそれに気づかず、地下室でいたって穏やかな時間を過ごしていたのだ。

ヴァルの鼻にキスをした。「展覧会に使えそうな小ぶりな何かがないか、家具のまわりを探してみるの。ジーノが目玉になる展示物のこと、いえ、もっと言えば展示物すべてのことで相変わらず空回りしてるあいだに、わたしはレディ・ファウリングのクイーン・アン様式のデスクを利用するっていうウーナの入口のアイディアを進めておこうと思って」

ヴァルの顔にちょっと厳しい表情がよぎった。彼は誰かほかの人の声に耳を澄ませるかのように、小首をかしげた。息をひとつ吸い込み、何か話そうとしたところで、地下一階《ロウアー・グラウンド・フロア》のフラットから物音が聞こえた。

「ミセス・ウルガーが出てくるわ！」わたしは声を落として言った。「行ってらっしゃい！」

ヴァルが行ってしまうと、わたしは階上《うえ》へ走って戻った。あとからついてきたバンターはわたしを追い越してフラットにはいり、表通りに面した窓へ駆け寄ると、鳩の観察場所に陣取った。

二杯目のお茶を淹れ、パンをもう一枚トースターに挿した。着信音が聞こえたので、携帯電話を探し出すと、届いていたのはダイナからのショートメッセージだった。

《パパからの提案――200ポンド《£》か、クラウディによる無料のペンキ塗りとコンセント交換のどっちかを選ぶ》

わたしは息を凝らして返信した。

《どっちにしたの？》

娘からの返信はすぐに届いた。

《£££》

「あら!」バンターがぴくりと身をすくめた。「ごめん、猫ちゃん」そう詫びると、ダイナにメッセージを打った。

《よくできました》

子供扱いしたことにはっと気づいたときには時すでに遅く、すぐに再度メッセージを送った。

《ごめん――さすがね!》

現金で支払うように言っているといいのだけど。

24

「開催記念パーティの招待状はメールで送らなければなりませんか?」朝のミーティングでミセス・ウルガーが異議を唱えた。「郵送された、きちんと印刷された依頼は、格別の重みがあるものです」

「ほかに何もなければ」とわたしは言った。「電話に出ちゃいますね」

三回鳴ったということはメッセージが三件。すると今度は電話の呼び出し音が鳴りはじめた。

ピーン、ピーン、ピーン。

遠くで自分の携帯電話の着信音が聞こえた。デスクの上に置きっぱなしにしていたのだ。

はっきりと賛成してくれるとは。

と見てから答えた。「やってみる価値はありますね」

ミセス・ウルガーは一瞬、分厚いレンズの奥から表情のうかがい知れない目でわたしをじっ

が金で箔《はく》押しされた、あんなに見事な皮革の装丁が施《ほどこ》されているんですから」

じゃありません？　レディご自身の著作から一冊を選んでモチーフにしてもいいですね、文字

「ええ、そうしてください」わたしは答えた。「本の表紙のように見える招待状なんか、素敵

「招待状のデザインに取りかかりましょうか？」

だろう。

え、ミセス・ウルガーは半日もミシンに向かえば、ちゃちゃっと自分のドレスを縫えてしまう

がるには上がったけれど、イブニングドレスに数百ポンド出せるほどじゃない。それに引き換

持ちが沈んだ。またチャリティショップに行かなくちゃいけないのか――ここ半年で収入は上

「ええ、そうですね」わたしはあまり乗り気でない返事をした。手持ちの衣裳を考えると、気

「ドレスコードはフォーマルと記載しますよね？」

「両方出しましょう」わたしが言った。

留守番電話に切り替わるひとつまえの呼び出し音で携帯電話をつかんだ。発信者を見る時間はなかった。

「ヘイリー」ヴァルからだった。徒競走でもしてきたような声だ。「ねえ、きみのリスト——」

「授業じゃないの？」

「ああ、ちょっと廊下に出てきたんだ。生徒たちは五分間で、ペアを組んだ相手の書き出しを批評しているところでね。きみが作ったリストのことだが」

「なんのリスト？」

「展覧会に向けてやることの。このまえ、レディ・ファウリングの奇妙な一節のプリントを一緒に調べていたときに見かけたあのリスト——覚えてる？」

「ええ」はるか昔のことのように思えた。視線を落として見えたのは、地層のごとくデスクの表面を覆う書類の山。あのリストはもう何層も下に埋もれてしまっているだろう。

「今朝ぼくが帰るとき、きみはクイーン・アン様式のデスクについて何か言っていたね」

「言ったかしら？　あ、そうそう、展覧会のことね」ここまでのところ、なんの話かわたしにはわからなかったけれど、とりあえず訊かれるがままに答えることにした。

「レディ・ファウリングのデスクを、展覧会で使おうかなって話」

「クイーン・アン様式のデスク」彼はまた言った。「自分で書いたリストを見てごらんよ」

「ちょっと待ってね」わたしはスピーカーフォンにして、携帯電話を置き、協会の会報についてのメモや展示企画に関する記事のプリント、あとで作りたいレシピがひとつかふたつといった書類をかき分け……「あった！」

「なんて書いてある？」ヴァルが訊いてきた。「自分で書いたとおりに読んでみて」

「デスクについて？　ええっと、自分で省略して書いただけだから、そのまま読んでも意味がないんだけど、読んでみるね。〝LF――スペース――QAD――スペース――地下室〟」

「QAD。今度はレディ・ファウリングのあの一節を見てみて。最初のフレーズはなんて言ってる？」

　再度の捜索。さっきよりも急を要する状況だったので、書類を左右にかき分け、床に落とした。「あったわ！」そのページを手でぴしゃりと叩いた。「最初のフレーズは〝静かな期待《Quiet Anticipation》、にもかかわらず《Despite》〟。何にもかかわらずなの？」

「最初の文字だよ――QAD。なんの略？」

「クイーン・アン・デスク《Queen Anne desk》？」か細い声で言うのがやっとだった。「――クイーン・アン様式のデスク？　それがあれのありかなの？」

「そのとおり」

「なんてことなの！」声がちゃんと出るようになったものの、いつもより一オクターブ高かった。「彼女は手がかりをほんとうに遺《のこ》していた、彼女は――」

「こっちが終わりしだい、そっちへ行くよ。午後の授業のまえに、ふたりで調べる時間があるだろう」

「さすがだわ！」わたしは思わず声を張りあげた。

「そういうふうに書いたのはきみだよ」ヴァルが言った。「じゃあ、あとで」
彼が通話を切ると、わたしは状況を頭に入れようと携帯電話を見つめた。母に電話をかけなくちゃ。それでもって母が誰より正しかったと伝えなくては。でも、届いていた三通のショートメッセージが表示された。
一通はクララから。
《体調不良。午前中、休んでもいいですか？　昼食後に出勤します》
一通はホップグッド部長刑事から。
《ベリーフィールドがブリストルで一日いたのはTKBイベンツ》
一通はベスから。
《バースにいます。間もなくうかがうつもりです。よろしく》
地下室に駆け下りていってレディ・ファウリングが愛用していたクイーン・アン様式のデスクを探し出し、デスクの隅々まで探したいという考えは、頭から消え去った。クララの具合のこともちらっと心配したものの、ホップグッド部長刑事からのお知らせはすっかり頭から抜け落ちた。三通目のメッセージを見て放出されたアドレナリンが身体じゅうを一気に駆けめぐったせいだ。一瞬だが、逃げ出すべきか、それともしっかり受け止めるべきかわからなくなった。ベスがもうすぐここにやってくる。

正面玄関のブザーが鳴った。

ベスが今ここにいる。

ドアを開けると、以前は冷静だった彼女が今にもくずおれそうな表情でそこにいた。ぼろ布になる寸前のデニムに足もとはスニーカー、ロールネックのセーターの上にパッチワークのカーディガンを羽織り、その上から厚手のコートをボタンを留めずに着ている。コートのポケットに突っ込んでいた両手をいったん出して、また引っ込めて言った。「どうも。お忙しいんじゃないですか？　お仕事中ですもの」

わたしは、ポケットから出てきた片手をつかみ、彼女を玄関のなかに引き入れた。「うれしい驚きよ、ベス――会えて感激してる。全然忙しくなんかないから」

間近で見ると、目には虚ろな表情が宿り、目のまわりにはうっすらとくまができていた。

「コートを脱いだら？　階上《うえ》のわたしのフラットへ行きましょう。コーヒーはいかが？」

ちょっとわざとらしい声かけをしつつ、彼女のコートの襟をやさしく引っぱって脱がせ、二階まで階段を一緒にのぼった。ベスは図書室まえの踊り場で足を止め、レディ・ファウリングをじっと見つめた。

「これが協会を創設した女性なんですか？　まるで生きているみたいな肖像画。先週は気づかなかった。素敵な人ですね」

「レディ・ジョージアナ・ファウリング」わたしは説明を始めた。もう彼女に話したことはあったんだっけ？　いいえ、ちがう、あれはベッキーだった。「彼女は人間と本を愛した、やさしくて知的な女性だったのよ。四年ほどまえに亡くなっているから、わたしは会ったことがないんだけど、彼女に直接会ったような気がするの。秘密をひとつ教えてあげる――」うまく隠せているとは言いがたいけれど。「わたし、彼女にときどき話しかけてるの」

ベスは虚ろな目をわたしに向けた。「彼女は答えてくれるの？」

「わたしの想像のなかでは答えてくれるけど、実はわたしが自分で彼女のかわりに答えてるんだと思う。さあ行きましょう」彼女の手を取りうながした。

フラットにたどり着くと、彼女の手を放し、電気ケトルのスイッチを入れ、コーヒー粉を取り出した。トレーを持ってリビングルームへ行くと、ベスは窓辺でくるりと振り返った。

「バースでの生活は気に入ってますか？」彼女が訊いてきた。

「ええ、気に入ってる――この街に住んでもう十年くらいかしら。心から地元って感じがするわね」

「わたしは生まれてからずっとここに住んでました。大学に行って、チェルトナムに引っ越すまでは」

「それじゃこれからもずっとここが地元ね、ちがう？」わたしは尋ねた。

つかの間、ベスの顔に動揺の色が走った。わたしは視線を逸《そ》らしてコーヒーをそそぎ、フィンガータイプのショートブレッドをすすめた。彼女はソファに坐って、コーヒーをかき混ぜながらミルクを入れると言った。「アガサ・クリスティは読んだことがありませんが、テレビのドラマならいくつか観たことがあります」

「わたしも読んだことがなかったのよ、数ヵ月まえまでは」わたしは彼女のほうに身を乗り出し、共犯者めいたささやき声に声を落として打ち明けた。「でもそれは内緒にしてるの」

ベスは微笑んだ。わたしたちはミステリ黄金時代から始めて、本にまつわるあれこれを語り合い、そしてもっと身近な話題、つまり彼女の父親と講師という彼の仕事へ会話を移していった。

「父は教えることが大好きで——わかりますよね?」彼女が言った。「書くのも好きなんです。何年もまえになりますが、本も出しているんですよ。そのあとすぐに母が亡くなって。ご存じでしたか?」

「ええ、聞いてはいるわ、実物を見たことはないけれど」

「父が言うには、もう一冊もないと。それがほんとうなのかは、なんとも言えないですが」彼女はショートブレッドを一本取り、手のなかで何度もひっくり返した。「父が本のことをあなたに話していてよかったです」

ハードルをひとつ乗り越えられたと思っていいんだよね? それでも、ここにはまだ別の話題がひそんでいる。紹介されるのを待つ、寡黙な客のように。

ベスは立ち上がって窓辺へ戻ったけれど、今度はバースの街並みではなく、自分の爪を見下ろして甘皮をいじりはじめた。「ある場所を離れるのが悲しいと思うと同時に、新しい場所へ行くのにわくわくしたっていうことはありますか？」

さあ気をつけるのよ、ヘイリー、彼女にショックを与えるようなことを言ってはだめ。「人生って、相反する感情が入り混じる瞬間の連続よね」

「先週はあんな態度をとってごめんなさい」

「いいのよ」

「あなたとパパは――」

わたしは息を凝らして待った。

「あなたとパパは一緒にいてほんとうに幸せそうで。それはうれしいことなんです、心からそう思います。ただ、何かを失っていくような気がして」彼女は声を詰まらせ、ひとつ咳をした。「それにあのときはベッキーもいたので。あの子ったら、何か疑っていることがあるらしくて、ダックスフントみたいにわたしにあちこち噛《か》みつくんです。だからまだ彼女には話せてなくて」

「あなたはここを離れるの？」

ベスが顔を上げた。目には今にもこぼれ落ちそうなほど涙が溜まっていた。「ニューヨークへ」

涙が滝のように彼女の頬を伝い、顔がくしゃくしゃに歪んだ。わたしはさっと立ち上がり、両腕で抱きしめると、彼女は声をあげて泣きだした。わたしは彼女を放し、やさしく話しかけた。「大丈夫よ、それでいいの」といったようなことばをかけ、やがて嵐が収まると、ティッシュを箱ごと差し出し、ふたりでコーヒーの待つソファに戻った。

「ある劇団の出演契約の交渉担当という仕事をオファーされて」彼女は最後の涙をしゃくりあげ、洟《はな》をかんだ。「わたし、仕事はできるほうなんです。劇団相手の仕事では、スケジュールの調整だけじゃなく、みんなの人生相談も受けることも多くて。それに加えて、さまざまな分野のたくさんの知識が求められる仕事でもあるんです――公演の技術的な課題や配役、スタッフの問題とか。実のところ、プロデューサーとあまり変わらない仕事で、そのアシスタントのような位置づけです。チェルトナムより大きい劇団なので、キャリアアップになりますし」

仕事のほうの説明がやけに詳しすぎる。「仕事のほかにもニューヨークへ行く理由があるの？」

「アダム」彼女は微笑みながらその名前を言うと、急にうつむいた。「彼は役者であるだけじゃなくて、新しい劇団を旗あげした演出家のひとりでもあるんです。アメリカ人ですが、チェルトナムでわたしたちと一緒にずっと仕事をしていて」

「彼とニューヨークに移るのね？」

「わたしたち、知り合って一年になります！」

「お父さんに話すのが怖かったの？」

また涙があふれてきそうだ。「父を見捨てると思われたくなくて――そんなひどいことできないのに」

「あなたは若くて、すばらしい将来のある身なのよ、ベス。お父さんはあなたがいなくてさびしいとは思うでしょうけど、あなたが自分自身の人生を生きるチャンスを絶対に否定しないわ」ダイナがけっして、まちがってもアメリカ人に出会って恋に落ちたりしませんようにと、わたしは心のなかで祈った。あるいはカナダ人とかオーストラリア人とか……

「彼はＩＴ関係の仕事もしていて、ニューヨークでそっちのほうの仕事を見つけたんです。ふたりで生活する助けにするために」

「ニューヨークは暮らすにはかなり物価が高い街よね？」わたしは思い切って訊いた。

「ええ、でもそれは解決できてるんです――昔から予算内でのやりくりが得意なので」

うちの家計も、予算づくりを彼女に頼んだほうがよさそう。

「そうしたら、あなたと父とふたりでニューヨークに来てください！」ベスは明るく言った。きっと、すべてうまくいくと父親を説得する方法をたくさん用意できているのだろう。

「それはすごくいいわね――」

正面玄関のブザーが鳴る音が聞こえた。

「ベス、あなたのお父さんよ」彼女がわたしの腕をしっかりつかむと、わたしのコーヒーカップと受け皿はかたかたと音を立てた。「あなたがここに来ていることをお父さんは知らないわ。展覧会の件で来てくれただけ。でも、今が打ち明ける絶好のタイミングだと思わない？　ちがう？」

「ええ」彼女は答え、手の甲で顔を拭き、盛大に洟をすすった。「そうします」

「それじゃ、急いで洗面所に行って、ちょっと顔を洗ってきて。わたしがここに連れてくるから」ドアまで行ったところで足を止めた。「それから、どうかしら——アダムのことを話すときには、彼はニューヨークにIT関係の仕事があるって先に伝えてみたら。お父さんがそれを呑み込めてから、アダムが役者だと伝えるの」

階段を駆け下りると、ミセス・ウルガーが執務室から出てくるのが見えた。

「大丈夫です——わたしが出ますので」

事務局長はうなずいて執務室に引っ込んだ。

ドアを勢いよく開けたものだから、ヴァルが飛び上がった。

「どうも」わたしは言った。「なかへはいって」

「見つかったかい？」彼はコートを脱ぎながらそう訊くと、わたしにさっとキスをした。

「見つかったって？」ちょっと待って、そうだった——クイーン・アン様式のデスク、『殺人は広告する』。ひとまず脇に置いておいたせいで、思い出すまでに間があった。「それがまだ、そのチャンスがなくて。あのね——」両手を彼の肩に置いた。「ベスが来てるの」

彼の目から興奮に満ちた輝きが消え、心配という雲がかかった。玄関ホールを見まわし、階段へと視線を走らせた。「あの子が？　どうして？」

「ええと、わたしが気軽に遊びにきてって言ったからかな？」わたしは陽気に言った。「彼女、わたしのフラットにいて、あなたと話がしたいって。行きましょう」

手を取り、強く引っぱると、彼はわたしのあとについてきた。階段をのぼり、踊り場を曲がったところで、彼はわたしを引き留めた。

「彼女は大丈夫なのか?」彼が訊いてきた。

「ええ、大丈夫よ」

「きみたちふたりは……」

「わたしたちも問題ないわ」彼をうながしてまた階段をのぼり、三階の踊り場まで着いた。フラットの玄関ドアは少しだけ開いていた。「あなたに任せる」わたしは静かに言った。「必要なだけ時間をかけてね。わたしはしなくちゃならないことがあるの。〈シャーロット〉の様子を見にいくとかね。そのあとで、地下室に行きましょう。ショートメッセージを送るわ」

彼が完全にパニック状態に陥っているのを見て、心から同情した。彼の顔は血の気が失せ、緑色の瞳は薄れてハシバミ色になっていた。彼の顔を両手ではさんで言った。「落ち着いて。それから心配しないで——彼女、妊娠はしてないわ」彼の背中を少しだけ押した。

彼はドアのなかへはいっていった。わたしはしばらく待ってから、ふたりだけにしてその場から離れた。肖像画のまえを通りかかったときにレディ・ファウリングにうなずいてみせ、一階まで下りた。ここからはわたしのフラットからの物音は何も聞こえない。ヴァルの大泣きさえも。なんたって、立派なジョージアン様式の建造物だから。

自分の執務室に行き、携帯電話の捜索を開始した。デスクに散らばった綴《と》じられていない書類の上から軽く叩いて捜索を始め、やっと見つかったのはウィングバックチェアの座面の上だった。さっき玄関に応対に出るとき、急いでそこに放り出したんだった。携帯電話をどんなになくしやすいか、これでわかったでしょ、ヘイリー。クララに起きたのもこういうことだったのだろうか？　書類の山に埋もれてしまい、リサイクル用のゴミ箱に落っこちたとか、郵便ポストの投函口にうっかり入れてしまったとか？　駅のホームでコンセントに挿して充電したまま置いていかれてしまった携帯電話を見かけたことがある——携帯電話をなくしたと気づいたときの持ち主が気の毒だ。警察がクララの携帯電話を証拠と考えているかどうかはわからないが、もしそう見ているなら、捜し出そうとしたのだろうか？

クララのことを考えながら、ショートメッセージを画面に表示し、彼女からのメッセージをもう一度読んで返信した。

《具合はよくなった？　何か必要なものはある？》

ホップグッド部長刑事からのメッセージももう一度読んだ——ジーノはブリストルで〈ＴＫＢイベンツ〉に一日いたという。なぜあんな質問をしたのか、自分でも思い出せなかった。ただ首を突っ込みたかっただけだったのだろう。

玄関ホールへ行き、コートを着て、事務局長の執務室をのぞいた。「ミセス・ウルガー、これから外出して、クララの様子を見にいってきます。ちょっと体調がよくないそうなので。そのあとで〈シャーロット〉に寄りますが、午後には戻ります。地下室に行きたいので」

「閉じこもったりなさいませんよね？」

あの一件は一生の恥になっちゃうの？

ウーナのフラットを呼び出すボタンを押しても、クララは応答しなかった。しばらく待ってから、また押してみた。もう一度ショートメッセージを送信し、背を向けてその場をあとにした。〈シャーロット〉に行けば、すでに職場に出てきている彼女に会えるだろう。そうしたら、メッセージをもらったら返信しなきゃいけないってことをたっぷりわからせてあげよう。だってそうしてくれないと、こっちは無駄に心配してしまうから。いつの間にか、頭のなかにある光景が浮かんでいた——ずぶ濡れになって堰《せき》の端に横たわる、彼女の息絶えた身体。すばやく息をひとつ吸い、そんな光景を払いのけたものの、その残像がしつこく離れず、〈シャーロット〉へ向かうとちゅうのパルトニー橋を渡るまで、〈ザ・ボーター〉というパブの脇の階段を下りて川岸を目で確認しながら歩いた。彼女の具合が悪いなら、シェプトン・マレットの祖母に連絡したほうがいいかもしれない。

シャーロットは、ドルイド展を訪れているわずかな来場者を除いては、静かなものだった。トミー・キング＝バーンズの姿は見えず、ナオミは自分のデスクにおらず、ウーナの仮事務所には誰もいなかった。ジーノはどこかで新たなアイディアに取り組んでいるにちがいない。わたしはそれがとにかく気に入らなかった。

そんなひどい考えを持つなんてと自分を叱った。きっと、ジーノなら、良識と常識の範囲からはみ出さず、人々の関心を惹きつけ、レディ・ファウリングを彼女にふさわしい観点から紹介する、まずまず興味深い提案を思いつくよね？

クララの姿もなければ、彼女がさっきまでいたという痕跡もなかった。デスクをちらりと見下ろすと、今朝がたのわたしのデスクと同じく片づけが必要な状態だった。書類の山の上に人差し指を置き、いちばん上の層をあちこちにずらして、何か使えるものはないかと探した。ウーナは絵はうまくなかったけれど、出すアイディアは実にすばらしかった。一方、ジーノは発想力に欠けるものの、鉛筆と紙の扱いは得意だ。デスクの上には、本があふれ出している本棚を描いた彼のスケッチ画があった。そのうちの一冊は表紙からナイフを突きたてられて、目立つ場所に固定されている。ふうん。別の一枚は、薬瓶など大小の瓶がのぞく、昔風の往診かばんらしきもの。瓶の何本かには髑髏《どくろ》と骨の警告ラベルが描かれている。

不気味だけれど、悪くはない。何をテーマにした展示なのかはよくわからなかったが。展覧会のテーマは魅力的な女性の生涯であって、殺人の方法ではないと、ジーノに念を押さなくてはいけない。

ふと視線を向けると、例のフリップチャートが見えた。デスクの後ろにしっかりしまわれている。わたしは彼が描いたらせん階段の絵のことを思い浮かべた。彼が犯したとんでもないまちがい――ウーナが亡くなったあとであんなものを提案するなんて、いまだに信じられない。でもたぶん、ほかのアイディアについても大きく描いたスケッチがあるのだろう。ひょっとしたら、入口の展示物として使えるものがあるかもしれない。フリップチャートを引っぱり出して、腰をおろすと、デスクに立てかけた。

最初のページは線が数本、鉛筆で描かれているだけだったが、ゆるんだ発条《ばね》のようにくるくると巻かれた形をしているのは明らかだった。らせん階段。いちばん上に引かれた横線は踊り場のつもりなのかもしれない。でも、この下書きには大きなX印がつけられていた。つぎのページもほぼ同じに見えたものの、細部が少し描きくわえられていた。めくるページめくるページ、そんな調子で——つぎのページには階段の蹴り込み板と踏板が、そのつぎには手すり、そしてとうとう最後には、出入口を背にした踊り場に人影が現われた。まだほとんど想像だったけれど、それがウーナだと確信した。頭のてっぺんにあるおだんごが見わけられたからだ。背景には鉛筆で書きなぐった濃い横線で陰影がつけられており、それが不快で謎めいた効果を生み出している。そのせいで、仮事務所の出入口あたりでウーナの背後にひそむ第二の人影をあやうく見落とすところだった。目鼻立ちが識別できない人物。型崩れした帽子のつばで影になった顔。

鉄の階段をのぼるカンカンという靴音が聞こえ、心臓が胸のなかで激しく脈打った。慌てて立ち上がったはずみに床にすべり落ちそうになったフリップチャートをつかんだところで、クララがはいってきた。

「まあ、クララ」わたしは椅子にへたり込みながら言った。「具合はどう?」

彼女はコートのボタンをはずさず、バッグを置かず、身動きもしなかった。「すごく奇妙なことなんですが」寄せた眉根が頂を描いた。「携帯電話が出てきたんです」

「あなたのなくしちゃった携帯電話が? じゃあ、よかった。それは何よりね。いいことじゃない？」こんなに強調したのはどう見ても、彼女がうれしい報《しら》せを伝えているようには見えなかったからだ。「どこにあったの？」

「わたしのバッグのなかです」

彼女はそこでいったん黙り込み、それがただごとではない雰囲気を感じさせた。わたしはクララのバッグのなかを見たことがあった――よく整理されていて、わたしのバッグとはちがい、増えつづけて場所を取りすぎる小物のたぐいはなかった。

「でもバッグのなかは確認してたよね」

「わたしはバッグのなかを確認しました。警察もわたしのバッグのなかを確認しました。あの日、何度も何度もひっくり返して調べたんです。でも今朝になって、本来あるはずだった場所から出てきたんです」

「つまり、一度持ち出されて戻されたってこと？」

「ほかにどんな可能性がありますか？　わたしは自分でそんなことしてないんですから！　誓ってそう言えます――あの人たちに誓えって言われますか？　だったら誓いますから」

「警察のこと？　携帯電話が戻ってきたって知らせてあげると、きっと感謝されると思う」わたしは言った。これではまるで、携帯電話が自分で休暇に出かけようと決め、充分に休めたと思ったので職場に復帰したみたいではないか。「それが自分の携帯電話だというのはたしかなの？」

クララは問題の携帯電話を取り出し、わたしに薄い縁の部分が見えるように持った。「わたの両手をつかまえた。「SIMカードの中身を見たんです。名前の彫られた指輪をして、わたしの名前が彫ってあるんです」

「じゃあ、それで確定ね。念のため、古い携帯電話の番号に電話をかけてほしい?」

「SIMカードがなくなっているんです」

ちょっと待って、これは紛失していた携帯電話とまったく同じとは言えない――手が加えられていたのだから。SIMカードを取りはずすと、クララの通話とメッセージの履歴は消えてしまうの? もしそうなら、そうすることを望むのは誰なのだろう?

「あら」本心とは裏腹に軽い口調で言った。「不思議ね。警察にこの件は伝えるんでしょう? すぐにでも行ったほうがいいわね。きっと、警察が知りたがることだから」

クララの反応から、この件について彼女がどれくらい罪悪感を持っているのか推しはかれればと願ったものの、彼女の視線はデスクに置かれたフリップチャートにそそがれていた。

「ミスター・ベリーフィールドが別のアイディアを出したんですか?」

「いいえ」わたしはフリップチャートをどこかへ片づけようとつかんだ。「自分でもどうして見ちゃったのかわからないの。怖いもの見たさってやつかしら」

「もう一度見せてください」彼女は断固とした口調で言った。「わたし、あんな態度をとるべきじゃありませんでした。もっとプロらしく振る舞わないと。これは展覧会に関する決定であって、わたしの個人的な感情とは関係ないんですから」

「いいわ。でも全部見る必要はないのよ」

クララはフリップチャートを手に取って自分で見はじめ、最初から一枚ずつ目を通し、陰影を描き、その濃い、例の陰鬱《いんうつ》な場面までくるといったん手を止めた。そこには階段のてっぺんに人影が描かれ、その奥の出入口には怪しげな第二の人影がひそんでいる。彼女は目を凝らしていたが、やがて眼鏡を取り、鼻先が触れそうになるほど、スケッチに近づいて見つめた。片方の眉がぴくっと上がった。

「何が見える？」わたしは尋ねた。

彼女は鼻でひとつ息を吸い、背筋をしゃんと伸ばした。「彼はなぜこんなふうに描いたんでしょう？　絵に実在の人物を登場させるなんて？　実際の犯罪を表現するつもりなんですか？」

ということは、彼女もまた踊り場にいる人影がウーナのように見えると思うわけだ。

わたしはフリップチャートをデスクの後ろにしまった。「ジーノは想像力が豊かだから」展覧会の展示物となると話は別だけど。「わたしたちはこれにかかわる必要はないわ。わたしはこれからミドルバンク館に戻って、古い家具をかき分けて利用できそうなものを探すのよ。警察での様子を教えてくれるよね？　だって、携帯電話のことを直接話しに警察署へ行くんでしょう？」

クララはそうすると約束し、わたしは彼女を信じることにした。ウーナの仮事務所のまんなかでちょっと途方に暮れた表情の彼女を残してきてしまったわけだけど。彼女のことはあとでチェックするとしよう。

ミドルバンク館に戻ると、フラットに駆け上がって着替えた。地下室はスカートとブラウスとタイツという出で立《いた》ちにふさわしい場所ではない。お昼に口にできるようなものはないかと、冷蔵庫とパントリーをあさり、結局バターを塗ったクリームクラッカーと、ネズミだって見落としてしまいそうな小さなチーズのかけらですませた。今朝、ヴァルとベスがいた形跡を探した。コーヒーに使ったポットやカップはきれいに片づけてあった。ふたりの話し合いがうまくいったしるしだろう。きっとヴァルが折れて、光り輝くニューヨークに、というかひとりの男性のもとに、娘を送り出すことになったのだ。これでベスがするべきことは、一卵性の双子の妹に一から説明することだけになった。

ヴァルは水曜日の午後に授業があるけれど、そのまえに一緒に地下室を見てみる時間は取れるだろうということだった。そこでショートメッセージを送った。

《わたしのほうはいつでもいい》

五分後、正面玄関のブザーが鳴った。

踊り場で耳を澄ますと、階下《した》からかすかに話し声が聞こえた。それからミセス・ウルガーが二階までやってきて、階上《うえ》の手すりに身を乗り出しているわたしを見て言った。「あなたに会いたいという方がお見えですよ、ミズ・バーク。ミスター・キルパトリックとかいう方で。あなたの執務室にご案内したのですが、そこからは出ていってしまって」

ドム？

「はい、ありがとうございます、ミセス・ウルガー。すぐ下ります」

ドムは玄関ホールでわたしを待っていた。腕を両脇にぴったりとつけて、いつもより激しく手をひらひらさせている。

「こんにちは、ドム。寄ってくれてうれしいわ」ここに来たこと自体もいつもとちがう——ドムが日課を変えたのはしかたなくのことだ。

「彼の靴を見たんだ」ドムが言った。

「彼の靴を見たのね？」わたしは鸚鵡《おうむ》返しに言った。ドムとの会話のテーマは遠まわしに探りを入れながら見つけるしかない。そんなことが何度かあったのを思い出した。〝いったいなんの話をしてるの？〟と直球で訊いたところでなんの答も得られないのだから。

「誰の靴を見たの？」

「ジーノ・ベリーフィールド。ぼくはジーノ・ベリーフィールドの靴を見たんだ。彼は〈シャーロット〉へはいっていった。木曜日に」

なんとも奇妙な感覚に襲われた——胃はむかついているのに、頭のなかは重しが取れたように軽やかだった。まるで底知れぬ深淵の縁で爪先を宙に浮かせて立っているような気がした。

「どの木曜日だったの、ドム？　先週？　ジーノが〈シャーロット〉で仕事をしているとき？」

「いや、先々週の木曜日だよ。ウーナが殺されたあの日だ」

25

「ミセス・ウルガー、ドムと警察署に行ってきます。戻りは……ええっと……いつ戻るか連絡しますね」

「大丈夫ですか、ミズ・バーク？」

今にも吐きそうな顔をしているのだろうか？　事実、そう感じていた。

「大丈夫です。その……あとでお話しします」

急いで玄関を出て歩道を歩くうち、わたしはドムの腕をつかみそうになったけれど、すんでのところで思いとどまった。

「実はね、ドム、ジーノはあの木曜日にはこの街にいなかったの。ブリストルにいたんだから。警察もそれを確認しているわ。同じような靴を履いた別の誰かを見たってことはないかしら？」

「ぼくは彼の靴を見たんだ」

ぴかぴかに磨きあげられた黒のオックスフォードシューズ——ジーノという人物全体のイメージに欠かせないもの。

「じゃあ例の濃い青緑のスーツを着てた？」わたしは尋ねた。

「いいや」

心が沈み、足取りが鈍った。すでにアッパー・バラ・ウォールズまで来ていたので、寺院を通りすぎれば、すぐにマンヴァース・ストリートだ。

「でも彼が着ている服と言ったらあればっかりなのよ。どうしてそれがジーノだったとわかるの？」

「彼の靴だよ」ドムは譲らなかった。「それが……それが手がかりなんだ。『バーナビー警部』みたいに」

「あら、あのドラマ好きなの？」

ドムは、自分とマーゴのテレビ視聴習慣についての説明を始めた。長寿番組の『バーナビー警部』とアメリカの古いドラマ『ジェシカおばさんの事件簿』の再放送を数えきれないほど観ているという。

わたしはドムをさまざまな点で尊敬している。ジェイン・オースティン・センターでアシスタント・キュレーターのアシスタントをしていた頃のわたしを、コンピューター関連のピンチから一度ならず救ってくれた。でも、彼は機械に対するほど人間に関心を持ったことはなかった。今――こうして一緒に警察署へ向かいながら――わたしが恐れているのは、彼がテレビの殺人ミステリドラマを愛するあまり、事件の鍵を自分が握っていると思い込んでしまっているのではないかということだった。

とはいえ、ここまで来たらもうしかたがない。警察署に着くと、わたしはドムのあとに続いて入口のスロープを駆け上がり、ロビーにはいった。

「ミズ・バーク」オーウェン巡査部長が声をかけてくれた。

ドムは周囲に目をやると、デスクに身を乗り出して巡査部長が操作しているパソコンの画面をのぞき込んだ。

「どうも、こんにちは。こちらはドム・キルパトリックです。ホップグッド部長刑事にウーナ・アサートン殺害事件の捜査の件でお会いしたいのですが」わかりきったことを伝えたのは、ドムにいいお手本を見せたかったから。「パイ刑事でもかまいません。これは非常に……」

「重要なんですね。わかりました。確認しますので、少々お待ちください。坐られてはいかがです?」

ふたりで壁際の椅子に腰をおろした。状況が変わるとドムの調子がくるうことがよくあったので、彼に心がまえをさせたほうがいい。「あなたが見たことを話すと、警察は同じ質問を何度も何度も訊いてくるかもしれないわ」

「ぼくの話の穴を見つけるためだね」ドムは言い、うなずいた。

「いいえ、あなたがほかにも覚えてることがあるかどうかを見きわめる、ただそれだけのためよ。パイ刑事によると、そういうことが多いんですって――目撃者が一度で細かいところまで全部思い出すわけじゃないんだって。質問を繰り返すのは記憶を呼び覚ます助けになるからよ」

「彼の靴のせいだ。きみに最初訊かれたときには覚えてなかった。いや、実際は覚えてたんだけど、でも覚えてなかった」ドムは自分の発言に顔をしかめた。うまく説明できないのが気に入らないのだろう。

紹介がすみ、わたしたちはテーブルをはさんで刑事たちの向かい側に腰を落ち着けた。パイ刑事がポケットサイズの手帳を開き、ペンをかまえると、ドムは話しはじめた。

「水曜日の十一時と木曜日の三時に、ぼくはアセンブリー・ルームズ内のファッション・ミュージアムに行き、コンピューターのウィルス・チェックをおこないます。水曜日にはコーヒーを飲みながらマクビティのペンギン・チョコレートビスケットを食べて、木曜日にはお茶を飲みながらフルーツ・スコーンを食べます」

彼はここで間をおいて、パイが手帳に書き込むのを見守った。ホップグッドはうなずいて、言った。「さあ続けて」

「先々週の水曜日にぼくが目撃したものについて、ヘイリーから聞いていますよね。そのときのことなんです。ぼくは、今ではジーノ・ベリーフィールドだと知っている男性が、サーカス・プレイスを歩いて脇の出入口から〈シャーロット〉にはいるのを見ました。あの出入口は事務所や倉庫へつながっています。ぼくたちは五年まえに、〝ジェインときょうだい――素顔のオースティン家〟という展覧会であのエリアを使っていました。保管スペースの地面から上がってくる湿気について報告したものです」

パイが書きとめるあいだ、また間が空《あ》いた。

「今でもちょっとかび臭いんですよ」わたしは沈黙を埋めようと言った。ドムが話を再開した。

「先々週の木曜日、ぼくはいつものようにゲイ・ストリートに沿って歩き、ザ・サーカスで右に曲がり、ベネット・ストリートでまた右に曲がりました」ドムは眼鏡を鼻梁《びりょう》に押しあげ、ケニー・パイが手帳に書き込むのを見守った。「あれは三時十分まえのことでした。アセンブリー・ルームズの前庭は閑散としていて観光バスも停まっていなかったので、道路の向こう側にいる彼が見えました。彼は歩いてあの同じ出入口にはいっていきました」

「それがジーノ・ベリーフィールドだったと——前日見かけた人物だったというんですね？ミズ・バークが先日、あなたに紹介した男性だったと？」

「はい」

これが行き詰まりの原因だった。警察はジーノのアリバイをすでに確認しているのだから。彼は朝、列車でバースからブリストルへ行き、その日の夜に戻ってきた。防犯カメラに映る彼の姿が確認されている。

「どうしてそれがミスター・ベリーフィールドだと思ったんですか？」

「見かけたときはそう思わなかったんです、だって別の服装をしてましたから。茶色のズボンに茶色のコート、目深《まぶか》にかぶった帽子。でも靴はぴかぴかで、歩くと靴が日光を反射していました。フォーマルな靴ですよ。普段着にフォーマルな靴は履きません。マーゴがそう言うんです」

沈黙。ホップグッドは指先でテーブルをこつこつと叩いた。左右のげじげじ眉がだんだんと近づいていき——ゆっくりすぎてずっと追うのはむずかしい動きで——まんなかでくっついてしまった。パイ刑事は手帳に何やら書き込んでいる。ドムが咳払いをした。

「目撃者は、初めて聴取を受けたときにすべて思い出せないことがよくあるものです。ヘイリーに――」わたしは警察官のふりなどしたことがないと見えるよう努めた。「ウーナ殺害の前日にジーノ・ベリーフィールドを見かけたことについて訊かれたとき、二度目に彼を見かけたときと結びつけて考えられませんでした」

「ミスター・キルパトリック」ホップグッドが、例のやさしいおじさんのような声で言った。「バース・スパ駅とブリストル・テンプル・ミーズ駅の防犯カメラ映像を見て、その人物を見つけていただきたいんです。時間がかかるでしょうし、ちょっと退屈な作業になるでしょうから申し訳ないんですが」

「ぼくの説明をもとにモンタージュ写真を作成するんですか？」ドムは熱心に尋ねた。

「帽子で顔が隠され、ぴかぴかのオックスフォードシューズを履いた男性のモンタージュ写真ですか？　それはやめておいたほうがいいでしょうね。もしあなたが映像で彼を見つけられたら、それを拝借して本物の写真を作ることができますから。コンピューターで作る単なるダミーではなくて」

ホップグッドは、防犯カメラ映像の確認に必要な手はずを整えにいってしまった。ドムはジェイン・オースティン・センターに電話をかけ、午後を休みにする必要があることを伝えると、今度はマーゴに電話をかけた。彼の声はさらに生き生きしてきた。「防犯カメラだよ！」彼は彼女に言った。「ぼくが重要な目撃者になるかもしれないんだ――ゆうべの回のドラマみたいに、誰にも知られていない目撃者に……」

わたしは第一取調室を出て、戻ってきたホップグッドをつかまえた。

「ドムはとても観察力がありますし」わたしは言った。「作り話はしません」

「彼は目撃したまま真実を語っていると思いますよ」ホップグッドが答えた。「ですが、ミスター・ベリーフィールドのあの日の行動については明白な証拠があるもんですからね。それにコンピューターやその手のことに才能があるからといって、最高の目撃者になるとはかぎりません。それでも、ミスター・キルパトリックにはご確認いただく機会を設《もう》けます。パイが彼と一緒に防犯カメラの映像を確認しますので」

「長くかかりますか?」

「丸一日分をもう一度見なくちゃいけないわけですから」ホップグッドは答えた。「ミスター・キルパトリックがどのくらいのスピードで確認できるかはわかりませんし」

ドムは完璧主義者だ。チャンスがあれば、まだインストールすらしていないソフトウェアのアップデートについて半日かけて説明できる、そんな人なのだ。時刻を確認すると、もう二時半をまわっていた。彼が目撃したかもと聞いたばかりのときの興奮は薄れはじめていた。

「これで失礼してもかまいません? ドムが何か見覚えのあるものを見つけたら、ショートメッセージで連絡いただけますか? ミドルバンク館の地下室で作業していますが、すぐに戻ってきますので。ちょっと待って――クララから電話がありました? そうでなければ立ち寄ってませんか?」

「ミズ・パウェルが? いいえ、わたしの知るかぎりでは。どうしてそんなことを?」

「彼女、携帯電話を見つけたんです。ウーナが殺害された日になくした電話を」

「どこで？」

「自分のバッグのなかで。毎日持ち歩いているバッグで、殺人のあった日にも持っていたものです」どれだけ怪しげな話に聞こえるかは、部長刑事に尋ねるまでもない。「ＳＩＭカードがなくなっています。クララは何が起きたのか、さっぱり見当もつかないそうで」

「そうなんですか？」ホップグッドはぼそりと言った。「それで思い出しました、ミズ・バーク。昨日、ミズ・パウェルのコートのポケットから見つかった紙のことなんですが、指紋が出ましたよ」

「彼女のですか？　でもそれは当然でしょう、だって昨日、彼女は触ってましたから――それはわたしも同じです」

「ええ、紙が丸められていたせいで、かなりの数の部分指紋が見つかりました。でもそれ以外に、きわめてはっきり残っているものがありまして。お見せしましょう」ホップグッドは廊下をさっと見まわし、ドアの開いている執務室のなかにある紙用のリサイクルボックスを見つけた。そのなかをあさって、一枚の紙を取り出した。「これからこの紙をあなたに渡しますので、両手で持っていただきたい。いいですか？」

彼が紙を差し出し、わたしは言われたとおりに受け取った。

「今度は、どんなふうに紙を持っているか説明してください――指紋が残るのはどこですか？」

わたしは下を見た。「両手の指四本が裏面につき、親指は表面を押さえています。クララの指紋がこんなふうだったと?」

「ミズ・パウェルの指紋は裏面から見つかりましたが、表面にはひとつもなかったんです——親指の指紋はどこにもありませんでした」

わたしは親指を紙から離した。「彼女はどうやってそんなことができたんでしょう?」

「そのページが書類の束のいちばん下にあったとしたら——」

「ああ! 親指はいちばん上の紙に置かれていた——彼女はいちばん下にあったウーナの書き込みを見ていなかった。こっそりそうなるように仕組まれたのかも!」

「そう仕組まれたんでしょう、ミズ・バーク」ホップグッドの携帯電話が鳴った。「いいですか、気をつけて——」

「ええ、行動には注意します」わたしは答えた。

コートのボタンをかけながら、警察署のまえの歩道へ向かった。これからわたしに何ができる? 仕事に戻る——自分の仕事に戻ろうと心に決めたものの、立ち去るまえにホップグッド部長刑事が警察署から出てきた。「ミズ・バーク」わたしを呼びとめると、寒さのせいか両手をズボンのポケットに突っ込んだ。「あとひとつだけ。ミスター・ベリーフィールドがブリストルで行ったというあの事務所について、何かわかりましたか?」

「ああ。なんという名前でしたっけ……」

ホップグッドは携帯電話を取り出して確認した。「〈TKBイベンツ〉。聞き覚えはありますか?」

「とくにありませんが、考えてみます」

TKB——立ち去りながら、自分で繰り返して言ってみた。マンヴァース・ストリートの端にあるニュースエージェントに急いで立ち寄り、ポテトチップスをひと袋買うあいだも、TKBとつぶやいた。道路を渡り、寒さに襟を立て、パレード・ガーデンズを眺めながら反芻《はんすう》する。TKB。

ポテトチップスを食べるうち、TKBは別の三文字へと変わっていった——QAD。QAD——クイーン・アン・デスク。空になった袋をゴミ箱に投げ捨て、ミドルバンク館へ向かう道を進んだ。QAD——『殺人は広告する』の初版本がある場所を示す、レディ・ファウリングが遺《のこ》した暗号。間もなくそれがはっきりする。

いつの間にか、まわり道をしていた。クララは携帯電話の件で警察署に行ってなかったので、ウーナの仮事務所に探しにいこうと思ったのだ。方向を変えてバートン・ストリートにはいり、歩いていくと通りの名はゲイ・ストリートに変わり、ザ・サーカスで右に曲がってベネット・ストリートをまた右に曲がった。

QAD。クイーン・アン・デスク。繰り返し自分に言った。QAD。〈TKBイベンツ〉。TKB。

道の向かい側から、〈シャーロット〉に目をやると、正面玄関に彼の姿が見えた。トミー・キング＝バーンズ。TKB。

「あなたね！」わたしは彼を指差し、声を張りあげた。

トミーは面喰らった様子で振り返り、大股で近づいてくるわたしを視界にとらえた。

「ヘイリー？」

「あなたが〈TKBイベンツ〉なの？」わたしは咎《とが》めるように訊いた。

「ああ、それか」トミーは言い訳がましく両手を上げた。「ジーノの照会先にははいってない」

「ブリストルにオフィスがあるの？」

「〈TKB〉はおれが手がけるさまざまな会社を傘下に持つ親会社で――」

「ウーナが殺害された日、あなたはブリストルのオフィスをジーノに貸していたの？」

それで彼は口を閉ざした――少なくとも一瞬は。

「ちょっと待ってよ、なんのことだい？」

「わたしが訊いたこと、聞こえたよね」

「ずらりとホット・デスクが並んでるんじゃないふつうの仕事場を、仲間に提供することの何が悪い？」トミーは人差し指を上げた。「あの時点ではあんたのところで働いてたわけじゃないよな？　だから、あいつが自分の時間をどこで過ごそうが、あんたに文句を言われる筋合いはないだろ」

「彼は丸一日、ブリストルにいたの？」

「おれはあいつの用心棒じゃない」トミーは言い、わたしを追い払うかのように両手を上げた。

「言い換えると、彼がどこにいたか、あなたにはわからないってことでしょう」わたしはあたりをさっと見わたした。ぴかぴかのオックスフォードシューズを履き、茶色のズボンを穿いた男が、車止めの陰に隠れられるわけがないのに。「今日は彼に会ったの？」

「ジーノは長いことじっとしていられる性質《たち》じゃない——アイディアで頭がいっぱいのときにはね」トミーは脇に寄り、〈シャーロット〉にはいれるよう少人数のグループを通してやった。「ようこそ、〝ドルイド今昔物語〟へ。ご観覧をどうぞお愉しみください」

来場者たちがなかにはいるのを見届けた彼は振り返ってわたしの姿を目にすると、ひるんだ表情を見せた。わたしのいることなんか忘れてしまっていたみたいに。彼をじっと見つめて一歩近づいた。「今日は彼に会ったの？」同じ質問を繰り返した。

トミーはわたしの背後にちらりと目をやると、考え込むように顔をしかめた。「ああ、そうそう、ロンドンへ行く用事があると言ってたな」

「ロンドン？」

「展覧会のためにね。組み立て式展示ケースがお買い得になってるってさ。あのタイプのケースは大流行《おおはや》りで——まあ、あんたは知ってるかもしれんが」

トミーの携帯電話が鳴った。エンヤが歌う『ロード・オブ・ザ・リング』の主題歌。彼は電話を見下ろし、ばつが悪そうににやりと笑った。「悪いな、ヘイリー」と言うと、後ずさりで〈シャーロット〉へはいっていった。わたしはあとを追おうとしたものの、ショートメッセージの着信を知らせるピーンという音が鳴った。

ホップグッド部長刑事からだった。

《防犯カメラ確認の結果。見てもらえますか?》

小走りに駆けだしながら、震える手で返信を打ちはじめた。

《向かいます――》

携帯電話が鳴った――ヴァルからだ。ショートメッセージを送信し、電話に出た。

「もしもし」息を切らし、ゲイ・ストリートの端にある郵便ポストの横で立ち止まった。

「つかまっちゃったよ」彼が言った。「学科長が展覧会のことで話があるからって――いくつかアイディアがあるそうでね。四時からは授業があるし、六時近くまで時間が取れそうもない。ぼくを待たず、都合のいいときに地下室に行って」

「急に別の用事ができちゃって。ドムが情報を――」

電話から顔をそむけたのか、ヴァルの声が少し遠くに聞こえた。「ええ、すぐ行きます」わたしのほうに戻って言った。「申し訳ないけど、学校にはスポンサーになってもらっているから、対応したほうがいい」

「わかった、大丈夫だから」重要な疑問と解決の鍵を握る細かな情報で、わたしの頭はいっぱいだった。頭に浮かんだ最初の疑問を訊いてみた。「待って――ベスとはどうだった?」

一瞬、沈黙が流れた。

「うちの娘たち。いつの間に二十四になったのかな、ほんとうに」

「子供ってなんで大きくなっちゃうのかしらね」わたしは言った。

笑い声が聞こえた。小さな声だった。

「それに、どうしてロンドンの劇場じゃ飽きたらないのかな?」彼は強い口調で言った。

「ひょっとしたら、ベスとアダムは大西洋の向こうで成功して帰国し、バースで劇団を始めるかも」

彼は何やら小声でつぶやいてから言った。「きみと話せて喜んでいたよ」

わたしにとってもそれはうれしいことだった。ほんの少しのあいだだけ、そのうれしさを噛《か》みしめてから言った。「もう行って。じゃああとで」

ここから警察署までは下り坂なのが、せめてもの慰めだった。

「おや、ミズ・バーク」オーウェン巡査部長が言った。「今回はふたりのほうがあなたをお待ちですよ」彼が電話をかけると、すぐにケニー・パイが現われた。彼のあとについてふたたび警察署の内部へと戻った。

「ほんとうにジーノなんですか?」彼のあとに速足でついていきながら尋ねた。「茶色のズボンだとかを身に着けたジーノなんですか?」

振り返ったケニーの黒い瞳にはかすかな輝きが宿っていた。「ミスター・キルパトリックは観察眼が鋭いですね」彼がドアを開けると、部屋にはいくつかのデスクがあり、大きなモニター画面が何台もあった。ドムは回転椅子からぴょこんと立ち上がった。そのはずみで、椅子は回転しながら反対側の壁へ向かってすべっていった。

「大丈夫、ドム?」

「いたよ、ヘイリー。彼を見つけた。こっちへ来てご覧よ」

わたしはモニター画面に近づき、ドムの横に立った。ホップグッド部長刑事がドムをはさんで反対側にいた。

「さあ」ドムが言った。手にはコントローラーが握られている。「問題の画像に直接飛べるんだ、ぼくが特定のコマに印をつけておいたからね。最初につけたのは……」

防犯カメラの仕組みについてのドムによる詳しい技術的な説明は理解できなかったかもしれないが、ブリストルの駅のホームの映像に直接飛んだとき、戦慄が身体を駆け抜けた。

「そこだ」ドムは、不恰好でくすんだ色合いの服を着て、雨ざらしになっていたかのような中折れ帽をかぶった背の高い男を指差した。男の動きをじっくりあらためられるよう、映像がスローで再生された。男はうつむいたままで、顔は影になっている。それでもひどく見覚えがあるように見えた。

「ブリストルの例のオフィスでマフティに替えたんでしょうな」ホップグッドが言い、ドムが鼻を鳴らした。

「〝マフティ〟というのは私服のことだよ」ドムは、見るからにうれしそうにわたしに解説した。「ホップグッド部長刑事は、被疑者のいつもの服装と比べて言ってるんだね。いつものあの青いスーツ。いや濃い青緑か。それとカラフルで大きな水玉模様がついたネクタイ」

「わたしには、ばかでかい粒チョコレート《スマーティーズ》みたいに見える」わたしが言うと、ドムはまた声を立てて笑った。こんなところでも愉しいひとときを過ごせている人がいるのは、せめてもの救いかも。

「靴《シューズ》を履き替えるのは忘れた」ドムが付け加えた。

靴《シュー》を履き替えるのは忘れた――些細《ささい》なことが命取りになった。ことわざを借りれば、釘一本が足りないために、蹄鉄がだめになり、馬も失うというわけか。

「それがたしかにジーノだと言える？」わたしは尋ねた。

「見てごらんよ、ヘイリー」ドムが言い、またコントローラーを手に取った。「まあ見てて」

駅のホームの場面がいったん途切れて、また男の姿が出てきた。つばがひらひらした中折れ帽をかぶった背の高い男。その脇を子供がひとり走っていき、ホームにいた鳩を飛び立たせた。鳩は男を目がけて飛んでいき、男の頭上ぎりぎりをかすめた。男はぎくりとした様子で、攻撃をかわそうとするかのように片腕を上げ、肩越しに振り返った。その顔が一瞬だけカメラのほうを向いた。ドムが一時停止させたそのコマには彼が映っていた――ジーノ・ベリーフィールドが。

わたしの腕に鳥肌が立った。冷水を浴びせられたように、わたしは身を震わせた。「まあ、なんてこと」ジーノは嘘に嘘を重ね、道化役を演じていた。それなのにウーナを殺害した犯人だったなんて。

「時間的に矛盾はないんでしょうか？」わたしは尋ねた。

「ええ、それはもう」ホップグッドは言った。「映像をもとに計算すると、彼は正午前後にバースに戻っています。ミスター・キルパトリックが、残りの映像も確認して、ブリストルに戻るベリーフィールドを見つけると申し出てくださってましてね。われわれの見立てでは、ブリストルで着替えたんじゃないかと」

「濃い青緑のスーツと粒《スマーティーズ》チョコレート柄のネクタイに戻ったわけですね」わたしが言った。

「なぜ彼はあんなことをしたんでしょう？」パイ刑事が疑問を口にした。「彼女の仕事を奪うためだけなんでしょうか？」

「彼女からすべてを奪うためだと思います」わたしは答えた。「ウーナは、ジーノがなりたいと思っていたものすべてだったんです。彼女には才能も技能も――」

「彼女は怖かった」ドムが口をはさんだ。

わたしは笑った。「そうね、わたしも彼女が怖かった。でも立派な人だった。ジーノはどれひとつ当てはまらない。使いものにならないアイディアを出してきては、大口を叩き、何も成し遂げない。ひとりの人間を感電死させたこと以外にはね」

「そろそろもう一度ミスター・ベリーフィールドとおしゃべりする時間ですね」

「彼ならロンドンへ行ってます」わたしは暗澹《あんたん》たる気持ちで言った。ジーノはもう逃亡してしまっただろうか？「教えてくれた人と話してみてください。ジーノが照会先として利用した人物で、〈TKBイベンツ〉の正体です。さきほど質問されていたことですが、やっと結びつけられました。トミー・キング＝バーンズ――TKBです」

「〈TKB〉は、ベリーフィールドが一日いたと言っていたブリストルにあるオフィスの名前でしたね？」ホップグッドが確かめるように言った。「トミー・キング＝バーンズの電話番号をご存じですか？」

「それなら三つ知ってます」


部長刑事たちは〈シャーロット〉にいるトミーと話をするために出ていった。わたしも歩いてあとを追うつもりだったのだが、ドムがマーゴを待つあいだ一緒に警察署に残ることにした。彼はしきりにホップグッドとパイと車で同行したがっていたけれど、こう言って思いとどまらせたのだ。事件を解決したのは彼かもしれず、そうだとしたら恋人は何から何まで知りたくなるんじゃない？　そのほんの数分後にマーゴがやってきて、わたしも一緒にドムの話を最初から最後までもう一度聞いた。やっとふたりは、ドムが『バーナビー警部』に登場する巡査部長によく似ていることについて話しながら去っていった。わたしはオーウェン巡査部長に別れを告げ、歩いて〈シャーロット〉に向かった。

わたしが期待していたのは、青と黄色のブロックチェック柄が側面に施《ほどこ》された警察車両が道路にずらりと並び、青いライトを点滅させていることだったのだろうか？　手錠をかけられ、引きずられていくトミー・キング＝バーンズの姿を見たいと願っていた？　いいえ、何かをとくに期待していたわけではなかったけれど、なんの動きも見られないことに唖然としてしまった。

展覧会は少ないながらも来場者で活気があり、十歳くらいの子供たちの一団でにぎわいを見せていた。人間の生贄《いけにえ》を模した展示物を興味津々《きょうみしんしん》といった様子で眺めている。チケット売り場の女性によれば、トミーは少しまえに出かけてしまったという。ひとりで？　さりげなく訊いてみたものの、彼女はよく思い出せなかった。ちょうどそのとき児童の一団が到着したところで、忙しかったのだという。

ナオミのオフィスはドアが開けられたままになっていて、誰もいなかった。階段を上がってウーナの仮事務所へ行くしかなく、デスクのまえの椅子に居心地も悪く坐り、つぎに何をするべきか考えた。ヴァルは授業中だから、ウーナ殺害犯が見つかり、共犯者――ドルイド展主催者――がいたとショートメッセージで伝えて、気を散らさせてはいけない。そう、このニュースはもうしばらく知らせないでおこう。

デスクに積まれていた書類の数枚が床にすべり落ちていた。そよ風にでも吹かれたのだろうか。落ちている書類を拾いあつめ、ウーナ殺害の手がかりを、ともかく展示のアイディアを探してみた。何もなかった――ホームセンターで粘着テープを買った領収書が見つかったくらいだ。

デスクの後ろにしまってあったフリップチャートがまた目にとまった。スケッチの一枚に描かれた怪しげな人影のことが頭に浮かんだ。踊り場にいる人影がウーナだとわかったし、クララにもわかったと思うけれど、今思い出したのは、怪しげな第二の人影がつばがひらひらした中折れ帽で顔を隠していたことだ。フリップチャートを取り出し、ページをめくって、問題のスケッチを探した。殺人者は犯行現場の絵に自分自身を登場させたのだろうか？　そんなに自分に執着しているの？　それともそんなに頭が鈍いわけ？

でも、彼が描きだしたもののボツにした、そのほかのスケッチも残されていたが、帽子の男が描かれたスケッチはなくなっていた。フリップチャートから破りとられて、場面の暗さを満たしていた鉛筆書きがてっぺんから数センチ残されていた。

ジーノがこれを破ったの？　遅まきながら証拠の隠蔽《いんぺい》を図っている？　それとも、ひょっとしたら、ウーナが就くはずだったポストを横取りすることをたくらみ、英国図書館に自信満々で披露しようと、無分別にもショルダーバッグにこのスケッチを入れてロンドンへ行ったとか。まあそんなところだろう。でも何か――誰か――が欠けている。

クララはどこにいるの？

26

《具合は大丈夫？》

五分間、携帯電話をじっと見つめてクララからの返信を待った。なんの返信もなかったので、またショートメッセージを送ったが、今度は指先が震えてしまい、まえのメッセージの倍の時間がかかった。

《会ってコーヒーを飲みましょう。今、時間ある?》

二分後、わたしは仮事務所を出て、ナオミのオフィスを通りかかったとき彼女に尋ねた。

「クララを見なかった?」

ナオミは顔をしかめて答えた。「さっき窓から外を見たら、あの刑事たちが見えた。階下《した》へ下りてみると、トミーを連れてくところだったのに、刑事たちは立ち止まって、ジーノを見なかったかって訊いてきて。彼はあなたの悩みの種——あなたが彼ともめてたのを知ってる。あのペテン師。トミーを何かに引っぱり込んでなければいいんだけど。ドルイド展はこれまでで一、二を争うほど仕事がやりやすかったから」

「ねえ、クララを見なかった?」

「ええ、でもあれはお昼どきだったわね。どうして?」

それには答えず、急いで一階に下り、外に出てパルトニー橋を目指した。努めて何も考えず、不安な気持ちに呑み込まれないようにしながら。ウィリアム・ストリートに面したフラットの建物にあえぎながらたどり着き、ウーナのフラットを呼び出すボタンを押した。共用玄関のドアが開錠され、なかにはいった。エレベーターで行こうか、それとも二階分の階段をのぼろうか？　表示灯を見ると、エレベーターは六階にあった。階段を選び、三階に着いたときはまだ息が切れていた。フラットのドアは半開きになっている。ノックしてから指一本で押してみた。

「クララ？　ヘイリーよ――大丈夫なの？」

なんの動きもなく、物音ひとつしなかった。室内に人の気配はなく、変わった様子は見られない。

「クララ？」

静けさに胸騒ぎがした。自分で確かめにいくなんてとんでもないことだ。警察に通報して任せたほうがはるかにいい。でもそう気づいた瞬間に、金属がぶつかり合う音がかすかに聞こえてきた。あのらせん階段をのぼり下りするときの靴音を思わせる響き。もしかしたらわたしの思いすごしかもしれないけれど、それでも身体に震えが走った。すぐにくぐもった人の声がした――ことばではなく、「あああ」という幽霊が出しそうな悲しげで甲高いうめき声。

それとも幽霊がバスルームに取り憑いているの？

バッグを投げ出し、通路に駆け込んでベッドルームからキッチンへ行き、バスルームのドアを勢いよく開けた。

クララがバスタブに不自然な姿勢で坐っていた。両膝を顎につけ、両手両足が粘着テープで巻かれている。口にはふきんらしきものが詰め込まれ、粘着テープで何重にも固定されていた。両腕は膝の先に延ばした状態で、手首が水栓に粘着テープでぐるぐる巻きつけられていた。おだんごの髪は片側に傾き、顔からは血の気が失せている。彼女が揺すった腕の振動で、少しゆるんでいた水栓がぶつかる音を立てたのだった。

わたしはバスタブに駆け寄り、膝をついた。「大丈夫？」

クララはうなずいた。わたしが口のまわりに貼られた粘着テープの端を探していると、彼女は話しはじめた。言っていることはまったく理解できなかったものの、声の抑揚《よくよう》から、彼女がことの経緯を話そうとしているのはわかった。「もうちょっとの辛抱よ」と声をかけ、粘着テープを少しずつ引っぱっていると、やっと猿ぐつわが剝がれはじめた。

「ジーノなんでしょう？」わたしは尋ねた。

彼女の頭が上下に跳ね、おだんごがぐらぐら揺れた。彼女は話を続けた。わたしにはなんだかわからないことを話しながら、彼女の声は急に高くなったり低くなったりした。

やっと粘着テープのいちばん下の層にたどり着いた。「ごめんね、クララ――今度はピリッとするよ」

彼女はしっかり目を閉じた。わたしは彼女の顔からは粘着テープを剝がしたものの、髪の毛を抜いてしまうのは忍びなく、粘着テープを背中側に持っていって銀色の長いカールのように垂らしたままにした。口に入れられていたふきんを取りのぞいてあげると、彼女は咳き込み、唇と舌をほぐすように動かした。

「彼はもういませんか？」彼女は静かに訊いてきた。声がかすれていた。

「ええ。でもどこへ行ったのかしら？」

「彼は逃げようとしてました。逃げるための時間稼ぎをするだけだって言って」

「ここまで彼にあとを尾《つ》けられたの？」わたしは尋ねながら、彼女の手首に巻かれた粘着テープを少しずつ引っぱりはじめた。

「彼はあのスケッチが欲しくて、〈シャーロット〉からわたしのあとを尾《つ》けてきたんです。というのも、あなたが行ってしまってから、わたし、もう一度あのフリップチャートを取り出したんです。人物が描かれていたスケッチにどこかしっくりこないところがある気がして。見覚えはあるのに、しっくりこないところが。それから気づいたんです――帽子の男に見覚えがあるんだと。あの男は、ウーナが殺された日、〈プレタ・マンジェ〉でわたしのすぐ後ろに立っていた人です。そのときの数分間のことをよーく考えてみたら、あの注文待ちの列に並んでいる人たち同士でぶつかったとかで、もめていたことを思い出したんです。そのときに携帯電話を盗まれたんだと思います」彼女は涙に濡れた大きな目をわたしに向けた。「それがミスター・ベリーフィールドだったんです」

「なるほど、そうだったのね。でも彼が携帯電話を盗ったのなら、なぜ戻してきたのかしら？」

クララは首を振った。「〝攪乱《かくらん》〟だと。それが彼の使ったことばでした。警察を混乱させるためだと言ってました」彼女の声はささやきほどに小さくなった。「混乱させたのは自分自身だけだったでしょうけど」

元気のいいところを見てほっとしたわたしは、ついくすりと笑ってしまった。手首に巻かれた粘着テープのほうはまったく埒《らち》が明かず、いったんやめることにした。「警察に通報しないと。あなたを助けに戻ってくるから、一緒にここを出ましょう。あと少しがんばって」

「あのお」クララは言い、洗面台に置かれた化粧ポーチを顎で差した。「あのなかに」

わたしはポーチを手に取ると、床に中身を出してよく探し、爪切りばさみを見つけた。それで彼女の手首に巻かれた粘着テープを切った。「さあどうぞ」と言って、爪切りばさみを手渡した。「あとは自分でやってね」クララの足に巻かれた粘着テープだけで、ひと巻きの半分は使われていそうだ——彼女がそれを切るのに数分はかかるだろう。

それは彼女に任せて、わたしはバッグのところまで走っていき、携帯電話を取り出そうとバッグのなかに深く手を突っ込んだ。どうしていちばん必要なときにかぎって底のあたりにあるのだろう。やっと見つけた携帯電話を握りしめ、ホップグッドに電話をかけようと窓辺へ行ったものの、文字を打つ間もなく、何者かに腕を咽喉《のど》にまわされて無理やり引き戻され、しっかり押さえつけられてしまった。

「ミズ・バーク」ジーノが言った。「ここでお目にかかれるとは驚きましたね」

27

声を詰まらせて叫びながら、ジーノのお腹に肘鉄《ひじてつ》をお見舞いしやすい角度になるよう身をよじらせたけれど、身長と体重で有利な彼は咽喉《のど》を締めつけてきた。わたしは気を失いそうになると同時に吐き気も覚えた。

「抵抗する必要はありませんよ」彼は張りつめた声で言った。「あなたに危害を加えたりしません。ですが、警察に通報してもらっちゃ困る。落ち着いてください。あたしに退場する時間を与えてくださいよ」

彼がクララに言ったことと同じだった。わたしは抵抗をやめた。ジーノはポケットから粘着テープを取り出し、わたしの腕を一本ずつ背中側にねじると、手首を粘着テープで巻いて、造りつけのサイドボードの抽斗《ひきだし》の取っ手にくくりつけた。わたしは彼のほうに一歩踏み出し、思いきり引っぱって抽斗を開けた。食器ががたがたと音を立てたが、サイドボードはびくともしなかった。

ジーノはわずかに後ろに退《さ》がり、スーツのジャケットを整えた。「ほらご覧なさいよ」顎をしゃくって言った。「あたしが出ていくまではもちますね」

「わたしたちを罠にはめたの?」

「ばかばかしい」彼は否定した。「ただミズ・パウェルのあとを尾《つ》けただけですよ、彼女があたしが必要なものを盗ったのでね」

「自分を殺人者として描いたスケッチでしょ。やるじゃない、ジーノ」

ジーノは挑発に乗ってこなかった。「呼び鈴を押したのがあなただとわかったとき」彼は言った。「ただ立ち去るようなことはないだろうと思いましたよ。だからあたしは、あなたが確実にフラットのなかにはいってしまうまで廊下に引っ込んでいたんです。そうすれば三人そろって——」

「どうしてウーナを殺したの？」

彼の黒く小さな目がちらりとわたしに向けられた。シャツのカフスを直している。「彼女の身から出たさびですね」彼は棘《とげ》だらけの声で言った。

「彼女の仕事が欲しかったから？」

「ウーナはすべてを奪ったんですよ」彼は腕時計を見ながら言った。「あの女はこの仕事だけを欲しがっただけじゃない。ぜーんぶの仕事を欲しがった。そしてぜーんぶ手に入れた。ただ指差してこう言えばいい、〝それ、わたしがやるわ〟って。そしたらそれは彼女のものになった。ほかの人間なんか存在しないも同然さ、だって偉大なるウーナ・アサートンさまが取り仕切るんだからね。誓って言いますけど、マン島の博物館でロビーに水を張るよう発案したのは彼女だったんですよ。おかげで感電による死者を出してしまった。こっちはいい迷惑だ。フェアじゃない」

かすかに金属がぶつかり合う音がした。ジーノの背後、通路のほうに目をやると、バスルームで物影が動くのが見えた。クララは自由になれたのだろうか？

ジーノは小首をかしげた。「ミズ・パウエルは大丈夫ですか？」

心配とは空々《そらぞら》しい。物音を隠せるよう、わたしは声を張りあげた。

「ウーナのフラット、ウーナの仮事務所、ウーナの展覧会——なんて厚かましい！　あなたには我慢できなかったのよね？　ほんとうのところはね、ジーノ、彼女はとても有能だったわ」

そしてあなたはそうじゃない。

「彼女は誰にもチャンスを譲ったことがなかった」彼はぴしゃりと言った。

「あなたは変装して〈シャーロット〉へ行った——彼女を殺すつもりで」

ジーノはひと声小さくうなった。「妥協案について話をしにいったんですよ」

「あなたが例の紙をウーナから盗んだんでしょう?」

彼はわたしの背後の窓から外をちらりと見た。「彼女が得意げに話していたのはなんのことやら見当もつきませんでしたが、あの紙が何か意味があるのはわかりましたから、もらっておいたんですよ。いつか必ず役立つと思ってね。そして思ったとおりでした。ちょうどいいことにミズ・パウェルに疑いの目を向けさせ、時間稼ぎができましたからね」

「あなたはそこでしくじった。あの紙についていたクララの指紋は、仕組まれたと明らかにわかるものだったんだから」

そのクララと言えば、華奢《きゃしゃ》な彼女の細いシルエットが通路の端に現われた。わたしはそっちに目を向けないようにしながら、ジーノを煽《あお》りつづけた。彼の注意をずっと自分に惹きつけておくために。

「わたしがウーナの死のことを伝えたとき、たいした芝居を打ってくれたわね——あなたに仕事のオファーをしたら、面と向かってわたしをあざ笑ったでしょ。なのに、翌日になったら、後悔しているどころか、死を悼《いた》んでいるような口ぶりに変わってた」

彼はにやりと笑った。「なかなかやるでしょう? ウーナはあたしがいちばん愛した人だったと、ことあるごとにはっきり表明するなんてね。ほんとうは、彼女との結婚生活はまったくの生き地獄でしたが。でも、ほかの人を疑っているように見せれば、自分は疑われないと思いましてね」

「だけどあなたが目論《もくろ》んだことは何ひとつうまくいかなかった、ちがう？　ウーナに会ってい

ないふりをしたことも、クララがポストを狙っているとわたしに思わせようとしたことも、偽

の証拠を仕込んだことも。警察は、変装したあなたを見破った目撃者を見つけたのよ。ウーナ

が殺された日に〈シャーロット〉へはいるあなたの姿も目撃されてる。あのね、ジーノ、あな

たは靴を履き替えるのを忘れたの。残念だったわね」

ジーノはショルダーバッグから棍棒を取り出し、握りしめた――ウーナを殴り倒したのと同

じものにちがいない。「念のためですよ、ミズ・バーク」わたしがそれを見つめていると、彼

が言った。「約束しますよ。心配しないで」

その凶器がウーナの頭蓋骨にひびを入れたと思うと、とにかく不安でたまらなかった。この

人はほんとうに、クララとわたしを無事生かしたまま置いていってくれるのだろうか？　警察

の目を自分に向かせる情報を提供できるわたしたちを。

ジーノは棍棒を手のひらに軽く打ちつけながら、わたしの考えはお見通しだと言わんばかり

に告げた。「あたしは間もなくあなたの人生から姿を消します。あたしには友だちがいるので

ね。今の状況から抜け出し、どこか別の場所で一から出直す手助けをしてくれると言ってくれ

る、ほんとうの友人たちがね。ジーノ・ベリーフィールドは跡形もなく消え去るのです」

「警察がわたしを捜してるわ。クララのことも」心臓は早鐘を打ち、肌にべたつきを感じた。

床に倒れ込んでしまわないよう、サイドボードにもたれかかった。

「ミズ・パウェルは、今日は体調がよくないんでしたね」彼は言った。「あなたはそれを関係者の誰かには伝えていることでしょう。あなたに関しては——」

わたしは地下室にいると思われているけれど、そんなことを洩らしてはだめだ。

「ふうん、逃げるんだったら」わたしは言った。「さっさと行ったほうがいい。警察がここに来て、あなたをつかまえるでしょうから」

「連絡を待ってるんだよ！」ジーノはわたしのまえに立ちはだかり、棍棒を指差した。「しばらく口を閉じててもらうのに、こいつが役に立つでしょうね」

彼の背後、部屋の反対側に、通路からそうっとクララが抜け出てきた。足首に粘着テープをくっつけて。両手でやかんを持ち、ゆっくり近づいてくる。わたしは身体の震えに襲われた。それをごまかそうと、手首と抽斗の取っ手をつなぐ粘着テープを引っぱり、サイドボードのなかの食器をがたがたと揺すった。「連絡を待ってるのがトミーじゃないといいわね、だって彼はもうホップグッド部長刑事に洗いざらい白状しちゃってるから」

猛烈な勢いで腕を引っぱると、抽斗がぱっと開き、フォークやスプーンが投げ出されて床に散らばった。ジーノが棍棒を振り上げたちょうどそのとき、クララがやかんを持った両腕を目いっぱい高く上げて突進してきて勢いよく殴りかかった。振りおろされるやかんの口から吹き出した水が弧を描き、やかんはジーノの後頭部に命中して鈍い音を立てた。

彼は振り返って、棍棒を振りかざしたものの、クララに向かってよろめくと、大きな音を立てて床に倒れ込んだ。身動きもせず横たわり、うめいた。

誰かがドアを強く叩く音がして、クララは悲鳴をあげたが、わたしには話し声が聞こえたので大声で叫んだ。「警察よ、クララ——あれは警察なの」

彼らは待つことなく、勢いよくなかにはいってきた——パイ刑事とホップグッド部長刑事が後ろに四、五人の制服警官を引きつれて。部長刑事がジーノのほうに顎をしゃくると、制服警官たちは横たわるジーノを取り囲んだ。警官のひとりが彼の手に握られていた棍棒を引き抜いた。

「おふたりとも大丈夫ですか?」ホップグッドが尋ねた。

わたしはクララににっこり笑って言った。「大丈夫よね」

「さすがですね、ミズ・バーク」ホップグッドが褒めてくれた。

「いえ、ちがうんです」わたしは言った。「ピンチを救ったのはわたしじゃなく——クララなので」

クララのウーナを真似たおだんごはほどけてしまい、あちこちに残る粘着テープは剝がれかけて垂れさがっていた。復讐をしにきた、銀めっきの古代のミイラのようだった。クララは片手に持ったやかんを見下ろして言った。

「お茶はいかがです?」

28

警察にやかんを押収されてしまったので、クララはソースパンでお湯を沸かした。わたしも彼女に付き合って狭いキッチンにいるあいだ、捜査員たちはジーノに被疑者の権利を告知するのに忙しくしていた。救急車が到着した――ホップグッドが法的に必要だと主張したからだけど、クララはジーノを負傷させるほど強く殴れなかったと関係者全員がわかっているにちがいない。実際、そんなにひどくはなかった。

「大活躍だったわね」ふたりでキッチンのカウンターに寄りかかりながら、わたしはクララに言った。

彼女はくっくっと笑った――聞いているほうが不安になるような甲高い笑い声はすぐに涙に変わった。わたしは彼女をテーブルのまえに坐らせ、ティーバッグにビスケット――あら、マリーがあるじゃない――ミルクと砂糖を用意した。

「ウーナがいなくてさびしい」彼女はそう言ってすすり泣き、きれいなふきんで顔を拭き、洟をかんだ。「ウーナはいつも何をすべきで何を言うべきかわかってました。たしかに気むずかしくて威張りん坊なところはありましたけど、意外にやさしいところもあったんです。いろいろな点でうちのおばあちゃんにそっくりで」

わたしは身を乗り出して彼女をハグした。ウーナが恋しいのはまちがいないけれど、おばあさんのことも恋しいのだろう。「ねえ、わたしたち、こういったもろもろのことを整理するのに何日か必要よね」わたしは提案を切り出した。「あなたにはまだ仕事があるけれど、とりあえずシェプトン・マレットへ帰ってみない?」

「はい、もちろん、そうさせてもらいます、ヘイリー」クララはわたしを横目でちらりと見た。「明日とか?」

「今夜、喜んで車でお送りしますよ」いつの間にかケニー・パイがキッチンのドア口に来ていた。「じゃあそのときに」

クララの頬がきれいなピンク色に染まった。「ありがとうございます、パイ刑事。ほんとうにご親切に」

ホップグッド部長刑事がドア口から顔を出した。「ここでミズ・パウェルとおしゃべりしてもかまいませんか? ミズ・バーク、あなたとはそのあとで」

ケニーがお茶を載せたトレーをリビングルームへ運んだ。わたしたちがソファに腰を落ち着けている近くで、ふたりの制服警官が無線機に何やら話しながら動きまわっていた。

「お茶は?」わたしはふたりに尋ねた。

「ありがとう」と答えたので、わたしは彼らと自分たちの分のお茶をついだ。

「彼女のおばあさんがウーナに似ているなら」わたしはケニーに言った。「クララが、どんなことが起きても展覧会の仕事を辞めようと思わなかったのも不思議はないわね」

パイはうなずいた。「彼女から聞いたんですが、おばあさんはポルトガル出身なんだそうで。サウサンプトンから来た船乗りと結婚し、ボートの事故で娘さんが亡くなると、クララを引き取ったとか。おばあさんは彼女に大きな期待をかけてるんですね。移民の子供たち――そして孫たち――は、家族の期待に応えられるよう、最高に優秀じゃなくちゃいけないものなんです」

「身をもって知っているような口ぶりね」

彼はにっこり微笑んだ。「うちの祖父はまだ子供だった頃、一九五六年にインドからマンチエスターへやってきました。それからずっと織物工場で働き、父も同じ道を歩みましたが、ぼくはロンドンの名医街《ハーリー・ストリート》で医者になるか、少なくとも法廷弁護士になると期待されて」

「あるいは著名作家とか?」わたしは尋ねた。

ケニーはキッチンに視線を向け、自分の小説で主人公を務める私立探偵エールハウスのモデルとなった人物をちらりと見ると、黒い瞳をきらりと輝かせた。「それは退職後に取っておきますよ」と言った。

クララの聴取が終わると、わたしの番になった。ホップグッド部長刑事から訊かれたのと同じ数の質問をしてみたところ、奇跡中の奇跡と言ってもいいことにかなりの数の答が返ってきた。

「明日、署に寄っていただいて、供述書に署名をいただけますか?」ホップグッドにそう訊かれているときにわたしの携帯電話が鳴る音が聞こえた。

「ええ、もちろん」わたしはホップグッドに答えた。「必ずおうかがいします」

呼び出し音をたどっていくと、部屋の片隅に置かれた鉢植えのハランの下に落ちている携帯電話が見つかった。ジーノに襲撃されたとき、落としてしまっていたのだ。電話はヴァルからだった。

「わたしは無事よ」電話に出るなり、そう告げた。

「えっ？」彼が言った。「何かあったの？」

わたしは顔をしかめた。ダイナがわたしにしたのと同じことを彼にしてしまった。

「なんでもないの。つまりその、いろいろあったけど、ほんとうにわたしは大丈夫だから。ウィリアム・ストリートのウーナのフラットに来てるの。警察はジーノを逮捕して──彼がウーナを殺害した犯人だった」

電話の向こうで沈黙が流れた。「警察がそこに？」

「ええ、彼は連行されたわ。というわけで、わたしはほんとうに無事だから」時刻を確認すると、五時になっていた。どこかへ行くはずだったかしら？「今どこにいるの？」

「ミドルバンク館に行こうと出たところだよ、きみはてっきり地下室にいるものとばかり」

あ、そうだった、今頃そうしているはずだったんだった。

「そこで会いましょう」

ミドルバンク館に戻ると、ヴァルが正面玄関で出迎えてくれた。彼の背後には、ミセス・ウルガーがコート掛けの近くに立ち去りがたい様子でたたずんでいた。足もとにはバンターがいた。

わたしはヴァルを短くハグ——あとでもっというつもりでぎゅっと——してから、ミセス・ウルガーに尋ねた。「ヴァルから聞きましたか、ミセス・ウルガー？　ジーノのことを？」

「おおまかには」事務局長は答えた。やんわりと小言を言われたわけだけど、彼女の顔は心配でやつれているように見えた。

「ぼくが知っていることはすべて伝えたよ」ヴァルが言った。「残りは自分で話すかい、それともぼくたちは待ってたほうがいいかな、きみが——」

「いえ、わたしは大丈夫よ、ほんとうに」もうへとへとだったのに、ほっとした気持ちが押し寄せ、奇妙なことに気力が湧いてきて話す覚悟ができた。「でもお茶を一杯だけ飲ませて」それから、ちゃんとしたビスケットも。

三人でミニキッチンへ行き、ミセス・ウルガーがやかんを火にかけ、バンターがヴァルの膝に陣取り、わたしはビスケットの缶のふたをポンとはずした。

「ああよかった」わたしは思わずつぶやいた。「カスタードクリーム・ビスケットがあって」

できるかぎり明瞭簡潔に、わたしの水曜日の出来事をふたりに語った。必要以上に何時間も長く感じられた一日の物語を。

「ウーナがバースにやってきて、ジーノはそのあとを追ってきた——本人はそれよりしばらくまえからこの街に来ていたと言い張っていたけどね。彼女はパルトニー橋の向こうにあるあのフラットを五ヵ月契約で借りていたんだけれど、ホップグッド部長刑事によればジーノは安い部屋を転々としていたんですって。あっちこっちのソファで寝るような生活だったそうよ」

「そのわりには、ずいぶんと身ぎれいにしていたこと」ミセス・ウルガーが感想を洩らした。

「見栄っ張りなんでしょう」わたしは思うところを述べた。

「あなたのミスター・キルパトリックが事件を解決なさったんでしたよね？」彼女が尋ねた。

「そうなんです、彼が自分を誇りに思うのももっともですよね」

「それで、ドルイド展の主催者のほうは？」ヴァルが訊いた。

「トミー・キング＝バーンズなら、まだ警察署にいるわ。ホップグッド部長刑事によると、トミーはジーノから、わたしのせいでバースを離れなくちゃならなくなったと聞いたんですって。わたしがミドルバンク館のガラスケースが破損した責任をジーノに取らせようとしてるんだとかで」わたしはいったん話をやめ、顔をしかめた。「そんなことあった？」

「いいや」ヴァルが即答した。「先を続けて」

「トミーは誓って殺人については何も知らないと主張していて、仲間に便宜を図っただけだから、警察が知りたいことはなんでも話すと言っているそうよ――ホップグッド部長刑事によるとね」

「それでは、ミズ・バーク」ミセス・ウルガーは立ち上がり、カップとソーサーを集めた。「夜は静かに過ごされたいでしょう。体調を戻せるよう、明日はお休みになさったら？」

「午前中は休みますね。寝椅子に寝転んで時間を無駄にするような余裕は、わたしたちにはありませんから――あ、ミセス・ウルガー、あれを見つけたんです！　いや、少なくとも見つけられると思います。ヴァルが、レディ・ファウリングが遺《のこ》した奇妙な一節を読み解いたんです。例の『殺人は広告する』のサイン入り初版本は手の届くところにあります。一緒に地下室へ行って、見つけませんか?」

　地下室の出入口を開けたところは一見すると、床から天井までぎっしり家具が詰まって見える。数ヵ月まえ、わたしは、木製のジグソーパズルのようにはまっていた家具をいったんばらばらにし、もう一度もとに戻すという作業をした。そうしないと、半端になった予備のテーブルやら椅子やらが廊下に並んだままになってしまう。地下一階《ロウアー・グラウンド・フロア》にあるミセス・ウルガーの庭つきフラットの玄関ドアが廊下の向こう側にあるので、家具を出しっぱなしにするわけにはいかない。

　事務局長は地下室の出入口に立った。バンターが大理石の天板がついたコンソールテーブルに飛び乗り、そこから床に触れもせず奥へと進んでいった——彼は地下室の探検が大好きなのだ。ヴァルとわたしの移動にはもっと時間がかかった。脚つき簞笥《だんす》をこっちへ動かし、ふたり掛けのソファをあっちへ動かし、道を切りひらきながらやっと部屋の奥まで進み、節目の美しさを生かしたウォールナット材のクイーン・アン様式のデスクにたどり着いた。猫脚《カブリオールレッグ》もついている。

　抽斗《ひきだし》は五つあった。中央にひとつとその両側に二段ずつ。でも実際に抽斗を開けるにはさらに多くの家具を動かさなければならず、わたしたちはいささか厳粛《げんしゅく》にそれを執りおこなった。

中央の抽斗は空だった。上段のふたつは、バースのシアター・ロイヤルが一九八二年に改装オープンしたときの記念プログラム以外、何もはいっていなかった。右側の下段の抽斗はやはり空っぽ。ヴァルとわたしはまだ開けていない最後の抽斗を見つめた。ミセス・ウルガーも見守っている。バンターはそばにあるプラントスタンドから見物していた。

「開けて」ヴァルが顎をしゃくって言った。

わたしは抽斗を開けた。そこにあったのは中性紙——見た目でわかった——でできた、書籍サイズの小箱。麻紐で結ばれており、紐からは片眼鏡がぶら下げられている。

レディ・ファウリングにはこんな一面があったのだ。

わたしたちは家具のあいだを縫うように出入口まで戻り、廊下の壁に取りつけられたランプの明かりのもと、麻紐をゆるめ、箱を開けた。そのなかには、鮮やかな黄色の真新しいカバーがあり、こう印刷されていた。

　　ドロシー・L・セイヤーズ
　　新作探偵小説
　　殺人は広告する

わたしたちは敬意を持って——背表紙を傷めないよう、あまり大きく開かないように気をつけて——表紙を開けた。たくさんのサインが並んでいた。

「アントニイ・バークリー」ヴァルはそう言って、うなずいた。
「G・K・チェスタトン」ミセス・ウルガーが本に触れないように指差した。
わたしにも少なくともアガサ・クリスティはわかった。

本のほかにも見つかったものがあった。本の下にレディ・ファウリングは一九五〇年六月の日付がつけられた新聞の切り抜きを遺していた。それはセイヤーズの写真が掲載されたものだった。花柄のワンピースを着て、印象的な帽子をかぶり、動かない紙面の上でも今にも踊りだしそうだ。写真のキャプションには、ピーター・ウィムジイ卿シリーズの著者が以前の勤め先――広告代理店のS・H・ベンスン社――に招かれ、らせん階段近くの記念プレートの除幕式をおこなったとあった。このらせん階段と会社が『殺人は広告する』の着想のもとになったという。

「なんて素敵な宝物」ミセス・ウルガーがつぶやいた。

わたしは新聞の切り抜きと本を箱に戻し、麻紐を結び直した。「ミセス・ウルガー」箱を差し出し、言った。「これを明日まで安全に保管していただけませんか？　この件についてミスター・レニーに伝え、助言を求めなくてはならないので」

「ありがとうございます、ミズ・バーク。これはとても……ええ、そうしますね」彼女はそっと箱を受け取った。「今夜にでもわたくしが理事に電話をかけて事情を説明いたしましょうか？　もちろん、ミズ・バベッジ以外の理事に――彼女にはあなたがお伝えしたいでしょうから。もしかしたら、ミスター・レニーに話すのも明日まで待たなくてよろしいかもしれませんね」

「どうぞ、そうなさってください。展覧会をどうしたらいいかは、明日一緒に整理しましょう」

ヴァルとわたしはミセス・ウルガーを自分のフラットの玄関に残して引きあげた。速足で階段を駆け上がるバンターに続いて、わたしたちも階段をのぼった。ウーナの死にまつわる霧は晴れたものの、これからどう進めていけばいいのかという不安はまだ残っていた。

「こんなのどうかな」ヴァルが言い出した。「今夜は、本とかミステリとか展覧会とか殺人とかにまつわる話はしないっていうのは？」

「賛成」時刻を確認すると、七時をまわっていた。「ピザにする？」玄関ホールまで来たところで尋ねた。

正面玄関のブザーが鳴った。

ヴァルとわたしはその場に足を止め、玄関のドアを見つめた。やがてわたしは大きくため息をついて言った。「もう。たいした用事じゃなかったら承知しないから」

玄関先にいる若いカップルが誰だかわかるまでに少し時間がかかった。クララはビジネススーツをやめただけではなく、ウーナ風のおだんごの髪型もやめ、コーデュロイのズボンにゆったりしたウールのセーターという服装をしていた。ストレートの黒髪が肩にかかっている。その背後にはパイ刑事――というかケニーと呼んだほうがいいか――がいて、デニムを穿《は》き、シヤツとセーターの上に薄いタータンチェックがはいった暗い色のジャケットを羽織っていた。

「心配しないで、ヘイリー、長居はしないから」クララはにっこりと笑顔を見せて言った。

「おばあちゃんに電話をかけて、車で送ってくれるお礼にパイ刑事を夕食に招待してもかまわないかって訊いたんです。それでこれからふたりでシェプトン・マレットに向かいます」

「まあいいわね」わたしは言った。本心から。ケニー・パイをダイナに紹介するという考えはあきらめないといけないけれど。

「それから」クララが言った。「ホップグッド部長刑事がウーナの弁護士に連絡を取ってくれて、彼女には身寄りがないので、わたしに遺品の整理を手伝ってほしいって。どうやら、トーントンにある貸しガレージふたつで遺品は全部らしくて、金属製品や展示ケース、展覧会用の掛け布がほとんどみたいです。そのなかの物品をいくつか利用して、ウーナの名前をプログラムに入れられたら、素敵じゃありません?」

わたしはウーナの色が至るところに見られる展覧会になる予感がした。「そうね、そうできたら、いいわね。クララ、今週はちゃんと休んで、月曜日に会いましょう——仕事を始めるのは仮事務所じゃなくてここでどうかしら?」

「ケニー」ヴァルが声をかけた。「明日の夜、教室で会おう。テーマは覚えてるかい?」

「もちろんですよ」ケニーが答えた。薄明かりのなかでも、彼の黒い瞳が輝くのが見えた。

「ひとつの物語の終わりがいかにして別の物語の始まりになるのか、でしたね」

木曜日はヴァルとふたりでかつてないほど気だるい朝を過ごしたけれど、結局、現実に向き合うことにした。彼には教えるべき生徒がおり、わたしには初版本協会が展覧会をどうするべきか取りまとめる職務がある。ナオミの許可についてはもう不安に思わなかったけれど、そのかわり理事会がなんと言うか、展覧会実施のための運営委員会の設置を望むかどうかが心配になった。運営委員会をおくことになったら、四月がくるまえにいったい何本のシェリーのボトルが空《あ》いてしまうことやら。

「そろそろミセス・ウルガーと打ち合わせをしてもいい頃ね」わたしは携帯電話でメールのチェックをしているヴァルに言った。「帰るまえに階下《した》で会いましょう」

事務局長の執務室のドアは開いていた。ひとつ深く息を吸ってから、なかにはいった。十二時まであと数分しかないというところだったので、ぎりぎり間に合ったおはようの挨拶を交わし、わたしは本題にはいった。

「理事たちへの状況説明、ありがとうございました。そのなかで新しいマネージャーを指名する必要性についても話し合われたことでしょう。自分に資格がないのは承知していますが、その候補のひとりとしてわたしも加えていただくのも良策かと思います。体裁を整えるためだけですけれど。もちろん、理事たちが人選を続けるべきと思われているなら……」もう気力が尽きてしまいそうだ。ミセス・ウルガーの眼鏡にパソコンの画面が反射して、彼女の目を見ることはできない。もうあきらめてしまおう。「あなたがウーナの手腕に大きな信頼を置いていたことはわかりますが――」

「いいえ、ミズ・バーク」ミセス・ウルガーが割ってはいった。「わたくしが信頼していたのはミズ・アサートンではありません」

「でも彼女のアイディア――レディ・ファウリングとその生涯を今の人々に紹介する方法を買っていたんですよね」

「ミズ・アサートンは、たしかに理事会の会合で見事な発表をなさいました」ミセス・ウルガーは言った。「しかし、彼女が仕事を成し遂げるかなど、わたくしたちにはわからないことです。そうじゃないんです、ミズ・バーク。わたくしが信頼しているのはあなたなんです。あなたがレディの名声を大切に思うようになったことを知っているのですよ。あなたならそれをあやうくするようなことはなさらない。あなたがミズ・アサートンを信頼していたから、わたくしは彼女を信頼したのです」

「ほんとうに？」

「理事の全員が同じ意見でしたし、ミスター・レニーも、あなたなら協会とレディの名声が高まるかたちで展覧会をやり遂げられると確信していると言っています。わたくしからは以上です、ミズ・バーク」

「まさか」胸が詰まってしまい、話せるようになるまで少しかかった。「ええと、何はさておき――開催初日の夜の記念パーティのメニューを決めてしまわないといけませんね」

カニのひと口パイについて簡単に意見を交換してから、わたしは退席して誰もいない玄関ホールへ行き、身震いをした。階段を駆け上がって、下りてきたヴァルと会った。図書室まえの踊り場でレディ・ファウリングの肖像画の横にふたりで立った。

「ねえ、驚いちゃった――このわたしが展覧会マネージャーなのよ」

ヴァルはわたしの腰をぎゅっと抱きしめた。「さすがだね」と言うと、わたしにキスをした。

わたしは彼の首に両手をまわしてにっこり笑った。「自分が絶対無理だと思ってた、まさにその仕事に就いたの。それに信じられる？　ミセス・ウルガーが、わたしの判断を信頼していて、わたしならできると思ってたって言ってくれるなんて」

「なんだ、ぼくが同じことを言ったのは覚えてないのかい？」ヴァルが言った。「きみなら立派な展覧会マネージャーになれるって言ったよね？」

「わたしを愛してるから、そう言ったんでしょう」

彼が微笑み、目尻に皺《しわ》が寄った。「もちろん愛してる――でも愛してなくともそう思うよ。ぼくがきみを愛してることも、きみなら立派な展覧会マネージャーになれることもほんとうだけどね」

つい謙虚な気持ちが出てしまう。「彼女は〝立派な〟とは言っていなかったと思う」

「そう思ってるに決まってるさ」

「まあいいわ、今、二月でしょ。仕事は山積みなのに、時間はほとんどない」わたしは言った。

「入口はウーナの提案で行くことにする――全面的に彼女の功績を取り入れて、レディ・ファウリングのデスクを利用した展示をするわ」

「あれにたどり着くには、地下室にあるものを全部、外に出さないといけないだろうね」

「そうね」わたしも同じ意見だった。「それから、展覧会に音声をつけるというわたしのアイディアを覚えてる？　クララが理事たちに取材しているから、発言を引用して説明パネルを作りたい――いろいろとアイディアを組み合わせないと。それに、ゆうべ、アデルが教えてくれたんだけど、レディ・ファウリングが〈ロイヤル・クレセント・ホテル〉のアフタヌーンティーの集まりを一度か二度録音していて、レディがフランソワ・フランボーものを朗読しているものもあるんですって。ミセス・ウルガーも覚えていたけれど、ふたりとも録音テープがどこにあるのかはさっぱりわからないって。館のどこかにはあるはず。探すことにするわ」

「ひょっとしたら」ヴァルが言った。「レディ・ファウリングはそのありかを示す手がかりを遺してるかも」

わたしははっと息を呑んだ。「そうだわ！　ノートをまた細かく調べなくちゃ。うまくいくよう祈ってて」

「うまくいくさ」そして彼はキスをした。「今夜会おう――ここがいいかい、それともどこかへ食事にいくほうがいい？」

「〈レイヴン〉は？」

「やっぱりパイとビールだね」

彼を見送るとまた階段をのぼって、図書室の踊り場にたたずみ、レディ・ファウリングの肖像画をじっと見つめた――彼女が何かほかにわたしに伝えたいことがあるかもしれないから念のため。

「ミズ・バーク?」ミセス・ウルガーが階段の下に立っていた。

「はい?」

「お時間があったら、わたくしのフラットへいらっしゃいません?」

聞きちがいだろうか。彼女のフラットに招いてくれている?

「と申しますのも」彼女は先を続けた。「手もとに生地がありましてね、きれいな深いラヴェンダー色の。バイアスカットにすれば、イブニングドレスを充分に一着仕立てられるくらいあるんです。エレガントなドレープがかかった一着になりますよ。あなたにぴったりじゃないかしらと思いまして。ご興味はおありかしら?」

謝辞

すばらしい編集者のミシェル・ヴェガ、そして〈初版本図書館の事件簿〉シリーズを応援してくれるバークリー・プライム・クライム社のジェニファー・スナイダーをはじめとするすべてのスタッフに心から感謝します。ところで、作家が仕事や創作面で些《さ》細《さい》なことでも疑問を抱いたときに相談する人と言えば誰でしょう？　もちろん著作権エージェントです。答を知らなくともすぐに答を見つけてくれるジェーン・ロトロセン・エージェンシーのクリスティーナ・ホーグレブに感謝しています。

そのほかのわたしの〝編集者たち〟――週一回活動する文芸サークルのメンバーの別名――は気持ちを引きしめてくれる存在で、ワインとチョコレートで協力してくれたのはまちがいありません。カーラ・ポメロイ、ルイーズ・クレイトン、サラ・ニーバー・ルービン、トレイシー・ハットン、メガナ・パダカンドラにお礼申しあげます。わたしを励ましてくれる家族と友人たちもほんとうにありがとう。

『殺人は展示する』に登場するすべてのバースの建物と店は実在のものです――そうでないものを除いては。ミドルバンク館は、市の中心部より高台にある、壮麗なジョージアン様式のテラスハウスが連なる通りのひとつにはめ込んだ架空の館です。〈シャーロット〉は現実には存在しませんが（実在したなら、人気の展示会場になっていたことまちがいなし）、アセンブリー・ルームズ内にあるカフェでコーヒーを飲むことはもちろんできます。もしかすると、そこでみなさんにお目にかかれるかもしれませんね。

ミステリ黄金時代は興味を惹きつけてやみません。〈初版本図書館の事件簿〉シリーズ第二作となる本書は、ドロシー・L・セイヤーズの『殺人は広告する』をモチーフにしたものです。未読の方は、ぜひご一読を。これはセイヤーズのピーター卿シリーズでわたしのいちばんのお気に入りの作品です――彼女にとってはそうでなかったのが残念ですが。契約上の義務を果たせるよう、一気に書きあげたものだったそうで、ロンドン、ブルームズベリー地区のキングスウェイにかつてあったS・H・ベンスン社（なんとほんとうにらせん階段もありました）で彼女自身がコピーライターとして働いた経験に大きく頼った作品でした。白状すると、わたしは彼女の機知に富んだせりふがたまらなく好きなので、この作品の会話の部分だけでもこれから再読するつもりです。だって、こんな閃《ひらめ》きの宝庫はほかにありませんから！

訳者あとがき

イングランドの歴史ある美しい都市バースを舞台にした〈初版本図書館の事件簿〉シリーズの第二作『殺人は展示する』（原題 *Murder Is a Must*）をお届けします。

このシリーズの主人公は初版本協会で新米キュレーターとして奮闘するヘイリー。協会が入居するミドルバンク館の図書室は、創設者の故レディ・ファウリングが蒐《しゅう》集《しゅう》した、ミステリ黄金時代の女性作家による作品の初版本から成るコレクションを収蔵する初版本図書館となっているのですが、ヘイリーは探偵小説のほうも初心者。カレッジ講師で小説の創作を教える恋人のヴァルからアドバイスを受けつつ少しずつミステリを読み進めているところです。

今作では、第一作で理事会の承認にこぎつけたヘイリー初の企画「文芸サロン」を開催しながら、つぎの企画となる展覧会の準備に取り組むことになります。展覧会を取り仕切る責任者に旧知の敏腕マネージャーを起用したはいいものの、これがたいへんに癖の強い人物。スケジュールもタイトとあってピリピリしたムードで展覧会の準備を進めるなか、会場のある建物で殺人事件が発生してしまい、ヘイリーはまたも事件に巻き込まれることに。しかも事件現場は、所在を捜索中の稀《き》覯《こう》本《ぼん》『殺人は広告する』に登場する殺人現場にそっくりで……。はたして事件は解決を見るのか、問題の稀覯本は見つかるのでしょうか？

今回も主人公のまわりを囲むのは、ヘイリーのやることに懐疑的な目を向けがちな協会事務局長のミセス・ウルガーや協会理事も務める心強い味方の親友アデルをはじめ、前作で登場した個性豊かな登場人物たち。捜査を担当するホップグッド部長刑事とパイ刑事のコンビに、リヴァプールに住むヘイリーの母親レノーアとシェフィールドの大学に通う娘のダイナ、それからミドルバンク館のさび猫バンターも引きつづき物語を彩《いろど》ります。前作でほのかなロマンスが始まったヴァルとの関係の進展も読みどころのひとつとなっています。ほかにも紹介したいユニークなキャラクターたちがいるのですが、それは読んでのお愉しみとさせてください。

本作品がモチーフとしている『殺人は広告する』(*Murder Must Advertise*)について簡単にご紹介します。著者はミステリ黄金時代の代表的な女性作家ドロシー・L・セイヤーズ。貴族探偵ピーター・ウィムジイ卿シリーズの長篇八作目にあたる作品です。広告代理店で起きた不審な転落死の真相を探るべく、ピーター卿が広告文案家《コピーライター》に扮して潜入調査にあたるというストーリーで、実際にコピーライターだったセイヤーズの経歴がいかんなく発揮されており、意外な事件の真相にいたるまでの謎解きもさることながら、洒落《しゃれ》たことば遊びやピーター卿の華麗なる活躍も愉しい一作です。創元推理文庫から刊行された同書の邦訳は、浅羽莢子氏のとびきり粋《いき》で生きのいい訳文で物語を味わうことができます。また、同書巻末の若島正氏による解説には、本書の謝辞でさらりと触れられている、セイヤーズの『殺人は広告する』執筆の経緯が詳しく紹介されているほか、本書中で言及される記念プレートの除幕式を報じる新聞記事に掲載された彼女の写真も収録されています。

本書のストーリーで鍵を握る『殺人は広告する』初版本は、同書が出版された一九三三年当時のディテクション・クラブ会員作家全員のサインがはいった、稀少価値の高い一冊との設定です。このディテクション・クラブは、一九三〇年にアントニイ・バークリーを中心としてセイヤーズやアガサ・クリスティ、F・W・クロフツらミステリ黄金時代を代表する錚々《そうそう》たる面面が結成した探偵作家の親睦団体で、初代会長はG・K・チェスタトンが務めていました。夕食会を中心に作家同士の交流を深めつつ、会員による『漂う提督』（*The Floating Admiral*, 1931）をはじめとするリレー小説の執筆等の活動を精力的に展開したとのことで、現在も活動が続けられています。新会員の入会時には会員作家が書いた台本に則《のっと》り頭蓋骨に誓いを立てさせるという独特の儀式もおこなわれたそうです。同クラブ設立の経緯や草創期の歴史、セイヤーズやクリスティはじめ結成メンバーの作品背景や知られざる私生活については、現在クラブの会長を務めるマーティン・エドワーズによる『探偵小説の黄金時代』（森英俊・白須清美訳、図書刊行会）に詳しく活写されており、黄金時代のミステリに関心がある方におすすめです。

著者マーティ・ウィンゲイトの近況を少しお伝えします。本人のウェブサイト martywingate.com などによると、彼女がこよなく愛するミステリと歴史とイングランドを融合させた新シリーズが待機中とのこと。この〈London Ladies' Murder Club〉シリーズは、一九二一年のロンドンを舞台に家政婦が元探偵と協力しながら殺人事件の謎解きに奮闘するというもので、来年一月に第一作と第二作の同時出版が予定されており、著者が精力的な執筆活動を続けている様子がうかがえます。本書に続く〈初版本図書館の事件簿〉シリーズ三作目 *The Librarian Always Rings Twice* は、ダフネ・デュ・モーリアの『情炎の海』をモチーフにした、協会創設者のレディ・ファウリングの過去を探っていくストーリーです。翻訳刊行は決定していますので、愉しみにお待ちいただけますと幸いです。

最後に、訳稿に対し的確なご指摘の数々をいただいた東京創元社編集部の桑野崇氏と、訳文を丁寧に検証してくださった校正課のご担当者に心よりお礼申しあげます。そしていつも支えになってくれるミステリファンの家族と猫の仕草の訳をさりげなく教えてくれる同居猫のまろに感謝します。

二〇二三年　夕空が茜に染まる十月

訳者紹介　翻訳家。横浜市立大学文理学部卒。訳書にウィンゲイト『図書室の死体』、コッパーマン『海辺の幽霊ゲストハウス』、バイナム『若い読者のための科学史』、シャット『共食いの博物誌』、ステン『毛の人類史』などがある。

検印
廃止

殺人は展示する
初版本図書館の事件簿

2023年12月15日　初版

著　者　マーティ・ウィンゲイト
訳　者　藤《ふじ》　井《い》　美《み》　佐《さ》　子《こ》
発行所　（株）東京創元社
代表者　渋谷健太郎

162-0814/東京都新宿区新小川町1-5
電　話　03・3268・8231-営業部
　　　　03・3268・8204-編集部
URL　http://www.tsogen.co.jp
DTP　工友会印刷
暁印刷・本間製本

乱丁・落丁本は、ご面倒ですが小社までご送付ください。送料小社負担にてお取替えいたします。

ISBN978-4-488-23206-1　C0197

愉快で楽しいビール・ミステリ!

〈ビール職人スローン・クラウス〉シリーズ

エリー・アレグザンダー◇越智睦 訳

創元推理文庫

ビール職人の醸《じょう》造《ぞう》と推理

ビール職人のレシピと推理

ビール職人の秘密と推理

貴族探偵の優美な活躍

THE CASEBOOK OF LORD PETER◆Dorothy L. Sayers

ピーター卿の事件簿

ドロシー・L・セイヤーズ
宇野利泰 訳　創元推理文庫

◆

クリスティと並び称されるミステリの女王セイヤーズ。
彼女が創造したピーター・ウィムジイ卿は、
従僕を連れた優雅な青年貴族として世に出たのち、
作家ハリエット・ヴェインとの大恋愛を経て
人間的に大きく成長、
古今の名探偵の中でも屈指の魅力的な人物となった。
本書はその貴族探偵の活躍する中短編から、
代表的な秀作７編を選んだ短編集である。

収録作品＝鏡の映像，
ピーター・ウィムジイ卿の奇怪な失踪，
盗まれた胃袋，完全アリバイ，銅の指を持つ男の悲惨な話，
幽霊に憑かれた巡査，不和の種、小さな村のメロドラマ